二見文庫

ときめきは永遠の謎

ジェイン・アン・クレンツ／安藤由紀子＝訳

When All the Girls Have Gone
by
Jayne Ann Krentz

Japanese translation rights arranged with The Axelrod Agency
through Japan UNI Agency, Inc.

フランクへ
愛をこめて

ときめきは永遠の謎

登場人物紹介

シャーロット・ソーヤー	高齢者施設〈レイニー・クリーク・ガーデンズ・リタイアメント・ヴィレッジ〉の文化活動の責任者
マックス・カトラー	私立探偵。元プロファイラー
アンソン・サリナス	マックスの養父。元警察署長
デイヴィス・ディケーター	マックスの実父
サイモン・ガトリー	デイヴィスの娘・ブルックの婚約者。ヘッジファンド・マネージャー
ジョスリン・プルエット	シャーロットの妹。財団の基金調達担当者。投資クラブのメンバー
ブライアン・コンロイ	シャーロットの元婚約者
エセル・ディーピング	シャーロットが勤務する施設の老女。自分史執筆グループのメンバー
ルイーズ・フリント	ジョスリンの親友。財団の基金調達担当者。投資クラブのメンバー
ダニエル・フリント	地元の大学生。ルイーズの従弟
エミリー・ケリー	IT企業の人事部門勤務。投資クラブのメンバー
ヴィクトリア・マシス	スポーツウェア会社のマーケティング担当。投資クラブのメンバー
マディソン・ベンソン	ヘッジファンド・マネージャー。投資クラブの発起人
イーガン・ブリッグズ	ローリング警察元刑事（ジョスリンの事件担当）
ロクサーヌ・ブリッグズ	イーガンの妻
ノーラン・ブリッグズ	ブリッグズ夫妻の息子。ジャンキー
タッカー・ウォルシュ	ローリング警察刑事
ゴードン・グリーンスレイド	ローリング＝グリーンスレイド・バイオテック社経営者
マリアン・グリーンスレイド	ゴードンの母。一族の長老
トレイ・グリーンスレイド	ゴードンの息子。ゴードンの後継者

1

殺しの標的が山小屋から出てくるのを辛抱強く待つ。

さほど急は要さない仕事である。待つ時間があれば、復讐への期待をじっくり楽しめるというものだ。

苔むした木にもたれてすわり、ライフルを構えて待つのはなかなか心地よかった。カスケード山脈が一年のうちでいちばん活気づくのは真夏である。その季節、細い山道には観光客がぞろぞろと列をなし、見晴らしのいい地点に来るたび足を止めては写真を撮ろうとする。そして数あるピクニック・エリアにもお構いなくゴミを残していくが、秋の訪れとともに気の早い嵐が豪雨と烈風でそれらをすべて吹き飛ばし、さらに冬になれば山道は雪で危険きわまるものとなる。

そのわずかな合間、短い生長の季節を逃すなとばかり懸命に伸びる木々やその他の植物のにおいを、やさしくあたたかな微風が木々の枝を揺らしながら運んでくる。

山小屋の中にいる男に責任を負わせるべき過去とあらゆる不公平についてじっくりと思いをめぐらす時間があった。準備をするあいだは、いざその瞬間が来たとき、少なくともいくばくかの迷いがあるだろうと考えていた。しかし、現実にあるのは確たる決意だけだ。

山小屋の扉が開き、ゴードン・グリーンスレイドがポーチに姿を見せた。昔からハンサムな男で、今もうまく歳を重ねている。髪は冴えないグレーではなく、魅力的なシルヴァー・ホワイトに変わっていた。いまだに引き締まった細身の体形を維持しているが、鷲を思わせる横顔はほんの少しだけ柔和になっている。

手にはコーヒー・マグを持っている。見覚えのあるマグだ。五、六年前につくった、手づくり、手塗りのマグ。山小屋の田舎風な内装と同じく、色褪せて古ぼけている。

このところグリーンスレイドがこの山小屋を使う主たる目的は狩りや釣りだが、町の名士であることによって生じる重圧から解放されたいだけのときもある。雇用者数が町で二番目の会社を所有しているのだ。ちなみに、最近は大学が一番となっていた。しかし、より厳密に言うならば、彼は地元の政治家、ローリング大学当局、二名の下院議員を支配していた。さらに、もしも噂が本当ならば、少なくとも二名の上院議員をも思いのままに動かしているようだ。

ローリングの町では誰もがゴードン・グリーンスレイドに一目置いているし、あれやこれやで彼に借りのある人間もたくさんいる。コミュニティーの揺るぎない、独善的な支柱的存在なのだ。しかし、本当に彼を好きな人間などひとりもいない。彼が殺害されたとき、その捜査に警察がどれほどの熱意をかたむけるか、傍観するのを楽しみにしよう。

立ちあがってライフルを手に取った。照準を合わせると、遮るものはいっさいない。これなら誰にも目撃されることなく一発で仕留めるのもたやすそうだ。しかし、それでは目的が達せられない。復讐の道を歩みはじめた者は、標的には引き金を引いたのが誰なのかを知ってほしいのだ。

そこで木々の陰から山小屋の正面に出た。ややあってゴードンはあたりに自分ひとりでないことに気づき、驚きの表情を見せたが、それもほんの一瞬だった。すぐ苛立ちが驚きに取って代わった。

「そこでいったい何をしている？」

そんな質問に答える必要などなかった。これから何が起きようとしているのか、それは明白このうえなかったからだ。

遅ればせながら、グリーンスレイドはライフルの銃口が自分を狙っていることに気づいた。怒りと恐慌が顔をよぎる。

必死であとずさろうとする。山小屋の中に銃があることは疑いの余地もない。しかしながら、彼の動きはいささか鈍かった。銃弾が彼の胸部に命中した。

頭部を撃ち抜くのはたやすいが、即死ではつまらない。こうすることで、標的が血を流すところをじっくり眺める時間――グリーンスレイドにこれは復讐なのだと理解させる時間――が欲しかった。

ゴードン・グリーンスレイド死亡のニュースは「ローリング・ヘラルド」紙の第一面で伝えられた。誰もが心底ショックを受けた――なんと言おうが、グリーンスレイドは町を牽引する、影響力絶大な人物である――が、その死を心底悼《いた》んだ人はけっして多くなかった。それでもみなが故人に対する敬意をしかるべき形で表明したのは、ゴードン・グリーンスレイドの死によって町の経済的、政治的現実は変わらなかったからだ。グリーンスレイド一族はあいかわらずローリング第二の雇用を維持する企業を支配しつつ、間接的には最大の雇用主である大学をも支配しているのだ。なんとなれば、大学はグリーンスレイドからの寄付金なくしては存立は不可能だからだ。

警察は捜査を開始したが、導きだした結論は犯人の期待どおりだった。ゴードン・

グリーンスレイドは事故死。禁猟期であるにもかかわらず山に入ったハンターが乱射した弾に当たり、発砲したハンターはその銃弾が人を殺したことになど気づきもしなかった、というものだ。いずれにせよ、引き金を引いた人間が見つかる可能性はきわめて低い。

このあたりに住む人間はみな、この山々が危険をはらんでいることは知っていた。秋には豪雨が川を氾濫させ、運悪く激流にのまれた人びとを押し流す。地滑りが道路を遮断する。強風がなぎ倒した木々が車を押しつぶす。冬には毎年、雪崩がスキーヤーやスノーボーダーの命を奪う。夏は夏でハイカーの二、三名は必ず、クレバスに落ちたりただ行方不明になったりする。

そして狩猟がらみの事故は季節を問わず、山中で発生していた。

2

「……そして、わたしは彼を殺しました」

エセル・ディーピングが読みあげていた自分史の原稿から顔を上げた。誇らしげな笑みをたたえたところから察するに、聴衆からのしばしの称賛を期待していることは明らかだ。

だが数秒間、自分史執筆グループ〈ライト・ユア・ライフ〉の面々はショックのあまり、口がきけなかった。

ほどなく室内に不満げなつぶやきが波のようにうねりはじめ、しばらくするとそれが激しい怒りの荒波と化した。

「あなた、自分史にそんなこと書いてはいけないわ」教室の後方からヘイゼル・ウィリアムズが声を上げた。ついでに杖で床をどんと叩く。「ここでは自分の生きてきた道を書くことになっているの、創作じゃなくね。創作の講座なら水曜日の夜よ」

「ヘイゼルの言うとおりだ」ボブ・パーキンズがぶつぶつと言った。「ここは自分史の講座だ。ルールってもんがある。ミステリーを書きたいなら、創作のグループに行けばいい」

エセルは戸惑いをのぞかせた。「これはわたしなりの自分史なの。わたしの好きなように書いていいはずよ」

小さな教室の前にすわったシャーロット・ソーヤーが手を上げ、静かにして、と合図を送った。不満の声が徐々に静まり、一同がシャーロットのほうを見た。

室内で彼女ひとりだけがとびぬけて若い。毎週木曜午後に開かれる〈ライト・ユア・ライフ〉グループの集まりは高齢者施設〈レイニー・クリーク・ガーデンズ・リタイアメント・ヴィレッジ〉の人気講座だが、これはシャーロットがここの文化交流活動の責任者の仕事を引き受けた直後に立ちあげた最初のワークショップだった。オレゴン州ポートランドでの将来性の感じられない退屈な仕事を思いきって捨てたあと、妹――継父の娘――の助言にしたがってシアトルに移り住んだのが一年前で、まず最初に面接を受けたのがこの〈レイニー・クリーク・ガーデンズ〉だった。そしてただちに仕事に着手し、五分後には早くも、この広い世界の中で自分のいるべき場所をついに見つけたことに気づいた。

ワークショップ、行事、講座がぎっしりと詰まった〈レイニー・クリーク・ガーデンズ〉の日程を監督する仕事には、裕福な企業家の財団で基金調達を担当する妹、ジョスリンが享受する刺激や優雅さはない。ジョスリンは華麗な場所へ頻繁に出張し――もちろん、財団への寄付を説得する名目ではあるが――著名人や富裕層と歓談して回る。それでもシャーロットは、妹と仕事を交換したいなどとはまったく思わなかった。ここでの仕事がこれまでに就いてみようかと思ったどんな仕事よりはるかに満足のいくものだとわかっていた。

唯一の欠点を挙げるなら――これが大きな欠点だと認めざるをえない――自分のオフィスへの出入りの際にエレベーターホールを通らなければならず、そこに掲げられたメモリアル・ボードにいやでも目がいってしまうことだ。新たな名前が貼りだされない週はめったにない。職員である彼女は故人のほとんどをよく知っていただけでなく、しばしばその家族とも知り合いだった。

〈レイニー・クリーク・ガーデンズ〉に来てからの一年間で、たいていの人が一生に体験する回数以上の追悼式に参列した。そうするうちにいつしか、人間誰しも避けることのできない死に対する意識が変わりはじめた。

最近思い当たったことだが、〈レイニー・クリーク・ガーデンズ〉に来るまでのシャーロットは主として未来の時間を生きてきた。どういうことかといえば、子どものころは休暇や誕生日を心待ちにし、何よりも大人になるのが待ち遠しかった。だが、いざ成人してみると、大人であることは期待していたほど満ち足りた状況でもないことに気づかされた。そのうえ、不安なことに未来は予測不能だった。

〈レイニー・クリーク・ガーデンズ〉に来てやっとわかりはじめたことがある。過去を振り返れば、たとえ何歳であろうと、人生は瞬く間に過ぎ去るものらしい。過去は変えることができないし、未来は知ることができない。いい人生の真の秘訣は現在を生きる術を学ぶこと。〈レイニー・クリーク・ガーデンズ〉の入居者たちはシャーロットにそれを教えてくれている。

エセル・ディーピング、そして教室内のほかの人びとを安心させるべく微笑みかけた。

「エセルの意見はもっともです」シャーロットは言った。「彼女の自分史ですから、好きなように書いてかまいません。これまでに読んだみごとな仕上がりの自分史の中には、どう見ても記憶に脚色を加えたものである例がたくさんあることは否めません」

「そりゃ、そのほうがおもしろくなるわ」エセルが言った。

「だが、それじゃいかん」テッド・ハグストロムが怒鳴った。

テッドは引退前はエンジニアだった。ルールに関しては頑固な傾向がある。

またしても不満の声がさざめいた。シャーロットは再び口を閉じるように促した。

「エセルのエッセイを批判する前に、彼女が結婚についての章をなぜこうした意外な言葉で締めくくったのか、その理由を訊くべきだとわたしは思います。どうかしら、エセル？」

エセルがわが意を得たりとばかりに微笑んだ。「ええ、そのほうが楽しいと思うわ」

「まあ、そうでしょうね」シャーロットが同調する。「でも、これまでに語ってきたそれ以外の部分でのミスター・ディーピング像とそぐわなくはありません？　ご主人は一家の大黒柱であり、地域社会でも一目置かれる存在でいらしたんでしょう？　教会にも通われていらしたのよね。軍人でいらして、誰にも好かれる方だったと」

「ええ、ゴルフもうまかったの」エセルが言った。「ハンディは7」

「ええ、そうでしたね」シャーロットはそう言ってから咳払いをした。

「軍服姿が決まっていたわ」エセルが付け加え、ウインクした。「軍服を着た男性ってほんとに素敵でしょ。彼とはじめて会ったときもそうだったのよ。わたしも当時、軍にいたの。看護師としてね。結婚を機に退職して、子育てに専念したわ」

「ええ、それについても書いてらしたわね。それから、ご主人が亡くなられたあと、小さなお子さんを二人抱えた未亡人として奮闘なさったことも」

「ええ」

「ご主人をそれだけ愛していながらも、もしかしたら胸の奥深くのどこかで、あなたとお子さんたちを遺して逝かれたことに対する恨みを感じていたのではないかしら？」シャーロットが穏やかな口調でフォローした。

「そりゃまあ、彼がいなくなってからは家計のやりくりが簡単でなかったことはたしかだけれど」エセルが認める。「でも、なんとか切り抜けたわ」そこでにっこりと笑顔を見せる。「息子は医者なの、ご存じでしょうけど。娘は弁護士よ」

「お子さんたちがそろって立派になられた話はもう二、三十回聞かされたわ」ヘイゼル・ウィリアムズが憤りを隠そうともせずにつぶやいた。

ヘイゼル・ウィリアムズには子どもが三人いるが、自分史にはそのうちの二人——教師をしている娘と建設関係の仕事をしている息子——しか出てこない。家系図の章では次男の誕生を律儀に記していたのに、それ以降彼に関する記述はぷっつりとだえた。自分の秘密を秘密のままで通す権利があるというのはメンバー間の暗黙の了解事項だ。他人の過去を詮索してはならない。

「つまりね、ハロルドが逝ってしまったあとも、わたしたち家族はうまくやってきたということを言いたかっただけなの」エセルが言った。

「でしょうね」シャーロットはすぐさま相槌を打ち、話題を変えようとした。「フルタイムで働きながら二人のお子さんを育てあげた……偉業ですよ。誇っていいと思います」

スタン・バーロウが鼻を鳴らした。「なんでみんな、女がひとりで子どもを育てると、まるですごいことをしたかのような言い方をするんだろうな？　妻のいない男が子どもを育てたとしても、誰も褒めたりしないっていうのに」

スタンの前の机にすわっていたミルドレッド・ハミルトンが振り返った。「男手ひとつで子どもたちを育てたなんて話は聞いたことがないわ。奥さんに先立たれたり離婚したりした男はみんな六カ月以内に再婚するでしょう。たとえば、あなた」

スタンが顔を赤くした。彼は三度結婚している。

「私はただ、当然の疑問を口にしただけだよ」スタンが言った。

「この話題はこれくらいにしたほうがよさそうね」シャーロットが椅子から立ちあがり、壁に掛かった大きな時計を指し示した。〈レイニー・クリーク・ガーデンズ〉の時計はすべて大きな読みやすい数字が書かれたものだ。「もう時間ですし、そろそろファイアーサイド・ラウンジのハッピーアワーがはじまるわ。来週までの宿題はですね、テキストの『最初の仕事』という章について書いてみてください」

　メンバーのほとんどが机に手をついて立ちあがると、杖や歩行器を頼りに列をなしてさっさと教室をあとにした。ハッピーアワーもシャーロットがはじめた人気の活動である。経営陣は当初いささかの懸念を口にしたが、夕食前に自分の部屋でひとりワインやマティーニを楽しむ習慣がある入居者も多い現状をシャーロットは指摘した。だとすれば、その代わりに目の届く場所できちんとしたハッピーアワーはむしろ安心なのではないか、と。社会から切り離されて孤独に陥りがちな人びとが交流を深められるだけでなく、ひとりで飲むより安全である。

　ハッピーアワーの導入に入居者たちは大喜びし、もしこれを終わらせたりしたら、きっと暴動が起きると思えるほどだが、これが活動計画からはずれる可能性はきわめて低くなった。というのは、意外にも販売促進においてこれが強力な利点になったからだ。終《つい》の棲家でのライフスタイルを高齢者に納得してもらって売りこむ……これが熾烈をきわめる業界なのだ。

　エセルはほかのメンバーが出ていくのを待っていた。そして椅子からよいしょと立ちあがると、歩行器のグリップをぎゅっと握って、意を決したような面持ちでシャーロットを見た。

「しつこいようですけど、わたし、やっぱりハロルドを殺すほうがいい終わり方だと思うんです。そのほうがドラマチックでしょ。たとえば、あなたが二カ月前に祭壇の前にひとりぽつんと残されたのと同じように」

シャーロットは懸命に顔をしかめまいとした。

「そうね、たしかにドラマチック。でもね、あなたがこれを書いているのはお子さんたちのため、そしてお孫さんや曾孫さんのためだってことを忘れないで。この自分史は家族にとって、何世代にもわたって受け継がれる永遠の遺産になるのよ。インターネットにもアップロードされるの。もしも子孫があなたの書いた物語の一部が真実かどうか疑問を抱けば、そのときはその他の要素も作り話だと決めつけられるかもしれないでしょ。そんなことになれば、あなたの視点からの家族の歴史の信憑性が疑われることになるかもしれなくてよ」

「ふうん」エセルが目をやや細めた。「そういう角度からは考えてもみなかったわ」

「じっくり考えたほうがいいと思うわ」シャーロットは言った。「自分史の執筆には必然的にしかるべき責任が伴うものなの」

「たしかに」エセルがうなずいた。「わかったわ。考えてみます。さてと、これから着替えてハッピーアワーに行かなくちゃ」

シャーロットがにこりと笑いかけた。「楽しんでらしてね」

「ええ、いつもほんとに楽しんでいるわ」エセルはドアのところで足を止めて歩行器の向きを変え、もう一度シャーロットのほうを向いた。「あなた、運がよかったのよ」

「運がいい？」

「もしあのろくでなしと結婚していたら、今ごろどんな気分でいるか考えてもごらんなさい」

「じつは、それについてはさんざん考えて、そう、あなたのおっしゃるとおりよ、エセル。冗談じゃなく九死に一生を得たのよね、わたし」

「そうよ。あなたが自分史を書くときが来たら、それを思い出してね」

シャーロットがにこりとした。「ええ、そうするわ」

エセルは歩行器を押して部屋を出ていった。

シャーロットはしばし、廊下を踏みしめて進むエセルのしっかりした靴音に耳をすました。彼女が銃弾を間一髪でかわしたと言った人間は、〈レイニー・クリーク・ガーデンズ〉でエセルがはじめてではなかった。ブライアン・コンロイとの屈辱的な結末については、このコミュニティーの誰も――職員と入居者――が知っていた。なぜなら、全員が結婚披露宴に招かれていたからだ。

シャーロットは披露宴のためにファイアーサイド・ラウンジを予約していた。ジョスリンはそのことがショックで、自分が結婚祝いとしてお金を出してもいいから、もっと優雅な会場で催すべきだと申し出た。彼女が所属する財団が慈善活動をおこなう関係から、どんな高級な会場も確保できるという。しかし、シャーロットは頑として譲らなかった。シアトルに来てからまだ日が浅いため、知人友人の大半が〈レイニー・クリーク・ガーデンズ〉にかかわりのある人びとだから、披露宴はここで開くのが順当だと思っていた。それに、ジョスリンにも説明したように、ここの入居者は外出が困難な場合が多い。いまだに車を運転している人はごくわずかしかいないのだ。

何週間かのあいだ、近づく結婚披露宴は施設内で大きな話題になっていたから、結婚式五日前になっての突然の取り消しに誰もがあぜんとした。〈レイニー・クリーク・ガーデンズ〉にあっては先回の地震避難訓練以来の一大事である。避難訓練では、本当に地震が起きたと勘違いした入居者が数名いた。

シャーロットは、なんて幸運だったんだろう、とあらためて思った。とはいえ、ブライアン・コンロイ——シャーロット自身のみならず、ジョスリンの基準から見てもミスター・パーフェクトだったのだが——とあやうく結婚するところだったわが身を振り返ると、背筋の凍る思いがした。

夫になる男性に望む資質のリストを頭に浮かべたとき、ブライアンの場合、あらゆる項目にチェックを入れることができそうな気がしていた。親しみやすく外向的で、行儀もよかった。そのうえ、思慮深く、思いやりがありそうだった。知性的で楽しく、地元の大学で社会学を教えるという安定した職に就いてもいた。気さくにおしゃべりができる人で、好きなこともシャーロットといくつも共通していた。長い散歩、交響曲、ほかにもいろいろ。

たしかにミスター・パーフェクト。それがどうしてこんなことになってしまったのか？　そう、完璧な人間などいないのだ。

だが、披露宴中止――これについていちばんつらかったのは、みんなからの同情に応えることだった――に負けないくらいきつかったのは、ブライアンひとりの責任ではないと気づいたことだ。少なくとも彼だけが悪いわけではない。ブライアンがなぜ最後の最後で腰が引けたのか、シャーロットにはわかっていた。セラピストにもはっきり指摘された。責任のかなり大きな部分はあなたにある、と。とにかくいつものように慎重にいかなければと考えていた。その結果、ブライアンはある時点で彼女が退屈な女だと気づいたのだ。

あなたは自分の快感帯から抜け出す必要があります、とセラピストは言った。新しいことに挑戦し、心を開いて新しい世界を体験しなくては。

そこでカヤックの講習を受けた結果、水に濡れるのが――とりわけ水が冷たいときに――嫌いだということにすぐに気づいた。つぎにスキーのレッスンを受けたが、雪の上で転ぶのが大嫌いだとわかった。最後の手段として自転車を買った。環境のためを考えて、職場まで自転車で通う決心をしてのことだったのに、これも棚上げになったままだ。というのは、もう少しで配送トラックのタイヤの下敷きになりそうになったからだ。

最終的に瞑想のレッスンに落ち着いたのだが、セラピストに感心してはもらえなかった。

正直なところ、結婚破棄のトラウマはもはや薄らぎ、今の気持ちはわれながら驚くほどの安堵感であることに気づいてもいる。エセルの言うとおりだ。本当に間一髪だった。だが、だからといってブライアンに対する腹立ちがおさまったわけではない。女には女のプライドってもんがある。

書類やノートを抱えてドアに向かった。ファイアーサイド・ラウンジを通り過ぎながら、多くの人が集まっているのを眺めてうれしくなった。バックにはひと昔前の曲が流れている。おしゃべりの声がひときわ大きい。

わたしも仕事のあとで誰かと一杯飲めたらいいのに、と思った。いつもならそんなときはジョスリンに電話をして、ダウンタウンで人気のバーかレストランで落ちあう約束をするのだが、ジョスリンは一カ月間、シアトルにはいないのだ。

メモリアル・ボードの前で足を止め、最近亡くなった人たちの顔をじっと見た。ボードに貼り出されている写真は、その人たちが働き盛りだったころのものである。男性ならば、きりりとした軍服や仕立てのいいビジネススーツに身を固めた姿が多い。女性の場合は、いずれもひと昔前に流行したさまざまな装いが印象的だ。ウェディング・ドレスをまとい、喜びに目をきらきら輝かせている姿も何枚かある。

彼も彼女も〈レイニー・クリーク・ガーデンズ・リタイアメント・ヴィレッジ〉で最期を迎えることになるとは思っていなかっただろうことには確信があった。だが現実には、メモリアル・ボードに掲げられた人びとは投げかけられた人生のさまざまな局面——悲劇、トラウマ、絶望、悲嘆——を乗り越えて生き、この〈レイニー・クリーク・ガーデンズ〉で自分の物語を語ったのだ。

長い目で見れば、祭壇の前にひとりぽつんと残されたことも、運がよければ、何十年か先になって友だちや隣人、もしかしたら孫たちに語るドラマチックな話にすぎないのかもしれない。

オフィスに戻ると、次回の自分史講座についてのメモをしたためてから予定表に目をやった。

サラ・ジェイムスンがドアから顔をのぞかせた。サラは五十代後半、スカートのビジネススーツと黒のパンプスを好んで身に着ける、すっきりと魅力的な女性である。ドアのところでゆったりと腕を組み、シャーロットに笑いかけた。

「今日の〈ライト・ユア・ライフ〉グループはひと騒動あったらしいわね。エセル・ディーピングが結婚に関する章を、何十年か前にご主人を殺したという形で締めくくりたがったとか」

「ニュースってたちまち伝わるのね」シャーロットが言った。

「ハッピーアワーのせいよ」

「自分史を書くのと物語を書くのには微妙な違いがあるのに、そのへんを混同しているみたいね」シャーロットは言った。「エセルはご主人のことを立派な人で、みんなに尊敬されて地域社会にも貢献したと言いながら、彼に対して説明のつかない怒りを抱えてもいるんだと思うの。お子さんたちがまだ小さいころに亡くなったから、エセルは女手ひとつで子どもたちを育てなければならなかったでしょう。だから、復讐をするために作り話を利用したんだと思うわ。そのほうがドラマチックな仕上がりになるとも言っていたし」

サラがくすくす笑った。「まあ、わからないではないわね。いずれにせよ、彼女が書きたいように書くのを止める権利はないし。それに、自分史は一種のセラピーだと言っていたわよね、あなた」

「そうなの」シャーロットは窓の外にちらっと目をやった。あいかわらず雨が降っている。デスクの下からブーツを引き出し、ヒールを脱いだ。「問題は、自分の物語を脚色しようとしたエセルのやり方にほかの人たちが動揺したってことなのよ」

「その点について有罪なのはエセルひとりじゃないと思うけど」

「そう、その傾向はあるのよ」シャーロットがブーツをぐいと引きあげた。「みんな、自分の身に起きたいいことは書きたがるけれど、いやなことには触れたがらない」

「そうしたところで、べつに実害があるってわけじゃないわ」

「同感」シャーロットは立ちあがり、コート掛けからアノラックを取った。「克己のために言わなければならないことって絶対にあるはずなのよ。ここで働きはじめてからそれを学んだわ。すごく幸せな入居者の中には自分の過去をみごとに書き換えた人が何人もいるの」

デスクのいちばん下の引き出しからハンドバッグを取り出して、ストラップを肩に掛けた。

「ジョスリンから連絡は？」サラが訊いた。

「ううん。とうてい信じがたいけど、きっとカリブの修道院での精神修養を楽しんでいるんだと思うわ。正直なところ、わたし、あの子が最初の一週間を切り抜けられるとは思っていなかったの。だって、ジョスリンはインターネット漬けの日々を送っていた子でしょ。その子が丸々一カ月、Eメールのチェックをせずにいられるはずがないもの。わたし、そっちに百ドル賭けたのよ」

「向こうに行ってまだ一週間でしょ。まだまだ賭けに勝つ可能性はあるわ。今夜は何か予定があるの？」

「ううん、べつに。これから家に帰る途中でジョスリンのコンドミニアムに寄って、鉢植えに水をやったり郵便物をチェックしたりするわ。たぶんそれが今夜の予定のハイライト。そちらは？」

「わたしもべつに。でも、週末が楽しみなの。夫と海岸沿いをドライヴすることになっているのよ。また嵐が近づいているでしょう。わたし、嵐の季節の海岸が大好きなの」

「素敵だわ」シャーロットが言った。「それじゃ、また明日」

ロビーを通り抜け、正面受付のスタッフに挨拶をして、秋の雨に濡れた午後の薄暗さの中に出た。ゆったりと幅を取った優雅な入り口通路を進みながら、サラとの会話を頭の中で反芻した。最後の部分は気にかけないことにした。

どうせわたしは歳のいった独身女。今夜の予定なんかないし、週末の予定もなんにもないわ、と思った。ばかみたい。何もかもブライアン・コンロイとのことできたした蹉跌についてくよくよ考えてばかりいたせいだわ。いいかげんに生活を変えなくちゃ。

アノラックのフードを引きあげ――シアトルでは傘をさすのは観光客だけだ――降りつづける霧雨の中に踏み出す準備をした。

〈レイニー・クリーク・ガーデンズ〉で働く数多い利点のひとつは、アパートメントから徒歩二十分という近さである。実際、それについて考えてみると、シャーロットに必要なものはすべてその二十分の徒歩圏内にある。シアトルには大都会の明かり、買い物を楽しむ場所、そのほか都会生活に不可欠な用件をすべて備えていながら、いろいろな意味でいまだに小さな町でもある。ブライアン・コンロイと雨さえ除けば、ジョスリンの勧めに耳をかたむけ、オレゴンから引っ越してきたことをよかったと思っていた。

正面玄関前の広くはない駐車場に、見るからに高級そうな車が入ってきた。運転席側のドアが開き、男が降りてきた。屋根のある玄関前通路へと駆け足で向かう。途中、シャーロットに気づくと、男性的なまなざしを向けて上品な笑みを浮かべた。

「よく降りますね」男が言った。「だが、少なくともあまり寒くはない」

「ええ、そうですね」シャーロットは答えた。

「ここの入居者の方にしてはちょっと若すぎるが、ご家族を訪ねてらしたとか？」

「ここで働いているんです」

「ほう？」男はロビー・エントランスに思案顔で一瞥を投げた。「ここにご家族がいらっしゃる方だといいなと思ったんですが」

「それはまたどうして？」

「ここについての意見をうかがいたかったからですよ。祖母を入居させるにはどこの施設がいいか、あちこち調べてくるよう家族に指名されましてね。ここで働いている方の意見となると、公平というわけにはいきませんよね」

「わたしがここで働いているのは、ここが大好きだからですわ」シャーロットは言った。「中にお入りになれば、そちらの疑問にすべてお答えできる者がおりますが、本当はおばあさまをお連れになって、ご自分の目でたしかめていただいたほうがいいと思います。高齢者施設への入居でライフスタイルは大きく変わりますから。決定なさるにはおばあさまのご意見も大事ですわ」

しまった。自分の耳にさえ、いやにむきになっているように響いた。頭の中でジョスリンの声が聞こえた。

そのとおりよ、シャーロット。ハンサムな男がセクシーな笑みを投げかけてきて、簡単な質問をしただけなのに、あなたはすぐそうやって諭すみたいな答えを返すの。もっとゆったり構えなきゃ。

見知らぬ男の笑顔がややかすんだ。

「なるほど。しかし、今日はただ何カ所かの候補の雰囲気を見にきただけでしてね。祖母は同じ家で五十年間暮らしていたんで、知らない人ばかりの施設に入ることに不安を感じているんです」

そうした話ならシャーロットの守備範囲である。男にお上手を言わずにすみそうだ。仕事の話をすればいいのだから。

「ひょっとして、おばあさまはブリッジをなさいます?」

男はその質問に驚いたようだったが、すぐに取り繕った。

「えっ、それ、冗談でなく？　ブリッジをやらせたら、祖母の右に出る者はいないくらいですけど」

「でしたら、ここは最高ですよ」シャーロットは言った。「信じてください。おばあさまがブリッジをなさるという噂が流れたとたん、すぐにお友だちがたくさんできます」

「いやあ、そうか。ありがとう。祖母に言っておきますよ」男はいったん言葉を切り、シャーロットとのやりとりをこのまままつづけたものかどうか決めかねているようだった。「あなたやぼくが高齢者施設に入る時代になったら、仲間同士で興じることってなんだろうな？」

「テレビゲームでしょう、おそらく」

男がくっくと笑い、また柔らかな笑顔が戻った。

「たしかにそうだ。いやあ、いろいろ教えていただいてありがとう」

男はガラス扉を通り、ロビーへと入っていった。

シャーロットは雨の中、歩道を軽やかな足取りで進んだ。最後のやりとりでは彼を愉快がらせることができた。いい傾向だわ。まずいのは、おもしろいことを言おうとしたわけではなかった点だ。彼の質問に対して〝テレビゲーム〟と答えたのは、それが真っ先に頭に浮かんだからにすぎなかった。

見ず知らずの男となれなれしくするつもりはなかったが、今のやりとりには男女間のささやきに通じるものがあり、それに気づいてちょっと自信がわいてきた。ブライアン・コンロイの騒動で壊滅した内なるものがなんであれ、完全に死滅してはいなかったらしい。おそらくただ冬眠していただけなのだろう。

そんなことを考えていたとき、何かしら引っかかるものがあり、ちらりと後ろを振り返った。さっきの男がまだそこにいるとは思ってもみなかった。今ごろはもう、ロビーの受付デスクでいろいろと情報収集し、もしかしたら施設内の見学でもしているはずだった。

だが、ガラス扉の向こう側に男の姿があることに気づき、ぎくりとした。こちらのようすをじっとうかがっていたことは間違いない。

わたしをおもしろいと思ってきっといつまでも見ているんだわ、と思うと、女としての満足感がもう一度心地よくこみあげてきてもよさそうなものだが、なぜなのかそれはなかった。むしろその逆で、不安のせいでうなじのあたりがぞくぞくした。

いやだわ。なんだか誇大妄想気味。

ブライアンとのことが自分の判断力への自信のみならず、神経にまで影響をおよぼしているのだろう。

うれしくはない。

日暮れの湿った寒さを意識し、歩調を速めた。ジョスリンといっしょに離れ小島の修道院へ行けばよかったんだわ、と突然思った。数週間のあいだ、誰とも連絡の取れない状況に身を置くという考えに魅力を感じた。しかし、〈レイニー・クリーク・ガーデンズ〉で働きはじめてから、まだ一年しか経っていない。丸々一カ月の休暇を取るなどとんでもなかった。

家に帰ったら瞑想のアプリを使って意識を上向けることにしようと心に決めた。

3

マックス・カトラーは、ルイーズ・フリントのリビングルームの真ん中にたたずみ、あたりを支配する虚無感を全身で感じとっていた。死者がそれまで暮らしていた空間はつねにこんなふうだ――少なくとも彼はつねにそう受け止めていた。

プロファイラーの職に就いてまもなく、同僚に言われた。陰気な空気を呼び出すのは彼の想像力であり、もしその場所で誰かが死んだことを知らなければ、そうした空気を感じることはないだろうと。

だが今、彼はこのコンドミニアムでルイーズ・フリントが死んだことを知っており、いつもの虚無感をまた感じていた。もちろん、降りやまない雨と容赦なく空をおおう雲のせいではない。六カ月前にシアトルに移り住み、悪名高きシアトル特有の天候はさほど意識せずに受け入れていた。しかし、今日はこの空気感がいやに気にかかった。

「警官はルイーズは自殺したと確信していますが」ダニエル・フリントが言った。

「ぼくにはルイーズがドラッグを過剰摂取したとは、故意であれ事故であれ、思えないんです」

「きみは彼女が殺されたと思っているんだね」マックスの口調はしごく冷静だ。

「部屋の中を見てください」ダニエルはさも腹立たしげに片手を大きく回した。「何者かがこの部屋をめちゃくちゃにしたことは間違いない。パソコンも携帯電話もなくなっている。これはつまり、何者かがルイーズを殺してハイテク機器を盗んでいったにちがいないということです」

ダニエルは地元の大学の四年生だ。この仕事を引き受ける前に、マックスはいつものように彼の経歴を調べた。それによれば、ダニエルはレストランでパートタイムで働き、貧乏学生といえる生活を送っている。授業料支払いのために多額のローンを抱え、しかも専攻が歴史とあっては、最終的に卒業したとしても就職はきわめて困難といったところだろう。ということは、私立探偵を雇う余裕があるはずはなかった。

だが二時間前、ダニエルはマックスのオフィスにやってきた。その表情は真剣そのものだった。使命を帯びた若者然としていた。

残念なことに、使命感に共鳴した奉仕活動にお金はついてこない。

表示を出さなきゃいけないな。〝奉仕活動お断り〟と。

とはいえ今のところ、ほかの依頼人がドアを叩く気配はなかった。先週、保険会社のちょっとした仕事を終えたばかりで、いつもながらの不満の残る結果——保険会社が示談の道を選んだ——に終わっている。マックスが調査で暴いた情報のおかげで、保険会社は弁護士が請求してきた五十万ドルに対し、わずかに数千ドルを支払うだけですんだ。

訴訟を起こしてやると保険会社を脅していた間抜けの嘘を発見するのに十五分とはかからなかった。というのは、パーティーで半裸で踊る写真を投稿してくれていたからだ。頸部ならびに脊椎損傷で車椅子生活を余儀なくされたと主張していることを考えれば、保険会社は交渉の際の強い切り札を手に入れたことになる。

証拠を突きつけられた間抜けの弁護士はすぐさま金額を下げ、保険会社はすんなりとその新しい数字を受け入れた。厄介な問題が解決すればそれでいいのだ。法人が依頼してくる仕事はたいていがそうだが、その保険会社も〝法廷にもちこまれるより示談のほうが安上がり〟をモットーにしている。財務上の論理に文句をつけるわけにはいかない。

だが、たまには奉仕活動も必要だ。

マックスはコンドミニアム内をじっくりと観察した。ペントハウスではないものの、不動産としては最高級物件である。ルイーズは地元の慈善財団で基金調達担当者だったから、シアトル中心部に建つ時代の最先端をいく超高層コンドミニアムを手に入れることができたのだろう。同じシアトルとはいえ、マックスが住むぼろ家とは桁違いの物件だ。

室内はめちゃくちゃだった。何者かが何かを必死で探した結果にちがいない。マックスはその点についてしばし考えをめぐらした。

「ルイーズについて聞かせてくれ。それと、彼女がドラッグと売春をやってはいなかったときみがそこまで確信している理由が聞きたい」

ダニエルが髪をかきあげた。「ルイーズはぼくの従姉でしたが、彼女が十代になるまではあまり会ったことがありません。彼女は東部で育ったんです。まだ幼いころに父親が死んで、母親が再婚したんですが、その相手っていうのが最低な野郎で、ルイーズは二年間くらい性的虐待を受けていたんですよ。ルイーズの母親はそれを知ったときも、ルイーズが嘘をついていると思ったそうですが、やっと本当のことに気づくと、その変態と離婚してルイーズを連れてこのワシントン州に来たんです。でも、ルイーズの母親は彼女に性的虐待のことはけっして口にするなと命じたとか」

「そういう忠告は往々にして裏目に出ることがある」

「そうなんです。ルイーズは若いころ、かなり荒れてたんですけど、当時ぼくたちにはなぜだかわかりませんでした」

「それじゃ、過去のどこかでドラッグに手を染めたことがあるんだな？」

ダニエルが怒りで顔を赤くし、否定してくるかに見えた。

「しばらくのあいだだけ」長い間をおいてから言った。「十代の終わりごろに。数回家出を繰り返したあと、ついに何カ月か行方不明になりました。そんなとき、生き延びるために売春やドラッグ密売に手を出さなかったとは言いません。最悪でしたよ、そのころは。親類はみな、彼女は死んだものと考えていました。振り返れば、ぼくも罪悪感を感じます。彼女を助けるためにもっと何かしなければいけなかった気がして」

「きみは彼女より五、六歳下だろう。だとすれば、当時はまだほんの子どもだった」マックスが指摘した。「きみにできることなど何もなかったよ」

「そうかもしれないけど、でも、誰かが何かしなくちゃいけなかったんだ」

「いいかい、救われたいと思っていない人間を救うことはできないんだよ」

「母からも何度か同じことを言われました」

「きみの言うことが正しければ、ルイーズは最終的にはすさんだ生活から足を洗ったということだね？」

「ええ、そのとおりです。ルイーズはずっと——何年も——頑張ってきたんです。あなたにそのことをわかってほしいんです。財団の仕事が大好きでした。出張であちこち旅したり、セレブに会ったり」

マックスは、セレブという人種がドラッグ問題を抱え、リハビリ施設を出たり入ったりしているというよく知られた事実には触れずにおいた。

その代わりに質問を投げかけた。「ほかに何かぼくが知っておくべきことは？」

「地元にある女性のためのシェルターで週に一度ボランティアをしていました——自分の過去を考えてのことだったんだと思います。昔、路頭に迷っていたときに手を差し伸べてくれたシェルターを評価していましたから。恩送りをしたい気持ちが強かったんです。仲のいい友だちもいました。それもしっかりした人間だったしるしですよね？　何人かの友だちといっしょに投資クラブをつくってました。将来を見据えての計画も立てていましたから、ドラッグにまた手を出して、それを危険にさらすなど考えられません」

「交際していた男は？　生活の中に男の影は？」

ダニエルはしばし考えこんだ。「いや、いないと思います。ときおりデートはしていましたが、ふだんは慈善パーティーに出席する際のエスコートが必要だっただけで。正直なところ、男があんまり好きではなかったんだと思いますね。信用できなかったんでしょう――ぼく以外は。どうかお願いです。この事件の調査、引き受けてください、ミスター・カトラー」

マックスはあらためて室内を見わたし、その沈んだ雰囲気を感じとった。ついで、返事を待つ真剣な若者を見る。

「たしかにここにはいくつか疑問点がある」マックスは言った。「ぼくに答えが見つけられるかどうか、やってみようか」

その瞬間のダニエルの表情ときたら、まるで肩の荷が一気に下りたようだった。

「ありがとうございます。なんとお礼を言ったらいいのか」

「石をひっくり返しはじめる前に言っておきたいことがひとつある」

「なんでしょう？」

「こういう状況では、依頼人はぼくの突き止めた答えが気に入らない場合もときにはある。そうなってもかまわないんだな？」

ダニエルの安堵がややしぼみかけた。「それはつまり、ルイーズが本当に売春やドラッグの生活にまた戻っていたことを突き止めるかもしれないってことですか？」

「ぼくが言いたいのはつまり、ぼくが出した答えを気に入らない人がときどきいるってことだ。ときに死者は何かわけがあって秘密を墓の中まで持っていくこともある。ぼくがつかんだ事実がどんなものであれ、きみにはそれを背負って生きていく覚悟を持ってほしいんだ」

「はい」ダニエルはウインドブレーカーのポケットに両手を突っこんだ。「真相を知らずには生きていけません」

「よし、わかった。きみの従姉の死の真相を調べることにする」

ダニエルが一度うなずいた。「ありがとう。で、料金ですが、ルイーズはこのコンドミニアムと車をぼくに遺してくれました。ぼくとしては、この部屋は売るつもりですから、それで入ったお金から払います」

前所有者が死体で発見されたコンドミニアムが簡単に売れないことを指摘するのはよしておいた。

「わかった」マックスは答えた。「それじゃ、しばらくこの部屋でひとりにさせてもらいたい。じっくりと見ておきたいものでね。メモも取りたい。写真も撮っておかないと」

「ええ、どうぞ。この部屋と階下の倉庫とロビーの郵便受けの鍵を預けますから、必要なだけ調べてください。入り口のスタッフには、あなたがいつでも出入りできる許可を出してあると言っておきますから」

「ルイーズの死亡について調査するってことは知られないほうがいいと思う。建物内の誰も彼もを不安にさせるだけだし、そうなればみんな非協力的になる。だから、フロントデスクのスタッフには、ぼくにルイーズの部屋の片付けを手伝ってもらっているとだけ言っておくように」

「わかりました」ダニエルがうなずいた。「そうします。それに、ある意味、本当にそうですし」

「嘘をつくときにはいつも、できるだけ多くの真実をまぜるのが賢明なんだ。そのほうが間違いが起きる可能性が低い」

「わかります」

「出ていく前にもうひとつ」マックスが言った。「ルイーズの車も調べたいんだが」

「もちろん、そうしてください。駐車場にあります。キーは彼女のバッグの中にありました」

「それじゃ、いっしょに車を見にいこう」

「はい」ダニエルが好奇心をのぞかせながらマックスをちらっと見た。「車を見にいくのに、どうしてぼくがいっしょのほうがいいんですか？」

「コンドミニアムの所有者や管理スタッフは、駐車場内を見たことのない男がうろついているのを見たら不安になるだろう？　車上荒らしと間違えられたくないんだよ」

「なるほどね。たしかにそうだな」

ダニエルがドアに向かって歩きだした。従姉の死に関して誰かが何かをしてくれることになった今、見るからに元気が出たようだ。マックスは彼のあとから廊下に出て、ドアに鍵をかけた。

数分後、二人は地下駐車場でエレベーターを降りた。ダニエルが先に立ち、ダークブルーのセダンに近づいた。マックスがリモート操作でロックを解除する。

トランクの中にこれというものはなかった。グローヴボックスにも、車両関係の書類、ペーパータオルの小箱、予備のサングラスといった当たり前のものしか入っていない。シアトルに住んでいるかぎり、サングラスはそう何個も持っているはずがない。ひとたび太陽が顔をのぞかせれば、驚くのがつねなのだ。

しばらくじっと運転席にすわり、走行距離計をチェックした。「ルイーズはいつからこの車に乗っていたのかな？」

「わりと最近で」ダニエルが答えた。「今年のはじめに買いました」

「たしかにあまり走ってないようだ」

「市の中心部に住むのが好きな理由がそれだったんです。職場まで車を使わずに行ける。財団の本部はここから遠くないんです」

マックスはGPS装置を操作し、記録されている最後の目的地を確認した。

「ワシントン州ローリングに住むルイーズの知り合いって誰だろう？」

ダニエルは装置の文字を見ながら顔をしかめた。「さあ、知りません。でも、彼女の仕事は基金調達でしたからね。寄付をしてくれそうな人に会いにローリングへ行ったのかもしれません」

「理由はどうであれ、彼女が最後にこの車で出かけた先はローリングのようだ」

「それが重要だと思うんですか？」

「いや、ただ疑問のひとつってことだ。この時点ではまだそれだけだよ。いくつかの疑問がすべてだ」

4

シャーロットはジョスリンのコンドミニアムのドアの鍵を開けると、いつもどおり警報装置を解除した。セキュリティーに関していえば、ジョスリンは少々神経質どころではないほどのこだわりがあった。自分の部屋に隠しカメラ付きの最先端技術を駆使したシステムを設置しただけでなく、同じ装置をシャーロットのアパートメントにも取り付けようとした。

シャーロットとしては、厳重なロックと警報装置には賛同できたが、カメラの設置に関してはきっぱりと断った。自分をがっちりとらえているカメラがあるのを知りながら、室内を下着姿でうろうろすることを想像するだけでぞっとした。シャーロットはノートパソコンの内蔵カメラのレンズにもバンドエイドを貼っている。

誰にでも多少風変わりなところがあるのだ。

今日の郵便物をガラストップのキャビネットの上に置き、素早く目を通した。いつものことだが、重要性のありそうなものはあまりない——ジョスリンは請求書を含む個人的な実務のほとんどをすべてオンラインで処理している。くずかご直行でなさそうな郵便は唯一、小さなクッション封筒だ。消印はシアトルだが、差出人の住所氏名が書かれていない。ジョスリンからは重要かもしれないものは開封するようにたのまれていたから、それを玄関脇のテーブルにのせ、帰るときにチェックしようと心に留めた。

それ以外のものはすべて紙袋に捨て、ドアの内側に置いた。帰りに資源ごみの置き場に捨てていくつもりだ。

つぎにジョスリンの鉢植えに水をやった。大きな棕櫚《しゅろ》がぐんぐん伸びていくのが目に見えてうれしくなる。堂々たるドラセナもいい感じに育っている。

植物を置くのを勧めたのはシャーロットだ。シアトルに引っ越してきてまもなく、ジョスリンに棕櫚をプレゼントしたとき、受け取るジョスリンにはためらいがあった。だがシャーロットは、コンドミニアムのすっきりと現代的な内部に安らぎをもたせたほうがいいと言い張った。

ジョスリンの部屋は彼女自身をそっくりそのまま投影したかのようだった。昔のモノクロ映画を彷彿させる冷たさと魅力。白と黒以外の色といえば、わずかにコバルトブルーのクッションと白い革張りソファーの後ろのドラマチックなコバルトブルーの壁だけだったのだ。

カリブ海の島の修道院に一カ月間の滞在を申しこんだというジョスリンの決心は、控えめに言ってもびっくり仰天だった。ひとつには、これまで彼女の頭に浮かぶ隠れ家のコンセプトにいちばん近い場所は、週末をたまにゆったり過ごす高級スパだったからだ。しかし、今回は贅沢なリゾートウエアもハイテク機器もすべて家に置いていく決心をして、本当にバックパックひとつでシアトルをあとにした。バックパックのラベルからそれがブランド品であることはわかったが、とは言っても、あくまでバックパックである。ジョスリンは軽装で旅行したことなどないのだ。

鉢植えに水をやり終わると、つぎに何カ所かのシンクにしばらく水を流したりトイレの水も流したりして、どこもかしこもリフレッシュしたあと、ドアに向かって進む途中で足を止めてクッション封筒を手に取った。

端を破いて開いてみる。封筒の中にはもうひとつ、やや小ぶりの封筒が入っていた。手触りで中身は鍵の形をした硬いもの——それが三個——だとわかった。

鍵が入った小ぶりの封筒からは手書き文字のメモも出てきた。

わたしが被害妄想的にびくびくしているだけなんだろうけれど、被害妄想患者にも敵はいるって言うでしょ。だから予防措置を取ることにしたの。もしわたしが不安になるのも当然だとわかったときのために、ファイルのコピーのわたしの分はコンドミニアムの倉庫にあることを知らせておきたいと思ったから。もちろん、あなたとの約束どおり、情報はいっさいオンラインには上げてはいないわ。あなたが電話やインターネットとは無縁の孤島から戻ってきたら、一杯おごらせて。祝杯をあげようね。楽しみにしてる。ルイーズ

ジョスリンの数少ない女友だちの中にルイーズはたったひとりしかいない。ルイーズ・フリント。ジョスリンと同じ財団の基金調達担当部門で働いている。ジョスリンが長期間、シアトルを離れていることをルイーズならよく知っている。なのになぜ、ジョスリン宛に鍵となんだか奇妙なメモを送ってきたのだろう？　理解に苦しむ。

シャーロットは時計を見た。五時半を過ぎているが、ひょっとしたらルイーズはまだ職場にいるかもしれない。

なじみのある番号を呼び出したあと、出てきた受付嬢の答えに驚いた。

「もしもし、エリザベス？　シャーロット・ソーヤーだけれど、今日はずいぶん遅く

まで仕事なのね」

「あら、シャーロット、こんばんは」

エリザベスの返事はどこかうわの空だった。

「ルイーズにちょっと用事があるんだけれど、彼女まだいるかしら?」

不安を感じさせるほど長い沈黙があった。

「では、まだニュースをご存じないんですね」エリザベスが言った。

「ニュースって? いったいなんのことかしら?」

「わたしからお伝えしなければならないなんて。ルイーズですが……もういないんです」

「それはつまり、辞めたということ?」

「いいえ、シャーロット、彼女は亡くなったんです」

シャーロットは電話を握りしめた。「えっ? いつのこと? どういうふうに?」

「いつだったのかははっきりとは知りません。週に一度掃除をしている家政婦さんが部屋に入って、死体を発見したと聞いています」

「まさかそんな。信じられないわ。何が起きたの?」

「わたし、詳しいことは知らないんです。でも噂では、ルイーズは自分で……命を絶ったのかもしれないとか」

「驚いたわ」

「わたしたちもです。わたしがこうやって遅くまで仕事をしているのは、ルイーズの仕事をカバーしているからなんです。せめてジョスリンが帰ってくるまでは。だって、二人ともいなくなってしまったんです。控えめに言っても、みんな少々当惑しています」

「なんと言ったらいいのかわからないわ」

「こういうときに言えることなんてほとんどありませんよ」エリザベスが言った。

「ジョスリンが知ったら、間違いなくショックを受けると思いますね」

「ええ、もちろん」シャーロットが言った。

エリザベスが声をひそめた。「噂はほかにもあるんですが、わたしは信じられません」

「どういう?」シャーロットが訊いた。

「ルイーズはドラッグ常習の過去があるって誰かが言ってました。警察はどうも、彼女がまたドラッグに手を出したんじゃないかと考えているようで」

「それはないと思うけど。それじゃこれで、エリザベス」

「ひょっとして、ジョスリンから連絡はありました？」

「いいえ。連絡の取りようがない隠れ家にいるのよ。知ってるでしょ？」

「ええ、でも、彼女が外部との連絡を完全に断っているなんて想像できなくて」

「たしかにね。でも、あの子が固い決意をもって実行したことなの」

「ルイーズのこともその孤島の修道院をあとにするまでまったく知らないってことですよね」エリザベスが言った。

「そうなの」

「彼女、ショックで打ちのめされるわ、きっと。ルイーズとは本当に仲良しだったから」

「ええ、そうよね」

シャーロットは電話を切った。優雅な部屋の真ん中に立ったまま、これから何をしたらいいものかしばし考えた。

ジョスリンには親しい女友だちが何人かいた。彼女たちはみな投資クラブに参加していた。シャーロットもその四人の友だちに一、二度会ったことがあるが、誰ひとりとしてよく知っているわけではない。ジョスリンも必要以上にシャーロットを近づけたがってはいなかったし、クラブの投資に加わらせようともしなかった。お姉さんは危険を冒す余裕があるほど稼いでいないでしょ、と一度ならず言われていた。

ジョスリンは継父の娘だが、大した妹である。家族のみんなと同様、ジョスリンもシャーロットは世間知らずで、過度に人を信用し、人が自分に対して嘘をつく――少なくとも面と向かっては――はずがないとすぐに思いこんでしまうと思っていた。ブライアン・コンロイの一件ではそうした評価を再確認させられた。

そして、そう、たしかにそのとおりなのだ。ブライアンが爆弾を落とすずっと前から、迫りくる災難の兆候に気づくべきだったのだ。それなのにわたしときたら、彼の行動の微妙な変化のひとつひとつに弁解を加え、都合のいいように考えた。結婚式を控えた花婿が神経質になるのはごく自然ななりゆきだと自分自身に思いこませた。

鍵の入った封筒を見つめ、つぎに何をしたらいいのか考えた。まもなくシャーロットはジョスリンの机の前に行き、ファイルをあれこれ調べた。投資クラブをつくっていた四人のうちのひとりの電話番号を見つけるのに、そう時間はかからなかった。エミリー・ケリー。彼女は地元のIT企業の人事部で働いている。

その番号を押し、知らず知らず息を凝らしてエミリーが出るのを待った。

「もしもし、どなた?」エミリーが訊いた。

その声には緊張がにじみ、ぴりぴりしていた。

「シャーロットです。シャーロット・ソーヤー。ジョスリンの姉の。二、三度お目にかかりましたよね」

「ええ、もちろん」エミリーの声に安堵感があふれた。「ごめんなさい、シャーロット。今日はずっとつらくて」

「お電話したのはそのことなの。ルイーズの身にたいへんなことが起きたと知ったからなの」

「彼女、死んだんです」エミリーの声が震えていた。

「ジョスリンがショックを受けるわ」

「わたしたちみんな、ショックを受けてます」エミリーが言った。

「事故だったの？」

また長い間があったのち、エミリーは声を抑えて話しはじめた。

「ドラッグの過剰摂取だと聞きました」

「財団の受付嬢もそう言っていたけれど、信じがたいのよ」

「わかります。ルイーズはドラッグに対してものすごく用心深かったですからね。それは、彼女自身の過去のせいでもあるけれど、ボランティアをしていたシェルターでドラッグがらみの問題を抱えた人をそれはたくさん見ていたからでもあるんです」

「あなたはどうやって彼女が死んだことを知ったの？」

「ルイーズの従弟のダニエル・フリントから電話をもらったんです。ルイーズと親しかった友だちのリストがあると言っていました。わたしたちに何が起きたか知らせておきたかったみたいです」

「ジョスリンから聞いたことがあるわ。ルイーズにはシアトルに住んでいる従弟がいて、その子をとてもかわいがっているって。このあたりの大学に通っていると思ったけど」

「ええ。それにしても、悲劇としか言いようがありません。ルイーズはこれまでいろいろなこと――虐待、ドラッグ、路上生活――を克服してきて、最後にこれです」

「あんまりだわね」シャーロットが静かに言った。

　エミリーがまたしばし黙りこんだ。

「ところで、何か特別な理由があってルイーズに連絡を取ろうとなさったんですか？」エミリーが訊いた。

　シャーロットは鍵の入った封筒に目を落としながら、せわしく書かれたメモについて考えた。もしわたしが不安になるのも当然だとわかったときのために、ファイルのコピーのわたしの分はコンドミニアムの倉庫にあることを知らせておきたいと思ったから。


「それはもうどうでもいいことだわ」シャーロットは答えた。

「ええ、まあ、そうですね」

「とにかく、ジョスリンが大きなショックを受けることは間違いないわ」

「ええ、たしかに」エミリーがためらいがちに言った。「彼女から何か連絡はありました?」

「ううん。まだ孤島の隠れ家にいるわ」

「ジョスリンがこんなふうにいっさい連絡の取れない場所で過ごしているなんて信じられないわ」

「妹って人間を知っているでしょ。いったんこうと決めたら、脇目も振らずに突き進む子なの」

「たしかに」

シャーロットは電話を切り、バッグに戻した。鍵といっしょに入っていたメモをもう一度読み返す。

「かんべんしてよ」声にならない声で言った。

もしジョスリンが鍵の入った封筒を手にここに立っているとしたら、いったい何をするだろうか？　しばし考えをめぐらした。しかし、答えはとっくにわかっていた。シャーロットとジョスリンはおよそあらゆる点で正反対だから、こうした状況にジョスリンがどう反応するかはかえってすんなり予測できた。

ジョスリンならこのままルイーズのコンドミニアムに直行し、彼女にとって重要な意味を持つことが明らかなファイルを手に入れようとするはずだ。

だが、彼女はジョスリンではなく、何ごとにも慎重で用心深く、危険を回避したがるシャーロットだ。制限速度を守り、規則に――どんなものであれ、そのほとんどに――したがう。ルイーズのファイルやその他の所有物に手をつける権利は自分にはないと考えている。

しかしながら、行きついた結論はこうだ。ルイーズはファイルをジョスリンに託し、そのジョスリンは今、それを入手できる状況にない。

ばかげた話だが、どこか異次元の世界で時計がチクタクと音を立てているのが本当に聞こえてきた。

たぶんテレビの犯罪ドラマの観すぎなのだろう。

5

シャーロットがルイーズのコンドミニアム・タワーのロビー入り口に到着したころには、秋の午後のかすかな光も消え、夜の帳が下りていた。このあとひとりで歩いて家に帰ることを思うと、背筋を冷たいものが走った。なぜだか突然、〈レイニー・クリーク・ガーデンズ〉のロビーのガラス扉ごしにこっちをじっと見ていたあのハンサムな男のことを思い出したのだ。

自分が臆病だとは思いたくない――ただ、何ごとにも慎重で用心深いのだ。にもかかわらず、まだほんの宵の口で、かなりな数の人がダウンタウンの歩道を行きかっているというのに、帰りはタクシーを呼ぼうと心に決めた。

ロビーの中をガラスごしに見ると、受付デスクには誰もいなかった。コンシェルジュの勤務時間を過ぎていることは間違いない。

ルイーズの鍵を持ってはいるものの、親類でもなければ親しい友だちですらない。

死んだ彼女の私的空間に入ることには抵抗があった。彼女の部屋に家族の誰かがいるかもしれないのだ。名案を思いつかないまま、しかたなくエントリーシステムを使ってルイーズの部屋を呼び出した。

男の声が応えたとき、シャーロットはショックのあまり頭がくらくらした。

「ルイーズ・フリントの部屋です」

男の声は男性的で深みがあり、自制のきいた口調は冷たく、岩のように堅固だった。大学に通う若者の声ではない。

胸が早鐘を打ちだした。何かおかしい。その男がルイーズの部屋にいる正当な理由が思い浮かばない。

「あなたはどなた？」思いきって尋ねた。

「マックス・カトラーという者だが、あなたは？」

「ルイーズの友だちです。いえ、厳密にはルイーズの友だちの姉ですが、妹のジョスリンが今シアトルにはいないんです。わたしはたまたま大変なことが起きたと聞いたもので」

そこまで言って唐突に言葉を切った。この相手に鍵のことは伝えないほうがいいかもしれないと思ったからだ。

「話しあう必要がありそうだ」マックスが言った。

「なぜ？」

「ぼくは私立探偵でね」

「私立探偵？　いったいどういうことかしら？」

「つまり、ぼくはダニエル・フリントにルイーズ死亡の真相を調べてほしいと依頼されてここにいるわけだが、きみがここへ来た最初の人間だ。ついては、いくつか質問したいことがある」

「待って。ダニエル・フリントはなぜあなたに調べてほしいと考えたの？」

「死因に疑問を抱いたからだ」

「警察はなぜその疑問を抱かなかったの？」

「自分たちが見つけた答えで満足したらしい。ダニエル・フリントは満足できなかった」

わたしもよ、とシャーロットは思った。

どう答えたものかじっくり考えた。

「わかったわ。でも、上の階で会って話すのはちょっと。ロビーで待つわ」

「すぐに下りていく」

「きちんとした身分証明書を見せていただきたいわ」
「了解」

6

二分ほど待っていると、エレベーターから男が降りてきた。開いた革財布を片手に持ち、高く掲げている。プラスチック板の中に公的な免許証らしきものが見えた。

「マックス・カトラーです」

シャーロットは免許証を近くでよく見た。私立探偵免許証の実物を見るのははじめてだが、おそらく本物だろうと思えた。写真は目の前に立つ男に似ているけれど、実物に比べると多少凄みに欠けている。

マックス・カトラーは警察の制服か軍服に身を固めたら似合いそうな男だ。固そうで、頑固な印象は拭えない。身に着けているのはカーキ色の服。白いシャツの襟もとのボタンははずし、上着は少々だらしない。

黒い髪は軍隊風に短く刈られ、彼の顔の岩のように固そうな面や角度に合っている。金色がかった茶色の目からは何も読みとることができない。

シアトル一のハンサムというわけではない——どう想像をたくましくしても——が、剣闘士のリングに出して、最高にハンサムな男と対峙させたら、必ずや生き残りそうな男である。

そっけないが、控えめな雰囲気もある。自分と外界のあいだに故意に透明のバリアを張りめぐらしているかのようだ。他者の激しい感情を受け止めるのが苦手な男なのだと直感的にわかった。きっと自分の激情は必死で抑えこむのだろう。いわゆるドラマチックなタイプではけっしてないはずだ。

シャーロットは自分がジョスリンの代弁者としてここにいることを思い出した。妹がこういう状況に置かれたとしたらどう出るかは想像にかたくなかった。こう言うに決まっている。

「証明書が偽造って可能性もあるわ」

「そうだな」彼は一度うなずいてから、かすかな笑みを浮かべた。「ぼくとしてもきみを信用していいものかどうかわからない」

「わたしはルイーズを知っていたわ。妹は彼女の仲良しのひとりなの——だったの。親友だったと言ってもいいわ」

「妹さんはどこに？」

問いかけ方がいささかさりげなさすぎた。

「それはあなたに関係ないでしょ」冷ややかで意志強固な響きをもつようにと狙った。

「少なくとも、あなたがどういう人かもっとわかるまでは」

「さっきも言ったが、ぼくは故人の従弟のダニエル・フリントに雇われた」マックスはポケットから携帯電話を取り出し、番号を押した。「彼と話して確認してくれ」電話に向かって何か簡単に伝えたのち、シャーロットに電話を差し出した。シャーロットはしぶしぶそれを受け取った。

「もしもし?」不安のうちに言った。「わたし、シャーロット・ソーヤーといいますが」

「ジョスリンのお姉さん、ですね?」

「ええ、まあ、そうです」

「ジョスリンにはぼくも一、二度会ったことがあります。ルイーズと彼女がすごく親しかったことは知っています。紹介が遅くなりましたが、ぼくはダニエル・フリントで、あなたに電話を渡した人が言っていることは本当です。彼はぼくの依頼を受けて動いてくれています」

「ルイーズのこと、お悔み申しあげます。わたしは彼女をよく知っていたわけではないのですが、大好きでした。ジョスリンがこのことを知ったら、きっとものすごく悲しむと思います。あなたがおっしゃったように、二人は本当に仲がよかったの。ミスター・カトラーの邪魔をするつもりはありませんし、あなたのプライバシーに立ち入りたくもないいんだけれど、じつはわたし、ルイーズのものだった鍵を何個か持っているんです。これはどうしましょうね？」

「コンドミニアムの鍵ですか？」

「ええ。それと倉庫の」

マックスが狙撃手を思わせる目でこっちをじっと見ていることに気づいた。

「ぼくが持っていてもしかたがないんで、ミスター・カトラーに渡しておいてください」

「鍵といっしょにメモがあるんです」シャーロットが付け加えた。マックスに背を向けて数歩歩き、声をひそめた。「ルイーズがジョスリンに渡してほしかったファイルについてのメモなんです」

「なんのファイルだろう？」

「知りません」

「ふうん」ダニエルはしばし考えこんだ。「そうか。もしルイーズがジョスリンに渡したかったのなら、ぼくはそれでかまいません。でも、まず最初にそれをマックス・カトラーに見てもらってください。いいですか？」

「ええ、そうするわ」シャーロットがちらっと後ろを振り返ると、マックスはこっちをじっと見ていた。「ミスター・カトラーから聞いたところでは、あなたはルイーズの死因に疑問を抱いてらっしゃるとか。つまり、彼女は殺されたと考えてらっしゃるの？」

「はい、絶対にそうです」ダニエルの声は断固としたもので、決意がうかがえた。

シャーロットは咳払いをした。「なのに警察は――？」

「そうは見ていません。刑事が言っているのを立ち聞きしたんです。『いったんジャンキーになれば、一生ジャンキーだからな』と」

「ルイーズはドラッグなんかやっていなかったわ」シャーロットは言った。その口調が怒りに満ちていたと気づいたのは、マックスがかすかに目を細めたのに気づいたときだった。すぐまた冷静な口調を心がけた。「もしやっていたとしたら、ジョスリンが気づいたはずですもの。そうしたら、妹は何か手を打ったはずだわ――ほっておくとは思えない」

「ルイーズがドラッグを使っていなかったという思いに賛同していただけてうれしい

です」ダニエルが言った。「カトラーと話しあってみてください。事故であれ故意であれ、従姉がドラッグの過剰摂取はしなかったことを彼が立証する際に役立つと思いますから。付け加えると、ルイーズは売春もしていませんでした」

シャーロットはかっとなった。今度は声を抑えるつもりもなかった。「警察は彼女が売春もしていたようなことを言ったの？」

「はい」

「ルイーズのことをまったくわかっていないのね」

「そうなんです。それじゃ、すみませんがこれで。ボスがなんかわめいてるんです。お願いです、できるだけいろいろな情報をカトラーに伝えてください」

「わかったわ、ダニエル。最後になってしまったけれど、ルイーズのこと、本当に残念だったわね」

「ありがとう。ぼくもそう思ってます」

シャーロットは電話を切った。ゆっくりと向きを変え、マックスの前まで行って足を止めた。電話を彼に差し出すと、彼はそれを受け取り、上着のポケットに入れた。

「納得はいきましたか？」マックスが訊いた。

「ダニエルの考えに賛成だわ。ルイーズがドラッグをやっていたとか、売春婦として働いていたとか、信じられないもの。ありえないわ」

「ドラッグと売春についてだが、どうしてそれほど確信があるんだろう？」

シャーロットは片手をもどかしげに動かし、とんでもないといった仕種を見せた。

「どう立証したらいいのかわからないけれど、もしルイーズがドラッグをやっていたりコールガールとして働いていたりすれば、妹のジョスリンは間違いなく気づいたはずよ。すごく心配したはずだわ。そしてなんらかの行動を起こしていたと思うの」

「ドラッグに関しても売春に関しても、じゅうぶんな手立てを講ずることができなかった可能性もあるが」

「あなたはジョスリンって子を知らないのよ。やると決めたらやる人間なの」

「ここはとりあえず、きみの言うことを信じておこうか」

「まあ、なんてありがたいの」

マックスは彼女の皮肉は無視した。「依頼人によれば、ルイーズに金銭問題はいっさいなかったそうだ」

「そうね。もしもそんなことがあれば、ジョスリンが力を貸したはずですもの」

マックスがシャーロットに好奇の目を向けた。「すべてルイーズとジョスリンとの関係性に基づいているようだが、今ここにいるのはきみだろう。妹さんではなく」

「ジョスリンは、一カ月の休暇を取ってカリブ海の小島の修道院で過ごしているの。携帯電話もパソコンも置いていったから、このことを知らせる方法もないのよ」

「ハイテク機器は何ひとつ持っていかなかったのか？」

シャーロットがうなずいた。「テク・フリーで静養ってことらしいわ」

「そいつは興味深いな」

その簡単なひとことにぞっとした。

「なぜ？」

「ルイーズの携帯電話とノートパソコンがないんだが、両方とも彼女が死んだ夜に消えたらしい」

「盗まれたの？」

「それが有力な仮説だろうな」

シャーロットははたと気づいた。「彼女を殺した犯人が持ち去ったのかしら？」

「今も言ったように、有力な仮説はそれだ」

「有力な仮説って誰が立てたの？」

「依頼人だ」

「それが妹の休暇とどう関係があるの？」

「それはわからない」マックスが言った。「しかし、これだけはたしかだ。ひとりの女性が死亡し、彼女のハイテク機器と一万ドルが消えた。一方、彼女の親友だったかもしれない女性が連絡不能な場所に姿を消した」

バッグのストラップを握ったシャーロットの手に思わず力が入った。「それとそれは関係ないわ。関係なんてありえない」

「だとしたら、驚くべき偶然の一致だな」

シャーロットは彼をじっと見た。彼の意見に反論したくとも、理にかなった考えが思い浮かばなかったからだ。

「ところで、一万ドルというのは？」長い間ののち、ようやく質問した。

「ルイーズ・フリントは、死んだ日の午前中に口座から現金を引き出していた」

「現金で？　現金で一万ドル？」

「いくつか疑問があると言った理由をわかってもらえたかな。それじゃ、依頼人に話していたそのファイルを見にいこう」

シャーロットは約三秒考えたのち、彼にこの鍵を渡して、自分はこの問題と縁を切るほかに取るべき道はないと判断した。しかし、そうはできなかった。というのは、この問題にはジョスリンがからんでいるとマックス・カトラーがほのめかしたからだ。

ジョスリンは今、自己弁護ができない状況にある。

「ええ、そうしましょう」ついにそう応じた。「でも、これだけは忘れないでね。ルイーズのメモには、そのファイルはジョスリンに責任をもって処理してほしいとはっきり書いてあったの」

「ああ、そうする」マックスが答えた。「だが、妹さんはここでそれを実行できないんだろう？」

シャーロットは顎をぐいと上げた。「だから、わたしがいるの」

「ファイルの中身が何かを見てから、権利を主張したほうがいい」

たしかにそうだわ、とシャーロットは思った。

「これよ」バッグから鍵の入った封筒を取り出した。「さ、行きましょう」

「どこへ？」

「ルイーズの倉庫。あなたならどこにあるか知っているものと思ったんだけれど？」

「ああ」マックスが言った。「場所はわかっている。じつは、きみに呼び出されたとき、倉庫を調べようとしていたんだ」

7

「どうやら彼女の部屋で何かを探した人間は、この倉庫にも下りてきたらしい」マックスは言った。「南京錠が難なく開いたってことか」

マックスは木製の扉を開くと、内部を素早く見まわした。そう広くない空間には、当然のことながら倉庫にしまうたぐいのものがあふれていた。アウトドア用テーブルに二脚の折りたたみ椅子は、おそらく夏のあいだはコンドミニアムの小さなテラスを飾るのだろう。大きな段ボール箱は口が引き裂かれており、クリスマス用のデコレーションのいろいろが顔をのぞかせている。自転車が壁に掛かっていた。きちんと巻いた寝袋、テント、キャンプ用コンロにスキーの装備もある。

スーツケースが何個も入っている。

「これじゃ、犯人が探していたものを見つけたかどうかもわからないわね」シャーロットが言った。

その声ににじむ静かな悲しみに気づき、マックスは彼女をじっと見た。泣かないでくれればいいが、と思う。女性の涙は苦手なのだ。

「大丈夫？」

「ええ」シャーロットは上着のポケットからティッシュを取り出して、目もとに押し当てた。「失礼。わたし、どんな状況でも大丈夫なんだけど、つまり、ルイーズがジョスリンの親友だということが問題なの。ここにしまわれたものをジョスリンがもういっしょに使うことはないんだと思ったら、ものすごく落ちこんでしまって。ルイーズが死んだことを知ったら、ジョスリンがどんなにショックを受けるか」

ちくしょう。やっぱり泣いている。気づかないふりをするのがいちばんいい、とマックスは思った。

「きみの妹とフリントはそんなに親しかったのか？」

シャーロットは鼻を軽くすすったが、再び口を開いた彼女の声は落ち着いていた。

「ええ」

シャーロットがなんとか自制を取りもどしてくれた。マックスは小さく安堵のため息をついた。

「段ボール箱と、おそらくスーツケースも開けたようだが、探し物は見つけられなかったと思う」マックスが言った。

「どうしてわかるの？」

「探し方がめちゃくちゃだ」

どうしてわかるのか、これまでもうまく説明できたためしがなかった。パターンの中になんらかのしるしを探すのだが、この犯人のせわしい探し方からは怒りと苛立ちが見てとれる。

スーツケースを何個か引き出してから、手を止めてあたりのようすをたしかめた。倉庫室はこの階をまるまる全部占めている。室内には効率を考えて設計されたおびただしい数の通路が走り、無数の行き止まりがあり、さながら大峡谷である。今のところ、近くにいるのは彼とシャーロットだけだが、状況が変わる可能性もなくはない。いつなんどき、入居者やそれ以外の人間がやってくるかもしれない。

見知らぬ人間に不必要な説明をするのは極力避けたいからだと自分に言い聞かせたが、じつはそれだけではなかった。本当のところ、彼は狭い空間——とりわけ出口がかぎられている空間——がひどく苦手である。昔の記憶——昔の悪夢——に胸がかき乱されるのだ。

とにかく当面の仕事に集中しなければ。ずらりと並ぶ倉庫の扉のひとつからあの怪物が飛び出してくるのを頭の中のどこかで待ち構えているかぎり、まともに仕事ができない。

スーツケースをひとつずつ念入りに調べた。ほかはすべて空っぽだったが、小型のキャリーバッグに道路地図と三枚の大型封筒が入っていた。

「ドラッグでもなければ、現金でもないが」マックスが言った。「いくつか入っていたものがある」バッグの蓋を閉じ、中身を手に取った。「上の彼女の部屋に行ってからよく見るとしよう」

もしかしたらシャーロットがその判断に異議を唱えるかもしれないと一瞬思った。シャーロットは目を大きく見開き、何か言いたげに唇をかすかに開いた。スーツケースの中身が何か、知りたくてたまらないのだろう。だが、彼の表情から何を見てとったにしろ、ここでそんなささいなことで口論してもはじまらないと納得したにちがいない。

「いいわ、そうしましょう」

何も訊こうとはしなかった。なかなかいい。

彼女を先に行かせ、倉庫室の迷路を出口に向かって進んだ。彼女が倉庫室のドアを開けると、彼もあとについてエレベーターに乗りこみ、十階のボタンを押した。

エレベーターの中では二人ともひとこともしゃべらなかったが、マックスはシャーロットの存在が気になってしかたがなかった。緊張のあまり無言のまま、通過する階を示す数字をまるで秘密の暗号を読みとるかのように見つめている。もしかするとスーツケースの中身が何かを知っているのだろうか？　いずれにせよ、これから目にするものに関して彼女が不安を感じていることは確実だ。なかなか興味深い。

いや、そうじゃないな、とマックスは思った。興味深いのはシャーロットのほうだ。

数秒間、彼女に対する好奇心は職業上のものにすぎないと自分に言い聞かせようとした。なんと言おうが、彼は今、殺人事件の可能性がある出来事を調査しているのであり、シャーロットは現場に最初に現われた人間なのだ。

犯人は現場に戻る、という昔からの言い伝えがある程度真実だということは、以前の仕事で学んでいた。己の仕事の出来映えを味わいに戻ってくる場合もあれば、後始末がきっちりできているかどうかを確認したくて戻る場合もある。さらには、抵抗しがたい執着心に突き動かされて戻らずにはいられない場合もある。

そう、つまり、シャーロット・ソーヤーに並々ならぬ興味を覚えるのは仕事上の理由からなのだ。

だが、これが仕事上の好奇心だけでないことにマックスは内心気づいていた——これは私的な感情だ。

それを認めると激しい動揺に襲われ、キャリーバッグの取っ手を握る手に力がこもった。

少し前、ロビーで彼女と会うためにエレベーターに乗っていたときに何を期待していたのかはよく憶えていない。初動に際しては偏見のない心で臨むよう、つねに心がけている。なぜなら、ずっと昔に第一印象にたよってはいけないと学んだからだ。先入観のせいで勘違いする危険を冒したくはない。

だが、エレベーターのドアが開いたとき、火を見るよりも明らかな事実はシャーロット・ソーヤーが通常の分類のどこにも当てはまらないということだけだった。

彼女にレッテルを貼ることはむずかしそうだ。

派手でもなければ、軽薄でもなく、生意気なタイプでもない。色っぽいタイプでもない。冷たくもなければ、お高くもなく、さほど洗練されたタイプでもない。魅力がいっぱいというわけでもなければ、目立ちたがりでも内気でも神経質そうでもない。

彼の気を惹こうとする素ぶりはこれまでいっさいなかった。彼を巧みに操ろうともしなかったが、もし戦う価値のある戦いだと考えたときは直接対決も辞さないはずだ。

そして彼女が笑いかけるとすれば、それは心からの笑みだ、とマックスは思った。

もし彼女のヘイゼルグリーンの目がユーモアや情熱やその他さまざまな感情で熱をおびたとすれば、その感情は本物にちがいない。

すでにアノラックのファスナーを下ろしており、ダークグリーンのセーターと黒いパンツがのぞいている。服に包まれた体の曲線は人目を引くものではなく、どちらかと言えば、すっきりと引き締まった女らしい感じである。

顔立ちに目をやると、用心深い澄んだグリーンの目のほかにとりたてて目立つところはない。しかし、ひとつひとつの造作がまとまると人を惹きつけずにはおかない何かがあった。

彼女のあとからエレベーターを降り、ルイーズの部屋に向かって二人並んで廊下を進んだ。マックスがドアを開けて後ろにさがり、シャーロットを先に行かせると、すぐに歩きはじめた彼女が敷居のところで唐突に立ち止まった。彼女が息を凝らす音が彼の耳に届き、彼は一瞬にしてその理由を理解した。

「この室内で起きたようなことが起きれば必ずこういうふうになる」マックスが静かに言った。

シャーロットが彼をちらっと見た。「なんて言うか……気味が悪いわ」

「ああ」

「こういう感覚にはもう慣れたの？」

「これがそうはいかない」

「こういうことは何度も体験しているの？」

「今はもうない。以前はプロファイラーだったが、今は独立して、仕事の大半は企業からの依頼だ。履歴のチェックとか、保険金詐欺とか、そういうたぐいのものだ。つまり、ふだんはこういう場所に入らなくてもよくなった」

シャーロットがうなずき、大きく息を吸いこんでのち、意を決したかのような大きな歩幅で部屋に入っていった。マックスもつづいて部屋に入り、そっとドアを閉めた。

ふと気がつくと、二人は話題をはっきり言葉にすることなく、意味深いやりとりをかわしていた。双方とも相手の考えていることを理解していた。彼はこうした会話に慣れていなかった。これをどう理解したらいいのかわからない。

キャリーバッグをラグの上に置き、かたわらにすわりこんで、蓋を開けた。

シャーロットもキャリーバッグの横にひざまずいた。

二人はそろってワシントン州の道路地図と三枚の封筒に目を落とした。

「これなのね。わたしの予想とは違ったわ」シャーロットが言った。

マックスは彼女を見た。「なんだと思ってた？」

「さあ、それはわからないけど」シャーロットが認めた。

「こういう状況に臨むときは、それがいちばんいいんだ」

「プロファイリング的に、ということ？」

「ぼくのプロファイリング的には。人それぞれ手法が違う」

マックスはワシントン州の地図を取り、ゆっくりと広げた。「最近じゃ、こういう紙の地図を使う人間はあまりいない。みんな、GPSやオンライン地図にたよっているからな」

「ルイーズが車での旅行を計画していたなんて話はジョスリンから聞いていないわ。でもまあ、それをわたしに話す理由もないわね」

マックスがシャーロットを見た。「妹さんは自分の仲間にきみを引き入れようとはしなかったのか？」

「ええ、そうね。妹の仲良しグループはみんな、投資クラブのメンバーなの。わたしを彼女たちに紹介してくれたし、その子たちに何度か会ったことはあるけれど、あくまで妹の友だちですもの。じつのところ、わたしには彼女たちとの共通点があまりなかったこともあるわ」

「ほう」マックスはそれについてしばし考えた。「それじゃ、投資のグループに参加するように誘われはしなかったのか？」

「ええ」シャーロットが鼻にしわを寄せた。「ジョスリンの弁を借りれば、わたしは危険を冒すほど稼いでいないから。彼女のクラブの投資は基本的に博打だったの。みんなでお酒を飲みながらいろいろ調査して、ひと儲けできるかもしれないと思った投機株や新設企業の株を買っていたの」

「ひと儲けしたことは？」

「少し儲かったものもあるけれど、利益はほとんど損失と相殺だってジョスリンが言っていたわ。それでも、最近聞いたところでは、数カ月前に投資した地元の新設企業が有望だそうよ。条件のいい買収の候補と考えられているとかで」

マックスは地図をカーペットの上に広げて、細部まで目を配った。「五つの町に丸がついている。その五つのあいだにひと目でわかるようなつながりがあるとは思えない。位置的には州の西側にちらばっている」

「そのうちの三つは丸で囲むのに黄色のフェルトペンを使っているけれど」シャーロットが地図の上に身を乗り出した。「あとの二つは赤でしるしをつけているわ。何か意味があるのかしら？」

マックスはキャリーバッグに手を入れ、封筒のひとつを取り出した。表にはＪ・Ｋ

と頭文字が記されており、口は糊付けされている。それを丁寧に開け、折りたたんだ紙片を引き出した。シャーロットはじっと彼を見ている。

「それで?」シャーロットがせっつく。

「一枚目はパソコンのプリントアウト」マックスはそう言いながら紙片を開いた。

「ジェニファー・キングズリーという女性の死亡記事だ。年齢は二十歳、死亡したのは三カ月前」マックスはそこで間をおき、地図に目をやった。「この記事によれば、彼女は赤で丸をつけた町に住んでいた」

シャーロットは道路地図を見た。「記事に死因は書かれていて?」

「いや。そういう場合、自殺やドラッグの過剰摂取や、そのほか家族が伏せておきたい原因で死亡ってことがよくある」

「二枚目は何かしら?」シャーロットが訊いた。

マックスは紙片を開いてじっと目を凝らした。「この女性は夜間の仕事だったせいで、ドラッグの過剰摂取が原因だったと疑われている、と書かれたメモだ。ルイーズ・フリントの手書き文字のようだな」

シャーロットはつぎの封筒をスーツケースから引き出して、開いてみた。中身は一枚の紙片だけだ。

「これも死亡記事だわ。カレン・ラルストンという女性ね。年齢は二十歳。死因は書いてないけれど、ルイーズの走り書きのメモがページの下にあるの。『過剰摂取。アパートメントで死体発見。隣人たちは自殺ではないかと疑っている』」

マックスがシャーロットを見た。「ドラッグの過剰摂取で死亡した疑いのある女性が二人。死体はどちらも自宅で発見されている。今度はルイーズが死に、ドラッグの過剰摂取ではないかと疑われている。死体は自宅であるコンドミニアムで発見された」

シャーロットが不安で翳《かげ》る目をマックスに向けた。「いったい何が起きているのかしら？」

「さあ、どういうことだろうな」マックスは三つ目の封筒を取り出した。それには数枚のプリントアウトが入っていた。「新聞の切り抜きと警察の記録簿だ」

「またドラッグの過剰摂取ではないかって記事？」

「いや、違う。暴行事件の報告書だ。レイプが疑われている」マックスは詳細に目を通しながら、類似点はないかと探し、パターンを模索した。「どの被害者も死んだ二人と同じくらいの年齢だ。場所は地図の黄色い丸で囲んだ三つの町と一致する」

「誰か逮捕されたの？」

「この記録簿によれば、それはないが、ここにもルイーズのメモがある。『暴行犯の人相なし。ドラッグがらみ』」

「どういうことかわかる？」

「これから調査して、どういうことか突き止めよう」

シャーロットは驚き、キャリーバッグから出てきたものをあらためて見つめた。

「ルイーズは何か危険なことにかかわっていたのね」

「そうだと思う。この五人の女性をつないでいるのは唯一、ドラッグだけだ」

シャーロットがかぶりを振った。「ルイーズはドラッグには手を出していなかった。間違いないわ。それから、ひとつだけ確実だと思えることがあるの。ここに侵入した犯人が探していたものがなんであれ、地図と死亡記事と事件記録ではなかった。封筒を開けようとした形跡すらないもの」

「たしかに」

「だとすれば、探していたのはべつのもの。警察が言っていたように、ドラッグ、あるいは現金」

「おそらくは」

陰鬱な空気が垂れこめるコンドミニアム内を見まわしてから、地図をたたみなおし、スーツケースに戻した。最後のプリントアウトを三つ目の封筒に入れ、地図の上に置いた。

「ぼくはこの部屋は今日はもういい」マックスはキャリーバッグを閉めた。「発見したものについて考える時間が必要だ。きみ、車はあるの？」

「いいえ。歩いてきたので」シャーロットが答えた。

「ぼくの車は道路に駐車してある。送っていくよ」そう言ってから、彼女が車の中で自分と二人きりになるのを嫌うかもしれないと思った。しかし、もう夜だ。雨の中、通りをひとり歩きさせたくはなかった。「タクシーのほうがよければ、それでもいいが」

シャーロットはしばし考えこんだ。マックスは個人的にどうこうではないと自分に言い聞かせた。まもなくシャーロットがかすかだが本物の笑みを浮かべて彼を見た。

「そうさせていただくわ。ありがとう」

信頼度を高めるという点ではさほど大きな飛躍ではないが、一歩前進であることは間違いない。

そう思ったとたん、自分がなぜ信頼度を気にかけているのかを考えた。この仕事をしていると、成功の鍵は依頼人を含めて誰もが嘘をついていると仮定することにある。

誰にでも守るべき秘密があるのだ。

雨の通りに出ると、シャーロットはアノラックのフードをかぶった。マックスはウインドブレーカーの襟を立てた。雨を避けたくても、彼にはそれしかなかった。車の後部座席に野球帽があるが、ダニエル・フリントに会うため、ルイーズのコンドミニアムに向かったときにはかぶっていく気にはなれなかったのだ。そんな帽子をかぶっていたら、やる気のある探偵には見えないような気がしたからだ。この新しい仕事では見た目の印象がすべてだ、と家族が言っていた。

この日の午後に乗ってきた車は、市内での仕事に使っている特徴のないグレーの小型車だ。通りで目立たない。気に入っている理由は、もちろん、そこだ。しかしまた、あまりいい印象も与えない。

シャーロットにいい印象を与えたいわけではなかった。

助手席のドアを開けたとき、彼女は何も言わなかった。たぶん私立探偵の仕事があまりうまくいっていないのだろうと思ったはずだ。だとしたら、彼女の思ったとおりだ。

マックスはドアを閉め、せわしく車の前を回った。運転席にすわったときにはもう、髪が頭にぺたりと貼りつき、上着はぐっしょり濡れていた。それを脱いで後部座席に放り投げた。上着は乾けばなんとかなるだろうが、何から何まで粋な私立探偵の真似には遠くおよばない。

だが、いったいなんだってそんなことが気にかかる？　マックスは戸惑った。

エンジンをかけ、縁石から離れた。

「きみは、ルイーズがさっきの二人の女性の死亡と何か関係があるんじゃないかと思っているんだろう？　もしかすると彼女たちにドラッグを売ったとか？」

「ううん、彼女が売人だとは思えないもの」

「しかし、きみは自分で言っていただろう。彼女のことはよく知らないと」

マックスは視野の隅で、バッグのストラップをぎゅっと握りしめる彼女をとらえていた。

「たしかにそう。でも、ジョスリンのことならよく知っているわ。あの子がドラッグの売人と親友になるなんて考えられないの」

「そう焦らないでいい。答えを見つける秘訣は、あまり先走らないことだ。この時点では、ぼくたちはまだいくつかの疑問しか手にしていない。ここで思いこみにとらわれると、ぼくたちを待っているのは袋小路だ」

シャーロットは力いっぱい握りしめていたバッグのストラップから手を離し、胸の下でぎゅっと腕を組んだ。視線はフロントガラスごしに前方に据えている。

「ぼくたちって?」シャーロットが訊いた。

停止信号で減速したため、彼女をよく見る余裕ができた。彼女も彼のほうを向き、二人の目が合った。

「たしか今、ぼくたちはまだいくつかの疑問しか手にしていない、と言ったわね」

マックスはハンドルを握りなおした。信号が変わった。ゆるやかにアクセルを踏みこんだ。

「大した意味はないよ。ぼくはダニエル・フリントの依頼で動いている。依頼人に対してしかるべき義務を負っている。その中には守秘義務なんてことも含まれる」

「それはつまり、あなたはわたしの依頼を受けられないということ?」

マックスはもう一度シャーロットをちらっと見た。「きみはぼくに、いったい何をしてほしいと思ってる?」

「わからない? わたしはあなたに、ジョスリンが突然いっさい連絡の取れないところに行く決心をしたことが、ルイーズが死んだことと何か関係があるかどうかを調べてほしいと思っているの」

マックスはしばしそれについて考えた。「依頼人に相談してみよう。情報を共有しても問題ないかどうかを彼にたしかめる」

「ええ、どうぞそうして。もしわたしの依頼を受けたくないのなら、誰か引き受けてくれる人を探すつもりだから」

「わおっ。脅迫ときたか」

「有利な手段でしょ」

「タフだな、きみは」

シャーロットは見るからに驚いたらしく、彼をちらっと見た。「いいえ。タフなのはジョスリンよ」

「妹さんがタフじゃないとは言ってない。ただ、きみがタフだと言ってるだけだ」

シャーロットは雨に濡れた路面をただじっと見つめていた。「会ってからまだ一時間くらいしか経っていないのに」

「それだけでわかることもあるさ」

「わたしはタフじゃないわ。どちらかと言えば、石橋を叩いて渡るタイプですもの」

「きみは、やらなくちゃと思ったことをこれ以上はもう無理というところまでやりつづける」

「そうだと思うわ。自発的に何かをするタイプでないことはたしかね。元婚約者に訊いてみるといいわ」

婚約者の前に〝元〟がついていたからといって、あまり喜ぶな、とマックスは自分に言い聞かせた。すでにべつの男がいるかもしれないじゃないか。

「きみを依頼人として受け入れるにはひとつ問題がある。利害の対立が生じる可能性がある点だが、今夜、ダニエル・フリントに電話を入れてみる。彼の従姉に関する調査においては、きみたち二人は相互利益を得るはずだと説明するよ。ぼくはきみと情報を共有したいと考えるが、この判断に賛成してもらえるかどうか訊いてみる」

「ええ、そうして」シャーロットはそう言ったのち、一瞬ためらった。「石橋を叩いて渡るってとこに戻るわけね？」

「どういうこと？」

「セラピストに言われたのよ。必ずしも画期的な戦略ってわけではないけれど、わたしは自発性を養う必要があるし、新しい可能性に心を開く必要があるそうよ」

「セラピストにかかっているのか？」

「結婚式の五日前に婚約者、またの名をばか野郎に捨てられたあと、しばらく通ったの。今はもう、つらくもなくなったわ」

「どうもそんな感じだね」マックスは何くわぬ顔で言った。「結婚式直前に去っていった男への恨みを引きずっているなんて、きみに似合わないよ」

「そうよね。負け犬のオーラを放ちそうでしょ。でも、藁人形に五寸釘を打ちこもうかと思うこともあるわ」

「じつによくわかる」

「ありがとう」

マックスは彼女にちらっと目をやった。「つまり、そのセラピストはきみに、もっと自発的になれと言ったんだね？」

「まあ、そういうことね」

「今もまだ通っているの？」

「ううん」

「なぜ？」

「彼女ったらこう言ったの。前に進むためには、破局の責任の半分はわたしにある事実を受け入れなければならないって」

マックスが小さく口笛を吹いた。「きついな。どうしてそんな結論に行き着くんだ？」

「彼女によれば、わたしは彼との関係の機能不全な面や相性の悪さの兆候から故意に目をそむけてきたんですって。そして勝手に魔法にかかったような想いに浸って満足していた。なぜなら、わたしはブライアンこそ理想の男性だと自分に思いこませていたから。なんて言ったらいいのかしら？　わたしね、祭壇の前にひとりぽつんと残された——というか、もうちょっとでそうなるところだった——のはわたしのせいだって言われることにうんざりしちゃったの」

「で、セラピストをクビにした」

「そう」シャーロットがしばし間をおいた。「じつのところ、あのセラピーでいちばん効果があったのはその部分だったわ。ところで、どうしてわたし、こんな私的なことをあなたに話してるのかわからないわ」

「ぼくも創造的な自発性とは縁遠くてね。かなり石橋を叩いて渡るタイプなんだ。でも、きみがセラピストをクビにしたのは自発的行動のかなりいい例だと思うよ」

　短い沈黙があった。

「そうよね？　そんなふうに考えたことはなかったけれど」

　シャーロットはなんだかうれしそうだ。

「話題を変えたいわけじゃないが、ちょっと指摘しておきたいことがあるんだ」

「なあに？」

「きみはさっき、妹さんがドラッグを売っている女性と親友になるはずがないと言った。もしかしたら二人の女性の死と関係があるかもしれない人間でもある」

「ええ」

「しかし、きみに言っておかなきゃならないことがある。警察が連続殺人犯や子どもに性的暴行をくわえた犯人やそのほかにもいろいろな悪者を逮捕すると、友人や隣人が口をそろえて言うのは――」

「すごく感じのいい、ごくふつうの人だと思ったけれど」シャーロットが彼の言葉の先をつないだ。「ええ、たしかに。わたしもそれはわかっているの。でも、ルイーズの無実を立証している事実がひとつあることを認めなくてはいけないわ」

「えっ？」

「もしルイーズがどんな形であれ、女性二人の死やドラッグの売買にかかわっていたとすれば、自分が犯した犯罪につながるかもしれない行動の記録を残しておこうとするはずがないわ」

「きみは悪人ってやつらをよく知らないだろう？」

「まあ、そうね」

「やつらは記録を残したがる。これは本当だ」

ない。

8

ルイーズ・フリントのノートパソコンにも携帯電話にも、彼女が包みをどこに隠したかを示すヒントすらなかった。

ハッカーが目の玉が飛び出そうな値段で売ってくれたエレクトロニック・キーのおかげで、フリントのメールやファイルを開くことができた。だが、発見は何ひとつなかった。

フリントが包みをどうしたのかを知る唯一の人間——フリント本人——は死んだ。

怒りが有害廃棄物さながらにふつふつと泡を立てた。トレイ・グリーンスレイドはノートパソコンを乱暴に閉じ、椅子から立ちあがった。考えをめぐらそうと、ホテルの部屋の狭い空間を行ったり来たりしはじめる。だが、考えられなかった。身震いが起きていた。不安のせいだ。深呼吸を二、三回繰り返せ。何をするにしろ、パニックは起こすな。なんとかなる。

だが、これでは自制がきかなくなりそうだ。それはまずい。どうにもまずい。

ミニバーの扉を開き、ウォツカの小瓶を取り出した。キャップを開け、ひと口あおった。焼けるように熱い酒が頭をすっきりさせてくれた。

窓際に行き、片方の手のひらをガラスにぺたりと当てると、街の明かりを眺めながら新たな作戦を練ろうとした。問題は、ただちに行動に移さなければならなかった点だ。手堅い計画を練る余裕がなかった。とはいえ、選択の余地もなかったのだ。

ルイーズ・フリントがワシントン州ローリングに行ったと知ったときは、すでにほとんど時間がなかった。素早く動くほかなかったから、そうしたまでだ。そして今、フリントは死んだが、彼女のコンドミニアムにも倉庫にも車にも包みはなかった。

もしかするとシアトルへの帰り道で、あの忌々しい包みをどこかに隠したということもある。

ローリングまでは車で二時間かかる。途中には小さな田園風コミュニティーやら農場やら牧場が点在している。彼の知るかぎり、そのあたりにルイーズの友人や親類はいない。見ず知らずの人間にああいう大切なものを託すはずがない。

またウォツカを何口か飲み、集中を高める。

彼女が途中どこかで車を停め、貸倉庫を借りた可能性もある。しかし、シアトルとローリングのあいだの田園風景の中に貸倉庫は数カ所ある。たとえどの貸倉庫かを突き止めても、フリントがどのロッカーを借りたかまで突き止める必要がある。

それは絶望的だ。べつの角度を考えなくては。いいニュースは唯一、彼女の携帯電話の通話記録とパソコンのEメール・ファイルを見るかぎり、フリントが包みのありかをジョスリン・プルエット、あるいはそれ以外の誰にも知らせていなそうなことだ。

彼女が包みの件を秘密にするのも理解できる。包みの中身を脅迫のネタに使えば、ひと財産の価値があることに気づいたにちがいない。

そうか。フリントが秘密を墓場まで持っていった可能性もある。となれば、おれは安全だ。当分のあいだは。だが、その包みがどこかにあり、誰かに発見されて全世界を吹き飛ばす瞬間を待っているかと思うと、恐ろしくてたまらない。

これだけ長い年月が経ったというのに。これだけの年月、彼は問題の包みの存在を知らずにいた。おめでたくも、これまでは何も知らずに生きてきたのだ。だが今、彼は知ってしまった。その忌々しい包みを見つけて中身を処分するまではもう、ひと晩たりとも安心して眠れる夜はない。

くそっ。ようやく何もかもがおれの手に入ろうとしているというときに。なぜこの期におよんで思うに任せなくなってきた？

残ったウォツカを飲み干し、窓から離れた。近くの壁にウォツカの瓶を投げつけたい衝動をなんとか抑えこんだ。ホテルの警備員にドアをノックされるのだけはなんとしてでも避けたかったからだ。空瓶をデスクの上にそっと置く。

しばしその場に立ったまま、腹立たしいノートパソコンと携帯電話をにらみつけた。ま、いいさ、と彼は思った。じっくり考えることにしよう。

フリントは死んだ。あの女はもうよけいなことはできない。しかも、ローリングまで行って帰るあいだ、誰にも連絡を取ってはいないようだ。となれば、現実的な可能性はひとつだけしかない――どこかの時点でクラブのメンバーの誰かに保管してくれと包みを渡したにちがいない。

そろそろ前に進むことにしよう。

だが、最初にやるべきことをやってしまわないと。彼は用心深い男だ。そして今、死んだ女のパソコンと携帯電話を持っている。誰かが彼とフリントを結びつける可能性はきわめて低いが、彼は昔から警戒を怠ることのない男だった。早いところ、この機器を処分しなければ。それは簡単だ。早朝にウォーターフロントを走るつもりだ。栈橋の先端まで行き、パソコンと電話をエリオット湾に投げこめばいい。

そのとき、彼の携帯電話が鳴り、ぎくりとさせられた。画面にちらっと目をやって、不満のうめきを嚙み殺した。しかし、電話を取った彼の声に苛立ちの痕跡はいっさいなかった。

「もしもし、おばあさま。家のようすはどう？」

「電話したのはほかでもないわ。特別役員会を忘れてはいないでしょうね？」

マリアン・グリーンスレイドの声はいつだって彼の神経を逆撫でする。まもなく八十歳だが、彼が物心ついたときからグリーンスレイド一族内では畏怖の念を起こさせる存在だった――厳格で、批判的で、何をしても喜んではくれない。年齢を重ねるにつれ、丸くなるどころか、むしろその逆である。自身をグリーンスレイド家の名声の守護神だと考えている。数カ月前に長男――トレイの父親――を亡くしてからはなおいっそう、家業を現在のままで次の世代に継承させる決意を固めていた。

トレイにはそんなことをさせるつもりはなかった。これからの人生を会社という重しに押し潰されながら生きたくはない。ローリング＝グリーンスレイド社に関しては彼独自の計画があった。だが、その前にまず指揮権を握らなくては。

「心配いらないよ、おばあさま。会議には必ず出席しますよ」

電話の向こうで短い沈黙があった。

「来週のわたしの誕生パーティーにも？」マリアンが言った。

「行かないわけがないでしょう」

「チャールズが出席なのにあなたは欠席なんてことになったら、目も当てられないわ」

マリアンの脅しは露骨だ。だが、誕生パーティーに関しては心配しなくていいよ、とトレイは思った。

父親の死亡以降、役員会は副社長のひとりを臨時CEOに指名する一方で、何週間にもわたって次期社長選定の正式手続きを進めていた。しかしながら、ローリングの人間なら誰もが知っているとおり、最終決定を下すのはマリアン・グリーンスレイドである。トレイの知るかぎり、彼の唯一のライヴァルは従弟のチャールズだ。

ここはばあさんのご機嫌を取るほかない。

必要とあらば、チャールズを始末するか。事故が起きることもある。たとえば、父親が死んだのも狩猟がらみの事故だった。

そう、そうなればチャールズは障害ではなくなる。

「それじゃ切るよ、おばあさま。今夜は有望な客先と飲んでいるんだ」

「じゃ、おやすみ」マリアンが言った。「いいこと、役員会に出席しなかったら承知しないわよ」

「はい、おばあさま」

彼は身震いを抑えながら電話を切った。マリアンの声の響きが心底嫌いだった。死んだ父親の声にもまして耳障りなのだ。二人はほかにも似ているところが多々あった。ゴードン・グリーンスレイドも厳格で批判的で、何をしてもけっして喜んではくれなかった。とはいえ、少なくとも父親はもうこの世にいない。

トレイはまた窓際に行った。彼が探しているものは間違いなくどこかにある。とにかく探し出さなければならない。

クラブのメンバーは最初は五人だった。ルイーズ・フリントにはあのクラブ以外に親しい友人がいないことはわかっている。もし誰かに包みを預けるとしたら、あのグループ内の誰かのはずだ。

ひとりは死に、ひとりは行方不明だから、残るは三人。

9

「ええ、もちろん、かまいません」ダニエル・フリントが言った。「あなたの判断に任せます、ミスター・カトラー。ぼくは答えが欲しいだけですから」

「たとえその答えがルイーズの評判やきみの彼女に関する思い出を変えることになってもいいんだね？」マックスが訊いた。

「かまいません」ダニエルが答えた。「ルイーズは殺されたとぼくは考えていますが、いずれにしても真相を突き止めないと気がすみません。その女性――シャーロット・ソーヤー――も答えを探しているのなら、ぼくに言わせれば同じチームに属する人です」

「わかった。それじゃ、調査の進展については逐次報告を入れる」

「よろしくお願いします」ダニエルが言った。「それじゃこれで。店長がかんかんなんです。今夜はレストランが満員なもので」

電話が切れた。マックスは古ぼけた木のテーブルにそれを置き、キッチンの窓から外を見た。シアトルの街が霧雨のごとく降らせる明かりが、この静まり返った界隈まで届いている。通りの向こう側の小さなヴィクトリア様式の家のカーテンごしにテレビが放つ明かりが見える。ランド夫妻はPBS（公共放送システム）にどっぷりだが、合間にイギリスの警察ドラマも欠かさず観ている。

ランド家の隣家の窓はまだ暗い。たぶんまだ一、二時間はそのままだろう。最近引っ越してきた若い男二人――新婚さん――は仕事に出ている時間が長く、ダウンタウンのレストランで友人たちと夕食をすませてくることもよくある。

近隣には二種類の住人が混在している。庭の手入れとクルーズ旅行計画で頭がいっぱいの引退組と、ここに買った最初の家を改装して二年以内に売りに出せば、値段は二倍にはねあがると信じている若い家族だ。

マックスは最初の家を買うという年齢はとっくに過ぎていたが、ホイットニーが〝自分の人生を大事にするわ〟と出ていったあとでは、このぼろ家を買うのがせいぜいだった。悪いのは彼なのだ。離婚による財政難は、ワシントンDCでのプロファイラーの仕事を辞め、独立して再出発するためにシアトルに移り住んだことでなおいっそう惨憺たるものとなった。

シアトルの気候については誰もが警告を発した。雨ではなく、どこまでもつづく灰色の空にいらいらする人もいると教えてくれた人もいた。だが、すでに六カ月ここで暮らし、気候についてはなんら問題を感じてはいない。

自分が自分のボスだというのも気に入っていた。たとえまだ稼ぎはわずかであっても、だ。

シアトルに来たとき、部屋を借りればよかったのだろうと思う。そのほうが経済的にも道理にかなっていたはずだ。しかし、いざ決断を下すとなると、彼はいちかばちかの人間である。飛行機から降りたったその日に決心した。シアトルでやっていこうと。

ツナ缶詰を開け、サンドイッチを二個つくった。瓶に大きなキュウリのピクルスがひとつ残っていたので、それも皿に添えた。バランスの取れた食事には何かしらの野菜が不可欠である。

冷蔵庫からビールを取り出したあと、サンドイッチとピクルスをのせた皿を持ち、キッチン・テーブルへと運んだ。

通りの向こう側に並ぶ家の一軒で明かりが動いた。カーテンが開いたのだ。なじんだ顔がのぞいた。

アンソン・サリナスが挨拶代わりに片手を上げた。マックスも同じ仕種で応えた。通りの向こう側のカーテンは再び閉じた。

アンソンもシアトルに来たのは最近だ。四カ月ほど前にここへ引っ越してきた。それまでは三十年あまり警察勤めをしており、その大半をカリフォルニア州北部のぎざぎざした海岸沿いの小さな町で警察署長として過ごしてきた。

マックスはノートパソコンを開き、直近の調査で得た成果について考えながらビールを飲み、サンドイッチを頬張った。死亡した二人の女性とレイプされたと通報した三人の女性にいくつかの共通点があったとしても、さほど驚くことではない。地図に書きこまれた丸がパターンを示しているが、これからその意味を見つけなければならない。

数分かけてインターネットで集めた情報の内容はわずかなものだったが、それについてじっくり考えた。そして時間を見た。これくらいならまだ新しくできたばかりの仲間に電話をしてもかまわないだろう。自分が彼女に電話する口実——どんな口実でもいい——を探している事実を心配したほうがいいような気がしなくもないが。

シャーロットは一回の呼び出し音で出た。

「どうしたの？　何か見つけた？」

切迫した声は震えていた。

「今、ダニエル・フリントに電話したところだ。ぼくたち三人で情報を共有することに異論はないそうだ」

「ああ、よかった。うれしいわ。それじゃ、わたしも依頼人ということでいいのね？」

「いや、きみはぼくが情報を共有する相手だ」マックスがゆったりと言った。「そこははっきり言ったと思ったが」

彼女をどこに分類したらいいものやらよくわからなかったが、依頼人ではないということはしっかり理解してほしかった。依頼人と寝るというのは賢明ではない。だが、彼はエレベーターを降りて、ロビーで待っていたシャーロットを見た瞬間からずっと、彼女と寝るときを思い描いていた。

「それじゃ、わたしは顧問みたいなもの？」シャーロットの問いかけには疑念がにじんでいた。

「それは違うな。その場合、ぼくがきみに報酬を支払わなきゃならない」

顧問と寝るのもおそらくまずい。

「なるほどね」シャーロットはなんだか愉快そうだ。「それじゃ、なんと呼びたいのかは知らないけれど、とにかく協力して調査に当たるってことでしょ？　仕事仲間ね」

彼女を仕事仲間と考えることには抵抗があるが、適切なラベルの表示を思いつかない。

「当面は仕事仲間ってことでいいだろう。電話したのは二、三質問したかったからなんだが」

「いいわよ。どうぞ」

マックスはキッチン・テーブルの横に置いたキャリーバッグに目をやった。「妹さんはカリブ海の隠れ家にいると言ったな？」

「ええ、そうよ。世俗との交渉を絶った修道院にいるの。そこは一年に数回、女性に隠れ家を提供していて、それが修道院の主たる収入源になっているらしいわ」

「島の名前は？」

「セント・アデラ。修道院は聖人にちなんで名づけられたのね。どうして？」

「妹さんはどうやってそこを見つけた？」

「テク・フリーの保養地をインターネットで調べて、セント・アデラを選んだって言っていたわ。ねえ、それを聞いてどうするつもり？」

「まだわからない」マックスは答えた。「わからないのはいつものことだ。そこに到達するまではわからない」

「いやに哲学的ね」

シャーロットの声が微笑んでいるような気がした。おそらく彼の想像力の賜物だろうが。

「私立探偵にしてはいやに哲学的、って意味かな？」

「私立探偵にかぎらないわ」

「そうか」マックスは会話を引き延ばす方法を必死で考えていた。「今夜の予定は？」

「ええ、あるわ。これから楽しい夜がはじまるところ。夕食をすませたら、毎晩の習慣にしている瞑想をして、それからしばらくテレビを観て、それからベッドに入って本を読む。でも、そのあいだもずっとジョスリンのことを心配したり、ルイーズ・フリントがなぜ死んだのかを考えたりするの」

「予定がぎっしりの夜みたいだな。ぼくもほとんど同じようなものだが、瞑想はしない」

長い間があった。マックスはシャーロットが先に電話を切るのを待ったが、そんな気配は感じられない。少なくとも今のところ。

「マックス？」

「うん？」

「妹は無事だと思う？」

マックスはその手の質問が大嫌いだ。

「わからない」

「そう言うだろうと思ったわ」

彼女は電話を切ろうとしていると確信した。

「そうだ、訊きたかったことを思い出した」

「なあに」

「ルイーズ・フリントのGPSを調べたところ、彼女が最後に出かけた先はワシントン州ローリングらしいんだ」

シャーロットがはっと息をのむのが聞こえた。

「ローリング？」ささやくような小さな声だ。「それ、たしかなの？」

「確実なのは、GPSに記録された最後の目的地はローリングだったということだけだ。ローリングにルイーズの知り合いがいるって情報は何ひとつ見つからない。ダニエル・フリントによれば、財団に寄付した人に会いにいく以外、ルイーズがローリングに行く理由がわからないそうだ。しかし、財団の受付嬢は、ローリングで大口の寄付をした人の記録はないと言っていた」

「ルイーズがそこへ行ったのはいつのこと？」シャーロットが抑えた声で訊いた。

「死んだ日だ」

「何がどうなっているのかはわからないけれど、もしこれがなんらかの形でワシントン州ローリングとつながっているとしたら、怖いわ」

「理由を聞かせてもらおう」

「妹はローリングの大学に行っていたの。でも、二年生のときにそこを辞めて、べつの大学に転校して卒業した」

「なぜ辞めた？」

「キャンパスで襲われたの。レイプされたのよ。犯人は逮捕されなかった。ジョスリンは犯人の顔をよく見なかったから、犯人を特定できなかった。背後からナイフで脅して目隠しをされたんですもの」

10

「みんなはどうだか知らないけど、わたしは怖くてたまらないわ」ヴィクトリア・マシスはそう言いながら、マティーニグラスの足を持つ手に力をこめた。「まずジョスリンがひと月間の予定で隠れ家に姿を消し、今度はルイーズが死んだ。絶対に何かとんでもないことが起きているのよ」

その日の午後、今夜緊急ミーティングを開くから集まって、という内容のメールをメンバーに送信し、一同を招集したのは彼女だった。いつものミーティングならメンバー五人が出席するが、ルイーズは死に、ジョスリンはカリブ海という状況だから、集まったのは三人だけ。しかし、その三人の中で心底怯えているのはエミリー・ケリーと自分だけのような気がした。マディソン・ベンソンは明らかに、二人が過剰反応していると思っている。

たしかに、ヴィクトリア自身、これほどの不安を感じるのはマーケティングという仕事柄だろうかと思わないではない。ファッション業界という耳目を集める環境の中で、素早く流行の傾向を見きわめることに長けているのだ。そしてまた、流行のスタイルがたちまちすたれることもよくわかっている。直感にたよりながら成功めざしてやってきたが、その直感が今、警告を発していた。ルイーズとジョスリンが姿を消したことが不穏な方向へと向かう予兆のような気がする。心配いらないなどというふりはできない。自分たちが危険を冒していることはみんな知っているのだから。

マディソン・ベンソンはテーブルの向かい側にすわり、非難めいた表情に苛立ちをにじませながらヴィクトリアを見ていた。

「パニックを起こす理由がないわ」マディソンが言った。「ルイーズは過剰摂取で死んだのよ。さほどショックを受けることじゃないわ。あの子の過去はみんな知ってるでしょ」

マディソンたら不安がる投資家たちをなだめるときと同じ口調なんじゃないかしら、とヴィクトリアは思った。頭脳明晰で抜け目がない。マディソンは何もかもそなえている——誰もが羨む美貌、数字に強い頭、お金儲けのチャンスを逃さないたしかな目、カリスマ性あふれるはっきりした性格。大規模なヘッジファンド・マネージャーにはまだ遠くおよばないが、満足しているクライアントはどんどん増えている。

ヴィクトリアはそうしたクライアントの何人かは——男女を問わず——マディソンと寝てみたいと妄想をふくらませているはずだと確信している。実際、マディソンがSMクラブで上得意だけを相手にする女王さまとしてアルバイトをしているとしても不思議ではない。だが、投資クラブのメンバーが知るかぎり、彼女はセックスにはとりたてて関心がなさそうだ。ジョスリンが一度ならず口にしていたのは、マディソンはまだ真のパートナー——彼女が自身と同等だと考える男ないしは女——を探しているところだからということだった。

「ルイーズはもうずっと前にドラッグとは縁を切ったのよ」エミリー・ケリーが言った。「もしまたやっていたとしたら、わたしたちにも何か兆候が見えていたと思うの。でも、最近の彼女に変わったところはなんにもなかったわ」

ヴィクトリアがマティーニでむせそうになった。「いったい何を言ってるのよ。あなた、人事の人でしょう？　心理学の学位もあるっていうのに。人の評価にかけては専門家であるべき人が何を言ってるの。わたしたちの中ではあなたがいちばん先に気がついていてしかるべきだけど、最近のルイーズはいつもの彼女じゃなかったわ。ここ一カ月ほど、いつになく口数が少なくて消極的で、秘密主義って感じだったじゃない。わたし、彼女はうつ状態なんだと思ったほどよ」

「そうかしら」エミリーが唇を引き結んだ。

メンバーの中でエミリーはただひとり、クラブにうまく溶けこめていない、とヴィクトリアは思った。エミリー自身、それに気づいていることはたしかだ。みんなと違い、エミリーには危険を冒す図太さが欠けているのだ。

エミリーを熱心に誘ってメンバーにくわえたのはマディソンだが、エミリーが有用なスキルでクラブに貢献してくれていることは認めざるをえない。彼女には人の過去に関する情報を掘り起こす才能があり――ルイーズの件は除いて――標的の行動を予測することにかけてはつねに鋭い洞察力を発揮する。しかし、ほかのメンバーとは異なり、自己主張が強かったり危険をものともしない覇気が彼女には感じられない。

メンバーが知るかぎり、エミリーに特別な人――男であれ女であれ――はいないし、家族の話もめったにしない。

厳密にいえば内向的ではないが、かといって外向的でもない。ほかのメンバーと年齢は同じなのに、どこか老けている。少しメイクして、髪にブロンドのハイライトを入れ、流行の服を着て、もっと自信を持ったら、魅力的になるはずだ。ダサい眼鏡だけの問題ではない。どこをとっても、わざと人目を引かないようにしているのではないかと思えるほどだ。

「わたし、ルイーズは誰かと会っていたんだと思っていたの」エミリーの口調は自己弁護めいていた。「いつにもまして口数が少なかったのは、わたしたちにまだその恋人のことを話す覚悟ができていないから。それだけのことだと思っていたのよ」

「新しい恋人のことを黙っていたのはなぜ？」ヴィクトリアは訊いた。

「みんなも知っているでしょうけど、ルイーズは……複雑だったでしょう。ああいう過去があるから、新しい恋愛に気持ちを奪われることが不安だったんじゃないかしら」

マディソンが訝しげな顔をした。「彼女が最近消極的、というか秘密主義だったのは、会っていた人が新しい恋人じゃなくて売人だったからって気がするけど。ほんとにもう。彼女がまたやってるって気づいたら、わたしたちが頭にくることくらいわかってなくちゃ。そういう行動がわたしたちみんなを危険にさらすかもしれないのよ。ジャンキーは信用できないってことくらい誰だって知ってるわ」

ヴィクトリアはブースの椅子の背にもたれてエミリーを見た。「あなたは人間について専門家よね。ジョスリンのことはどう考えてるの？　彼女が突然姿を消そうと決意したのはどうしてだと思う？」

マディソンが顔をしかめた。「それは違うでしょう。彼女は姿を消してなんかいないもの。静養に行っただけ。そういう謎めいた言い方はよして。奇妙なことなんかなんにもないわ」

エミリーがマディソンを見た。「よくわからないけど、ヴィクトリアの言うとおり、ジョスリンが突然、カリブ海の名前も聞いたことのない島の修道院へ一カ月の予定で向かったのはちょっと変な気がするわ。彼女、あんまり信心深いほうじゃなさそうだし」

「宗教とは関係ないわ」マディソンが言った。「このごろはテク・フリーの静養に出かける人がたくさんいるの。しばらくITから解放されたいのよ。ヨガや瞑想をするのと同じ。ジョスリンはいつもこぼしてたじゃない、ストレスでどうにかなりそうだって。大口の寄付をする人を引っ張ってくるよう、財団からものすごいプレッシャーをかけられてるって言ってたわ」

「でもね」エミリーが言った。「ジョスリンはいつだってきっちり計画を立てる子なのよ。そりゃあ危険も冒すけど、衝動的ではない。いろいろ考えてから動く子だわ。でも、今度の隠れ家行きはあまりにも唐突だった。飛行機のチケットを予約するまで、こんなことをするなんてひとことも言わなかったじゃない」

マディソンがきれいな眉をひそめた。「もしかしたらしばらく前から考えていたけど、わざわざわたしたちに言うこともないと思っていたんじゃないかな」

「そうかもしれないけど」エミリーが譲歩した。

でも、納得はしていないのね、とヴィクトリアは思った。それどころか、エミリーはいつになく不安そうに見えた。すると、ついにマディソンまで不安を覚えはじめた。テーブルの周囲にしばしの沈黙がただよった。ヴィクトリアはまた少しマティーニを飲んでから、ゆったりとグラスを置いた。

「最初はゲーム感覚だったわ。架空じゃないテレビゲーム」

エミリーがかぶりを振った。「これはゲームなんかじゃない。わたしたちみんな、危険を冒していることは承知していたわ。誰かがわたしたちのしていることに気づいた可能性はいつだってあった」

「だけど、すごく用心していたじゃない」マディソンが言い張る。

ヴィクトリアが彼女を見た。「それでもまだ用心が足りなかったのかもしれない」

11

マックスがツナ・サンドイッチをのせていた皿を水洗いしていたとき、玄関のチャイムが鳴った。時計に目をやった。まだ早い。

フキンで手を拭き、ドアを開けにいった。アンソン・サリナスが立っていた。見るからに筋金入りの警察官といったふうだが、これまでの人生の大半をそうした役割で生きてきた彼だ、無理もない。長い年月のあいだに髪は暗い灰色に変わり、細く筋張った体はやや丸みを帯びたものの、黒い目はいまだに警官の目だ。高い頬骨とがっちりした顎が印象的ないかつい顔は、昔と変わらずに相手を威嚇する。

アンソンという人間を知ると、見た目は嘘をつかないことがわかる。この男は見かけどおりにタフなのだ。

同時に孤独でもある。

それは自分も同じだ、とマックスは思った。

「さあ、入って、アンソン。ビールでもどう？」

「そいつは断れないな」

マックスはキッチンに戻った。アンソンはドアを閉めて彼のあとについていき、キッチン・テーブルの前の古ぼけた椅子に腰を下ろした。

「で、どうした？　フリントの件は引き受けたのか？」

「ああ、引き受けることにした」マックスは二本のビールをテーブルに置き、アンソンの向かい側に腰を下ろした。「立ち上がりは単純そうだったが、たちまちおもしろいことになってきた」

「ほう？　どういうことだ？」

マックスはアンソンにここまでの流れを手短に説明した。

アンソンはビールを飲みながら、頭の中で細部を分析した。

「複雑だな」

「今のところはたしかにそうだが、遅かれ早かれ引き金になった出来事を突き止めるさ。そのときは何もかも納得がいくはずだ」

アンソンが愉快そうに鼻を鳴らした。「きみが得意とする仮説だな。その手の考え方は、プロファイラーを名乗ってしゃれた服を着ていたときは功を奏したかもしれないが、現実の世界に出てみれば、すぐにわかるさ。必ずしも引き金を探す余裕があるわけじゃない。入手した情報を追うだけで手いっぱいになってしまう」

「わかってる。現場で得た事実は無視しないよ。信じてもらいたいね」

アンソンの目がきらりと光った。「どんな女なんだ？」

「ルイーズ・フリント？」

「いや、死んだ女じゃない。現場に現われたほうだ」

「シャーロット・ソーヤーか」

「ああ、そうだ。シャーロット・ソーヤー」

「うーん……なかなか興味深い」

アンソンがうなずいた。「美人なんだな」

「興味深いって言っただろう」

「きみの仕事の進め方についてああだこうだと言いたくないが、ふつう現場に最初に現われた人間についてどう言われているかは知っているだろう」

「彼女が最初の人間ってわけじゃない。厳密に言うなら、現場に最初に現われたのはルイーズ・フリントの家政婦だ」

「しかし、話を聞いたかぎり、そのシャーロット・ソーヤーは手がかりを山ほど抱えてやってきたようじゃないか。いやでも疑問がわいてくる」

「たしかにそうなんだ」マックスが言った。「これからその答えを探す。信じてくれ」

「もちろんさ。だが、おれという人間を知ってるだろう。仕事の話が好きなんだ」

「ああ、知ってる。そろそろ仕事を探す必要があるな、アンソン。そうでもしないと頭がおかしくなってしまうんじゃないかな。そんなことになったら、こっちまで頭がおかしくなりそうだ」

「どうしたものかな。いやでも年齢差別ってもんがある。警察はこんな年寄りを雇っちゃくれないし、かといって、最低賃金でオフィス・ビルの夜間警備をするのもかんべんしてもらいたいし」

「それについては前にも話したが、ボランティアの仕事を探すべきだろう」

アンソンは肩をすくめ、またビールを飲んだ。「それも考えてはいる」

「それがいいよ」マックスは椅子の背に寄りかかった。「ちょうどゲームをしようと思ったところだったんだけど」真っ赤な嘘をつく。「見ていく？」

「ああ、そうするよ。ほかにこれといってすることもない」

十時半にゲームが終了すると、アンソンはリクライニングチェアからよいしょと腰を上げた。

「終わったか」アンソンが言った。「おもしろかったよ。それじゃ、帰るとしよう。今夜はよく寝ておきたいだろう。明日はおもしろそうな仕事がたくさん待っていそうだからな。その姿を消した女のことがわかったら教えてくれ」

「ジョスリン・プルエットか」マックスが言った。「ああ、そうするよ」

マックスも椅子から立ちあがって、アンソンを玄関まで送った。

外に出たアンソンは、玄関ポーチから滴り落ちる雨に目を向けた。

「ポーチが雨漏りしてるな」

「わかってる。近々なんとかするつもりだが、ほかにも修理しなければならないところがあるんで、どうしても屋内が優先ってことになる。それはそうと、明日、配管工が来るんだが、立ち会ってもらえないか？」

「任せとけ」アンソンが言った。

「仕事の進め方は指示しないと約束してくれるね」

「当たり前さ。だが、ちゃんと見張っておく」

アンソンが階段を下り、霧雨の中を足早に進んだ。自分の家の玄関まで行くといったん足を止め、おやすみの挨拶代わりに片手を上げる。そして家の中へと入っていった。

マックスはドアを閉めてキッチンに戻った。アンソン・サリナスがまぎれもなく文字どおり、彼の人生に入りこんできた日のことをあらためて振り返った。

当時、マックスは怯えた十歳の少年で、ひとりぼっちではなかった。ほかにも七人の子どもがいっしょにいたが、夜間は全員が施錠した古い納屋に閉じこめられていた。クィントン・ゼインは毎晩彼らを閉じこめていたのだ。

ゼインはその理由を彼らの安全確保のためだと言った。そうすることで、彼らは恐怖を克服できるようになるのだと。彼らを強くするための手段なのだと。

しかし、彼らが本当に恐れていたのはクィントン・ゼインだった。この世に実在する怪物。カルト集団を率いる、カリスマ性あふれる恐ろしくも若き指導者。

マックスの幼年期を永久に破壊したその夜、ゼインは自分がまもなく姿を消す幻を見たと信者に告げた。そして本当に姿を消した――が、その前に敷地内にある何棟もの建物でつぎつぎに爆発が起き、火の手が上がる仕掛けのスイッチを入れた。むろん、子どもたちが眠る納屋も例外ではなかった。

マックスを含む子どもたちは目を覚まし、炎に包まれた納屋には錠がおりていることに気づいた。生きたまま焼かれる運命を悟り、恐怖に凍りついた子どもたちが納屋の中央で体を寄せあっていたとき、ひとりの英雄が彼らを救出しに現われた。最寄りの町の警察署長だったアントン・サリナスだ。彼は自分が運転する車で納屋の扉を突き破って突入し、運転席から飛び降りるや、八人の子どもをまとめてＳＵＶに押しこみ、けたたましいエンジン音とともに燃えさかる納屋から脱出した。その直後、納屋は轟音を響かせて崩れ落ちた。

その夜、成人の信者五、六名が死亡し、マックスの母親もその中にいた。ソーシャルワーカーは八人の子どものうち、最終的には五人の親類を探し出すことができた。しかし、三人の少年――マックス・カトラー、カボット・サター、ジャック・ランカスター――はそろって孤児と正式に認定された。

火事の夜、子どもたちはアントン・サリナスの家に行った。ほかに行くところがなかったからだが、三人は最後までそこにとどまった。

三人に里子制度が適用されることが決まったとき、アンソンはコネを利用して強引に書類を通してもらい、晴れて里親としての認可を得た。

マックスはまたパソコンを立ちあげて、殺害された女性二人とレイプされた女性三人についてさっき集めておいたデータをもう一度見た。ルイーズ・フリントはなぜこのファイルを、倉庫にしまったスーツケースの中に隠すほど重要と考えたのだろう？

そして今、もうひとりのレイプ被害者――ジョスリン・プルエット――との関連もくわわった。

必ずやパターンがあるはずだ。それを発見するのが彼の仕事だ。

しばらくのの
ち、ルイーズ・フリント関連のファイルを閉じたあと、毎晩就寝前に欠かさずチェックするファイルを開いた――ファイルの名は〝クィントン・ゼイン〟。アンソンに里子として引き取られ、兄弟としていっしょに育った二人も、ゼインに関するオープン・ファイルを維持している。家族以外の人間とはファイルの中身について話すことはめったにない。これまでを振り返ると、マックスの元妻を含む人びとは三人のことを〝取り憑かれている〟と決めつけ、妄執だと非難した。そうした批判がおそらく正しいのだろうと思えるときもないわけではない。

クィントン・ゼインの亡霊を追跡するため、マックスと兄弟たちは代償を払ってきた。マックスの場合、ＣＩＡでの最後の事件では妄執のせいであやうく死ぬところだった。それが原因で彼は職を失い、妻との関係も炎上した――付帯的損害《コラテラル・ダメージ》である。当時の同僚や元妻が何を心配していたかといえば、彼の状況はもはやたんなる妄執ではなく、すでに燃え尽きているのではないかということだった。それは彼自身、ひしひしと感じていた。彼はパターンが存在しないところにパターンを見る危ない状態にあると周囲は確信していたのだ。

妄執に取り憑かれた人間といっしょに仕事がしたい人間がCIAにいるはずがない。同様に、そんな男との結婚を継続したい女性がいるはずがない。

もうずっと前からマックスとカボットとジャックは、ゼインがまだ生きていることを示す、ときおり流れる噂のたぐいを追ったことがあるが、実質的な証拠はいまだいっさい押さえることができていない。パターンを見いだすには、もっといろいろ手がかりがそろわないことには。

ファイルを閉じたあと、シャットダウンする前にEメールをチェックした。受信トレイには一カ月前のメールがたった一件だけ入っている。その一件についてはあいかわらず保管しておこうか、ごみ箱に捨てようか決めかねており、そのまま受信トレイに放置してある。

メッセージはたった二つの文章と署名で構成されている。

今後二度と私に接触を図らないようここにお願いする。万が一この頼みを無視した場合、代理人に法的措置を取るよう命じることにする。

署名はデイヴィス・ディケーター。
マックスの生物学上の父親だ。

12

シャーロットは電話の音で目を覚ました。その瞬間、灰色の夜明けの現実と夢のかけらがまじりあった。霧が立ちこめる誰もいない部屋がいくつも並んでいる。シャーロットはジョスリンを探してつぎの部屋へ、つぎの部屋へと歩を進めていく。

また電話が鳴った。

ジョスリン。ようやくこちらのようすをたしかめようと電話をしてきたのかもしれない。

上掛けをはぎ、両脚をベッドの横へ回して電話をつかんだ。画面に表示された名前はカトラー。すぐにはそれが誰だかわからなかったが、マックスから受け取った名刺を見て、名前と電話番号をアドレス帳に登録したことを思い出した。

「まだちょっと早いわ」

「もうひとつ問題発生だ」マックスが言った。

彼の口調からはすでにだいぶ前から起きていたことがわかった。シャーロットの電話を持つ手に力がこもる。

「何かしら?」

「ジョスリン・プルエットはセント・アデラの修道院にはいない」

シャーロットの全身を冷たいものが駆け抜けた。すっと立ちあがる。

「それ、どうしてわかったの?」質問を投げた。「修道院には電話がないわ。ジョスリンの携帯電話も向こうにいるあいだはずっと通じないはずよ。あそこには携帯電話サービスもWiFiもないんですもの」

「きみはそう信じているんだな?」

「ええ。そうだわ、昨日の夜、ひょっとしたらジョスリンが何か方法を見つけてメールをチェックしてくれるんじゃないかと思って、メールを送信したの。ルイーズの身に最悪のことが起きたって。でも、返信はなかったわ」

「ジョスリンはどうやってその修道院に予約を入れた?」マックスが尋ねた。

「旅行社を通して申しこんだみたいよ。そこはいろんな種類の一風変わった旅や静養地を専門に扱っていてね。世界のあちこちでヨガや瞑想といった体験に焦点を合わせた休暇を過ごす旅を企画しているの」

「今、セント・アデラの警察署長と電話で話したんだが、非常に協力的だった。こちらで緊急事態が発生したので、今すぐジョスリン・プルエットに連絡を取らなければならないと言ったところ、署長は警察官を修道院に差し向けてくれた」

シャーロットは目をつぶった。「ばかみたいね、わたし。島の警察に連絡するなんてこと、まったく思いつかなかったんですもの」

「べつにばかってわけじゃない。その気にさえなれば思いついていたはずさ。昨日はまだ、ルイーズ・フリントが死んだことで頭がいっぱいだったんだ」

シャーロットは目を開けた。「わたしに代わって申し開きまでしてくれてありがとう。ジョスリンが島にいないというのはたしかなの？」

「セント・アデラ行きの飛行機に乗らずに得た情報としてはね」

シャーロットはまたベッドのへりに力なく腰を落とした。「まいったわ」

「担当のシスターは警官に、ジョスリン・プルエットは一カ月の修養会に予約を入れており、予定どおりに到着してチェックインしたと話したそうだ」

「えっ？」

「だが、彼女は翌日チェックアウトした」

「うそっ」

「きっと修道院の生活が耐えがたかったんだろう」

「そうよね」シャーロットの表情がぱっと明るくなった。「チェックアウトしたあと、ビーチに面したホテルに移ったんじゃないかしら」

「シスターはジョスリンがどこへ行ったのかは知らなかった。知っているのはただ出ていったことだけ。ついでに、きみに訊かれる前に伝えておくと、プルエットは島のホテルのどこにも泊まっていない。警察署長がその可能性を考えて調べてくれたんだ」

シャーロットは深く呼吸しながら、それが意味するところを理解しようとした。

「ジョスリンはそもそも修道院に滞在するつもりはなかったのね。ただ長期にわたって姿を消したかった」

「どうもそんな感じがする」マックスも同調する。「彼女が最短でも一カ月間、誰も知らない場所に行きたかったことは明らかだが、それはきみや、そのほかの人たちに心配をかけたくなかったからなんじゃないのかな」

マックスの歯切れのいい客観的な口調を非情さのしるしと受け止めそうになったが、マックスにとってはいつもどおりの仕事の進め方なのだと思うことにした。彼は答えを見つけることで生計を立てているのだから。彼に関するかぎり、仕事を進めるうえでいちばん効率のいいやり方で彼女に最新情報を伝えているにすぎないのだ。

「彼女はセント・アデラ行きのチケットを買い、実際、修道院にチェックインした。こうしておけば、インターネットで彼女を探そうとしていた人間は彼女が島に渡ったと知って満足するはずだ。たいていの人は、彼女が落ち着くべきところに落ち着いたと考える」

シャーロットは電話をぎゅっと握りしめた。「わたしみたいにってことね。でも、あなたは事態を一歩先に進めてくれたわ。島の警察に問いあわせてくれた。なぜわたし、それを思いつかなかったのかしら？」

「たしかにきみはセント・アデラ警察に連絡しなかったが、それはつまり、昨日まで妹さんが行くと言ったところにいないと考える理由がなかったからだ」マックスが言った。

彼は彼女の考えも読んでいた。

「でも、あなたはジョスリンがいるはずの場所におそらくいないだろうと反射的に仮定した。そうでしょ？」

「いや、べつにあれこれ仮定したわけじゃない。細かなことでもなるべく裏付けを取りたいだけだ」

「これで妹とは本当に連絡を絶たれたわけね」

「まあ、そういうことになるな。だが、もし彼女がきみに自分の携帯電話は使わずに連絡を取りたいと思えば、手段がないわけじゃない。プリペイド式携帯電話。公立図書館のパソコン。しかし、彼女はそれは実行していない」そこでマックスは意味深長な間をおいた。「そうだな？」

彼がまだこちらを全面的には信用していないことに気づき、軽い電気ショックみたいなものを受けた。つぎの瞬間、かっときた。

「もちろんよ。ジョスリンからの連絡はいっさいないわ」吐き捨てるように言い、間をおいた。「妹はルイーズ・フリントが死んだことを知っていると思う？」

「もし彼女が怯えて姿を消したのだとすれば、ここシアトルで起きていることは調べていると考えるのが論理にかなっている。そうだな、彼女はルイーズが死んだことを知っていると言っておくほうがよさそうだ。ジョスリンがそれを殺人じゃないかと疑っているかどうか、それはなんとも言えないが」

「ジョスリンはルイーズが殺されたと考えるはずよ。わたしを信じて。妹は親友が過剰摂取で死んだなんて思うはずがないの」シャーロットはまた勢いよく立ちあがった。手は電話を力いっぱい握りしめている。「えっ、まさかあなたはジョスリンも……」

シャーロットはその先を言葉にできなかったが、マックスはつらい現実も難なく言葉にできるようだ。

「彼女も死んでいる可能性もあることはある。しかし、ぼくはそれはないだろうと思っている。死体は明るみに出てくる」

シャーロットはひるんだが、すぐにこれはマックス流の励まし方なのだろうと自分に言い聞かせた。

「ルイーズの死体が出てきたように？」

「ああ」マックスが短い間をおく。「現時点では、ジョスリンは身を隠したと見ていいだろう。ぼくがまだ彼女を発見できていない事実はいい兆候だ。彼女は何をしたらいいのかわかっているということだから」

「妹はＩＴに精通しているのよ」

「だと思うね。家族の人たちはどうなんだろう？　きみ以外に彼女が連絡を取ったかもしれない人は？」

「ほかには誰もいないわ」シャーロットが答えた。「妹の父親は何年も前に亡くなったし、きょうだいはいないのよ。彼女の父親とわたしの母が再婚したのは、ジョスリンもわたしもティーンエージャーのときだったわ。問題は、彼女が誰から隠れているのかってことでしょ？」

「おそらくはルイーズ・フリントを殺した犯人からだろうね」マックスが言った。

「そう言うんじゃないかと思ったわ」

シャーロットはぼんやりと窓の外を見た。

「聞こえてる？」しばらくしてマックスが訊いた。

シャーロットはぐっと唾をのみこんだ。「ええ。ええ。もちろんよ。ただ、一連の出来事をうまく理解できなくて。もしあなたの言うことが正しければ、ジョスリンはわたしに大きな秘密を持っていたということになるわ」

「そうだね」

「わたしを守ろうとしていたんだわ」

「そう思う？」

「妹はいつだってそういう子だったから。ほとんど最初から」

「きみが抱いている妹さんのイメージを損ないたくはないが、彼女がきみに何かを隠していたかもしれない理由はほかにあるとも考えられる。たとえば、彼女が守っていたのは自分自身かもしれない」

「違うわ」シャーロットは否定した。「もし妹が秘密を抱えていたとしたら、それはわたしを今起きていることに引きずりこみたくないからよ。何が起きているのかは知らないけれど」

「妹さんの身に何が起きたのかはこれから突き止める。それがぼくの仕事だ」

「ねえ、あなたひとりで進めないでね。忘れてはいないわよね？　このことはわたしにも関係があるんだから」

「まずどこからはじめたいか、きみの考えは？」マックスが訊いた。

その口調は皮肉っぽくも傲慢でもなかった。むしろ、彼女の意見にじっと耳をかたむけるかのように好奇心と関心が伝わってきた。

「昨日の夜、ふと思い出したんだけれど、ルイーズが鍵といっしょに封筒に入れたジョスリン宛のメモのことね」

「それがどうかした？」

「ルイーズは、ファイルのコピーのわたしの分は倉庫にあるってこととオンラインには上げてないってことを書いているの」

「ということは、妹さんもコピーを持っているってことを意味している」マックスが結論を言葉にした。「言いたいのはそういうことかな？」

「ええ、そのとおり」

マックスは数秒間無言だった。「妹さんがそれをどこに隠しているか、思い当たる場所は？」

「ジョスリンは重要な記録やファイルはほとんどパソコンに保存しているんだけれど、すごく古くさい保管システムもひとつ使っているの――貸金庫」

マックスがまた黙りこんだ。

「その場合、鍵が必要になる」ようやく口を開いた彼が言った。

「それならわたしが一個持っているわ。妹が完全に信用していた人間はわたしひとりなの」妹のことで過去形を使ってしまったことにショックとともに気づいた。「いえ、妹が信用しているのはわたしひとりなの。わかってるわ。たしかに何もかもわたしに話してくれてはいなかったけど、わたしを信用していることは間違いないの」

「わかっているよ」マックスが言った。「それじゃ、彼女を探そう」

彼のむっつりした声の中から奇妙なほど穏やかな響きを感じとり、驚いた。決意を言葉にしたひとことは誓いに聞こえた。だが、それ以上のものではないことにも気づいていた。ジョスリンが生きているという望みを与えることはせず、ただ探すことを約束しただけだった。

マックス・カトラーは守れるかどうかわからない約束をするタイプではないのだ。

だが一方で、彼が約束したときは、それを守るためには地獄の底まで行くことも辞さない。そこまで信頼してもいいのだとシャーロットは思った。

とはいえ、これまで男性を見誤ってきた彼女でもある。証拠物件第一号、ブライアン・コンロイ。

「ボスに電話して、今日は遅刻すると言っておくわ」

13

シャーロットは、アパートメントのキッチンとリビングを隔てているダイニング・カウンターの上に食料品店の袋の中身を取り出して並べた。マックスと二人、並べたもの――ワシントン州の道路地図、頭文字が記されたリーガルサイズの封筒三つ、そして書類が詰まっていそうなもっと大きなサイズの封筒――に目を凝らした。

いずれもジョスリンの貸金庫に入っていたものだ。

二人とも銀行の貴重品保管室内では貸金庫の中身を調べたくなかったため、食料品店の袋にどさっと全部まとめて放りこんだのだ。街を横切ってシャーロットのアパートメントに向かう短いドライヴのあいだ、彼女は両手で袋をぎゅっとつかんでいた。まるで蛇が何匹も入っている袋を持っているような気分だった――口を開くのが怖いと同時に、投げ捨てるわけにもいかない。

マックスが両手をテーブルにぴたりと置き、ちらばった中身をじっと見た。

「ワシントン州の道路地図がもう一枚か。まずこれからはじめよう」

そう言って地図を開いた。赤と黄色の丸がシャーロットの目を引いた。

「全部同じ町だわね。女の子が二人、過剰摂取で死亡した二つの町も入ってるわ」

つぎにマックスは封筒を取り、順番に開いた。

「ルイーズのキャリーバッグに入っていた封筒と同じデータだ。死亡記事もレイプ記事も同じもののコピーだな。あとは、五件はすべてにドラッグが関係していることを指摘した手書きのメモ」

シャーロットはそのメモに目を凝らした。「これはジョスリンの字だわ。ルイーズのじゃなく」

「ということは、ルイーズが書いていたとおり、二人は同じファイルを保管していた」

シャーロットが顔を上げた。「二人がインターネットを使ってこれを調べたことは一目瞭然だけれど、手書きのメモも含めたファイルをつくる段になったら、全部紙のコピーにして保管した。なぜかしら?」

「現代では何かを隠したいとき、唯一の安全な方法は昔ながらの——データを紙のコピーだけにまとめる——方法なんだよ。三件のレイプは過去一年以内の五、六カ月にわたって起きた。二件のドラッグがらみの死亡はもっと最近だ。一件は八月半ば。もう一件は九月末」

マックスが今度は大判の封筒を手に取って逆さまにし、中身をテーブルの上に出した。新聞の切り抜き、証拠資料、メモがうずたかい山をなした。

シャーロットは切り抜きの一枚を選び、手に取った。見出しの意味がすぐにはぴんとこなかったが、理解するなり、手近な椅子に力なく腰を落とした。

「ジョスリンが重要な資料を保存していることは知っていたけど、こんなにたくさんあるとは知らなかったわ」

マックスにその切り抜きを手わたした。彼は眉間にしわを寄せて集中し、素早く記事を読んだ。

「地元の大学生がレイプを通報。人相未確認の犯人は逃走」マックスは切り抜きを脇へよけ、資料の中から一点を取った。「これは妹さんのレイプ事件の警察の報告書のコピーだ。これによれば、彼女が犯人の人相を伝えられなかったのは、犯人に目隠しをされたうえに喉にナイフを当てられていたからだそうだ」

「ええ、そうだったのよ」シャーロットがべつの書類を取りあげた。「これは名簿。二、三百人の名前がありそう」

マックスがシャーロットの手からそれを取った。「全員が男か。何人かは線を引いて消してある。あとからべつべつのときに書き足したような名前もいくつか」

「ジョスリンがつくった容疑者リストだと思うわ。どうやってそんなに集めたのか知らないけど」

「レイプ事件はローリング大のキャンパスで起きた。たぶん卒業アルバムを見て、容疑者をまとめたんだろうな」

「ええ、きっとそうだわ。そんなこと考えてもみなかった。妹は最初から犯人は学生だと確信していたのね。小さな大学なのよ。しかも当時はもっと小さかった」シャーロットは封筒の中身を凝視しながら考えをめぐらした。「わたしたち、もう何年も前からジョスリンは前を向いて歩きはじめたと思っていたし、彼女もみんなにそう思いこませていたのね」

マックスの目がやや鋭さを帯びた。「わたしたちというのは？」

「家族。わたし。妹は、あの事件が感情的に彼女にどれほどの影響をおよぼしたかをわたしたちが心配していることを知っていたから、もう過去にはこだわっていないと思わせていた。なのに、そのあいだもずっと恐ろしい新聞記事の切り抜きや容疑者リストを貸金庫に保管していたんだわ。こんなものたくさん集めたってなんの役にも立たないっていうのに」

「どうしてそんなことを言う？」

シャーロットは涙をぐっとこらえて顔を上げた。「ローリング警察の間抜けたちが証拠保管箱を紛失したから。それがロッカーからいつ消えたのかすら不明なの。誰も責任を取らなかったけど、それが消えたとき、犯人特定の一縷の望みもいっしょに消えたのよ」

「ほう」

マックスは椅子にすわり、テーブルの上に広げたものについてじっくりと考えた。山の中から二枚のプリントアウトを引き出す。

「どうやら彼女は手口が似通ったレイプ事件の報告書を集めていたようだ。少なくとも当初は。日付を見ると、この二件は同じ年に起きている。被害者はともに、犯人に布の袋で目隠しされてナイフで脅されているな」

「その二件の事件が起きたとき、ジョスリンは取り憑かれたようにニュースをチェックしていたわ。両方とも大学のキャンパス内で起きた事件なのよ。でも、ローリング大ではなかったから、情報収集が簡単ではなかったの」

「模倣犯《コピーキャット》の仕業かもしれない」

「ジョスリンはそう は考えていなかった。実際、二人の被害者を探し出して、話を聞きにいってきたの。帰ってきた彼女は自分を襲った犯人と同一人物だと確信していたわ。パターンを突き止めてみるって言っていたけど、報告はその後いっさいなし」

「こういうやつらは手口を変えないのがふつうだ」マックスが言った。「しかし、方法を修正したり効率よくしたりってことはときにある」

不安が引き起こした動揺がシャーロットの全身をざわざわさせた。マックスの物言いがぞっとするほど冷酷に感じられたのだ。ジョスリンの事件をただの興味深いパズルのひとつにすぎないかのように言う。

だが、彼のようすをよく見ると、静かなる激しさとでも言うべきオーラが放たれていた。

「ジョスリンはときどき、犯人はもう州外へ行ってしまったのかもしれないと言っていたわ。あるいは、彼女が情報入手できなかった犯罪ですでに逮捕されたのかもしれない、とも」

「そのどちらも可能性はある」マックスは何枚ものプリントアウトや切り抜きに目を通していく。「ぼくたちが自問しなければならないのは、妹さんの話がこの二人の女性の死亡、三人のレイプ被害者、そしてルイーズ・フリントとどんな関係がある

「全部関係ないんじゃないかしら」シャーロットが言った。

「そうは思わないね。偶然の一致もたしかにあるが、すぐにそれとわかることはめったにない」マックスがジョスリンの事件に関する警察の報告書を手に取った。「この事件をべつの角度から見ることもできる」

「何を？」

「何ではなく誰を、だ。ローリング警察のイーガン・ブリッグズ刑事。捜査の責任者はこの刑事らしい」

「ジョスリンが襲われたのは十年以上前のことで、ブリッグズは当時すでに五十代のはずよ。今はもう引退したんじゃないかしら。たとえまだ現役だとしても、協力してくれるかどうか。捜査はほとんど進展しなかったんですもの。誰も本気で調べてはくれなかった」

「もしブリッグズがまだ生きていれば探し出すよ」

シャーロットに笑みが浮かびかけた。「ええ、あなたならできるわ」

マックスが肩をすくめた。「それがぼくの仕事だからね」

「そうだわね」

「調査のあいだ、ジョスリンはセント・アデラの修道院に滞在していると思っているふりをしよう」

シャーロットは名簿を指一本でこつこつと叩いた。「それはつまり、妹が隠れる必要があると考えたなら、じゅうぶんな理由があるにちがいないってことね」

「そのうえ、すでに女性がひとり死んでいる」

14

ルイーズが死んだ。

ジョスリンはパソコン画面を食い入るように見つめ、そっけない新聞記事を読みなおした。

被害者は現場で死亡が確認……テーブルの横で違法薬物と注射器が発見され……過剰摂取が疑われる……毒物検査を命じ……被害者にはドラッグ常用の過去が……地元の女性のためのシェルターでボランティア活動……

殺されたのよ、過剰摂取じゃない、とジョスリンは思った。やっぱりわたしとルイーズが思ったとおりだった。どこかの時点でどちらかがとんでもないミスを犯したせいで、追跡していた変態野郎が警戒態勢に入ったのだ。

その男はずっと前からはるかに有利な立場に立っていた。こっちの正体を知っているのだから。それにひきかえ、こっちは向こうが誰だか知らない。

それにしても、なぜルイーズを殺したのか？

わたしを見つけられなかったから？

突然重苦しい罪悪感に襲われ、呼吸ができなくなった。ルイーズが死んだのはわたしのせいだ。

おぞましい重圧の隙間をついて無理やり息を吸ったり吐いたりした。少し頭がはっきりしてくると、みずからの推断を論理的に追ってみた。ジョスリンとルイーズは怪物がエスカレートしていることに気づいた。もし彼女たちの考えが間違っていなければ、怪物は最後の二人を殺害している。だが、そいつはなぜ誰かが自分を追跡していることに気づいたのだろうか？　あんなに慎重にことを進めていたのに。

あんなに慎重に。だが、ルイーズは死んだ。

もしルイーズを殺したのがそいつだとすれば、そこでやめる理由がない。そいつは投資クラブの真の目的を突き止めたと考えなければならないだろう。もしそうだとしたら、クラブのメンバー全員を消さなければならないという結論に達するかもしれない。

ほかのみんなに知らせなければ。だが、伝えることはほとんどない。名前もわからず、物的証拠もない。あるのはただ、自分たちが連続レイプ犯から連続殺人犯に変貌を遂げた男の標的になったという確信のみ。

周囲が騒がしくなり、集中しにくくなった。夕方の図書館は人がいっぱいだった。騒音は主として子ども向けのスペースからだ。読み聞かせの時間がはじまっており、担当の司書が聞いている子どもたちにも参加を促すと、子どもたちは元気に応じている。それだけではない。ビデオ室には騒がしいティーンエージャーの一団がいたし、貸出デスクの前には絶え間なく人の流れがある。

だが、いちばんにぎやかなのはインターネットに接続ができる大きな部屋だ。コンピューター端末はすべて使用中である。ジョスリンも予約して順番を待たなければならなかった。

待っている人が多いため、使用時間は三十分に制限されている。最初はルイーズといっしょに追跡していた男に関する情報収集を続行するつもりだったが、その前にちょっと財団のオフィスのEメールをチェックしようとした。そのときだ、ルイーズが死んだことがわかった。

犯人はドラッグを使ってルイーズを殺すことに成功した。簡単ではなかったはずだ。

ルイーズはドラッグを忌み嫌っていた。力で押さえこまれたにちがいないが、警察は抵抗した形跡はなかったと発表している。それはおかしい。ルイーズなら抗うはずだ。

パソコンをシャットダウンし、しばらくじっとすわったまま考えた。ルイーズが死んだことを知るまでは、主導権は自分たち二人にあると思いこんでいた。自分たちが肉薄していることを男は知るはずもないと高をくくっていた。

だが今、男がこちらを追跡している事実を受け入れなくてはならなくなった。

シャーロットに連絡したかった。シャーロットは冷静な常識人だ。自分は退屈な人間だと思っている。結婚式の直前になって婚約者に捨てられたのだから、自尊心を保つことすらむずかしいはずだ。とはいえ、彼女が抱える本当の問題は、すぐに人を信用してしまう点だ。人の言うことを額面どおりに信用する傾向がある。

シャーロット自身は人に対して嘘をつかないから、根っから正直な人間特有の古典的なミス――自分以外の人間も、少なくとも面と向かっては、嘘をつくはずはないと決めてかかる――を犯す。シャーロットの世界には故意に人を欺く人間などいないからだ。あとになって気づくまでは。むろん、そのときはもう手遅れなのだが。

信用してはならない人間もいることに気づいたシャーロットの反応もまた、怒りや皮肉ではなく失望という形になりがちだ。それだけではない。そうした人間の性格的欠陥を見抜くことができなかった自分の責任だと考えるのがシャーロットなのだ。

ブライアン・コンロイがもう結婚は無理だと宣言したとき、シャーロットはいけないのは自分だという結論に達した。なぜなら、彼にだまされ、ミスター・パーフェクトだと思いこんでしまったのは自分だからだ。彼女が数週間通っていた最低なセラピストもそう考える彼女の背中を押した。

もちろん、そんな考えは間違っているのだが、それがシャーロットなのだ。

ジョスリンはしばらく目を閉じて、呼吸をととのえた。ルイーズが死んだ今、本当に信じられる人はたったひとりシャーロットだが、問題は彼女を危険な目にあわせるのが怖くて連絡ができない点である。

「すいません、もしもうパソコンを使い終わったなら、つぎはおれなんですけど」

ジョスリンがぎくりとして顔を上げると、ランニングシューズにジーンズ、フード付きトレーナーのだらしないティーンエージャーが立っていた。

「あっ。いいわよ、どうぞ」

ジョスリンは立ちあがり、椅子の背に掛けたバックパックを取ると席を離れた。

「どうも。調べなきゃならない宿題があるんで」

はいはい、そうよね、と思った。この年齢の子どもたちはみな、大型小売店に卸せるくらいのＩＴ機器を持っているものだ。宿題をするのにわざわざ公立図書館のパソコンを独り占めする必要などない。

少年はブースにすわると、慣れた手つきで素早くパソコンを立ちあげた。何度となくここに来ていることは一目瞭然だ。

ジョスリンはバックパックを片方の肩に掛け、図書館の出口に向かおうとしたが、背を向ける前にちらっとパソコン画面に目をやった。

少年は早くもポルノ・サイトにアクセスし、全裸で激しいセックスに励む不自然なまでの巨根や巨乳の持ち主たちに見入っていた。

「ずいぶんおもしろい宿題ね」ジョスリンは声をかけた。

少年は顔を上げ、しばらくじっとジョスリンを見たあと、こうのたまわった。「大きなお世話だね。おれには憲法修正第一条の権利があるんだ」

つまり少年は、勉強時間をどう過ごしていたかを両親に知られないために、パソコンでポルノを観賞したいのだ。だからなんだと言うの？　自分だって今、犯人にこっちの居所を知られたくないがために、親友が殺された事件の状況を図書館のパソコンを使って調べていたじゃないの。たったひとりで。公立図書館はあくまで平等に徹しているのだ。

出口に向かった。若い世代の流儀を矯正するのはわたしの仕事じゃない。もっと差し迫った――生死にかかわる――問題を抱えているのだ。

ガラス扉を押し開けて、冷え冷えとした午後の空気の中へと出た。彼女が逃亡先として選んだのはオレゴン州ポートランドだ。シアトルはあえて避けた。いくら近年急激に人口が増えたとはいえ、まだまだ多くの意味で小さな町だ。知り合いが多すぎる。使い捨て電話を買ってシャーロットに連絡するためになら、なんでも差し出す覚悟はあるのだが、あえてそうはしなかった。わたしにかかわらないかぎり、シャーロットは無事でいられるはずだからだ。それだけではない。シャーロットはきっと、まっすぐ警察に行けと言いそうでもある。しかし、それはジョスリンの選択肢には含まれていなかった。警察に提供する具体的な証拠は何もないからだ。本当に何ひとつ。

何年も前に襲われて、学んだことがひとつあるとすれば、もし犯人の人相をはっきりと説明できないなら、そして犯人が何をしたかを示す確たる証拠を提供できないなら、警察に行ってもはじまらないということだ。ローリング大学の二年生だったとき、警官は彼女の言うことを信じてはくれなかった。今も信じてくれないはずだ。

さて、つぎに何をしたらいいのだろう。不安が脈を打ちながら全身に広がっていく。懸命に押さえこもうとしてきた昔の恐怖が内臓をひねりあげてくる。重苦しい悪夢が四方八方からじわじわと忍び寄ってくる。喉もとに突きつけられたナイフと頭にかぶせられた布袋の記憶がおまえを打ちのめしてやると脅してくる。息ができない。なんとかこの場をしのがなければ。

震える手でバックパックを開け、精神安定剤の小瓶を取り出した。一錠を水なしでのむ。思ったとおり、喉につかえた。気のせいかもしれない。何度も何度も強くのみこもうとするが、いつまでたっても喉に違和感がある。

パニックがなおいっそう激しくなるのを感じ、ぱっと立ちあがると駆け足で図書館の中に引き返した。なんとか水飲み場にたどり着き、喉の違和感がやわらぐまでがぶがぶ水を飲んだ。

再び外に出てベンチに腰かけ、薬が効いてくるのを待った。図書館に出入りする人の流れが目の前を行きかう。

しばらくして冷静さが戻ってくると、つぎの行動をじっくりと考えはじめた。問題は、クラブのほかのメンバーが危険な状況にあるかどうかを知ることができないという点だ。ルイーズを殺した犯人は間違いなくジョスリンを追っていると思うが、もし犯人が論理的思考の主ならば、マディソン、ヴィクトリア、エミリーは必ずしもかかわってはいないと気づくはずだ。ジョスリンとルイーズはほかの三人の誰にもこの犯人のことはいっさい話していないのだから。

しかし、犯人の思考が論理的だと仮定する根拠は何ひとつない。なんと言おうが、犯人はレイプ犯であり殺人犯である。つまり、妄執的で暴力的で、完全に常軌を逸している。少なくともサイコパスであることは間違いない。

真の疑問は、その犯人がなぜ数カ月前からエスカレートしはじめたのか、である。わかっていることは、その時点まで男は被害者を脅してレイプする行動を継続してはきたが、殺害はしなかった。何かが彼にパターンを変えさせたにちがいない。

そのきっかけがなんであれ、もはや事態はジョスリンの過去だけではすまない。ほかのメンバーにも警報を発する義務がある、と判断した。当初から彼女たちは、なんらかの不測の事態が発生した場合にそなえた計画も準備していた。マディソンのアイディアである。このクラブの発起人はマディソンで、その後その刺激的な秘密の世界にメンバーをひとりずつ誘いこんでいった。

まもなくジョスリンは立ちあがり、また図書館の中に戻った。パソコン使用待ちの列に並び、リストに偽名を書きこんだ。

デスクの事務員にまた、ポルノ愛好少年が使っていたあのブースを割り当てられなければいいのだが。

15

マックスは誕生パーティーたけなわの場に到着した。戸口にたたずみ、高齢者の群れにケーキとピンク・パンチを手わたしていくシャーロットを眺めていた。

パーティーの参加者の年齢層は、七十代前半から九十代後半まで幅広い。もうすぐ百歳かと思われる人もひとり二人まじっている。誕生日おめでとうと記された横断幕が頭上を横切り、天井からは風船とカラフルなリボンが垂れている。

白髪のカールのヘルメットをかぶった老女がひとり、歩行器を押して彼に近づいてきて正面で立ち止まった。

「さあ、どうぞ中へ」老女が言った。「わたしはエセル・ディーピングよ」

「はじめまして、ミズ・ディーピング」マックスは答えた。

「エセルと呼んで。このパーティーは今月誕生日を迎える〈レイニー・クリーク・ガーデンズ〉の入居者みんなを祝うものなの。ケーキとパンチはたっぷりあってよ」

「ありがとうございます。ですが、ぼくはミズ・ソーヤーに用事があって寄っただけですから」

「シャーロットね？」エセルはケーキが並ぶテーブルのほうをちらっと見た。「彼女なら、ほら、あそこ」そう言うと、大きな声で呼びかけた。「シャ、、、、ーロット。あなたに会いにいらした紳士がこちらに」

名前を呼ばれたシャーロットが一瞬顔を上げた。彼はこちらに気づいたシャーロットの目に歓迎の輝きが見えた気がしたが、もしかしたら気のせいかもしれない。あるいは希望的観測か。

「ありがとう、エセル」シャーロットはマックスに笑顔を向け、ケーキがのった紙皿を差し出した。「あなたもひと切れいかが？」

ふと気がつくと、部屋じゅうの視線が彼に向けられていた。しわが目立つどの顔も好奇心と憶測を隠すことなくのぞかせている。疑いの目すら向けている参加者も二、三いた。

「ああ、いただくよ」彼は答えた。

マックスはケーキ・テーブルの前に進み、紙皿を受け取った。シャーロットはプラスチックのフォークも差し出した。マックスはひと口食べた。

するとたちまち、室内のおしゃべりの声が騒がしくなった。

マックスはシャーロットにさらに少し近づき、声をひそめて訊いた。

「どうしてみんなぼくをじろじろ見ているんだろう？」

「好奇心をそそられているのよ」シャーロットがささやいた。

「ぼくがよそ者だから？」

「うーん、それだけじゃないわね。これは、あなたというよりわたしに対する好奇心なの。この前〈レイニー・クリーク・ガーデンズ〉にわたしに会いにきた男性は例の婚約者だったのよ。きみとは結婚できないって言いにきたの」

「そいつ、ここでそれを言ったの？　みんなの前で？　きみの同僚や入居者がいる前で？」

「ブライアンは、そのほうがわたしも軽く受け止められるだろうと思ったそうよ」

マックスは驚きのあまり口がきけず、ただじっとシャーロットを見つめた。「軽く受け止める？　きみが？」

「ここならば、ほら、そのあとわたしがひとりにならないでしょう。慰めてくれる友だちが周りにいてくれると思ったんですって」

「ばかも休み休み言え」

そう言ったとき、またなぜか不思議な静けさが室内をおおっていたことに気づかなかった。だが、気づいたときはもう遅かった。

誕生パーティーの参加者たちが凍りついた。その瞬間、マックスは室内のさまざまな表情——いかめしい失望から鋭い関心まで——を見せる人びとの視線の中心になった。くぐもった笑いからこぼれる鼻を鳴らす音が、二方向から聞こえてきた。

部屋の後方に立つ、薄くなりかけた白髪まじりの髪の背の高い女性が杖で床をどんどんと二回打った。

「あの方、今なんて?」権威の重さがにじむ声で尋ねてきた。

きっと引退した大学教授か医者だろう、とマックスは思った。

「『ばかも休み休み言え』ですって」エセルが質問者に聞こえるように大きな声で答えた。

「ああ、かんべんしてよ」シャーロットがつぶやいた。

「どうして『ばかも休み休み言え』なの?」杖を持った女性が訊いた。

「いい質問だ」誰かが言った。

「あなたの問題よ」シャーロットは口をわずかしか動かさずに言った。「自分で解決して」

また周囲が突然静まり返った。マックスは口の中のケーキを飲みこみ、参加者のほうを向いた。

「ぼくは今、ミズ・ソーヤーから彼女の婚約者だった男の話を聞きました。間違いなくばか野郎ですね、そいつは。この〈レイニー・クリーク・ガーデンズ〉にやってきて、結婚式を中止すると言ったとか。彼女によれば、その男が彼女を狙った爆弾を落とす場所としてここを選んだのは彼女のためを考えてのことだったそうです。そのばか野郎がいろいろ考えたのちにそうしてくれたと彼女は思っています。彼女をそのあとひとりにさせたくなかったからだと。ぼくに言わせれば、ばかも休み休み言え、ですよ。そいつがここを選んだのは、皆さんの目があるところなら彼女も大騒ぎしないだろうとわかっていたからです」

「たしかにそうだ」男の声がきっぱりと言った。

「ばかも休み休み言え。そのとおりだ」べつの男が言った。

「そうね、ここなら自分は責められずにすむからだわね」エセルも賛成意見を述べた。

「もしも卑怯者がいるとしたら、それはあいつのことよ。あんなやつと手が切れてよかったわ、シャーロット」

エセルの結論に賛成する声が一斉に上がった。

マックスはシャーロットを見た。

「皆さんの言うとおりだよ。そんな男と手が切れてよかった」

シャーロットがマックスに冷ややかな視線を向けた。「それで、あなたはいったいここに何をなさりにいらしたの、ミスター・カトラー？」

「きみの仕事が終わったら、そのあと会えないかと思って、それを訊きにきた。いっしょに一杯どうかな。話しあわなければならないことが二、三ある」

それがいい、というさざめきが室内に広がった。

エセルがにっこりした。「イエスとおっしゃいな、シャーロット。この方のほうがあいつよりずっと好ましいようにお見受けするけど」

「そいつはどうも」マックスが言った。「ですが、そのばか野郎が設定したハードルはだいぶ低そうですね」

室内にまた笑い声が響きわたった。

シャーロットの顎のあたりに緊張がのぞいた。

マックスは声を抑え、体を寄せて耳もとでささやいた。

「妹さんの事件を担当したローリング警察の刑事を見つけた。喜んで質問に答えてくれるそうだ」

シャーロットがはっと息をのんだ。動揺に大きく目を見開く。「仕事は五時に終わるの。わたしのアパートメントに六時に来られる？　そのほうがプライバシーが守れるでしょ」

「ああ、そうする」マックスは答えた。

16

マディソンは管理運営担当秘書がオフィスを出ていくまで待った。周りに誰もいないことをたしかめて、携帯電話を取り出す。

ヴィクトリアはすぐに出たが、その声は恐怖のせいでそっけない。

「警告、あなたも受け取った？」

「ええ」マディソンは全面ガラスの壁に近づいた。このオフィスはオフィス・タワーの三十七階にあり、エリオット湾とその向こうのオリンピック山地を一望におさめている。「今、エミリーから連絡があって、彼女も同じメッセージを受け取ったって言ってた」

「少なくともジョスリンは生きているのね。身をひそめてはいるけれど」

「必ずしもそうとは言えないわ。このEメールのアドレスじゃ、誰から送られたのかはっきりしないもの。ジョスリンが送り主かどうか知りようもないわ」

「それ、どういうこと？」ヴィクトリアは明らかに驚いている。「ほかの誰がこんなメールを送ってくるっていうの？　緊急事態用の暗号はわたしたち五人しか知らないっていうのに」

「たしかにそう。今、ルイーズは死んで、ジョスリンは連絡の取りようのない場所にいる——おそらく」

「この件、あなたいったいどうするつもり？」ヴィクトリアの口調はきつい。

「ふと思ったんだけど、この暗号、もしかしたらエミリーが送ってきたのかもしれないわよ。ほら、彼女、ＩＴにめちゃくちゃ強いじゃない。Ｅメールを誰のだかわからないアドレスから送信されたみたいに見せるくらいやってのけると思うのよ」

ぎょっとしてしばし言葉を失ったような沈黙ののち、ヴィクトリアが答えた。

「でも、彼女がなぜそんなことをするの？」

「よくわからないけど、もしかしたらこうなんじゃないかってシナリオがひとつ思い浮かんだの。正直なところ、もう怖くて怖くて」

「どういうこと？」

「キーワースへの投資よ」

「それがどうかして？」だが、ヴィクトリアの口調が用心深くなった。

「どうも買収が確実視されてきたの。大金がからむことになるわ」

「やだっ、マディソン。まさか本気じゃないわよね」

「そもそもわたしたち、五人で五等分することにしたでしょ。でも、メンバーのひとりが死んだら四等分になるわ。もし二人いなくなれば三等分。そこで止まらなければ、そのときはどうなると思う？　もしメンバーがもうひとり過剰摂取事故で死んだら、ただごとじゃないわ。たとえば、あなたかわたしが……？」

「つまり、エミリーがクラブのメンバーを故意に片付けている、そう言いたいわけ？　でも、彼女をこのグループに誘ったのはあなたでしょう」

「そのときは彼女がここにぴったりだと思えたの。だって、あの子、わたしたちに必要な特技を持っていたでしょ。彼女ははじめ、これはゲームだと思っていたんだと思うわ。でも今、彼女はこれ――キーワースの買収から得る利益でひと財産築くチャンス――を千載一遇のチャンスと見たのね」

「その話、確信があるの？」

「ううん」マディソンが認めた。「でも、わたしの世界の第一のルールは、お金を追え、なのよ」

「エミリーはわたしたちの誰よりもぴりぴりしてるわ。見たでしょ？」

「あれはたぶん演技」

「もしエミリーが本当にルイーズを殺したんだとしたら、彼女には新種のストリート・ドラッグの入手経路があって、それを使って人を殺す方法を知っているってことよね」

「それってさほどすごいことじゃなくない？」マディソンが言った。「エミリーはシェルターでボランティアをしているのよ。あそこに出入りしている人の中にはドラッグ問題を抱えた人がたくさんいるわ。密売人と出会うことだってそうむずかしくないもの。エミリーがルイーズの意識を朦朧とさせようと思ったら、デートレイプ・ドラッグを手に入れるだけですんだはずよ。そのあと意識不明になったところで、致命的な薬物を注射したんじゃないかしら」

「それ、全部あなたの想像でしょ？」

「時間をかけて考えたの」

「だったら、あなたも逃げるつもり？」

「そう簡単にはいかないわ」マディソンが言った。「キーワース買収の情報を逐一見守っていなけりゃならないのよ。いよいよこれからひと波乱ってときに身をひそめるなんてできっこないでしょ。この買収、最後の最後で頓挫するかもしれない要素がありすぎなのよ」

「オンラインで見張るってわけにはいかないの？　そうすれば、べつにシアトルにいる必要はないんじゃなくって？」

マディソンの電話を握る手に力がこもった。胃が締めつけられるような感覚。とんでもない大金がかかっているのよ。

「わたしはジョスリンみたいに姿を消すわけにはいかないわ」

「勝手にすればいいわ。わたしも利益の分け前を使うことはできるのかもしれないけど、そのために命を危険にさらす気はないから」

「永久に身をひそめてはいられないのよ」マディソンが言った。

「それはわかっているけど、何が起きているのかを突き止めるまではどこかに身を隠すことはできるわ。もしもあなたの言うとおりなら、この一件、買収完了後には終わるってことね。わたし、今夜、出発するわ」

「ヴィッキー、ちょっと待って。あなた、どこへ行くつもり？」

「海岸沿いの伯母のところ。少なくともしばらくは」ヴィッキーが少し間をおいた。「ところで、あなたは陰謀説を仮説としたから言うけど、わたしもひとつ仮説を立てたわ」

「どんな？」

「わたしたちが心配しなければならないのは、たぶんエミリーじゃないわ」

マディソンは一瞬、息が止まりそうになった。「それじゃ、問題はジョスリンじゃないかと思ってるの？」

「最初に姿を消したのは彼女よね」ヴィクトリアが言った。「それに、彼女もエミリーに負けないくらいＩＴに強いわ。じゃあね、マディソン」

電話は切れた。

17

シャーロットは帰宅途中にパイク・プレース・マーケットで買ってきた、目の玉が飛び出るほど高いチーズをスライスしながら、マックスとの約束はべつにデートってわけではないのよ、と再度自分に言い聞かせた。

彼がこのアパートメントに来るのは、引退したローリング警察の元刑事とのやりとりについて伝えるためなのだ。

けっしてデートではない。

だが、まもなく彼が玄関にやってくるかと思うと、またちょっとした期待が全身を駆け抜けた。不思議な感覚だ。ブライアン・コンロイのとんだ災難以降、アパートメントに男性を招き入れたことはなかった。

ジョスリンは彼女に業を煮やし、世間から逃げていると責めた。しかし、シャーロットに逃げ隠れしている意識はなかった。逃げ隠れではなく、生活の中のそういう一面への興味を失っていただけのような気がする。

マックスはこの報告会に何を期待しているのだろうか。これもおそらく仕事上の約束のひとつと見なしているのだろう。なんと言おうが、彼はプロなのだから。

スライスしたチーズを皿にきれいにアレンジして並べてじっと見た。マックスの鍛えた体はきわめて健康そうだ。たぶん食欲旺盛なはず。

そこで残ったチーズも皿に並べ、クラッカーももう少し足した。でも、ワインとチーズは、くつろいだ雰囲気にならなければ出さないつもりだ。ワインとチーズなど場違いな気がすれば、その場合、マックスの報告を聞き、そのまま玄関へ送っていくことにしよう。そのあとひとりでワインを飲み、チーズを食べることにしよう。

そのとき、携帯電話のくぐもった呼び出し音が鳴り、どきりとさせられた。

マックス。きっと約束をキャンセルする電話だわ。

ジョスリンがひやかすように言う声が聞こえる気がした。ほら、ほら、もっと、ポジ、ティ、ヴ、に、考、え、て。

電話の音がくぐもって聞こえるのは、ショルダーバッグから出すのを忘れたからだと気づいた。急いでリビングルームに行き、電話を取り出す。

画面にちらりと目をやり、凍りついた。ブライアン・コンロイの電話番号は彼から結婚は無理だと告げられた数時間後にアドレス帳から削除したが、番号は記憶していた。

彼と言葉をかわすなんて絶対に絶対にいやだ。とはいえ一方では、一度は彼と恋をしていると思いこんでいた身としては、彼の彼女に対する気持ちがせめてしばしのあいだだけでも本当だったと信じたい思いがある。彼を根っからの悪人ではないと思っていた。あとになって振り返り、彼に感謝してもいいくらいだと気づいた。なぜなら、彼の心変わりが結婚式のあとでなく前だったからだ。

もしジョスリンがそこに立っていたとしたら、なんと言うかもわかっていた。あんな最低男からの電話、さっさと切りなさい。

シャーロットは電話を受けながら、そうするのはひとえに好奇心からだと自分に言い聞かせた。

「もしもし」しごくさりげなく言う。

「シャーロット、スウィーティー、声が聞けてすごくうれしいよ。じつは、ずっときみのことが心配でならなかった。きみが元気にやってることをたしかめたかったんだよ」

その口調には誠実さがにじんでいた。胸がきゅんと痛んだのはスウィーティーの呼びかけを聞いたときだ。自分のこの反応を懸命に分析しようとしながら、主として苛立ちを覚えたり迷惑がったりしている自分に気づき、いささか驚いた。時計にちらっと目をやった。今にもマックスが来るという時間だ。

「わたしなら大丈夫よ、ブライアン。それに今、ちょっと忙しいの。ご親切にありがとう。それじゃこれで――」

「待ってくれ。切らないで。どうしてもきみと話がしたいんだ」

「まさか。理由がわからないわ。ごめんなさい、もうすぐ人が来ることになっていて――」

「テーラーとはもう別れた」

まるで世界の終わりを告げるような声だ。まあ、たいへんだこと。

シャーロットはキッチンに戻り、冷蔵庫を開けてさっき入れた白ワインのボトルが頃合いに冷えたかどうかようすを見た。

「テーラーっていったいだあれ？　ああ、あの人。テーラー。恋愛問題で悩んでいるってあなたが言っていた女ね。あなたが助けてやらなきゃって言っていた……思い出したわ」

「彼女、ぼくを利用したんだ」

「うっそぉ。ごめん、忙しいのよ、わたし。じゃ、切るわね」

口調はもう完全に復讐モードに入っていた。悪い？　わたしには権利があるわ。

「スウィーティー、あんなことがあったんだ、いろいろ言いたいことがあるのはわかるが、きみとぼくは心の底では今も友だちだろう」

「いいことを教えてあげるわね。友だちはキャンセルした結婚式の請求書を友だちに突きつけて去ったりしないものよ。あのむかつくドレスや花束の代金、ようやく払い終わったところなの」

「それはおかしい。どれも返品して払い戻してもらうべきだった」

彼の声ににじむ怒りは、状況が違えば笑えたはずだ。

「全部、契約解除条項にきっちり書かれていたのよ。あなたがもし数日前じゃなく二カ月前に通告してくれたら、お金はほとんどそのまま戻ってきたはずだったわ。でも、そうじゃなかったでしょ？　じゃあ、さよなら、ブライアン」

「スウィーティー、お願いだ、どうしてもきみと話がしたい」

「わたしのアドバイスが欲しいの？」

「ああ、そうだ。きみはいつだって物事をすごく明快に判断するから」

「だったら賢者の言葉を授けるわ。二度とわたしに電話してこないで、スウィーティーティー」

「辛辣というか、怒ってるような口ぶりだな。きみらしくないよ、シャーロット」

「わたしも恨みを抱くことができるってわかったの。知らなかったでしょう？」

電話を切り、カウンターに置いた。アドレナリンが一気に全身を駆けめぐるのを感じながら、しばしその場に立ち尽くした。これでよし。慰めを求めてきたブライアンを拒んでやった。すごく意地悪で料簡の狭い復讐ではあるが、やったね、なんて爽快なの。

ジョスリンがいたら拍手喝采してくれそうだ。

高揚感はおさまってきたが、怒りはまだまだそうはいかなかった。短い廊下をせわしく進み、髪とメイクをチェックした。マックスは時間ぴったりに現われるような気がしたからだ。

これはデートじゃないのよ。最後にもう一度、念を押した。これから重要な相談をするのだ。だが、ジョスリンならきっとこう言う。口紅くらいつけても罰は当たらないわ。女はそれだけで自信がわくものよ。

18

ヴィクトリアは最後の二つ——寝間着とローブ——をすでに詰めすぎたスーツケースに放りこみ、蓋を閉めた。

最初は正義のゲーム、復讐の女神役を演じるチャンスだと思った。そりゃあ、なんらかの危険を冒すことにはなるだろうと思ったけれど、現在進行中のこんな災難は誰も予期しなかった。インターネットの世界が提供してくれる強固な壁に守られた匿名性の裏で、自分たちは安全だと確信していたのだ。

スーツケースのファスナーを閉めるのに悪戦苦闘した。こんな状況でなかったなら二個のスーツケースに分けるところだが、ものをたくさん持っていく意味がない。休暇に出かけるわけではないのだから。身を隠すために出かけるのだ。幅広いワードローブは必要ない。仕事用のスーツも必要なければ、大事にしているハイヒール・コレクションも不要だ。

スーツケースをベッドの上から床に下ろし、ハンドルをつかんで転がし、寝室を出た。明かりをつぎつぎ消しながら廊下を進む。熱い涙がこみあげてきた。小さなコンドミニアムだが、大切な自分の家を心から愛していた。ここを離れることは、これまで体験してきたどんなことよりもつらかった。

玄関ドアのところで立ち止まり、ここを築くために夢中で働いてきたわが家を最後にもう一度見まわした。悪夢にも似た罠にかかった少女が憧れてきたすべて——安全で静かな避難場所——を今日までここで具現化させてきた。

クロゼットに身をひそめ、酒に酔った継父が母親を叩きのめすおぞましい音を必死で遮断しようとしたあのころに思い描いたわが家。真夜中に母親に起こされて、家を出ようと言われたあのころに夢見たわが家。あのときは通学用のバックパックに大切にしていた宝物を詰めこんだ。

母親といっしょに急ぎ足でリビングルームを横切るとき、継父をちらっとだけ見た。継父はテレビの前で意識を失っていた。中身がまだいくらか残った酒瓶が椅子の横の床に転がっていた。

母親は車でまっすぐ海岸沿いにある伯母の家をめざした。

二人はそこで数カ月間、つねに継父のことが頭から離れないまま怯えて過ごしたが、彼はみんなに恩恵を施してくれた。自損事故で死んでくれたのだ。酔っ払って運転を誤ったようだ。

そんな環境からきわめて可能性の低い夢を実現してきた自分がものすごく誇らしい。小さな大学でアート&コミュニケーションの学位を取得し、愛してやまない分野——マーケティング——での仕事に就いた。やればできる子なのだ。

独力で組み立ててきた未来は希望に満ちていた——が、それもマディソン・ベンソンに誘われて、投資クラブのメンバーに紹介されるまでのことだった。そのときのマディソンは、ヴィクトリアの内に住む恐怖におののく少女が見ならいたい存在だった。復讐のために立ちあがる女戦士軍団の女王をまさに体現していると思えたのだ。

クラブのメンバーは、自分たちはみんな強い女、使命を帯びた女なのだと自分自身に言い聞かせてきた。

しかし、活動のどこかでひとつよぶんな危険を冒し、今や追われる身となった。

コンドミニアムの鍵をかけ、エレベーターホールに向かって廊下を進んだ。ふと気づいた。何がいちばん心穏やかでないかといえば、それはこうして長い年月を経た今、母親といっしょに逃げたときのように再び逃げようとしていることだった。

駐車場のコンクリートの床を歩くときも不安を払拭できなかった。薄暗い駐車場内では影は長く、自分の足音が大きくこだまするからだ。歩調をなおいっそう速める。車に近づいたころにはいつしか全力疾走していた。

ドアを開ける前に後部座席をのぞいた。誰も隠れてはいない。柱の陰から飛び出してくる者もいない。

運転席に乗りこむとドアをロックし、バックで通路に出て出口をめざした。鉄製のゲートの操作に永遠かと思えるほどの時間がかかった。殺人犯とともに駐車場内に閉じこめられる光景が頭に浮かんだ。

誰なの、あなたは？　もしかしてわたしたちのうちの誰か？

マディソンの言うとおりだ。お金はとてつもなく大きな誘惑の魔の手であり、もしキーワース買収が成立すれば、ひと財産がからんでくる。

それともあなたは、わたしたちの標的のひとり？

復讐も同じように強力な動機である。わかりすぎるほどわかっている。

やっとのことでゲートが開いた。車が外に出たときの解放感は圧倒的だった。

まもなくヴィクトリアの車は市の中心を抜け、彼女を探そうとする殺人犯が絶対に思いつくはずのない場所をめざして猛スピードで走りつづけた。

19

「ブリッグズ刑事が妹の事件を憶えていただけでも驚きだわ」シャーロットが言った。「当時、ジョスリンはあの刑事は彼女の言うことを信じてくれないと思っていたのよ。もし信じているとしても、襲われたのは彼女のせいだと考えていると。妹によれば、捜査に際して刑事たちは被害者に責任を負わせるってアプローチを取っていたそうよ。キャンパスの警備員たちはそれ以上に不愉快だったって」

「ブリッグズが言うには、ジョスリンの話は信じたが、容疑者を特定することはできなかったそうだ」マックスが言った。「それから、キャンパスの警備員はあまり協力的ではなかったようなこともほのめかしていた」

「それは信じていいと思うわ。警備員は事態が大ごとにならないように言われていたんでしょうからね」

「ブリッグズが言っていたよ、大学当局が警備主任に口をつぐんでいろと圧力をかけたって。大学はまだできたばかりで、評判を高めようと必死だったんだ。上層部は、悪い評判が立ちでもしたら、スタッフや学生を集めるのに支障をきたすと考えていた」

マックスはこぢんまりしたリビングルームのいちばん大きな椅子にすわっていたが、けっして大きな椅子ではない。むしろ小ぶりなしゃれた椅子で、華奢と言ってもいいくらいだ。マックスは自分の体重で椅子が壊れないことを願っていた。いい印象を与えようと努めていた。

シャーロットは上品なソファーのへりにちょこんと腰かけていた。椅子とソファーは同じ店で買ったものらしい。明らかに、こぢんまりしたアパートメント向けのミニチュア家具の専門店だろう。ソファーとリクライニングチェアのあいだには高級そうなガラストップの小さなコーヒー・テーブルが置かれている。

おそらくこのアパートメント全体が彼の家のリビングルームの中にすっぽりとおさまりそうなサイズだが、あたたかみがあって居心地がよく、緑豊かだ。そこここに植物が置かれている——大きなものは窓を縁取り、小さなものはキッチンとリビングルームを仕切るダイニング・カウンターを飾り、さらにいくつものエンド・テーブルに緑が際立つ鉢が置かれている。

そしてこの空間、色彩豊かでもある。さまざまな色があふれている。小さな空間でスパイス工場が爆発したかのように。サフラン色の壁をシナモン色の縁が引き立て、部分敷きのラグは赤唐辛子色にウコン色のアクセントが水しぶきのように散っている。アンソンが喜びそうな色合いだ。かつて三人の少年を養うことになったアンソンは料理を習いはじめ、みごとに腕を上げた。

マックスはわからなくなった。少し前にこのアパートメントの玄関から入ってきたとき、自分は何を期待していたのだろう。だが今、この陽気で生き生きしたパレットのような部屋が気に入っていることに気づいた。大いに気に入っていた。もしついに自分の家にペンキを塗る気になったら、シャーロットはペンキの色についてアドバイスをしてくれるだろうか。

「問題は、捜査がほとんど進展しなかったことなの」シャーロットが言った。「ジョスリンが犯人の顔を見ていないから」

「とは言っても、そのおかげで命は助かったのかもしれないとブリッグズは言っていたよ」

シャーロットはワイングラスをそっと置いた。「そのことにはあとになってから気づいたの。本当よ」

マックスはまたクラッカーとチーズに手を伸ばした。「ブリッグズはいくつかの仮説は立てたと言っていた。それについてぼくたちと話しあうのはやぶさかでないとも」

「いつ？」

「いちおう、明日ローリングに行くと言っておいた。無理かな？　まずそれをチェックしなかったのはまずかった。申し訳ない。ぐずぐずしているとブリッグズの気が変わりそうな気がしてつい」

「大丈夫よ。明日は日曜日でしょ。問題ないわ」シャーロットが間をおき、わずかに眉をひそめた。「たしかルイーズ・フリントも死ぬ少し前にローリングまで出かけていったのよね」

「ルイーズの車のＧＰＳによればそういうことだ」

「ルイーズが最近ブリッグズに連絡をしたかどうか、彼に訊いた？」

「いや。それは彼に会って話すときに訊こうと思った」

シャーロットは最初驚いたようだったが、少しして不思議そうな表情をのぞかせた。

「それはどうして？」

「どうしてだろうな。ただぼくの仕事の進め方ってことかな。ぼくの経験によれば、相手の反応を読むのは面と向かったときのほうが簡単だからね」

「たしかにそうだわ」シャーロットは背筋を伸ばしてソファーにすわり、その姿勢からは決意が伝わってきた。「出発は何時？」

「ブリッグズは午前中は釣りをして、そのあといくつか用事を片付けるそうだ。三時か四時に来てもらえればってことだった。となると、どうだろう、十二時ちょっと過ぎに迎えにくるっていうのは？」

「ええ、そのつもりで準備しておくわ」

マックスはガラスのコーヒー・テーブルの上の皿に目をやり、最後の一枚のチーズとクラッカーを口に入れた。

さあ、ここからが踏ん張りどころだ。さりげなくいけよ。たんなる仕事なんだから。

「なんか軽く食べにいかないか？」たとえ断られてもつらくないようにと思い、そっけなく言った。

シャーロットはびっくりしたようだ。夕食のことなどいっさい考えていなかったらしい。

「いいわね。その角にしゃれた小さなお店があるの。グルテン・フリー、完全菜食主義、旧石器時代食、菜食主義……どんな人にもフレンドリーなお店」

マックスは強い酒を飲んだ気分になった。最高だ。わくわくする。

たんなる仕事だろうが。もう一度自分に言い聞かせた。

「実際、食べられるものがあればいいが」

シャーロットがにこりとした。「心配ないわ。クラブケーキがあるの。本当にダンジェネス・クラブ（アメリカイチョウガニ。アラスカ〜カリフォルニア北部の太平洋岸に生息する食用ガニ）を使ってるのよ。それにフライドポテト。伝統的な太平洋岸北西部の元気が出る料理だわね」

それを聞いたとたん、スパイス色の陽気な部屋がいっそう明るくなった。やっぱり思ったとおりだった。シャーロットの笑顔は素晴らしかった。

20

「どういう流れで私立探偵をはじめることになったの?」シャーロットが訊いた。

マックスは注文した絶品のクラブケーキを頬張りながら考えた。

そのレストランはシアトルやその周辺によくある、くつろいだ雰囲気の心地よい店だった。クラフトビールや地域別ワインを幅広く取り揃えているし、メニューには〝小皿料理〟もたくさん並んでいる。マックスは前菜盛り合わせを注文したが、シャーロットは小皿を二種――芽キャベツのローストとデビルドエッグ(卵の黄身をマヨネーズ・香辛料と混ぜて白身に詰めた料理)――選んだ。どうやら彼女はミニチュア家具を買うだけでなく、ミニチュア料理を食べることがわかった。小柄で痩せているのも無理もない。

「別れた妻も同じことを訊いたよ」

そう言ってから、離婚したあとのデートを成功させるルールのひとつは、別れた妻や夫の話はタブーという記事をどこかで読んだのを思い出したが、もう遅かった。だが、これはデートではない。これは仕事だ。しかし、仕事仲間と私生活について話すときにもルールはある。

シャーロットが顔をしかめた。「ごめんなさいね。昔のことを思い出させるつもりはなかったんだけれど」

「いや、ぼくがいけないんだ」マックスはビールを飲んだ。「元妻なんて言ったのはぼくだからね」

「うーん、でも、わたしにもそういう人がいないってわけじゃないでしょ」

「そのばか野郎が結婚式に行く気はないってきみに言ってからどれくらい経つ？」

「二カ月と一週間と三日」シャーロットがじつに明るい、輝くような笑みを浮かべた。

「べつに指折り数えているわけじゃないのよ」

マックスは苦笑した。「そりゃそうだろう」

「でも、いい面もあってね。先月、ドレスと花屋のキャンセル料をなんとか完済できたのよ。シャーロット・ランドでは祝日だった。ドレスはあのときもうお直しがすんでいたから全額払わなきゃならなくてまいったわ」

「そのドレス、どうしたの？」

「二束三文でレンタル・ショップに売ったわ。一生着ることはない気がしたから」

「また結婚する気になったときは？」

シャーロットがマックスを見たが、その目から察するに、まるで彼がとんでもなくばかなこと、あるいは信じがたいほど無神経なことを言ったかのような反応だ。

「決まってるじゃない。もしそんなことになったら、新しいドレスを買うわ」シャーロットが怒りを押し殺して言った。

「それがいい」マックスは自分のばかさかげんに愛想を尽かしながら、早く話題をもとに戻さなければと焦った。「経済的にはぼくも完全に解放されたよ。ワシントンDC郊外の家を彼女のものにして、退職金を財産分与に充てたんだが、それだけの意味はあった。とにかくきっぱり手を切りたかったんだ」

シャーロットはうなずき、芽キャベツのローストを口に運んだ。「お互い、再スタートを切ろうとしているとこってわけね」

マックスはあやうくビールでむせそうになった。「物ごとをいいようにとらえれば、そういうことだが」

「あら、再スタートの可能性を信じていないってこと？」

マックスはしばし考えた。「人は変わらない。たいていの人は変わらないんだよ。いずれにしても、そうは変わらない」

「人間の本質をかなり否定的に見ているのね」

マックスが鈍い笑みを浮かべた。「それは利点でもあるんだ。ぼくの仕事は人間の行動パターンを突き止め、つぎの行動を予測することだからね。長い時間を経てもほとんどの人間は変わらないという事実は、この仕事にはすごく有利だ」

「よおくわかるわ。〈レイニー・クリーク・ガーデンズ〉でもあなたのその理論の生きた例を数々見ているもの。あの人たち、かつてのあの人たちの凝縮版になっているの」

「なるほどね」マックスはフライドポテトを食べた。「今も言ったが、それがぼくの仕事のやり方の礎石のひとつだ」

「以前はプロファイラーだったのよね」短い間ののち、シャーロットが言った。

「あの仕事にはもっと凝った——犯罪行動分析官なんて——呼び方もあったが、ああ、そうなんだ、プロファイラーだった。全国のさまざまな警察、ときには政府機関と契約を結んでいたコンサルティング会社で働いていたんだよ」

シャーロットはフォークを置き、厳粛な面持ちで彼をじっと見た。

「どうやってその仕事に耐えていたの?」シャーロットが訊いた。

マックスはクラブケーキをもうひと口食べてから、ゆっくりとフォークを置いた。

「そんなことを訊いた人はこれまでひとりもいなかったと思うね。ぼくがそういう仕事をしていたと知ると、みんなありとあらゆる質問を浴びせてくる。プロファイリングは現実の世界でもテレビと同じように捜査の決め手になるのかどうか知りたいようだ。ぼくがかかわった最悪の事件について聞かせてくれ、とかね。有名な殺人犯をとらえたことがあるかどうかも訊かれた。およそありとあらゆる質問だ。でも、そういう質問はなかった」

「ごめんなさい。個人的なことを探るつもりじゃなかったの。わたしには関係のないことですものね」

「いや、かまわないさ。どう答えたらいいんだろうな。もうつぎの殺人現場に行くことはできないと思ったことは何度となくあった。吐き気がしたり、悪夢を見て汗びっしょりで目が覚めたり、酒か睡眠薬がなければ眠れなかったり」

「それでも、仕事をつづけていたのね」

マックスは肩をすくめた。「ああ。なんて言ったらいいんだろう？　給料はよかった」

「だからその仕事をしていたわけじゃないわ」

マックスは眉をきゅっと吊りあげた。「そうかな？」

「ええ。あなたがその仕事をしていたのは、才能があったからだし、誰かがしなければならないからだと思うわ。あなたの天職みたいな気がするもの」

マックスはしばし考えこんだ。「天職なんだろうか。いずれにしても、ぼくは辞めるほかなくなった」

「プロファイリングに関して燃え尽きたの？」

簡単な質問だった――が、答えは破壊的だ。彼はこれまで誰とも私的な問題の根っこについて深い話をしたことなどなかった。

シャーロットと目を合わせた。「ある事件があった。それが悲惨な終わり方をした。すると、ぼくが抱えた問題――寝汗や不眠症――が悪化した。ぼくを診た会社の精神科医は、もはやぼくはチームの一員として役に立たないと診断を下した。同僚もぼくの偏執的なところは病気の域に突入してしまったと考えた。妻は離婚したいと切り出した。会社には辞職を勧められた。辞職か解雇のどちらかってことだ。それで辞職した」

その先を話さなければならなくなるかもしれないと思い、腹をくくった。彼女にここまで話すつもりはなかった。話すべきではなかった。だが、どういうわけか、彼女に本当のことを知ってもらいたいと思った。自分が何を期待していたのかはわからない。もしかするとショック。おそらくは警戒。とにかく彼女は今、最後の仕事で神経がまいってしまい、チームからはずされた元プロファイラーと組んで動いていることを知ったのだ。

しかし、シャーロットはただこっくりとうなずいて理解を示し、彼に聞く前から察知していた——察知していたし、心配もしていなかった——とでもいったふうに彼の話を受け止めた。

「それでここシアトルに引っ越して、その才能をべつの道で利用しようと考えたのね」

この会話がどこへ行こうとしているのか、マックスにはわからなかった。

「ああ」

「なぜシアトルに？」

このときもまた彼女の質問に驚いている自分に気づいた。

「ここで生まれたんだよ」

「ここで育ったの？」

「いや、違う」

「でも、シアトルで生まれたから、ここに縁を感じたのね。わかるわ」

「今度はこっちが質問する番だ」マックスが言った。「きみとジョスリンはどういういきさつで姉妹になったの？」

「父はわたしが子どものころに死んだの。ジョスリンは十代になってから母親を亡くした。わたしの母とジョスリンの父親は高校の同窓会に行って再会したの。二人は高校の最終学年のときにデートしていたけれど、べつべつの大学に進学して離れ離れになったんですって」

「同窓会で再会して、焼け棒杭《ぼっくい》に火がついたってことか」

「ええ、そう。二人ともすごく幸せそうだったけど、二年後にわたしたちは二人をいっしょに失った」

「何があった？」

「ジョスリンの父親はパイロットで、自家用機を持っていたの。二人はそれでコロラドのリゾートに向かっていたんだけれど、途中、山岳地帯の上空で悪天候に出くわして飛行機が墜落、二人とも助からなかったの」

「それは残念だったな」

「どうも」

「それじゃ、今はきみとジョスリンだけなのか」

シャーロットがうなずき、ワインを少し飲んだ。

「ご両親が結婚してから、きみとジョスリンはすぐに仲良くやれたってことか？」

「まさか。最初のうちはお互いに大嫌いだったわ」

「仲良くなったのはいつから？」

「わたしね、ジョスリンと友だちになんかなりたくないと思いこんでいたんだけれど、じつは彼女、わたしが憧れるもの——十代の女の子ならみんなが憧れるもの——をすべてそなえていたのよ。頭がよくて、華やかで、自信があって、大胆で。しかもおしゃれのセンスもあって、いつだってボーイフレンドがいたり、それらしき男の子が三人くらいいたり。そのうえ、成績もいいの」

「A級ってことだな」

「そうなのよ」シャーロットが鼻にしわを寄せた。「それにひきかえ、わたしはB級」

「だったら、彼女にむかついて当然だ」

「でしょう。でもね、彼女にはもうひとつの特質があって、それがすべてを変えたわ。ジョスリンはわたしにやさしかったのよ」

「やさしい？」

「いつのころからか、彼女はわたしを気の毒だと思いはじめていたのね。そしてわたしを見守っていてくれたの。たとえば、あるとき、わたしがある上級生にデートに誘われたの。A級の男の子。フットボール・チームのメンバー。デートの相手は最高にかわいい子ばかり。いい大学への進学も決定していた。言うまでもないけど、デートに誘われたとき、わたしはもうドッキドキ。だって、それまで本当のデートなんかしたことがなかったのに、学校でも指折りの人気者に誘われたんですもの」

「なんだかそのデート、うまくいかなかったような気がするな」

シャーロットはワイングラスを上げ、そのへりごしに彼を見た。「あら、どうしてわかるの？　そうなのよ。うまくいかなかった。少なくとも、当時、わたしはそう思ったわ。でも本当は、ジョスリンがわたしを救ってくれたの。わたしがその子に誘われたことを話したら、ジョスリンがかんかんになって怒ったの。最初はわたし、あの子が嫉妬しているのかと思ったけど、あの子はその男の子がチーム仲間と薄汚い競争をしていることを知っていたのね。最終学年の一年間に誰がいちばん数多くの女の子とセックスするか、ポイントを競っていたんですって。その男の子がわたしを誘ったのは、簡単に引っかかると見たからでしょうね」

「ジョスリンのアドバイス、聞き入れたんだろうね？」

「重苦しいドラマが長々とつづいたのちにね、ええ、聞き入れたわ。むろん、もう滅入ったわ、わたし。でも、そんなときでもわたし、高校で進行中の危険なゲームのことになったら、ジョスリンのほうがわたしよりずっと賢いってわかっていた。あの子はいざってときになると、ものすごく有利な特性を発揮するのよ」

「それはどういう？」

「わたしは危険を回避する人間なの、セラピストによれば。当時はまだそのことに気づいていなくて、ただ自分は勇気のない人間だと思っていた」

「用心深いタイプなんだね？」

「ええ、そう。ジョスリンは違うの。あの子はアドレナリン・ジャンキーね。わたし、バンジージャンプはいつもあの子に任せているの。それはさておき、そのフットボールのスターとデートしたらどんなことが起きるか、彼女が事細かに教えてくれて、それを聞いたわたしは心底びびって、キャンセルしたわけ」

「婚約者とは何がいけなかったの？　ジョスリンはなぜ、そんな失敗を犯す前に救ってくれなかったんだろう？」

「いい質問だわ。わたしにはブライアン・コンロイが完璧な男性に思えたの。ジョスリンも同意してくれた。でも、事後に検証した際、二人とも明らかな危険信号を見落としていたことに気づいたの」

「それは何？」

「ブライアンが完璧すぎるってこと」

マックスはビアグラスを取った。「ということは、人を判断するとき、ジョスリンでも間違えることがあるってことか？」

「そうね。でも、それを言うなら、間違えない人なんていないわ」

「そうだな。ソシオパスがそこにいたとしても、彼らは周囲の人をだますことができるんだ。少なくともしばらくのあいだは」

シャーロットが眉をひそめた。「ブライアンはソシオパスではないわ」

「きみがそう言うなら信じよう」

「彼はただ……関係恐怖症なのよ。深い淵の際まで行って下を見おろすまで、自分でもそのことに気づかなかったんだと思うわ」

「元恋人といえば、妹さんは姿を消す前、誰かとつきあってはいなかったのかな？」

シャーロットが驚いたようだ。「わおっ。なんてきれいに話題を変えるの」

マックスは顔が赤くなるのが自分でもわかったが、運のいいことにレストランの照明はだいぶ暗く落としてあった。

「申し訳ない。事件の調査中はときどきこういうことになる」

「話題をいきなり変えるってこと？」

「ああ」

「そうねえ、最近はジョスリン、特定の人とはつきあってはいなかったんじゃないかしら。待ち伏せしたりするストーカーのたぐいもいなかった。もしあなたが考えているのがそういうことだとすれば。少なくとも、わたしの知るかぎり」

「そういうことがあれば、もっと簡単に解決していただろう」

シャーロットがたじろいだ。「でも、ひとつだけ知っておいてほしいことがあるわ」

「なんだい？」

「もしストーカーがいたとしても、ジョスリンはわたしにそのことを話さなかったと思うの。わたしに心配させたくないから」

「いずれにしても、もっとデータが必要だ。運がよければ、ブリッグズから何か役に立つ情報が得られるだろう」

21

イーガン・ブリッグズは山小屋の位置をかなり詳しく説明してくれて、マックスはそれを細かく書き留めたのだが、カスケード山脈もこれくらい山深いところになると道路標識はいっさいなくなり、ローリングの町をあとにして四十五分ほど走ったあたりからはGPSも精確には機能しなくなっていた。

曲がりくねる細い舗装道路の両側には、木々が鬱蒼と生い茂っている。緑濃い葉がほとんど見通しのきかない幕を張り、森の中にたまにひっそりと建つ山小屋やロッジを見つけにくくしていた。雨もSUVのフロントガラスを絶え間なくシートでおおい、視界をなおいっそう悪くしている。

この遠出にマックスが大型車を使ったのは、街なかで乗っている小型車より見映えがするからではなく、目的地が山の中で天気が悪いとわかっていたからだ。アンソン・サリナスは息子たちを育てるに当たってあまりルールを課さなかったが、彼が定めたいくつかに関しては強制した。そのひとつは、厳しいテリトリーに入るときは必ずいくつかの予防措置を講じること、だった。SUVは四輪駆動、非常用の装備もそろっている。ボトル入りの水、懐中電灯、栄養食品《エネルギーバー》。

銃は運転席と助手席のあいだのコンソールボックスの中にある。

シャーロットが、マックスが道順を走り書きした紙片から顔を上げた。

「橋までの近道を通り過ぎてしまったような気がするわ」横の窓から外を見ながら言う。

「気がする？」マックスは曲がりくねった道路から目を離そうとしない。「道順はきみに任せたはずだが」

「これを書き留めたのはあなたでしょ。HRとかllnとかbrとかHLとか……この略語ばっかりのメモ、解読しろっていうほうが無理だと思うわ」

「一車線の橋を渡ったあと、急カーヴを右折、砂利道に入ったら急カーヴを左折って意味さ。簡単だと思うけど」

「なるほどね。考えすぎたのかもしれないわ、わたし。間違いなく通り過ぎたわ。方向転換して引き返さないと」

「なぜそれほど確信がある？」

「今、また展望台があったでしょう。あなたのこのメモに、リボン・フォールズ展望台を通り過ぎたら、橋へ通じる脇道を見過ごした、みたいなことが書いてあるのよ」

「今のがリボン・フォールズ展望台だとどうしてわかる?」

「滝が見えたような気がしたから」

「よし、きみの言うことを信じよう」

Uターンするには道が狭すぎるうえ、路肩は両側とも雨のせいで激しくぬかるんでいた。マックスは三点ターンを、舗道からはみ出すことなく慎重にやってのけた。

「うまいっ」シャーロットが言った。「わたしもそういうふうにやろうとしたことがあったけど、うまくいかなかったわ」

「誰にでも才能のひとつくらいあるさ」マックスがぼそぼそと言った。

シャーロットが声を上げて笑い、マックスはぎくりとした。

雨で視界が悪かったため、シアトルからのドライヴは強行軍だったが、マックスは車での遠出が否応なくもたらす親密感を楽しんでいる自分に気づかされていた。けっして話のうまい人間ではないのに、シャーロットは意外なほど話しやすい相手だ。しかも、沈黙が訪れたとき、それがまた心地よかった。少なくとも彼はそう感じていた。彼女がどう感じているのかはわからないが。

曲がりくねった道路を徐行して引き返した。

シャーロットは助手席から身を乗り出し、真剣な表情でフロントガラスの向こうに目を凝らしていた。

「そこよ、そこ」大きな声で言った。「その脇道よ。先に小さな橋が見えるわ」

マックスはハンドルを切り、大型車をそろそろと進めて古い伐採樹木搬出用の橋を渡った。一車線分の幅しかないうえ、手すりもない。川の水面もはるか下ではない。

「川が気になる。流れが速いだろう。もし土砂降りがこのままつづいたら、あと数時間で水が橋の上まで上がってくるかもしれない。ブリッグズのところに長居はできないな。今夜この山の中で足止めを食らいたくない」

「もしブリッグズ刑事が確実な情報を握っているとしたら、それをわたしたちに教えてくれるにはそれなりに時間がかかるんじゃないかしら」

橋を渡り終わり、そこここに穴ぼこが目立つ急勾配の砂利道に入った。

「あなた、ブリッグズが警察での仕事のせいで少々被害妄想気味になってしまったと思っているんじゃなくって？」シャーロットが問いかけた。「だって、ほら、いくらなんでもこんな人里離れたところに引退後の住まいを構えるなんて考えられないもの」

「ひとつだけたしかなことがある——この道を使っては誰も彼に忍び寄れない」マックスが言った。「彼に聞きつけられずに近づける車はない」

伐採樹木搬出用の道をさらに何度か曲がりながら進んでいくと、小さな開墾地に出た。その中心に玄関ポーチのついた大きな山小屋が建っている。二台の車——比較的新しいピックアップ・トラックと、新しい点は同じだが泥はねがこびりついたSUV——がその近くに駐車してある。

マックスの車が開墾地内に入って停まると、玄関ドアが開いた。顎ひげを生やしたぶっきらぼうな大男が玄関ポーチに現われた。薄くなりかけた白髪まじりの髪は低い位置でポニーテールに結わえてある。色褪せたチェックのフランネルのシャツとだぶだぶのジーンズ、すり減ったワークブーツといったいでたちだ。

マックスはコンソールを開き、ホルスターにおさめた銃を取り出して腰に巻いた。それを隠すためにぶかっとしたジャケットを着た。

シャーロットは驚いたようだ。

「銃を持ってきたの？」

「たんに用心のためさ。誰に訊いても、ブリッグズはだいぶ前から外部とは連絡が取れない状況で暮らしている。それが精神になんらかの影響をおよぼしている可能性もなくはない」

「ふうん。頭がちょっとおかしいかもしれないなんて考えてもみなかったわ」

「おかしいかどうかは知らないが」

マックスは後部座席に手を伸ばして防水のウインドブレーカーを取り、野球帽を目深にかぶった。

「準備オーケー？」

「ええ」

「もうひとつ。礼儀正しく。だが、出されたものは絶対に飲んだり食べたりしない」

「えっ？」

「この事件にはドラッグがからんでいる。危険を冒すわけにはいかないだろう」

シャーロットがよそよそしい表情を見せた。彼女はおそらく、ぼくが被害妄想の境界線上にあると思っているんだろうな。だが待てよ、もしかしたら本当にそうなのかもしれない。

だが、シャーロットはただこっくりとうなずいた。「わかったわ」

シャーロットがアノラックのフードをかぶり、ドアを開けた。

マックスも運転席から降り、駆け足で車の前を回った。シャーロットといっしょにポーチの屋根の下めざして急ぐ。

「ブリッグズ刑事ですか？」マックスが尋ねた。

「もう引退した。イーガンと呼んでくれ。きみはカトラーだな。この天気だ、気の毒だったな。山奥まで来るには最悪の日だ。こんなひどい嵐になるとは知らなかったんだよ。びっくりだ」

声は見た目どおりだった。よく響く低音には権威がにじんでいるが、マックスの経験によれば、法の執行に長年携わっていた人間に共通する声である。

「マックス・カトラーです。こちらはシャーロット・ソーヤー」

「ジョスリン・プルエットの姉です」アノラックのフードをはずした。「今日はお時間を割いていただき、感謝しています」

「いやいや、今日の午後はこれという予定がないものでね」ブリッグズが言った。

「この天気じゃ何もできない。こんな日にここまで車を駆ってくるとは、きみたち二人は本気ってことだな。さあ、中へ入って。家内がコーヒーをいれている」

22

「もう一度たしかめさせてもらうが、きみたちはルイーズ・フリントが死んだのはローリング大学で昔起きたレイプ事件と関係があるかもしれないと考えているんだな?」ブリッグズが訊いた。

「現時点では、たしかめておきたいもうひとつの切り口ということです」マックスが答えた。「妹さんが不在なので、ミズ・ソーヤーに協力してもらっています」

ブリッグズが顔をしかめた。「ミズ・プルエットはどうかしたのかね?」

よかった、想定内の質問だ、とシャーロットは思った。マックスに最初から言われていた。話を聞き出すにあたって、どうしても必要なこと以外は向こうに情報を与えてはならないと。しかし、元警官を相手にシャーロットがうまく嘘がつけるとは思えないからと、シアトルからの車の中でいくつかの問答を練習してきたのだ。

「いいえ、元気なんですが」シャーロットはしごく冷静に言葉が出てきたことがわれながら誇らしかった。「一カ月の長期休暇を取っているんです。行き先が連絡がつかない場所なので、わたしが代わりにお邪魔しました。もちろん、妹も進展があれば知りたがるはずですから」

「ああ、まあ、そうだろうな。はっきり言わせてもらうが、おれは妹さんがレイプ事件について話したことを疑ったことは一度もなかった」ブリッグズは大きな安楽椅子にどっかりともたれてすわり、ブーツをはいたままの足を足のせクッションに置いた。ニードルポイント刺繍が施された、見るからに手作りっぽいものだ。「彼女が怯えていることはひと目でわかったし、喉の脇には血がにじんだ切り傷が間違いなくあった。犯人がナイフの先を突きつけていたからできた傷だと言っていた」

シャーロットはおそるおそるマックスを見た。目が合ったら彼の怒りを引き出しそうで怖かった。ジョスリンが事件の担当刑事に、レイプは合意の上だったんだろう――ちょっと冒険めいたセックスをしてみただけなのに、それが手に負えない状況になってしまったんだろう――と遠回しに言われたと、そのようすを怒りもあらわにまくしたてていたことをまざまざと思い出した。

「ローリング警察の捜査で何か手がかりは出てきましたか?」マックスが尋ねた。

その口調は穏やかで、いかにもプロという印象である。まるでブリッグズの言うことを全部信じているようだ。

シャーロットの雨に濡れたアノラックは玄関ドアのそば、壁のフックに掛けてある。マックスのウインドブレーカーがその隣に掛かっているが、彼はまだサイズが合っていないジャケットを着て、銃を隠すためにボタンを留めていた。

山小屋の内部はデザイナーが好んで田舎風と呼びそうな内装の実在版だった。がっしりとした木のダイニング・テーブルは見るからに手づくりで、カーテンや部分敷きのラグも同様である。暖炉ではガスではなく、本物の薪が燃えていた。室内の何カ所もにランプが置かれているところを見ると、この山小屋の住人は嵐のあいだは停電になることに慣れているのだろう。

パラボラアンテナに接続されたテレビがあるし、固定電話もあるが、携帯電話やパソコンのたぐいはいっさいなさそうだ。ブリッグズ家は外界とのつながりを完全に断ちはせずに隠遁生活を送る努力をしているらしい。

ブリッグズ一家がかつてはもっと便利な生活をしていたことを示す唯一のものは、炉棚に並ぶ写真立てである。今よりずっと若いイーガン・ブリッグズが警官の制服に身を固めた一枚もある。誇らしげに微笑む彼の片方の腕は、妻のロクサーヌにわが物顔で回されている。長いブロンドの髪を風になびかせたロクサーヌはじつに美しい。

夫よりずっと年下のようだ。

それ以外の二枚の写真にはハンサムな若者が写っている——息子ね、とシャーロットは思った。一枚は高校の卒業式のガウンを着ている。笑顔が未来への希望で輝いている。

もう一枚はそれから数年後の同じ若者を撮ったスナップ写真だ。山小屋のポーチの手すりにもたれた彼はもはや笑ってはいない。背を丸めた姿はどこか不機嫌そうだ。写真を撮るからと強制的にポーズを取らされ、怒っているように見える。あるいは世をすねているだけなのかもしれないが。

「確たる証拠は何ひとつなかったが」ブリッグズがマックスの質問に答えた。「思い返せば、当時、すんなりと受け入れられてた仮説が二つあった気がする。気を悪くしないでもらいたいんだが、ミズ・ソーヤー、ひとつはジョスリン・プルエットが危険なセックス・ゲームに加わって、これが彼女にとっては酷な結果を招いたというものだった」

シャーロットは椅子の肘掛けをぎゅっと握った。「妹がSMのたぐいに加わるなんて、ありえません」

マックスが警告めいた目配せを送ってきたことには気づいていたが、どうにも我慢ならなかった。ジョスリンが自己弁護できない今、誰かが弁護しなければ。ブリッグズが重たいため息をついた。「さっきも言ったが、おれはミズ・プルエットを信じていた。しかし、信じたのはおれひとりだった。当時、聞き込みをしたかぎりでは、彼女は思いきったことをする子という評判だった。冒険好きだと」

シャーロットはかぶりを振った。「でも、そういう冒険には興味はありませんでした」

ロクサーヌ・ブリッグズがこぢんまりとしたキッチンから出てきた。今も背は高いが、炉棚の上の写真が撮られたときのなまめかしさが香る丸みは、時を経てかなり太めになっていた。いつしかそなわった大地の母といった雰囲気。裾がなびく長いカフタン調のドレスは、派手な色をあれこれちりばめた柄だ。ブロンドの髪もグレーに変わりはじめ、それを一本の太い三つ編みにして背中に垂らしている。

表情からは何も読みとれない、どこか暗い目でシャーロットをじっと見ながら、湯気の立つ二個のマグをのせた木のトレーを差し出してきた。

「コーヒーはいかが？」体格にそぐわない消え入りそうな声で言った。

少し前にブリッグズが紹介したときにかすかに会釈はしたが、声を聞くのはこれがはじめてだ。

「ありがとうございます」シャーロットは言った。

マグをひとつ、手に取る。

「クリームか砂糖は？」ロクサーヌが訊く。

「いえ、けっこうです」

ロクサーヌはもうひとつのマグをマックスに勧めた。

「どうも」マックスもマグを受け取った。「クリームも砂糖もいりません」

ロクサーヌは自分で磨いた木に彫刻を施したコーヒー・テーブルに空のトレーを置いたあと、やたらと詰め物の多いソファーに腰を下ろした。

マックスはブリッグズのほうに視線を戻した。「当時、あの事件に関して仮説が二つあったということですが？」

「おれがSMの仮説をはずしたのは、もしミズ・プルエットがそういうことに首を突っこんでいたのだとすれば、おそらく犯人が誰かを知っていたはずだからだ」

「目隠しされていたのよ、妹は」シャーロットが言った。「頭から袋をかぶせて、窒息させてやると脅したのよ」

「それは知っているが、それでももし犯人とふつうにセックスしたことがあるとすれば、それが誰なのかおそらくわかると思ったんだ。それに、もしキャンパス内にセックスクラブがあるとすれば、それについて何か知っているやつが間違いなく現われたはずだ。ローリング大は当時まだ小さかったし、町も大都会ってわけじゃない。それを言うなら、今もそうだが」

「たしかにそうですね」マックスが言った。「SMクラブがあったとしたら、完全に秘密が守れたとは思えません」

ブリッグズがうなずいた。「そういうことだ。だからおれは、二つ目の仮説――ミズ・プルエットは、大学を渡り歩くことで捜査の網をくぐり抜けている連続レイプ犯の餌食になったという説――に与した」

ジョスリンは当時から犯人はキャンパスをよく知る人間だと確信していた。シャーロットがそのことを言いかけると、マックスがとっさに彼女を見て黙らせた。今度はシャーロットも彼の命令にしたがった。

マックスはブリッグズから得た情報をじっくりと考えるかのように、しばしコーヒーに目を落とした。顔を上げた彼の表情からは何も読みとれない。

「地元の人間であるはずがないというわけですね？」

「おれを信用してくれよ。その可能性は徹底的に調べたんだ」ブリッグズが言った。

「男女を問わず、たくさんの学生から話を聞いたし、教員や職員からもだ。だから今日までずっと、ジョスリン・プルエットを襲ったのが誰であれ、どこかよそへ行ったと考えている。もしまだそいつが別件で逮捕されていなければ、おそらく今もまだやっているんじゃないかな」

「そういうやつらはいつまでたっても止まらない」マックスが言った。

ブリッグズがうなずいた。「そういうことだ」

シャーロットのマグを持つ手に力がこもった。「妹は襲われる前、誰かにあとをつけられていたと考えています。犯人は妹の日課を知っていたようです。犯人はあの子がいつも通る道の、いちばん無防備になりそうな地点を選んで襲いかかった。それはつまり、犯人がキャンパスを熟知していたことを意味してはいませんか?」

ブリッグズが悲しそうな顔をシャーロットに向けた。「たしかにそいつはキャンパスをよく調べはしたんだろうな。だが、だからといって妹さんに狙いを定めていたとはかぎらない。標的は誰でもよかったという可能性のほうが高い。あの夜、その道を歩いてきた女子学生は誰でも被害者になりえた。ジョスリン・プルエットはまずいときにまずい場所を通ってしまった」

シャーロットが抗議しかけたとき、マックスが大きな音を立ててコーヒー・マグを置き、彼女の意識をそらせた。シャーロットは口をつぐんだ。このへんは彼の専門分野だ、彼に任せよう。

「この事件には特徴的な要素がいくつかあります」マックスが言った。「土地勘があり、背後から襲い、頭に袋をかぶせ、ナイフを使う。これは計画が慎重に練られたことを示しています。戦略にかけて用意周到なやつの仕業でしょう」

ブリッグズが不満げに言った。「そういう手口で犯行がおこなわれたとしたら、の話だな」

「どういう意味ですか？」シャーロットが鋭い口調で訊いた。

ブリッグズが同情的な表情をのぞかせた。「つまり、ひどい暴行を受けてトラウマを抱えた人間は、犯行の詳細を思い出せないことがよくあるんだ」

シャーロットはぐっとこらえて言い返さなかったが、簡単ではなかった。

ブリッグズはまたマックスのほうを向いた。「きみの意見に賛成だ。ミズ・プルエットが犯行の詳細を正確に記憶していると仮定すれば、この犯行は計画的だった。そして犯人はそれがうまくいったことで、その後も同じ手口を何度となく繰り返したはずだ。だが、あれ以降、ローリングのキャンパスでも町でも、類似した事件はいっさい報告されなかった。信じてくれ。おれは少しでも類似点がありそうな事件はないかとずっと目を凝らしていた。しかし、目に留まった事件の報告は一件もなかった。

それで、犯人はよそへ行ったと考えた」

「どこかこのあたりのべつの町で同じような事件は？」

「あのあとしばらくは、太平洋側北西部の大学で起きたレイプ事件をつぶさに調べた」ブリッグズは左右の肘を椅子の肘掛けに立て、両手の指先を合わせた。「あの年にあと二件、もしかしたら同一犯の犯行かもしれない事件が起きている。二件ともべつの大学のキャンパスで発生した。どちらも目隠しとナイフだ」

「誰か逮捕されたとか？」シャーロットが訊いた。

「いや、残念ながら」ブリッグズの顎のあたりがこわばった。「追跡調査をしてみたが、誰も逮捕されてはいなかった。これといった容疑者もいなかった。さっきも言ったが、もしその二人を襲った男がジョスリン・プルエットを襲った男と同一人物だとすれば、頭を働かせてつぎからつぎとキャンパスを移しているんだろう。おれも一時はこいつは追跡できるかもしれないと考えたが、二件目以降足取りは途絶えた。同じ手口の犯行はいっさい報告が入っていない」

「だが、あなたはこの犯人がもう降りたとは思っていないんですよね？」マックスが言った。

ブリッグズがうなずいた。「ああ。しかし、さっきも言ったように、そいつが別件で逮捕されて服役中って可能性もある。くそっ、州外に行ってしまった可能性だってある。今はもうはるか遠くの州に逃れているのかもしれない。この種の犯罪は遠距離を移動されると追跡がむずかしい」

「たしかに」マックスが言った。「むずかしい」

室内に奇妙な沈黙がただよった。シャーロットはそのとき突然、玄関ポーチでウインドチャイムが立てるくぐもった音に気づいた。風が強くなってきたのだ。ロクサーヌ・ブリッグズに目をやると、その場で身じろぎひとつせずにマックスを見つめている。

その異様な沈黙を破ったのはブリッグズだった。彼は窓の外に目を向けた。

「空模様がますます怪しくなってきたな。きみたちもあんまりひどいことにならないうちに山を下りることを考えたほうがいいかもしれないぞ」

ロクサーヌが動揺をのぞかせた。「まだコーヒーも飲んでいないのよ、イーガン」

ブリッグズが顔をしかめ、何か言いたそうにしたが、それを見計らったかのように電燈がちかちかしたかと思うとふっと消えた。山小屋内はさながら黄昏の薄暗さになった。

ロクサーヌがたじろぎ、椅子から立ちあがった。「停電だわ」

ブリッグズは不満げなうめきをもらし、重たい腰を上げた。「嵐が来るたびにこれでね。いつだって停電さ。まあ、だから発電機が発明されたんだろうが」

「ランプに火をつけるわ」ロクサーヌが言った。

狭い部屋を横切ってダイニングルームへと行き、マッチを擦った。風防付きのガラス製のランプに火がともる。

「発電機を始動させてこよう」ブリッグズがまたマックスを見た。「山を下りるとき、無理はするな。今週はずっと大雨がつづいた。川はどこも流れが速くなっている。こんな嵐のときは地滑りが起きて木が倒されることもよくある。橋が流されることもないわけじゃない」

「わかりました」マックスが立ちあがった。「情報をありがとうございました。それじゃ、これで失礼します」

シャーロットも口をつけなかったコーヒーを置いて立ちあがる。ロクサーヌが無言のまま、アノラックを手わたした。マックスは肩をすくめてウインドブレーカーを着ると、野球帽を深くかぶった。

「出発前にもうひとつだけ訊きたいことが」マックスがブリッグズに言った。「この古い事件について最近、ぼくたち以外にもあなたに連絡してきた人は？」

「いや」ブリッグズが答えた。「きみたちが最初だよ。もう何年もこんなことはなかった。どうしてまた？」

「いえ、ただちょっと好奇心から」マックスはブリッグズに名刺を手わたした。「もしまた何か思い出されたら、電話をしていただけるとありがたい」

「ああ、そうするよ」ブリッグズが玄関ドアを開けた。「おれにも今後の進展を知らせてもらいたいんだが、たのめるかな？　きみの調査の結果がどうしても知りたい。もう何年も経つが、なんらかの答えが得られればうれしいよ」

「また連絡します」マックスはそう言ってから、シャーロットを見た。「いいかな？」

「ええ、いいわ」

シャーロットが先にポーチに出、マックスもあとにつづいた。

シャーロットはせわしく階段を下りた。ウインドチャイムが激しくぶつかりあい、耳障りで不穏な音楽を奏でていた。雨は小降りになっているが、風は激しさをつのらせている。暴力的なエネルギーがあたりの空気をかき乱している。シャーロットはここを離れることがたいそううれしかった。

ＳＵＶへと早足で向かった。マックスが彼女より先に行く。助手席のドアを開けてくれるつもりなのだ。

「自分で開けるわ」

シャーロットは手ぶりで彼をどかし、自分でドアを開けて乗りこんだ。マックスは軽やかな足取りで車の前を回り、運転席にすわるとエンジンをかけた。わりとゆっくりウインドブレーカーとジャケットを脱いだが、銃をおさめたホルスターはそのままだ。

シャーロットもアノラックを脱ぎ、早く乾くようにと後部の床にきちんと広げて置いた。

マックスがギアを入れ、砂利を敷いた急勾配の私道を用心深く下った。

シャーロットは振り返って、停電で暗くなった山小屋を見た。

ランプの明かりを受けたロクサーヌ・ブリッグズが窓辺に立ち、走り去る車をじっと見ていた。

「彼女、すごく不幸そう」

23

シャーロットは助手席で後ろを向き、窓ごしに外のようすを見た。雨はまだ降っている。シアトルまでは長いドライヴになりそうだ。

そのとき気づいた。イーガン・ブリッグズから話を聞くあいだに、この二日ほど感じていた神経が凍りそうな不安な感覚がなおいっそうふくらんだのだ。

「ブリッグズはルイーズ・フリントについて何も知らないみたいだったわね」しばらくしてからシャーロットが言った。

「そうだな。そういう感じがした」マックスが答えた。

「彼女の名前すら知らなかったということは、ルイーズがローリングに来たのは、彼から話を聞くためじゃなかったことは明らかね」

「そういうことになるな」

「さほど意外ではないと思うの。だって、ブリッグズはもう引退した人だから、ルイーズがわざわざ訪ねる理由はないわ」

「もし彼女がジョスリンを襲った男に関する手がかりをつかんでいなければ、たしかにそうだ。だが、もし何かをつかんでいたとしたら、事件を担当した刑事と話をしたかった可能性はある」

「あなたが彼と話したかったようにね」

「ああ、そうだ」マックスは地面に落ちた木の枝をよけるため、速度を落とした。「だが、ルイーズ・フリントにはローリングまで遠征する理由がほかにあったのかもしれない」

「たとえばどんな理由？」

「まだわからないが」

「ジョスリンを襲った犯人がまだこのあたりに住んでいると確信するに足る情報を得たのかもしれないわ」シャーロットは少し間をおいた。「でも、なぜひとりで調べようとしたのかしら？」

マックスがシャーロットをちらっと見た。「ルイーズはひとりで調査を実行に移そうとするタイプではないと思ってるのか？」

シャーロットはしばし考えた。「正直なところ、行動を予測できるほどルイーズをよくは知らなかったけど、でも、ジョスリンは自分のためにルイーズが危険を冒すなんてこと、間違いなく望まないはずだわ」

マックスは悪路に対処しようとギアを入れ替え、さらに少し速度を落とした。

「おそらくルイーズは自分が危険を冒していることに気づかなかったんだろうな」

「あるいは、ジョスリンとはまったく関係がない理由でローリングまで来たのかもしれないわ」

「その場合、話はまた偶然の一致ってことになるから、ぼくはその仮説には賛成しかねるな」マックスが言った。

「話題を変えたいわけじゃないけど、ブリッグズ夫妻、少々変わり者って印象を受けなかった？」

「引退した警察官は少々変わり者が多い。妄想的になったりする人間もいる。危険な仕事のせいだろうが」

「わかる気がするわ」

「ぼくは変わり者はまったく気にならないんだ。ぼく自身、そういうところがあるからね。気になったのは、ブリッグズがルイーズ・フリントにほとんどなんの関心も示さなかったことだ」

シャーロットはぎくりとし、すわったまま半ばマックスのほうに向きなおった。

「それ、どういう意味？　彼、ルイーズから連絡はなかったと言ったわよね。一面識もない女性に彼がなぜ関心を抱くの？」

「そりゃ、ぼくたちが彼女のことを訊きにわざわざここまで来たからだし、ぼくたちがジョスリンのレイプ事件をもちだしたからだし、そして何より、ルイーズ・フリントが死んだからだ。経験によれば、警官はそうしたデータを無視しないものだ」

「あなたは彼がルイーズにもっと関心を示さなければおかしいと思うのね？」

「ああ、そうだ。さらにもうひとつ、気にくわないことがある」

「なあに？」シャーロットが詰め寄る。

「ブリッグズはジョスリンを襲った犯人と似通った手口で女性を襲った事件の報告をチェックしていたと強調した」

「ええ、そうだったわ。あの同じ年にあと二件あったけど、それ以来ぷっつり途絶えたと言っていたわ。犯罪者はその手口をあまり変えないって教えてくれたのはあなたよね」

マックスがバックミラーをのぞいて渋い顔をし、すぐまた路面に視線を戻した。

「ああ、それはそうなんだが、利口な犯罪者は技法を磨いて向上させることもある」

「ということは？」

「目隠しは犯人の幻想の一部だとも考えられるが、もしたんに目的達成のための手段――戦略の一部――だとしたらどうだろう？　もしその目的がただ被害者を無力にさせ、自分の人相を語れなくさせることだとしたら？」

「つまり？」

「つまり、その目的を達成するためのべつの方法を見つけた。たとえば、ドラッグとか」

シャーロットははっと息をのんだ。「その仮説ですごく恐ろしい可能性が開けるわ」

「ああ。妹さんの事件が凍結状態で放置されたのは、証拠保管箱がなくなったからと言ったね」

「ええ、そうよ」

「もし何者かがそれが紛失するよう仕組んだとしたら？」

さすがにシャーロットもぴんときた。「あなたはブリッグズが証拠保管箱を使えなくしたと考えているのね？」

「今はまだなんとも言えないが、インターネットで調べたところじゃ、イーガン・ブリッグズはジョスリンの事件が迷宮入りとなってから一年と経たずに退職している」

シャーロットはゆっくりと息を吐いた。「ブリッグズはジョスリンの供述を信じたとしつこいくらい繰り返していたわ。でも、妹によれば、彼は妹の言うことを信じてはくれなかったのよ。それにしても、証拠保管箱を紛失させるなんてことまでしたのはなぜかしら？」

「きみは言っていただろう、大学当局が地元の警察官に相当な圧力をかけたって」

「ええ。でも、だからと言って、証拠を故意に使えなくする？　いくらなんでも……やりすぎでしょう」

「犯罪をなかったことにするために権力者が地元警察を威嚇するなんていうのはこれがはじめてじゃないさ。ブリッグズだってそうしたいわけじゃなかったかもしれないが、上司がかばってでもくれないかぎり、彼にできることはそうはない。証拠保管箱の紛失にかかわってはいないかもしれない。しかし、事実は厳然と残っている。証拠は消えた」

「そして、どう考えても、彼がルイーズ・フリントの死亡にもっと関心を示さないのはおかしい」

「そのとおり」

「だったらなぜ彼はわたしたちをここに招いて、協力するふりをしたの？」

「考えられる理由は二つ。ぼくたちを説得して、ローリング方向からの調査をやめさせたかったからかもしれない」

「二番目の理由は？」

「ぼくたちがどこまで知っているのか、どういう方向に調査を進めていくのかも知りたかったから」

「それじゃ、わたしたちが彼から情報を引き出そうとしていたとき、彼はわたしたちに対して同じことをしていたわけね」

「あくまで仮説だが」マックスがバックミラーを再びのぞいた。「これから嵐がますます激しくなるというのに、この山を下りようとしているのはどうやらぼくたちだけではないらしい」

まだ夕方だというのに、山中は早くも薄暮に包まれていた。シャーロットがサイドミラーをたしかめると、後方の車が放つレーザー光線さながらのヘッドライトがぎらりと光るのが一瞬見てとれた。

直後にマックスがまたきついカーヴを切り、ヘッドライトは見えなくなった。シャーロットは体を回転させ、リアウインドーから後方に目をやった。

ヘッドライトがまた視界に入ってきた。今度はぐんぐん迫ってくる。

「なんだかブリッグズの山小屋に駐車してあったSUVみたい。誰が運転しているのか知らないけど、こんな天候にしてはとんでもないスピードを出しているわ」

「そうだな」マックスがもう一度バックミラーを素早く確認してから、運転に神経を集中させた。

「もしかしたらブリッグズが事件のことで何か思い出して、わたしたちを追いかけてきたのかもしれないわ」

「本当にそんなふうに考えているのか？」

「ううん、そういうわけじゃ」シャーロットはマックスの険しい表情をじっと見た。

「たいへんなことになるかもしれないと思っているのね」

「ああ、たいへんなことになったと思っている」

マックスがさらにもう一度、バックミラーを見た。「誰が運転しているにせよ、スピードを上げて逃げるつもりはない。向こうと違ってこのあたりの道をよく知らないし、視界も悪すぎる。こうなったら緊急脱出しよう」

シャーロットは大きく息を吸いこんだ。「了解」

「了解？」

「ほかに名案が浮かばないもの。しかたないわ。了解」

「もうすぐ橋だ。こちら側には遮蔽物がないが、対岸はかなり鬱蒼とした林だ。渡りきったところで車を停める。ぼくが合図をしたら飛び降りる準備をしておけ。林の中に駆けこむ。わかった？」

「ええ」シャーロットが答えた。

「ぼくはきみのすぐ後ろにつく。もし向こうが車を降りて追ってきたとしても、遮蔽物はいろいろある」

ほかに言うべきこともなさそうなので、シャーロットは黙っていた。

マックスはつぎのカーヴでぎりぎりにハンドルを切り、一気にアクセルを踏みこんだ。橋を渡って対岸の林に逃げこむまでの時間を少しでも稼いでおきたいのだろう。

突然、細い橋が目の前に現われた。水かさはさらに増したようだ。あと六十秒、とシャーロットは思った。それだけあればなんとかなる。

「くそっ」マックスが小さくつぶやいた。

ブレーキを踏みはじめた。

なぜ気が変わったのか訊こうと口を開きかけたとき、対岸の道を横切るように太い木が倒れているのが見えた。細い舗道を煉瓦塀よろしく効果的に遮断している。

ＳＵＶの前輪はすでに橋の上だ。

「しっかりつかまって」マックスが命じた。

ギアを素早くバックに切り換え、道路の左側に向かってなんとか数フィート後退した。

ブリッグズの車が最後の角を曲がってきた。運転者は瞬間的に状況を把握したにちがいない。減速はしたが、わずかにだ。マックスのＳＵＶを狙っている、とシャーロットは気づいた。

マックスはスイッチを押し、窓を下げた。

「この車を押して川に落とそうとしている」マックスが言った。「アシストグリップをつかんで体を支えろ。たぶんエアバッグがふくらむ。水中に入るまでシートベルトははずすな」

何が起きようとしているのか考える余裕などなかった。シャーロットは上に手を伸ばし、これを握りしめたまま死ぬなんてことがないことを祈りながらアシストグリップをつかんだ。すると質問ひとつする間もなく、ブリッグズが車の側面をＳＵＶに激しくぶつけてきた。車はぬかるんだ川岸から水のなかへと一気に転落した。

水面を叩いた衝撃の直後にエアバッグがふくらみ、数秒間というもの、シャーロットは意識が朦朧となった。そんななかでマックスの命令の声が聞こえ、何がなんだかわからないまま夢中でそれにしたがった。

「シートベルト」彼の声は鋭い。

シャーロットはもどかしい手つきでシートベルトをはずした。

「窓。ドアは開かないかもしれない。何をするときも車から離れるな」

シャーロットは開いた窓からなんとか体の半分ほどまで這い出した。

「ドアの取っ手をつかむんだ。けっして放すな」マックスが命じる。

シャーロットは手を下に伸ばし、ドアの外側の取っ手を必死で手探りした。奇跡的に探り当てることができた。

「つかんだわ」大声で伝える。

マックスがシャーロットの車内に残った部分を窓から押し出した。水の冷たさのショックで全身が麻痺し、呼吸がままならない。

「ドアの取っ手を放すなよ」マックスがまた言った。

「わかってる」

彼はすぐあとから這い出てはこなかった。後部座席へと移動し、荷物の中から何かを取り出そうとしている。

SUVの車内ではものすごい勢いで浸水がはじまっている。

「マックス」シャーロットは叫んだ。「何をしているの?」

「ここにいる」

彼が後部の窓から車外に出て、シャーロットの後ろに来た。

SUVはすでに川の流れにがっちりととらえられていた。急流が車をのみこんだまま橋を離れ、すさまじい速さで川下へと向かっていく。

シャーロットは最後にもう一度振り返って、イーガン・ブリッグズに一瞥を投げた。車を降りて橋の上に立っていた。そして手には銃。狙いを定めているのがわかった。

銃声が聞こえたような気がしたつぎの瞬間、川の流れが曲がり、橋が視界から消えた。

24

「つぎは車の上に乗る」マックスが言った。「言ったとおりにするんだ。いいね？」

「ええ」

シャーロットの声が落ち着いてきた、とマックスは思った。間近で見て、素早く判断を下す。彼女がパニック状態に陥っているかどうか知っておかなければならない。そういうことなら事態はいっそう複雑になる。

だが、彼女は彼がしようとすることを理解しているようだ。

「わたしなら大丈夫。パニックは後回しにするわ」

「名案だ」

アドレナリンの影響だな、と思った。彼同様、シャーロットも今はサバイバルだけに集中していた。

「まずぼくが」

川の水は運転席の窓のへりまで上がってきていた。エンジンの重量がＳＵＶの先端を水中に引きずりこもうとしているからだ。とはいえ、車内にはまだじゅうぶん空気が残っており、あと二、三分は浮かんでいそうだ。その先は無理だが。

マックスは片手で窓枠をつかみ、もう片方の手を上に伸ばしてルーフキャリアを握った。そして片足を窓枠に掛けると、体を車の屋根まで引きあげた。簡単ではなかった。というのは、たっぷり水を吸いこんだ服とブーツは鉛の重りと同じだからだ。ラックをしっかりつかんだあと、その場にしゃがんで前かがみになり、下に手を伸ばした。

「左手をこっちに」シャーロットに声をかける。「でも、ドアの取っ手はまだ放しちゃだめだ」

シャーロットが手を差し出すと、マックスは彼女の手首をがっちりとつかんだ。

「もう大丈夫。ドアの取っ手を放して。窓枠に片足を掛けて体を引きあげて」

シャーロットはすでに行動に移していた。彼の動きを真似て、足はもう窓の下枠に掛けていたのだ。

マックスが彼女を水から引きあげ、ＳＵＶの屋根にのせた。全身がずぶ濡れになりながらの激しい体力の消耗で息が切れてはいたものの、なんとかキャリアの上にうずくまって彼を見た。

「つぎは渦を待つんでしょう？」

「前にもこういう経験があるの？」

「ううん。ただ、数週間前にカヤックの講習を受けて、渦がどういう役割を果たすかを習ったの」

「なるほどね。いいことを聞いた」

マックスは小さく安堵のため息をついた。流体力学の原理から説明する必要はないとわかったからだ。川で時間を過ごしたことがある人間なら誰でも渦を理解している。渦は水流が大きな石のような物体にぶつかったときに形づくられる。その結果、障害物の反対側に逆方向の流れが生じる。だから、もしうまく川べりに近い位置で渦に乗ることができれば、逆方向の流れが車を土手に押し流してくれる可能性が生じる。

マックスはベルトをはずし、シャーロットのウエストにゆるく巻いた。

「ぼくが、飛びこめ、と言ったら、いっしょに飛びこむんだ。ぼくはこのベルトをつかんで離れ離れにならないようにする」

シャーロットがうなずいた。

激流に押され、SUVはいちばん重い先端部分を中心にゆっくりと弧を描いて回りはじめた。マックスは流れをじっと観察する。渦は流れが曲がった直後、あるいは自然の障害物にぶつかった直後に頻繁に生じている。

「この先に大きな石がいくつもある。そのすぐあとに渦が来るはずだ。いつでも飛びこめるように」

SUVは何度も石にぶつかり、ところどころで川底を引っかき、けだるげに弧を描いて左右に揺れながら、すでに大部分が水没していた。

水没しながら流れに引きずられ、いくつもの大きな石を見たところはゆっくりと通り過ぎていく。流れに目を凝らしていたマックスは渦を知らせる水面の変化に気づき、革のベルトをつかんだ手に力をこめた。

大きな石をするりと通過する。

「今だ」マックスが言った。

シャーロットにためらいはいっさいなかった。石の反対側の流れの緩い水に飛びこむ。それから数秒間、マックスは誤算だったかもしれないと不安を覚えた。だが、足が川底に触れるのを感じた。シャーロットもどうやらバランスが取れている。

二人が立っている位置は川べりに近かった。水深はわりと浅く、いくつもの大きな石がつくる渦が重い流れから二人を守ってくれている。

ぬかるんだ土手をよろよろと這いあがり、道路に出た。空気の冷たさは冷凍装置から噴射される強風さながらだ。シャーロットが震えていた。マックスもだ。溺死の懸念はなくなったが、低体温症の危険性が出てきた。

「雨風がしのげるところを探さないと」マックスが言った。「雨は多少ましになったが、風がどんどん強くなっている」

シャーロットはあたりを見まわした。「ブリッグズの家に行く途中、山小屋が五、六軒あったし、休業中のロッジも二軒見かけたわ」

「ああ、ぼくも見た。とにかく進もう」マックスがシャツの下から小さなビニール袋を二個引き出した。「はい、きみにもひとつ」

シャーロットはその一個を受け取った。「非常用サーマル・ブランケット？」

「非常用キットの中に入れておいたものだ。キットを全部持ち出すことはできなかったが、このブランケットがあれば、雨風がしのげる場所を見つける前に低体温症になるのをいくらかは防げるんじゃないかと思う」

二人は紙のように薄く、キラキラしたブランケットを広げ、肩に巻いた。そして道を歩きはじめた。

「たんなる好奇心から訊くんだが」マックスが話しかけた。「どうしてまたカヤックの講習を受けることにしたの？」

「セラピストに、もっと自発的にならなければいけないって言われたからよ。そしたら、〈レイニー・クリーク・ガーデンズ〉の入居者のひとりが、カヤックがいいわよ、って勧めてくれたの。ミルドレッドっていう人だけど、彼女はもう数年前からやっているの。アウトドア・タイプの男性に出会えるいい方法なんだそうよ」

「きみには効果があった？」

「なかなか効果があったと言えるわね、実際。だって今、とんでもないアウトドアに――男性と――いるのよ、わたし」

25

道はほぼ川に沿ってつづいていた。あたたかな夏の日ならば、気楽で楽しいハイキングになったところだろうが、この雨と風では歩くだけでも危険で、体力の消耗も激しい。サーマル・ブランケットは体温をある程度は閉じこめてくれたが、あくまで最低限の防護というレベルだ。

強風ががっしりした木々の枝を打ち、そのうちの何本かがいつぽきっと折れてどさっと落ちてこないともかぎらない。それだけでも致命的だが、さらなる問題もある。落ちた枝が電線を切断するかもしれず、そうなればそれもまた深刻な危険をもたらす。ある地点で地滑りが道路をふさぎ、林の中を迂回しなければならなくなった。

「ブリッグズはわたしたちが川から脱出できるかどうか、追跡してたしかめたと思う?」シャーロットが訊いた。

「さあ、どうだろう。もし車で追跡してきたとすれば、橋を遮断した倒木をどかさなければならなかったはずだ。簡単じゃない。だが、車を降りて追おうとしたとは思えない。川の流れはあの速さだからな。SUVはとっくに見えなくなっていただろう。たとえぼくたちが脱出したかもしれないと思っても、どこを探したらいいのか見当もつかないはずだ。今ごろはもう山小屋に戻って、あいつらは川で溺れたと自分に言い聞かせていると思うね。彼の目にはおそらく、ぼくたちはこういう世界で生き延びる術を知らない都会の人間に映っているだろうし」

「たぶんそうよね」

「確信があるわけじゃないが」

「それ、わたしがあなたに感心するところのひとつなのよ、カトラー。過度に楽観的にならない」

「過度の楽観主義は命取りになりかねない」

「怖いわ」シャーロットは彼を見た。「ねえ、ブリッグズだけど、完全にどうかしてると思わない？」

「いや、違うな。あいつはその昔、賄賂を受け取って証拠保管箱をどこかにやった汚職警官だと思うね」

「卑劣なやつ」

「その卑劣なやつが今、二件の殺人未遂事件にからんだ」

「わたしたちね」

「ルイーズ・フリントの死亡にもかかわっている」

「彼がルイーズを殺したと思ってるの？」

「可能性はあると思っている」

「だとすると、彼がわたしたちをここに招いて話をしたかった第三の理由が考えられるわね」

「どういう？」マックスが訊いた。

「ブリッグズが協力的な態度を示す理由として、あなたは二つ挙げたわよね。わたしたちがどれくらいのことを知っているのか知りたかった。わたしたちの調査の方向性を知りたかった。この二つ。でも、第三の理由もあったような気がするの——わたしたちが知りすぎている、あるいはわたしたちが彼の状況を複雑にしそうだと判断したら、そのときは殺す計画だった」

「それはないだろう」マックスはシャーロットが倒木を乗り越えるのに手を貸した。「殺すつもりではなかったと思う。ぼくたちを始末しようと決断したのは最後の最後だったはずだ。捜査を打ち切っていたジョスリンの事件捜査を再開させるかもしれないと気づいてパニックを起こしたんだ」

「銃で撃つだけでいいのに、どうしてそうはしなかったのかしら？」

「理由は二つ。ひとつは、死体をどう説明するかむずかしかった」

「二つ目は？」

「ぼくが銃を持っているのを知っていた」

「どうして？」

「あいつは警官だ。ぼくがなぜジャケットを脱がなかったのかわかっていた」

ついに二人は、ほぼ偶然に山小屋を見つけた。鬱蒼とした木立に隠れた山小屋だ。そこへ通じる道は雨で流されてしまっていた。風に吹かれた木の枝が分かれて細い隙間ができた一瞬、たまたまその小さな建物がマックスの目に留まったのだ。

こぢんまりとした山小屋は、寝室ひとつに石造りの暖炉と小さなキッチンからなっていた。裏口の扉の錠は難なく破れた。マックスが暖炉に火をおこす一方で、シャーロットは寝室に行き、毛布代わりになるものはないかと探した。まず第一にすべきこと、それは暖を取ることだ。

今日の午後、はっきりとわかったことがひとつだけある、とマックスは思った。シャーロットはどうにも変えようのない状況をめそめそとぐちって無駄にエネルギーを消耗するタイプではない。なすべきことの優先順位を理解している。マックスは彼女のそういうところが気に入った。大いに気に入った。

二人はともに、石橋を叩いて渡るタイプを自認していたが、石橋を叩きながら絶え間なく前進する能力がきわめて便利な習性になる場合が一生に何度かある。その習性のおかげで、今夜ここで無事に夜を明かしたあと、忌々しい山を下りることができるかもしれない。

シャーロットが小さなリビングルームに戻ってきたとき、暖炉ではもう火が燃えていた。

「リッツ・ホテルとはいかないが、これでなんとかなるだろう」

「楽しきわが家ってとこね」シャーロットが言った。

26

「これまで誰かに殺されそうになったことなんて一度もなかったから、この体験、人生を変えるかもしれないわ」

「それは間違いないが、もし生き延びられたらって条件付きだ」

「ええ、それはそうだけど、ここまではやれたわ。あなたのおかげよ」

「まだ生還できたわけじゃない」

マックスは両手で生ぬるいコーヒーのマグを大事そうにはさみ、ここで無事に夜を明かし、夜が明けたら文明の地に戻るための戦略を練っていた。

二人は大きな石造りの暖炉のすぐそばまで引き寄せた椅子にすわっている。ともに寝室で見つけた羽根布団を体に巻きつけていた。着ていたものはすべて、暖炉の周りに並べたさまざまな家具に掛けてある。マックスの銃もよく拭いて分解掃除をした。今はすぐに手が届くよう、椅子のかたわらの床に置いてある。

防水ケースに入れてベルトに留めていた彼の携帯電話は、奇跡的に生き延びていたが、ここは電波が届く場所ではない。シャーロットの電話はハンドバッグの中だったため、SUVとともに流されてしまった。

暖炉の火は危険ではあるが、ほかに方法があるとは思えなかった。二人とも危険なまでに全身が濡れて冷えきっていたからだ。窓は分厚いカーテンをきっちりと引き、外に火の気配が見えないようにしたとはいえ、そんな単純な予防措置以外に自分たちの存在を隠す方策はなかった。ブリッグズはあきらめて家に戻っただろう、とさっき言ったが、それが当たっていることを願うばかりだ。

山小屋に備えつけられた日用品はごくわずかだ。いちばんうれしいニュースは、この所有者がまだ水道管の栓を締めていなかったことだ。秋になれば、所有者は寒い冬のあいだのことを考えてそうするはずなのだが。シャーロットはトイレの水が流れると知り、まるで宝くじに当たりでもしたかのような喜びようだった。マックスも熱いコーヒーが飲めると思い、ひそかにわくわくしたことは認めざるをえない。些細なことが肝心なこともときにはある、とマックスは思った。

インスタントコーヒーに加え、シチューとスープの缶詰が何個かあった。電気はまだ停まったままだが、コーヒー同様、食料も暖炉の火であたためることはできた。

暖炉の炎をじっと見つめるシャーロットの目が暗く翳った。

「ふと思ったんだけど、ジョスリンをレイプしたのはひょっとするとブリッグズなんじゃないかしら」

マックスはしばらく熟考した。

「それもありえるが、それよりも可能性が高いのは、彼は事件の捜査が行き詰まるように細工したってほうだと思う」

「ジョスリンが犯人について気づいたことがいくつかあったの。犯人の声。靴。そんなたぐいね。そして自分と同年代だと確信したみたい。そうね、ブリッグズはそこには当てはまらないわ」

「彼は事件の担当刑事だった。証拠保管箱を紛失できる立場にあった」

「言い換えれば、証拠隠蔽の共犯者だった」

「警官が誰かに圧力をかけられたり、あるいは――このほうが可能性が高いが――金銭を受け取ったりして、捜査をうやむやにするのはこれがはじめてってわけじゃない」

シャーロットがコーヒーを飲み、カップを持つ手を下げた。「つまり、おそらく彼はお金を受け取って捜査を打ち切ったということね」

「今のところ、それがいちばん可能性の高いシナリオだ」

「しかも、これでブリッグズは殺人を犯せる人間だとわかった——未遂に終わったけれど。つまり、彼がさっき言ったことはすべて信用ならないということね」

「嘘の名人はふつう、真実を織りまぜて話をする。だが、そうだ、彼が言ったことは何もかも疑ってかからないと」

「ということは、ルイーズ・フリントは本当に彼と話をするためにローリングまで出かけて、その日にのうちに死んだのね。ルイーズが彼に何かを言い、そのことが彼をしてルイーズを消さなければ、と決心させた」

「おそらくそうだろうな。明らかなのは、ぼくたちが話した程度のことで彼がパニックに陥ったということだ。したたかな警官をパニックに追いやるとなると、本来ひと筋縄ではいかないはずなんだが」

「考えてみれば、わたしたちが彼に話したのは、あなたが妹と親しい関係にある女性が殺された事件を調査しているということだけよね」

「いや、ジョスリン・プルエットの迷宮入り事件との関連を探っていることもほのめかした。彼がびびったのはそのことだ」

「ルイーズを殺したのはきっと彼なんだわ。そうでなければ筋道が通らないもの」

「それはどうだろうな。重要なのは、ルイーズを殺した人間は彼女にドラッグを使えるくらい近づいている。となると、犯人は彼女の顔見知りだったんじゃないかな」

「必ずしもその必要はないんじゃないかしら。実際、もしあなたが警告してくれなかったら、わたしはミセス・ブリッグズのいれたコーヒーを何も考えずに飲んでいたはずよ」

「事件にドラッグがからんでいると、ぼくは用心に用心を重ねたくなる。だが、もしブリッグズが人を殺すとしたら、銃を使うか、あるいはもっと暴力的な手段を選ぶ可能性が高いと思うんだ」

「わたしたちを殺そうとしたときみたいにね」

「ああ、そうだ」

シャーロットがしばし目を閉じた。そして目を開けたとき、彼女の表情はこわばっていたが、そこには決意がにじんでいた。

「わたしたち、スズメバチの巣をつついているのね？」

「そういうことだ」

マックスはまた少しコーヒーを飲んだ。

シャーロットは皮肉めいた笑みをかすかに浮かべ、彼を驚かせた。「あなたって依頼人を安心させる術をようくわかっているのね。はい、わかりました。これでわたし、すごく自信が持てたわ」

マックスはため息を押し殺した。「きみは依頼人じゃないだろう。忘れた？」

シャーロットがわずかに首をかしげた。「本物の依頼人に対しては話し方が違うの？」

「ぼくの経験では、間違った期待を抱かせないほうがいいことが多い」

シャーロットはこっくりとうなずいてから、しばらく暖炉の炎をじっと見ていた。

「個人的な質問をしてもいいかしら？」やがて口を開いた彼女が訊いた。

「質問によるな」

「どんなときも用心深いタイプなのね」

マックスはなんと答えていいかわからず、またコーヒーを飲んだ。

「どうしてシアトルに住むことになったの？」

「もう話しただろう。プロファイリングの仕事で燃え尽きた。離婚した。新しい土地で出直す必要があった」

「ええ、ダイジェスト版は聞いたわ。ただ、それ以外のことを知りたいと思ったの。最後の事件がうまくいかなかったと言ってたけど、どういうことだったのか話してくれない？」

「本当に知りたい？」

「わたしに話すのがいやでなければ。詮索する権利がわたしにないことくらい、よくわかっているわ。どうしてもってことじゃないの」

マックスが炉床で燃える炎を見つめていると、その中に一瞬、悪夢に現われる亡霊がゆらゆらする姿が浮かんだ。気がつけばまもなく、自分でも驚いたことに、彼は話しはじめていた。

「当然のことだが、プロファイリング会社で扱った事件はどれも悪質なものだった。しかし、その最後の事件はほかの多くの事件とは違う形でぼくを苦しめた。というのは、いろいろな要素があった中で、何よりも火がからんでいたからなんだ」

シャーロットが彼を見た。「火」

「火とは因縁があってね。子どものころ、ほかにも何人かの子どもといっしょに古い納屋に閉じこめられたまま、クィントン・ゼインというサイコに火を放たれた」

シャーロットが目をまん丸くした。「うそっ。どうやって脱出したの？」

「ぼくたちは地元警察の署長に救出された。これが話せば長い話でね。ぼくの母親はシングルマザーだった。母はアーティストで、周囲から自由人と呼ばれるような人だった。根っから形而上的なことにのめりこむ人だったんだよ」

「形而上的なことって？」

「母はつねに啓発されるものを探していた。だから、ぼくを連れて導師から導師へと渡り歩いていたんだ。冗談じゃなく、世間には導師とかカルトの教祖を名乗る詐欺師が驚くほどたくさんいるんだよ。そしてそれ以上の数の——ぼくの母のような——人間が、彼らの嘘っぱちをしゃにむに信じたがっている」

「ええ、知ってるわ。すごく寂しいことだけど」

「ぼくが十歳のとき、母とぼくはゼインが運営するコミューンに入った。信者のひとりが土地を提供したんだね。カリフォルニアの海岸沿いの小さな町のはずれにあった古い牧場さ。敷地内に五つか六つの建物があって、女性はそのうちの一棟で暮らしていた。男はべつの棟だった。そして子どもは全員が古い納屋で眠らなければならなかった」

「ゼインはどこで？」

「彼はもともと牧場主の住まいだった家を占領していた。毎晩、女性をひとり呼び寄せるんだ。一夜の妻に選ばれた女性はそれを名誉に感じていたんだろうな」

「ぞっとするわ」

「カルトの教祖はたいていがそうなんだが、ゼインも二つのことにこだわりがあった——カネと権力だ。だが、ゼインはまだ若いうえ——二十代半ばだよ——カルトの教祖としてはすごく現代的なタイプで、ビジネスモデルをオンラインに求めた。コミューンにいた大人はさまざまな方法で現金をもたらした。彼らはお金、株式、不動産を含む世俗的な所有物をすべて放棄して、集団に加わっていたが、そのあともそれぞれの方法でカネを払いつづけていた。主として、ゼインが考案した多種多様のオンライン詐欺を通じてだ」

「子どもたちは？」

「牧場の肉体労働はほとんどがぼくたちに割り振られていたが、それ以外にいちばん長い時間をかけたのはオンライン詐欺の作業の訓練だった。ぼくたちがその訓練を好きだったことは認めるほかないね。現実のビデオゲームをライヴでやっているみたいだったんだ。勝てば、いくばくかの金儲けになった」

「でも、そのお金、あなたのものにはならないのよね」

「もちろんさ。儲けはゼインの海外口座に入る」

「それで、いったい何が起きたの？」

「セックスが問題になりだした。歴史的に見ても、カルトを内側から崩壊させるのはそれなんだよ。何人かの男が、妻や恋人がクィントン・ゼインと寝ていることに腹を立てはじめる一方で、ゼインを拒むことは許されない女たちの中にも、それが原因でコミューンからはじき出されるのを恐れるあまり動揺を隠せなくなった者が何人かいた。子どものいる女性にとっては、それは子どもとの接触を絶たれることを意味するからね」

「子どもたちを毎晩閉じこめるのは、親が連れて逃げないようにするためだった」シャーロットが言った。「つまり、人質ってことね」

「そういうことさ。予想どおり、コミューン内の状況はどんどん悪化していった。振り返れば、カルトは崩壊寸前だったんだと思う。ゼインもそのことに間違いなく気づいていたはずだが、その最終的な処理など背負いたくなかったし、海外口座にたんまり貯めこんだカネも失いたくなかった。そこで彼はある夜、建物、パソコン、その他詐欺の証拠となりえるものすべてを破壊できるように爆薬を仕込み、数カ所で爆発を起こした。ついでに多くの信者を殺すつもりだったのか、あるいは火事が手に負えないほど広がってしまったのか、それはいまだに不明だ」

「あなたはほかの子どもたちといっしょに納屋に閉じこめられていたんでしょう？」シャーロットがショックを隠せずに訊いた。

「ああ。もし警察署長だったアンソン・サリナスが来てくれなかったら、ぼくたちは死んでいたはずだ。アンソンはあのとき、車で納屋に正面から突入してきて、怯えた八人の子どもたちをそのＳＵＶに押しこむなり、猛スピードでバックしてあの地獄から脱出してくれた」

「その話、聞いているだけで寒くて凍えそう。彼があなたとほかの子たちを救ってくれたのね。すごく勇気のいることだわ」

マックスはかすかに笑みを浮かべた。「しかも、外にいた人たちは口をそろえて、納屋は倒壊寸前だからやめておけ、と警告していたんだからね」

シャーロットがためらいがちに言った。「お母さまはどうなさったの？」

マックスはまた視線を暖炉に戻した。「母と数人の女性は建物から出られなかった。ゼインは彼女たちのところにも夜間は錠をおろして閉じこめていたんだ」

シャーロットは無言のうちに手を伸ばし、彼の腕にじかに触れた。

マックスはそのぬくもりとやさしさをしばしじっくりと感じとった。

「ところで、ゼインはどうなったの？」やがてシャーロットが訊いた。

「火事のどさくさに紛れて逃げた」

「捕まらなかったの？」

マックスはシャーロットの目を見た。「ああ。だが、数カ月後、ゼインと人相が一致する男が、ゼインが使っていたもののひとつだと判明している身分証明書で、ロサンジェルス近くのマリーナでヨットを借りている。ひとりで沖に出ていき、船が火事になって沈没した。ゼインの死体はついに見つからなかった。しかし、その男はおそらく死亡したものと公式に推定された。だが、ぼくと兄弟は信じちゃいない。以来ずっと彼を探しつづけている」

「兄弟って？　コミューンでいっしょだった人たち？」

「あの夜、納屋にいた八人の子どものうち三人が火事で母親を亡くした。三人ともほかに家族がいなかった――少なくとも進んで引き取りにきて責任を取ってくれる家族はいなかった――から、必然的に里親システムに組みこまれた。そんなとき、アンソン・サリナスがまた助けにきてくれたんだ。ぼくたちを引き取ってくれたんだよ。公式に里親の資格を得て、ぼくたちを育ててくれた。だから、ぼくには兄弟が二人いる。カボット・サターとジャック・ランカスターだ」

シャーロットが探るように彼を見た。「それじゃ、父親もできたのね、その口ぶりだと」

マックスがにこりとした。「そうなんだよ。父親ができた」

「それで、プロファイリング会社での最後の仕事はどこがいけなかったの？」

「何もかもさ。同僚も友人も妻もみんな、ぼくが取り憑かれていると思っていた。偏執的だとか、頭がおかしいとか、いろいろ言われた」

「なぜ？」

「少なくともしばらくのあいだ、ぼくはクィントン・ゼインが墓からよみがえってきたと信じこんでいたからだ」

27

何かに取り憑かれたとしか思えないマックスの目に、シャーロットは体の芯までぞっとした。

「ぼくたちが相手にしているのは連続放火犯だとわかっていた。そいつが狙うのはオンラインの出会い系サイトで知りあった孤独な人たちだ。そういう人に自分たちはソウルメイトだと思いこませ、ある程度の時間が経ったところで、会わないか、と切り出す」

「そして殺したの？」

「ああ、そうだ。パターンは単刀直入に見えた。被害者とセックスしたあと、安全だと思える場所で殺して、死体を遺棄する。証拠を消すために毎回火を放つ。被害者の車に火をつけることもあれば、被害者が住んでいた家に火を放つこともあった。ときにはごみ容器に遺体を捨てたあと、上から油をかけて燃やすこともあった。古びた廃屋を使ったこともあるが、とにかく必ずや火を放つ」

シャーロットはマックスの暗い表情をじっとうかがった。「その犯人、捕まえたの？」

「特別チームが編成された。犯人がオンラインで狙った被害者のプロフィールと似通った偽のIDをつくった。ベスという名で。犯人がその餌に食いついてきたとき、チームの女性のひとりがデートの相手のふりをして出かけていった。だが、何がまずかったのか、犯人は最初から彼女の正体に気づいていたことがわかった。ベスには隠しマイクを装着して、ぼくたちはそれを追跡していたが、あの野郎はそれを見つけて壊した」

「それから？」

「彼女がまだ殺されてはいないことを祈るばかりだった。犯人は彼女をしばらくは生かしておくだろうとぼくは踏んだ。なぜなら、自分を探しているぼくたちを嘲ってやろうと思っているはずだからだ。そしてもうひとつのパターンに目を向けた」

「なんのパターン？」

「死体遺棄の場所はあちこちだったが、じっくり見てみると、その場所があるパターンを形づくっているのが見えてきた。いくつもの遺棄地点の中央に昔は病院だった廃墟があった。彼はそこを殺害の場所として使っているんじゃないかとぼくは考えた。だから、そこを見にいく価値はある、とチームを説得にかかった。ところが当時、ワンダーボーイと目されていた新入りの若者がいた。つねにアルゴリズムだのコンピューター・モデリングだのというようなものをもちだしてくる。彼がこいつの犯行場所はそこじゃないと断言した。警官たちは彼の意見を真剣に聞いた。ぼくはしかたなく、廃墟となった病院にひとりで向かった」

「誰もいっしょに行かなかったの？」

「もし犯人が警官に気づいたら、ベスを殺すんじゃないかと思ったんだ——まだ殺していなければ、だが。ぼくは間取り図をじっくりと眺めて、地下にトンネルがあることを発見した。二方向の翼と遺体安置所に通じるトンネルだ。そこで、いちかばちか、そっちへ行ってみることにした」

「トンネルは閉鎖されてはいなかったの？」

「いや、開いていた。むろん、電気は切られていた。どの廊下にも、どの戸棚にも、どの倉庫にも罠が仕掛けられている可能性があった。やがて、手術室でベスを発見した。縛りつけられ、さるぐつわを嚙まされていた。ぼくは彼女の縛りをほどいて、いっしょに部屋を出ようとしたが、犯人はぼくたちを眺めながら待っていた。ぼくは銃を撃った——銃弾はなんとか彼の太腿に当たった。傷からは出血していたが、犯人はすでに床に油をまいていた。そしてベスとぼくが手術室を出るのを見計らって火をつけた」

「あなたにとって最悪の悪夢にちがいない状況に陥れられたわけね——あなたがいる建物が今にも焼け落ちようとしている」

「ああ、あの体験がまざまざとよみがえった」マックスの額は汗で濡れていた。羽根布団のへりで汗を拭う。そのあいだもずっと視線を暖炉の炎からそらすことはなかった。「ベスとぼくは脱出した。病院の間取り図を事前によく調べておいたからだ。非常階段を使い、遺体安置所に通じるトンネルを通って外に出た」

「ああ、よかった。で、犯人は炎に包まれて死んだの？」

マックスがついに暖炉から目をそらした。「ああ」

「クィントン・ゼインだったの？」

「いや」マックスがゆっくりと息を吐いた。「犠牲はほかにも二つ——ぼくの仕事と結婚だ」

「どうして？　あなたはベスを救ったし、犯人を捕らえた。英雄だわ」

「いや、ただ運がよかっただけさ。それでも、廃墟となった病院での出来事のせいで辞職を勧められはしなかった。問題はその後だったんだ」

「えっ？」

「ぼくはその事件に取り憑かれてしまった。そうとしか言いようがない。どうやっても頭から追い払えなくなった」

「それは犯人が死んだって確信が持てなかったから？」

「犯人が死んだことはわかっていたんだが、ゼインとつながりがあるんじゃないかって思いを払拭できなかった。妻もボスも同僚もみんな、ぼくが正気を失ったと判断した。そして休暇を取るように言われた。セラピストに診てもらえ、とも。両方ともやってみたが、どっちも効果はなかった。また悪夢を見るようになったんだ。冷や汗。不眠症。ありもしないパターンを見つけるようになった。仕事でだ。ついに会社はぼくという人材は必要ないとの判断を下した。妻が出した結論は、ぼくは下降線をたどっているのに助けを拒否している。だから彼女は自分の人生を生きることにすると言って去っていった。責めるわけにはいかないよ」

シャーロットの手はまだマックスの腕に触れていた。彼がその手を意識しているのかどうか確信はないものの、このまま彼に触れているほうがいいような気がしていた。まだ今のところは。

「それから数カ月が過ぎたわけだけれど」シャーロットは言った。「今でもまだその事件とクィントン・ゼインのあいだには何かつながりがあると思っているの？」

質問を投げかけたとき、答えが返ってくるとは思わなかったが、長い間ののち、彼は答えた。目は険しい。

「ああ」

「今もまだ悪夢や冷や汗や不眠症はつづいているの？」

「毎晩ではない――が、ああ、つづいている。かなり……つらい夜が多い。セラピストは、妄執と闘うべきだ、と言った。ほかのことで気を紛らわせる術を身につけなさい、と。意識をほかに向ける訓練を、云々。彼女によれば、ぼくが抱える真の問題は過去の遺物を断ち切れるかどうかの問題だそうだ。ＰＴＳＤによって複雑化した愛着障害がこういう形を取って現われたのだろう、と。薬を処方してくれたんで、しばらくのんでみた。問題は解消しなかった。そして、そうなんだ、今もどうにもつらい夜はパソコンを立ちあげて、クィントン・ゼインを探そうとしている」

シャーロットが彼のようすをうかがった。「あなたは元ボスや元奥さまやセラピストの言っていることが正しいかもしれないと思っているんじゃなくて？　自分は正気と狂気の境界線を越えてしまったのかもしれないと思っているのよ。ゼインに取り憑かれた結果、存在しないパターンやつながりを見つけようともがいている」

「そんなことも頭をかすめた」

「こんなこと言っても役に立つかどうかわからないけど、何カ月も前にあなたが直感的に感じたことを無視してはいけないと思うわ。あなたはその古い病院を発見した。あなたはベスを救出した。ということは、あなたにはつながりを見抜く才能がそなわっていることは明らかで、その才能が必死であなたに語りかけているんだわ」

「きみが才能と呼んでくれたぼくのそれは、妄執のひとつの形なんだ。きみもわかっているだろうが、健全な精神の徴候とは考えられない」

シャーロットがマックスを見た。「わたしが知っている男性——ルイーズ・フリント殺しの犯人を追跡している人であり、氾濫する川に押しやられた車からわたしを救出してくれた人——は正気を失ってなんかいないわ」

マックスがふうっと大きく息を吐いた。「ごめん。きみに不満をぶつけたりして」

「いいこと、あなたはセラピーを受けた。薬ものんでみた。そして今、私立探偵として他人の疑問に意識を向けようとしている」

マックスが顔をしかめた。「だからぼくがこの仕事をはじめたと思っているのか?」

「たぶん。でも、肝心なのは、あなた自身の疑問にも向きあっているということ。いくら無視しようとしたところで、それだけで疑問が消えたりしないわ。あなたもそれを認める必要があると思うの。答えは得られないかもしれないけど、疑問は実在していて、あなたには答えを求める理由があることを受け入れる必要があるのよ」

マックスの口角が片方、少しだけ吊りあがる。

「どうしてきみにそんなことがわかるんだ?」

「答えが見つからない疑問が、それを抑えこもうとする人間にどういう悪さをするかを目のあたりにしたことがあるから。たとえば、妹のジョスリンね。でも、あの子だけじゃないわ。〈レイニー・クリーク・ガーデンズ〉でも、求めている答えを得られなかった人にたくさん会った。疑問はひとりでに消えてはくれないのよ。マックス。どうにかして疑問の居場所をあなたの頭の中につくる方法を会得しなくちゃ。疑問にそれなりの空間を与えてやるの。疑問をそこに入れて、境界線はきっちり引くけれど、そんなものは存在しないようなふりをするのよ。疑問は暗闇の中でどんどんふくらんでいく。もしあなたがそれを理にかなった状況に置いてやりたければ、陽の当たる場所でじっくり検証する必要があるわ」

マックスがにこりとした。今度の笑みは本物だった。

「きみはどこでそんなふうに話すことを習ったの?」

「カヤックの講習やそのほかにも何種類か、もっと自発的になるための講習を受けたあと、あきらめたのよ、わたし。そして瞑想の講習に行ったの。なんて言ったらいいのかしら？　それがわたしの人生を変えたわ」

28

眠れるとは思っていなかったから、夢の中でジョスリンを探している途中で目が覚めたときはぎくりとした。しばらくじっとしたまま、自分がどこで何をしているのかを思い出そうとした。

記憶が一気によみがえってきた。暖炉の前の床に横になって体を丸め、くったりした羽根布団にくるまっている。

目を開けると、マックスがいた。暖炉の前にしゃがみこんで、静かに燃える火に数本の枝をくべているところだ。彼もまだ羽根布団を肩から掛けている。ホルスターにおさめた銃はかたわらの床に置いてある。

シャーロットはゆっくりと体を起こした。「どうかしたの？」

「いや」マックスが振り返って彼女を見た。「異状なし。ただ、火を絶やしちゃまずいと思っただけさ。きみを起こすつもりはなかったんだが」

「今、何時？」

「二時ちょっと過ぎだ」

「わたし、二、三時間寝たんだわ。今度はあなたの番よ」

「ぼくなら大丈夫だ。ひと晩じゅう起きているのは、これがはじめてじゃない」

「それはそうでしょうけど、そういう問題じゃないわ。どちらかひとりが見張りをする必要があることはわかっているの。わたし、二、三時間は本当に大丈夫だから、あなたも少し休んで」

きっと彼は申し出を断る、とシャーロットは思った。

だが意外にも、彼はこっくりとうなずいた。「もしかすかな音が聞こえたら、影が見えたような気がしたら、起こしてくれ。気のせいだとは思わずに必ず起こしてくれ」

「ええ、そうするわ」

シャーロットは羽根布団を体にしっかり巻きつけたまま慎重に立ちあがり、椅子に腰かけた。風はやんでいた。雨音も聞こえない。嵐は通り過ぎたようだ。森林の深い黙《しじま》はかえって気持ちが落ち着かないが、少なくともこっそり忍び寄ろうとする人間の気配を聞き逃すことはなさそうだ。

マックスは羽根布団をそれまでよりしっかり体に巻きつけると、銃のすぐそばに横たわり、まずぐっと伸びをしたあと横向きになり、クッションに頭をのせて目をつぶった。

彼が見張りをする自分を信頼してくれていることが、シャーロットに奇妙な満足感をもたらした。二人のあいだには今や固い絆がある。そんな気がしたのだ。

そんな思い込みはいけないわ。ともに危殆に瀕した二人の人間はつい連帯感をふくらませてしまうが、それは表面的なもの、あくまで一時的な状態であることに疑いの余地はない。いったん安全が確保されれば、それは色褪せていく。

それでもシャーロットは、ほかの男性にこれほど親密な連帯感を感じたことはなかった。ブライアンにすら。この先何が起きようと、この感覚は決して忘れることはないと確信があった。

しばらくののち、シャーロットは椅子から立って、生ぬるいインスタントコーヒーをつくった。ゆっくりとそれを飲みながらジョスリンのことを考えた。あの子、いったいどこに身をひそめているのだろう。

さまざまな考えが互いを追いかけはじめ、ぐるぐる回る輪ができると、頭の中にルイーズ・フリントとそのほかの投資クラブのメンバーが浮かんだ。

ジョスリン、あなたたち何をしていたの？　どんな悪魔を覚醒させたの？

29

マックスは黄昏に似た不思議な眠りの中を彷徨《さまよ》っていた。何度となく一瞬目を覚ましては、反射的に五感を研ぎ澄まして周囲に何か変わったこと——耳慣れない音、影の揺らぎ、空気の流れ——はないかをたしかめた。

そのたびに異状がないことに満足を覚えた。そのたびにシャーロットがぱっちりと目を開けて周囲に警戒意識を張りめぐらしている姿を見た。そのたびにシャーロットは笑いかけてくれ、その笑顔を見て目を閉じて、またいつしか眠りと目覚めのはざまにあるとらえどころのない状態に戻っていった。

そして何度目かにその状態から抜け出たとき、外はまだ暗かったが、このときはあたたかいシチューのにおいがただよっていた。

目を開けて見ると、シャーロットが小さな火の前にしゃがみこんでいた。古びた鍋の中身をかきまぜている。最初に気づいたことは、彼女はもう羽根布団ではなく、川に飛びこんだときに着ていた服を身に着けているということ。

シャーロットが彼を見た。

「おはよう」彼女が声をかけた。

「おはよう」

マックスは布団をはぎかけ、遅まきながら下に何も着ていないことを思い出した。用心深く上体を起こす。

「なるべく早く出発したいんじゃないかと思ったの。車がないとなると、ローリングまでは長いハイキングになるわ」

マックスは布団を腰に巻きつけたまま、なんとか立ちあがった。銃をおさめたホルスターに手を伸ばす。

「途中、誰かの車に乗せてもらえるさ」マックスは言った。「復旧要員が朝一番でこっちへ向かってくるはずだ。停電、倒木、橋の損傷、地滑り、すべてチェックしなければならないからね」

シャーロットがシチューをボウルに取り分け、彼に手わたした。

「ローリング警察に寄ったほうがいいわね」

「ああ」マックスはシチューをスプーンですくって口に運び、そのおいしさに驚いた。

「連絡が取れるところにたどり着きしだい、アンソンに電話を入れるよ。いったい何が起きたのかやきもきしているはずだ」

「もし対応してくれたローリング警察の警官がブリッグズといっしょに隠蔽工作に関与していた人だったら？」

「たしかにその可能性もあるが、それはないと考えよう。ブリッグズを探したときに調べたかぎりでは、彼の退職後、署内には人事異動がたくさんあった。現在の署長は着任からまだ二年だ」

「ブリッグズがわたしたちを殺そうとしたという話を聞いて、警官たちが信じるふりをするのかどうか興味深いわ」

「きみは警察をあんまり信用してはいないって印象だが」

「ふつうは信用しているの——ただ、ローリングの警察が信用できないってだけ」

「時代は変わるんだよ」

シャーロットが鼻で笑った。「いきなりミスター・プラス思考に変身するってどういうこと？」

「きっと話し相手のせいだ」

シャーロットがいたずらっぽい笑みを浮かべた。「ふうん。つまりわたしが悪い影響を与えているのかしら？　だとしたら、すごくうれしいわ。わたしね、悪影響を与える人間になりたいとずっと思っていたの」

マックスがぐっと体を近づけた。シャーロットは体を後ろへ引きはしなかった。その一瞬、二人を包んだ世界が動きを止めた。

マックスは彼女にキスをした。ほんの素早いキスのつもりだった。彼は自分にこれはお試しだと言い聞かせていたが、シャーロットはそのまま動かなかった。そして片手を彼のむきだしの肩に置いた。肌に触れた彼女の手は、信じられないほどあたたかく柔らかかった。触れあったままの彼女の唇が柔らかになった。

彼が顔を上げたとき、シャーロットは何も言わなかった。ただ魅せられたように彼を見つめていた。

「言わせてもらうと、きみはじつに悪い影響を与える人だ」

シャーロットが深く息をついた。「どうもありがとう」

マックスは彼女に背を向けると、乾いたズボンをつかんで寝室へと向かった。ばかなことをしでかす前に動かないと。たとえば、はじめて会ったときからずっとキスをしたかったと告白するとか、このままもっとキスしていたいとささやくとか。

優先すべきことがあるだろうと思った。いくつかある。石橋を叩いて渡ろう。

30

ロクサーヌ・ブリッグズは鍋で煮え立つオートミールを木の杓子でかきまぜながら、昔を思い出していた。最近は考えることといえば、そのこと——昔のこと——ばかりだ。

まだ朝も早い——五時半だ。曙光までまだ間があるが、とりあえず嵐は去った。ひと晩じゅう、まんじりともしなかった。イーガンはマックス・カトラーとシャーロット・ソーヤーを追っていき、戻ってきてからはほとんど口をきかなかった。アドレナリンが彼のさらなる怒りをかきたてていた。家に入るなり、まっすぐウイスキーの瓶に向かったほどだ。

何をしてきたのかを訊くと、カトラーとソーヤーはもう問題じゃない、とだけ答えた。ロクサーヌはどういうことかと説明を求めた。すると、事故が起きた、と言った。カトラーの車が川に転落したという。カトラーもソーヤーって女も生き延びはしないだろう、と。

ロクサーヌはそのとき、彼がカトラーとソーヤーを殺そうとしたことを知った。しかし、成功したかどうか、確信はなかった。カトラーについては、見たところ、きわめて有能な感じを受けていた。彼なら危機的状況に陥ってもけっして恐慌をきたしたりはしないはずだ。同じくシャーロット・ソーヤーもなかなか手ごわい感じがした。

とはいえ、しょせん二人とも都会の人間である。水かさの増した川に転落すれば、助かる可能性は低い。しかし、たとえ二人がいなくなったところで、もはや世界がめちゃくちゃになりかけていることは明らかだった。彼女とイーガンが長いこと抱えてきた秘密の亡霊がうろつきはじめていた。

業《カルマ》は意地の悪い女神なのだ。

イーガンはさんざん飲んだあげく、大きな革張りの椅子で意識を失った。ロクサーヌは服を脱いでベッドに入ったが、一睡もできなかった。真っ暗な道の行き止まりに近づいていると知りながら眠れる女などいるはずがない。

イーガンがドアのところにやってきた。「荷物をまとめろ。ここを出る」

ロクサーヌはくるりと振り返った。「なんですって？」

「昨日の夜、いろいろ考えたんだ。カトラーとソーヤーはおそらく死んだと思うが、川から這いあがった可能性もなくはない。どのみち、それはどうでもいいことだ。生きていようが死んでいようが、あいつらは問題だ。昔のことをあれこれ突っつきやがって、いずれは何もかも明るみに出る。くそっ。おれたちはこの山を出るほかない。よそに移ろう。アイダホだな、たぶん。そうでなければワイオミング」

ロクサーヌはぐつぐつ煮え立つオートミールを見つめながら決意した。「いや」

「ばか言うんじゃない。ここでぐずぐずしていたら危ないんだぞ。もしカトラーとソーヤーが生き延びたら、あいつらはまっすぐ警察に行く。もし死んだら、警察がやってきてあれこれ訊かれる。オートミールなんかほっておいて、さっさと荷造りをしろ」

「いや」ロクサーヌがもう一度言った。今度の声はいやに落ち着き払っていた。

「勝手にしやがれ。おれは出ていく。いっしょに来る来ないはおまえしだいだ」

ロクサーヌの杓子を握った手に力がこもった。ひとつだけはっきりわかっていることがあった——今、この瞬間ほどイーガンを憎んだことはこれまでになかった。

「ずっと前に言ったわよね、いつかぶざまなことになるって」

「うるさいっ。おまえだってカネをもらって喜んでいただろうが」

ロクサーヌは答えなかった。何も言えなかったのだ。秘密は守ると約束し、お金を

受け取った。ノーランのために、

「出発はいつ？」できるだけさりげなく聞こえるように尋ねた。

「今日だ。ＳＵＶに乗っていく。その前にまず電話をしないとな。あのくそ野郎から最後のカネを受け取る」

「こんな状況なのに、利口なやり方だとは思えないわ。あなた、自分で言っていたじゃない。トレイ・グリーンスレイドはこの数カ月でこれまでよりずっと危険な男になったって」

「おやじの死がやつをそうさせた。それは間違いない。少なくとも女が二人死んでいる。カトラーはひとつ正しいことを言っていた――殺人は止められない。トレイもエスカレートしている。だが、あいつは利口だ。自分には守らなけりゃならないものがとんでもなくたくさんあることをわかっている――ローリング＝グリーンスレイドを今後掌握することになる候補の中の一番手だ。おれを信じろ。やつはもう一度カネを出すさ。近いうちに欲しいものが手に入るとわかっていりゃあ、なおさらだ」

オートミールが焦げはじめていた。ロクサーヌは反射的に鍋を火から下ろした。

イーガンの言うとおりだ。トレイはすべてを受け継いだ――グリーンスレイドの名、グリーンスレイドの製薬会社、ローリングにおけるグリーンスレイドの地位。彼の行く手に立ちはだかるのはイーガンだけ。

「それで？」イーガンが訊いた。「やっぱりここに残りたいのか？」

ロクサーヌの決意はすでに固まっていた。彼女とイーガンは秘密を抱えていることで結びついていたが、二人をつないでいるものは唯一それだけだった。

「もう言ったでしょ。わたしは行かないわ」

ロクサーヌは一瞬、イーガンがいっしょに行こうと説き伏せにかかるかもしれないと思った——愛しているからというのではなく、彼の秘密を知っていて、こんなに長いあいだ忠実にそれを守ってきたからである。彼が信用できる人間は地球上にただひとり、彼女しかおらず、二人ともそのことを知っていた。

つぎに考えたことは、昔の出来事に関してわたしの口を封じるためなら、イーガンはわたしを殺すだろうか、ということ。

ロクサーヌはカウンターの上のフキンのほうへこっそり手を伸ばした。

しかし、イーガンはただ肩をすくめただけで、キッチンから出ていった。

「勝手にしろ」

ロクサーヌはキッチンにじっと立ち尽くしたままだった。手はカウンターの上、フキンの手前にあった。

寝室からイーガンの気配が伝わってきた。服をスーツケースに放りこんでいる。しばらくすると、彼が地下室に下りていく足音が聞こえた。戻ってきた彼は、両腕に古い段ボール箱を抱えていた。ロクサーヌははっと息を凝らした。

「これを持っていく」文句があるなら言ってみろ、と言わんばかりだ。

「好きなようにすればいいわ」ロクサーヌは炉棚の上の息子の写真を見た。

「ノーランにはどう話したらいいのかしら?」

「おまえが話したいように話せばいいじゃないか」イーガンは段ボール箱を抱えて玄関に向かった。「あいつは気にも留めやしないさ。頭ん中はつぎのヤクが手に入るかどうかでいっぱいだ。あいつはジャンキーなんだよ、ロクサーヌ。ジャンキーは何が起きようと変わらない。そのうちいつか、過剰摂取して最期を迎えることになる。涙を流す人間はおまえひとりだ」

ロクサーヌはそのままキッチンにとどまり、イーガンはSUVへの荷物の積み込みにかかった。そして彼がやっと運転席に乗りこんで砂利道を下っていくと、そのときはじめてロクサーヌはやっと大きく息を吸いこんだ。

心臓をどきどきさせながらカウンターの上のフキンを持ちあげ、下に隠してあった銃をじっと見た。前夜はそれを自分自身に向けて使おうかどうしようかとさんざん迷っていたのだが、朝になると母性本能がその考えをいきなり蹴飛ばして割りこんできた。もしもイーガンがわたしを抹殺しようとする動きを見せたら、そのときはイーガンを殺そう。覚悟が決まった。

なんとしても生き延びて、ノーランの面倒を見なくては。

31

「なんだってまたあんな山奥までイーガン・ブリッグズに会いにいったりしたんですか？　彼とその妻がどうかしてるってことは誰もが知っている。あの夫婦はプレッパーなんです。失ったものが車だけなら幸運でしたよ。あなたがたの頭を撃ち抜くくらいなんとも思っちゃいないやつですからね」

「じつのところ、それくらいのことは考えました」マックスが言った。「それでもブリッグズに会いにいったのは、ぼくはルイーズ・フリント死亡の真相を調査しているからです」

　刑事の名はタッカー・ウォルシュといった。歳は三十代半ばといったところか。ローリング警察に勤務するようになったのは二年前で、そのきっかけは彼と妻が子どもを育てるのに最適な環境と思われる、風光明媚で治安もいい小さな町を探していたからだそうだ。

ウォルシュからは知性的かつプロフェッショナルという印象を受けてはいたが、シャーロット同様マックスも、ほんのわずかではあってもローリング警察署とかかわりのある者に関する判断は差し控えることにした。二人ともいささか被害妄想じみているのかもしれないが、人間あやうく殺されそうになれば、そんなふうに考えるのも無理からぬことだ。なんとでも言ってくれ。

振り返れば、下山には苦労しなかった。予想どおり、さまざまな復旧隊が山に入ってきていた。最終的には、彼とシャーロットは倒木撤去会社の親切なオーナーにローリングまで車で送ってもらえた。

事前の打ち合わせにしたがい、二人はイーガンとロクサーヌ・ブリッグズのことは運転手には話さないよう注意した。車を流されたのは事故ということで説明しておいた。あくまでも観光客が二人、悪天候のなか、用事があるわけでもないのに車を駆って危険な山道に入った、ということに。

ローリングの町に着いたとき、まず最初は警察ではなくレンタカー会社に行った。シャーロットはクレジットカード、携帯電話、身分証を入れたハンドバッグをなくしてしまったが、マックスの財布と中に入っていたプラスチック製のカードはポケットの中で無事だったため、レンタカーを借りる際に問題はなかった。

これでシアトルに帰ることができるとひと安心したあと、二人はローリング警察に行った。

本部は町の中心部に建つぴかぴかの新しいビルに入っていた。通りの向かい側にはこれまた輝きを放つ真新しい図書館がある。付近の店舗はどこも繁盛しているようだ。何軒かあるコーヒーハウスには、学生やそのほか大学関係者らしき客があふれていた。

町の北端は大学のキャンパスが占めている。キャンパスを見わたすと、鬱蒼と生い茂る樹木を中心にした落ち着いた背景に、すっきりとした煉瓦張りの建物が何棟も点在している。

マックスが見るかぎり、大学はこの町の経済を支える二大組織のひとつのようだ。もうひとつはローリング＝グリーンスレイド・バイオテック社という大手製薬会社だ。

ウォルシュは憶測をめぐらすかのような面持ちでマックスを見た。「そのルイーズ・フリントという女性は地元の人ではありませんよね？　というのは、そういう報告が記憶にないので――」

「ええ、違います」マックスが答えた。「彼女はシアトルの人でした。ですが、死亡した日にローリングまで来ているんです」

ウォルシュが目を細めて訝しんだ。「ブリッグズに会いに？」

「彼は否定しましたが、ルイーズ・フリントの死亡事件はここの大学のキャンパス内で十年あまり前に起きた暴行事件に関連があるんです。その事件を担当したのがブリッグズでした」

「その暴行事件がどうかしたんですか？」ウォルシュが尋ねた。

どこか用心深くになってきたな、とマックスは感じた。おそらくは刑事という立場からこの会話がどこへ向かっているのか心配になってきたのだろう。

「レイプ事件なんです」シャーロットの口調は冷静だ。「わたしの妹が被害者でしたが、捜査は行き詰まったまま、証拠の保管箱が紛失してしまったんです」

ウォルシュの口もとが引き締まり、厳しい真一文字になった。「なるほど。そういうことでしたか。お気の毒です。当時、ぼくはまだここにはいなかったので」

「ええ、わかっています」シャーロットが顔をしかめた。「さっき、ブリッグズ夫婦はプレッパーだとおっしゃいましたけど？」

「ほら、聞いたことがあるでしょう——大規模な自然災害や国家の崩壊がいつなんどき起こるかもしれないと信じている人たちのことですよ」ウォルシュが言った。「彼らは食料や弾薬、ついでに大量のトイレットペーパーなんかを備蓄しているんです」

「言葉の意味はもちろんわかっています」シャーロットが言った。「ただ、地元の人たちがブリッグズ夫婦をそんな目で見ていると聞いて気にかかったんです」

ウォルシュがため息をついた。「それはですね、人里離れたところで一風変わった生活をしているからですが、これといった問題は起こしていません——息子はジャンキーで、彼はまたべつですが。この数年間はリハビリ施設を出たり入ったりで」

「ブリッグズの家の炉棚に若者の写真が置いてあったわ。たぶんあれが息子ということね。まともに見えたけれど」

「いや、ノーラン・ブリッグズはまともとは言えませんよ」ウォルシュが言った。「署を代表して言わせてもらいますが、彼がローリングに現われるたび、ろくなことはない。運のいいことに、彼がここで長い時間を過ごすことはめったにありません。お金が欲しいときだけ、家族に会いにくるだけでね。それはさておき、イーガン・ブリッグズに話を戻すと、あなたたちはさっきおっしゃった捜査が打ち切られた事件に関して彼に会いにいったんですね？」

「そうです」マックスが言った。「彼がいろいろ話したそうだったものでね。捜査を打ち切るほかなかった挫折感を長年ずっと引きずってきたようなことを言ってはいたが、あとから考えれば、こっちがどれくらいのことを知っているか、あるいは疑っているか、知りたかったことは明らかです。そのあげく、ぼくたちがルイーズ・フリントの死亡の真相と古いレイプ事件をこれからも調べていくとわかるとパニックを起こした。それで、ぼくたちを追ってきたわけです」

ウォルシュは重々しく息を吐き、椅子の背にもたれた。「彼がそこまで協力的な態度を示したあと、あなたたちを川に落とした理由はひとつしかないと思うわけですね。当時、誰かが彼にカネをつかませて証拠保管箱を紛失させた。そういうことですか？」

「それがいちばん可能性の高いシナリオじゃないでしょうか」マックスは無礼にならないよう言葉に気をつけた。「それともうひとつ。ルイーズ・フリント死亡について、彼は言葉にした以上に多くのことを知っていた可能性があります」

「ブリッグズはおそらく正気と狂気の境界線上の人間ですからね」ウォルシュが言った。「そういう人間は筋の通らないことをする。そういうものでしょう」

「実際、そういう人間も本人にとっては筋の通っていることをしているんですよ」マックスが言った。

シャーロットが身を乗り出した。両手を膝の上でぎゅっと握りしめている。

「ウォルシュ刑事、あなたにはことの重大さがつかめていないみたいですね。わたしの妹は今、行方不明です。十年あまり前に賄賂を受け取って、妹の事件の捜査をうやむやにした疑いがある刑事がわたしたちを殺そうとしました。そして、妹の親友だったルイーズ・フリントという女性が死に、おそらくドラッグの過剰摂取が死因だろうと推定されています。これらの出来事の唯一の共通点がこの町なんです」

ウォルシュは困惑の表情をのぞかせはじめた。

「私からブリッグズに話してみます」そう応じた。「車が川から引きあげられるまでは、自分にできることはそれくらいなんです。でも、たとえ車が引きあげられても、約束できることは数えるほどしかない。多くの証拠が水に洗い流されてしまっているでしょうからね」

シャーロットは激怒している。マックスは彼女がウォルシュに食ってかからないうちに、あいだに割って入ることにした。

「ジョスリン・プルエットがレイプを通報した当時こちらにいて、今もまだ残っている方はいらしゃいますか？」

ウォルシュは用心深い表情でシャーロットを見ていたが、このときしぶしぶマックスのほうに向きなおった。

「入れ替わりが多いんですよ。しかし、アトキンズなら十年前もここにいたかもしれません。今年、定年退職する予定です」

「その方と話したいんですが」マックスが言った。

「待ってください。今さっき廊下で見かけたんで」ウォルシュは椅子から立ちあがり、雑然としたオフィスを横切ってドアを開けた。「アトキンズ？　ちょっといいかな？　あんたに訊きたいことがある人がこちらに」

薄くなりかけたブロンドの髪にビール腹、赤ら顔の大柄な中年男がドアから入ってきた。シャーロットとマックスを素早く見る。

「こちらはシャーロット・ソーヤーとマックス・カトラー」ウォルシュが紹介した。「カトラーはシアトルの私立探偵で、ある人の死亡について調査中だそうだ」

アトキンズはそれを聞いて不満げに言った。

「それで、私に何かお役に立てることが？」

「十年あまり前、ジョスリン・プルエットという女子学生がレイプの訴えを起こしたとき、こちらにいらっしゃいましたか？」マックスが訊いた。「証拠保管箱がいつの間にか消えた事件ですから、憶えているかもしれないと思ったんですが」

アトキンズが眉間にしわを寄せた。「当時は巡査だったが、どうして証拠が消えたのか、ずっと不思議に思っていたよ。証拠がなくなったんで、捜査を進めることがまったくできなくなったんだ」

「あの事件をそんなにはっきり憶えてらしたとは、びっくりです」シャーロットが言った。

「現場に最初に到着した巡査が私だった。だから最初に訴えを聞いたのも私でね。被害者が外傷を負っていることはひと目でわかったが、彼女は病院に直行して証拠を採取してくれと言い張った。その一点にこだわっていた。決意は固かった」

「被害者の名はジョスリン・プルエット」シャーロットが言った。「わたしの妹です。現在妹はどこかへ姿を消していて、わたしたちは今、イーガン・ブリッグズに殺されかけたところです。そこに何かパターンが見えませんか?」

アトキンズはシャーロットの語気の荒さに驚き、険しい表情をのぞかせた。どうしていいかわからなくなり、助言を求めてウォルシュを見た。

「いったいどういうことなんだ?」

「ミスター・カトラーとミズ・ソーヤーによれば、イーガン・ブリッグズが彼らの車を道路から川に故意に転落させたそうです。運がよかったから生き延びたようなものの」

「くそっ」アトキンズがうんざりといった顔をした。「どうやら噂は本当だったようだな。ブリッグズはいよいよ正気を失ったか。女房がこんなに長いこと、あいつといっしょにいたとは信じられん。たぶん、彼女もあいつに負けず劣らずおかしいんだろうな。もったいない」

シャーロットはアトキンズを見た。「どういうことですか？」

「ロクサーヌ・ブリッグズは若いころ、とびきりの美人だったんだ」アトキンズが言った。「しかし、高校を卒業した翌年に妊娠してね。なんでまたブリッグズなんかと寝たのかはどうしてもわからなかった。あいつははるかに年上だ。あんないい女なら、もっとましな男を選び放題だっただろうに。だが、今言ったように、彼女は妊娠していて、ここは当時、本当に小さな町だったから、彼女は子どもの父親と結婚しなけりゃならないと考えたんだろうね。それにしても、彼女がずっとあいつといっしょにいたんだから驚きさ。いつかあいつを捨てて都会に出ていくものとずっと思っていたからね。ところで、こんなことが昔のレイプ事件とどう関係があるんだね？」

「それを突き止めようとしているんです」ウォルシュが答える前にマックスが言った。

「数日前のことですが、ルイーズ・フリントという女性があなたに会いにきましたか？」シャーロットが訊いた。

「いや、ルイーズ・フリントなんて人は知らないね」アトキンズが答えた。「妹さんの事件についても、捜査は行き詰まったというほか、話せることがないんだよ」

「当時、何が起きたのかを考えてみたんです」シャーロットが言った。「たとえば、誰かがこの事件をなかったことにしようと考え、少なくともひとりの刑事――ブリッグズ――にお金をつかませてそうさせた。あなたはどうなんですか、アトキンズ刑事？　あなたも賄賂を受け取ったんですか？」

ぼくには対人関係に問題があるとみんな思っている、とマックスは思った。しかし、彼は今、シャーロットの新たな一面を目のあたりにしていた。怒りっぽいのだ。

アトキンズの顔がみるみる真っ赤になった。「私はここに二十年勤務してきて、履歴にやましいところなど何ひとつない。あなたはなんの権利があって、私にそんな質問を。冗談じゃない」

「あなたがたは証拠保管箱を紛失したけれど、ファイルはまだ残っているはずですよね。見せてください」

「証拠保管箱を紛失したのは私じゃない」アトキンズが凄んでみせたあと、懸命に自制をきかせた。「ファイルについては、気の毒だが、見せるわけにはいかない」

「情報公開法に基づいた請求を提出する必要があるということですか？」マックスが質問した。

「そういうことじゃない」アトキンズがうなるように言った。「当時のファイルはすべて紙に書かれたものだ。数年前に本署もようやくデジタル化に取りかかったが、ファイルの一部が紛失していたことがわかった」

「話が飛躍しますが」シャーロットが言った。「妹のファイルもひょっとして消えたファイルのひとつだったということですか？」

アトキンズの顔が今度は紫に近い色に変わった。マックスは彼が殴りかかってくるのではないかと思ったくらいだ。だが、ウォルシュが注意を促すように彼を見た。アトキンズがやや冷静さを取りもどした。

「ああ、そうだ。それを言おうとしていた」アトキンズがかぶりを振った。「気の毒だが、私には何もしてあげられないんだ。しかし、なぜあなたは妹さんの失踪が昔の事件と関係があるかもしれないと思うのか、ぜひ教えてもらいたい。あれはたしか——ええと——十一年、いや十二年前か？」

「その答えを知っていれば、ぼくたちはここまで来ませんでしたよ」マックスが言い、立ちあがった。「本当にそれ以上話していただけることはないんですね？」

アトキンズが渋い顔をした。「ひとつだけ、あるといえばある」

「どんなことですか？」シャーロットが間髪をいれずに訊いた。

「さっきも言ったように、当時私は巡査で、事件を担当したのはブリッグズだった。

私は端《はな》から犯人は地元の男、おそらくはキャンパス内の学生か教員だと確信していた」

「なぜそう思われたんですか？」マックスが訊いた。

「それはだな、プルエットから襲われたときの話を聞いているうちに、犯人はキャンパス内の建物の配置を知り尽くしているような気がしたからだ。どこで彼女を待ち伏せたらいいのかを正確に知っていた。ブリッグズも私に、あの夜図書館から彼女のあとをつけたかもしれない男子学生数名から話を聞いてくるよう命じたんだよ。そこで彼らから供述を取っていると、ブリッグズから待ったがかかった。いわく、レイプの証拠が毀損されてしまったから、もう手がかりが何も残ってない。証拠保管箱そのものが消えたのはその直後だった」

「あなたは何者かがブリッグズにカネを払って捜査を打ち切らせたと思いますか？」

マックスが訊いた。

　アトキンズがかぶりを振った。「さあ、それはなんとも。はっきり言えるのは、ブリッグズがそれから一年と経たずに退職したってことだ。ちょっとしたカネが相続で転がりこんできたと言っていた。あいつと女房が山にこもって、おかしくなったのはそれからさ。一方じゃ、大学当局が署長に脅しをかけてきていたことは公然の秘密だった。大学は悪い評判が立つのを恐れていたんだな。ま、私が知ってるのはそれだけだ。あとはきみたちで陰謀説でもなんでもひねり出してくれ」

「そういうことならお手のものです」マックスが言った。

32

マックスはレンタカーの助手席のドアを開けた。シャーロットが乗りこみ、シートベルトを留める。マックスは車の前を回って運転席にすわった。

二人はしばし無言ですわったまま、ローリング警察署が入るモダンなビルを眺めていた。

「ルイーズ・フリントはブリッグズに会うために、本当にあの山を登っていったんだろうか？」やがてマックスが言った。

「彼女があそこで死んだんじゃないことはたしかよね。シアトルの自宅コンドミニアムで死んだ」

「だからといって関連性がないわけじゃない」マックスがレンタカーのエンジンをかけ、ゆるやかに駐車場を出た。「ルイーズがローリングに行ったときに何が起きたにせよ、それが彼女の命取りになったことはたしかだ」

「ひどすぎる」

「ああ。シアトルに戻る前にひとつだけ話しておかなければならないことがある」

「なあに？」

「山で起きたことを考えると、きみをひとりにしておくわけにはいかない。いったい何がどうなっているのかを突き止めるまでは」

「わたしにボディーガードが必要だと思うのね」

「ああ、そうだ」

「でもわたし、仕事があるのよ。隠れ家に身をひそめるわけにはいかないわ」

「〈レイニー・クリーク・ガーデンズ〉にいるあいだは心配いらないと思う。見たところ、あそこのセキュリティーは悪くない。よそ者が出入りできないようになっている。フロントデスクのスタッフがきちんと注意を払っているし、カメラもたくさん設置されている」

「セキュリティーは〈レイニー・クリーク・ガーデンズ〉が提供する快適な生活の要素のひとつですもの。それに、みんながみんなを知っている。それも追加ボーナスよね。でも、わたしのアパートメント・ビルにだって、まずまずのセキュリティーが設置されているわ。わたしがシアトルに引っ越してきたとき、ジョスリンがその点をものすごく重要視したから。昼間はフロントデスクに人がいるし、キーがなければ出入りできないわ。駐車場とエレベーターにもカメラが設置されているし。もっと何か必要？」

「それはわからない。だからこそ、これが一件落着するまで離れずにいたほうがいい。ぼくの家か、きみのアパートメントか。ぼくはどっちでもかまわない」

シャーロットはとっさに、うかがうような目で彼を見た。「本気なのね？」

「ぼくって人間をもっとよく知れば、いつだってたいていのことに対して本気だってことがよくわかるはずだ。ぼくの退屈な資質のひとつだよ」

「ふうん」シャーロットが柔らかに微笑んだ。「こんな状況に陥ってみると、なんにでも本気になる人がそばにいてくれるっていいわね。了解。それじゃ、わたしのアパートメントに行って。とりあえずは。ソファーを引き出せばベッドになるし、来客用のお手洗いもあるわ」

「お手洗い？」

「シャワーはついていないから、わたしのを使って」

マックスは彼女のアパートメントのセキュリティーについてしばらく考えていたが、気がつけばいつしか、こぢんまりとしたアパートメントを包むあたたかく明るい色彩と、彼女とシャワーを共有しなければならない状況について考えていた。

「ぼくのほうはそれで一向に問題ないさ」

33

トレイ・グリーンスレイドは、季節柄閉鎖中の一列に建ち並んだ山小屋の裏手に古ぼけたピックアップ・トラックを停めた。トラックの車体が山小屋と自分を遮るようにしながら用心深く車を降りると、運転席のドアを開けたままにしてその陰に立った。そのピックアップ・トラックを中古車ディーラーで買ったのは、過去の事件の顚末を知った直後だ。山道を走っていても人目を引かない車がいずれ必要になるだろうと、そのときに気づいたのだ。

彼には先を読む才覚があった。戦略家なのだ。そのおかげでローリング＝グリーンスレイド社の全権を掌握する人間になろうとしている。

父親の財務記録に残っていた不可解な現金の引き出し——十年以上にわたって数カ月ごとにきわめて規則正しくおこなわれていた引き出し——を発見したとき、トレイは父親がよそに愛人を囲っていたのだろうと考えた。あれほど傲慢で独善的な男がそこまでの偽善者だったかと思うと、それはそれで愉快ですらあった。

つまり、十年あまりつづいた不倫関係は父親の人格をさほど傷つけるものではなかったということか。しかし、ゴードン・グリーンスレイドを昔から崇め奉ってきたローリングの人びとにとって、彼が長きにわたって妻を欺きながら秘密の生活を送ってきた事実はショックといえるだろう。

トレイはこの大発見を祖母に話そうかどうしようか熟考した。長男が秘密の愛人を囲っていたことを知ったくそババアの顔を見るのも一興だろうが、その前に愛人が誰なのかを突き止めるほうがなおいっそうおもしろそうだという結論に至った。

そして引き出しの時期をじっくり精査したとき、自分が何を発見したのかにはたと気づいた。そのとき襲ってきたショックは山間地の雪崩を思わせた。

支払いはプルエット事件の捜査を担当刑事が打ち切ってから一カ月と経たない時期にはじまっていた。偶然の一致はありえない。父親は十年以上にわたって恐喝に応じてカネを払いつづけ、息子が容疑者になるのを回避してきたのだ。

しかし、真の恐怖を感じたのは、恐喝者の正体を知らないことに気づいたときだ。町の人間のおよそ誰——大学の学生、あるいは彼の古くからの仲間——だろうとおかしくない。おそらくあの夜、何かを目撃した人間だろう。現場にいたかもしれない大学の管理人や教授という可能性もある。もしかしたら写真があるのかもしれない。

あの夜は極力注意を払ったつもりだったが、プルエットははじめての標的だった。作戦を完璧に遂行できたとはいえない。問題が生じた。あのばかな女は激しく抵抗した。腕を引っかいてきやがった。あれ以降、長袖は必須要件になった。コンドームは着けていたが、あわてて現場から逃げるときに落としてしまった。あのときは気づかなかったが、もしも現場近くの道や車を停めてきた駐車場に防犯カメラが設置されていたとしたらどうしよう？　聞いたところによれば、プルエットは病院で検査を受けたいと主張したようだ。レイプ用の検査キットが準備されたという。

要するに、あの最初のときはうまくいかなかったことがいくつもあった。九死に一生を得た当時を思い出すと、いまだに背筋が寒くなるほどだが、誰も何も訊いてこないとわかると、すでにあらゆる銃弾をかわしたものと決めこんだ。最終的に自分がさほど幸運でもなんでもなかったことをはじめて知ったのは、葬儀後に父親の財務状況を整理し、問題の現金引き出しが何を意味するのかを理解したときだった。

ところが、当初のパニック状態が去ったあとは冷静さが戻り、明快な思考が可能になった。そのときだ、待つほかないとわかったのは。恐喝者はきっと定期的な現金払いを受け取るのが習慣になっている。となれば、これからも現金が入りつづける状況を継続したいと思っているはずだ。

するど、そのとおりになった。父親の葬儀から一カ月と経たずに最初の要求が来た。ハイテクとは縁遠い方法によるものだった。謎めいたメールでもなければ、匿名のメールでもなく、電話でもなかった。彼の車のフロントシートにメモが置かれていたのだ。

記された指示は単刀直入だった。彼は指示どおり、ハイキング・トレールの指定された場所に現金を詰めたブリーフケースを置いた。そして遠くから双眼鏡をのぞいて待った。

一回目はうまくいなかった。晩夏とはいえ、山を登ったり下ったりする観光客やハイカーの流れが途切れることはなく、ブリーフケースを回収した人間を特定することができなかった。

しかしながら一カ月後、つぎの要求を受け取った。山は初秋を迎え、日帰りのハイカーは姿を消していた。その日、彼は現金を橋の下に置いた。

そしてそのときもまた、彼は遠くから監視し、今度は成果があった。一台のSUV——ナンバープレートは泥だらけではっきり読みとれない——が橋のたもとの待避場所に入って停まると、イーガン・ブリッグズが運転席から降りてきて現金を回収した。

しばらくはブリッグズに自分は安全だと思わせておけばいいと思っていた。なんとなれば、恐喝を長年つづけてきた者が要求を打ち切りたいと考えることはまずないだろうし、かといってブリッグズを殺すとなると簡単にはいかないだろう。彼は元警官というだけでなく、誰に聞いても狩猟の名人だ。しかも、危険なまでに偏執的で、もしかすると完全にいかれたやつかもしれない。

絶対確実な戦略が必要になる、とトレイは自分に言い聞かせた。そして戦略を練っていると、ルイーズ・フリントがすでに複雑な彼の人生をさらに複雑にしようとしていることがわかった。

今は投資クラブのメンバーに働きかけて、ジョスリン・プルエットの行方を探ろうとしているというのに、ブリッグズからまた新たな要求が来た。想定よりもはるかに早い時期に舞いこんだ要求には、これが最後の取引だとの約束が記されてもいた。

ナンバー6の山小屋のそばに駐車した大型SUVをよくよく観察した。スモークガラスのせいで内部がほとんど見えないが、運転席に誰もすわっていないことはわかった。後部の荷台にぼんやりと見える影は、積みあげられた箱やスーツケースらしい。

イーガン・ブリッグズを逃がしたら大ごとだぞ、とトレイは思った。

ナンバー6の山小屋の窓のカーテンがかすかに動いた。

「出てこい、ブリッグズ。カネは持ってきた。証拠保管箱はどこにある?」

山小屋の裏口が開き、イーガン・ブリッグズが銃を手に現われた。

「あんたのおやじさんがカネを払っていたのはおれだってことがわかっただろう」ブリッグズが言った。

「考えてみれば、プルエットの一件をもみ消すことができる立場にいたのはおまえだけだった。くそおやじが恐喝に屈してずっとカネを払っていたことは、ごく最近まで知らなかったけどな」

「ショックだったろ、はん? おやじさんが守っていたのはあんたじゃない。わかってるだろうが」

「よおくわかっているさ。くそおやじが心配していたのはグリーンスレイドの名や会社の評判だ。心配してたのはそれだけさ」

「ああ、そうさ。もしあんたがその昔にしでかしたことが明るみに出たりすれば、当時進行中だった買収かなんかの駆け引きが台なしになったはずだ。会社そのものが解体って憂き目にあってたかもしれない。そんなことになりでもしたら、あんたのばあさんはひどくお冠だっただろうな。誰だって知ってることだが、ローリング゠グリーンスレイドの実権を握っているのはあのばあさんだ」

「ああ、本人がいつもそう言っている」

「あんた、今もまだつづけているんだろう？　プルエットのときは初犯だったようだな。おやじさんにはときどきそのことを思い出させていたんだよ」

「ということは、知っていたのか？」

「こう見えても、昔は凄腕の刑事だったんだ」

「汚れきった刑事だろうが。で、証拠保管箱はどこだ？」

ブリッグズが首を山小屋の戸口のほうにぐいっとかたむけた。「中にある」

「わかっているだろうが、見せてもらってからでないとカネは渡せない」

「おれがいなくなってから見ればいいだろう。ブリーフケースをおれの車のフロントシートに置け」

「カネはここにある。トラックのこっち側から動きたくない」

ブリッグズが鼻を鳴らした。「おれがあんたを殺すと思っているのか？」

「そういう計画じゃないのか？　おれがカネを渡したら殺すんだろう？」

「そんなことをする必要はないさ。ここらでもうどっかへ姿を消すつもりだ。しばらく前から考えてはいたんだが、シアトルから来たソーヤーって女とあの忌々しい私立探偵がプルエットの事件を突っつきまわっているのを知って、そろそろ潮時だと思ったのさ」

「それでも、こっちとしては危ない橋は渡れない」トレイはそう言いながら右手を高く上げ、ブリッグズに携えてきた拳銃を見せた。「武器を持っているのはそっちだけじゃないってことはわかってるな。言っておくが、おれはおやじをあんまり好きじゃなかったが、それでもおやじから二、三学んだことがある。ひとつはローリング＝グリーンスレイドの経営方針、もうひとつは銃の撃ち方だ」

ブリッグズが地面に唾を吐いた。「それじゃ、近づかずにやるほかないな。ちょっとした取引だ、できないこともなかろう。いいか、まずおれが箱を取ってきてこの階段に置く。そしたらあんたはブリーフケースをこっちに放り投げろ。それがすんだら、おれはバンに乗ってここを離れる。それでいいだろう？」

「わかった。それじゃ、まずあんたからだ。その箱が見たい」

ブリッグズは山小屋の中に戻っていったが、一瞬たりとも銃を下げることはなかった。まもなく引き返してきた彼は、ローリング警察署の色褪せたロゴが記された段ボール箱を抱えていた。表側に証拠番号と〝証拠〟と走り書きした手書きの文字が見える。

トレイの心臓の鼓動が速まった。それさえ手に入れれば、まもなくまた自由に呼吸ができるようになるのだ。

「これがその箱だ」ブリッグズが言った。「中に何が入っているのかは見てのお楽しみだが、あんたの悪事の動かぬ証拠だ。なんて間抜けなんだよ。あの夜、あんたは二つの重大ミスを犯した。おれは即座に犯人はあんただとわかったんで、つぎの日におやじさんに電話した。あの人はいっさい躊躇しなかった。その場ですぐに半年分の給料を申し出てくれたよ。それがそもそものはじまりさ」

「もういい。黙って箱を置け」

ブリッグズがしゃがみこみ、階段に箱を置いた。そのあいだも銃口はずっとトレイに向けられていた。「さあ、ブリーフケースをあんたのトラックのボンネットの上に置け」

「いらいらさせるやつだな、おまえってやつは」

「つべこべ言わずにボンネットの上にケースを置け」

トレイはブリーフケースをピックアップ・トラックの前部に置き、ぐいと押しやった。ブリーフケースがボンネットの上を滑って横切る。

ブリッグズが山小屋の戸口を離れ、トレイに銃口を向けたまま、じりじりとピックアップ・トラックに近づいた。

トラックまで来た彼はブリーフケースの取っ手をつかみ、すぐさまSUVまで引き返すや、車の前を回って運転席側に行った。

ＳＵＶの大きな車体がバリケードと化した。ブリッグズは運転席のドアを開け、ブリーフケースをシートの上に置いた。トレイは彼がそれを開けて、中の現金をたしかめるのを待った。

「それで満足だろう？」トレイは訊いた。

「ああ、そのようだ。グリーンスレイド一族との一連の取引は悪くなかったよ」

ブリッグズが運転席に乗りこんでエンジンをかけ、ギアを入れた。昔ながらの伐採樹木搬出用の道路を車が走りだすと、タイヤの下から泥や小石がぱちぱちと音を立てて跳ね飛んだ。

トレイは三つ数え、ＳＵＶがじゅうぶん遠くへ行ったと判断した。上着のポケットからリモコンを取り出し、ボタンを押す。

ブリーフケースの現金の下に隠した小型装置が爆発した。大きな車体が激しく横にぶれ、大木に激突して跳ね返り、また泥道に戻ってきた。そして炎上。

雨に濡れた周囲の木々や車がぬかるんだ道の真ん中に位置する状況を考えれば、山火事になって大騒ぎになる危険もなさそうだった。

自分がたった今、片付けた大仕事のせいで噴出したアドレナリンでぼうっとなったまま、トレイは燃えさかるＳＵＶに向かってゆっくりと歩きだした。

爆発は運転席側のドアを吹き飛ばし、イーガン・ブリッグズは車の外に投げ出されていた。血まみれになった彼だが、まだ生きていた――かろうじて。

まぶたをぴくぴくさせ、薄目を開けてトレイを見あげる。

「おやじさんに言ったんだよ、あんたにもう一度チャンスをやったところで意味はないと」イーガンがささやくように言った。もうほとんど声が出ない。「あんたは壊れてる。だが、おやじさんは言ってた。こうするほかにないんだと」

ブリッグズが目を閉じた。死にかけている。

トレイは彼の頭部に一発撃ちこんだ。念のために。そして、ドラッグの入ったビニール袋をいくつか、ＳＵＶの中や周囲に放り投げた。こうしておけば、警察が捜査にかかったとき、頭のおかしいイーガン・ブリッグズはヤクの取引に手を染めており、商売敵に消されたという結論に達するはずだ。

製薬で財をなした一家で育った利点のひとつは、多くの興味深い化学物質や薬剤の入手がたやすいということだ。トレイは十二歳のとき、新種のストリート・ドラッグをはじめてつくり、よそから来た子どもたちに売った。家族とともに休暇でローリングのはずれにある山に来ていた子どもたちだ。

ブリッグズ死亡の現場の光景に満足すると、足早にナンバー6の山小屋に引き返した。邪魔だった恐喝者を片付けた今、またプルエット追跡に専念できる。彼女は問題ないとずっと自分に言い聞かせてきた。彼女がどこにいようと、毎日必ず彼のことを考えていると確信しながら悦に入っていた。そしてごく最近まで彼女が実際に彼を探しているとは気づかずにいたから、それを知ったときはショックだった。しかもすぐ近くまで迫っていた。始末するときが来ていた。

だが、証拠保管箱は彼女以上に差し迫った脅威だ。あの中身さえ無効にしてしまえば、気楽に時間をかけてプルエットを探すことができるというものだ。

山小屋の玄関前の階段まで行くと、かがみこんで証拠保管箱をたしかめようとした。その中身が彼を過去に縛りつけている。中に入っているものすべてを徹底的に破壊するまで自由になれないのだ。

箱に貼りつけたテープを乱暴にはがし、蓋を開けた。

一瞬、自分が何を見ているのかわからなかった。つぎの瞬間、ぴんときた。証拠保管箱の中には何冊かの黄ばんだペーパーバックとひとつかみの古雑誌以外には何もなかった。

イーガン・ブリッグズにだまされた。

34

二人がシアトルに戻ったのは午後だった。マックスは荷造りをするため、まっすぐ自分の家に向かった。

車のエンジンを切ったとき、ちょうど電話が鳴った。画面を見るとロ－リング警察署となっている。

「カトラーです」

「ウォルシュ刑事です。関心があるかもしれないと思ってご連絡したのですが、道路復旧工事の作業員がイーガン・ブリッグズの死体を発見しました」

「ブリッグズが死んだ？」

「まだ捜査中ですが、どうやらブリッグズは逃走を図ったようでして。彼にとってはツキがなかったというか、逃走前にドラッグの取引をしようとしたらしいんですよ。誰と会っていたのかはわかりませんが、その相手が小型の爆破装置を仕掛けて彼を片付けたってことでしょう。現場で焦げた現金とドラッグが発見されていますし、ブリッグズは頭部に銃弾を一発、処刑スタイルでとどめを刺されてます」

「あなたはブリッグズが麻薬の取引をしていたと思いますか？」

「早く退職ができた理由はそれかもしれませんね」

シャーロットが聞き耳を立てていた。

「ロクサーヌ・ブリッグズは？」

「シャーロットがミセス・ブリッグズはどうしたかと訊いている」マックスが言った。

「自分がロクサーヌ・ブリッグズに悪い知らせを伝えにいきました」ウォルシュが言った。「とくに驚いたようには見えませんでしたね。それを言うなら、悲しみに打ちひしがれもしなかった。だんなが死んだことを伝えにくるのを予期していたとでもいったようで」

「言い換えれば、彼女はおそらくブリッグズが誰かに会いにいくと知っていて、それが悲惨な結果に終わるかもしれないとわかっていたということですか」

「ええ。ですが、彼女はそれを否定しました。彼女が言うには、ブリッグズはアイダホかワイオミングをめざしていたそうで」

「現場で何かほかに発見されたものは？」

「あまりないですね」ウォルシュが答えた。「あなたたちがローリングを発って一時間後くらいにまた雨が降りはじめましてね。雨で証拠がどうなるかはご存じでしょう」

「そうだったのか」

「それからもうひとつ。道路の作業員が川岸に打ち寄せられたあなたの車を見つけて、引きあげてくれました。保険会社との交渉がうまくいくといいですね。でも、ミズ・ソーヤーのハンドバッグはまだ車の中でして、ファスナーは閉じたままです。携帯電話はたぶん使えなくなっているでしょうが、プラスチック類は全部無事だと思われますから、クレジットカードをキャンセルしたり、免許証を再発行してもらう必要はなさそうですね。彼女の住所はわかりますんで、今日のうちにバッグと中に入っていたものを全部宅配便で発送します。明日には届くはずです」

「お世話になります」マックスが言った。

「こちらも知っておくべき情報があるときは電話をもらえますよね？」

「ええ、もちろん」

マックスが電話を切って、シャーロットを見た。「全部聞こえた？」

「ええ。わたしのバッグが見つかって、ブリッグズが死んだんでしょ」

「ブリッグズは最後の麻薬取引を成功させてから逃走を図ろうとしたが、うまくいかなかった。この時点で警察はそう見ている」

「わたしたちを殺そうとして失敗したあとでしょ、ブリッグズが姿を消したくなるのはよくわかるわ。わたしたちがまっすぐ警察に行くことくらい想像がつくはずで、そうなれば彼は疑われるはずだもの。逃亡生活に入るとしたら、しばらく食いつなげるだけの現金が必要でしょうから。麻薬の取引も筋が通ると思うの」

「そうだな。しかし、彼の過去についてぼくたちの想像が正しければ、彼には麻薬以外に売るものがあるかもしれないだろ」

シャーロットはぴんときたようで、目をまん丸くした。「ジョスリンの事件の証拠保管箱？」

「彼がカネを受け取って証拠を紛失させたとしたからといって、それが即、彼が中身を廃棄したってことにはならないからね。誰かにとっては何にも代えがたい価値があると知っていれば、手放さないんじゃないかな」

「ジョスリンだって、その箱が手に入るならなんでも差し出すと思うわ」

「それはそうだが、彼女以外にもっとそれを欲しがっていた人間がいる」

シャーロットの表情が鋭くなった。「あの子をレイプした男ね」

「ああ、そうだ」

「もしブリッグズが十年以上も前にジョスリンを襲った男に証拠保管箱を売ろうとしたのだとしたら、つまり、そいつは今もこのあたりにいるってことよね。東海岸なんかじゃなく、まさにここ――ワシントン州――に」

「もっといろいろわかるまで結論は出せないが」マックスはそこでしばし考えた。「しかし、ブリッグズ殺害をルイーズ・フリントの死亡とつなげることがひとつある」

「どういうこと？」

「どっちの現場でもドラッグが発見された」

マックスは車のドアを開け、運転席から降りた。シャーロットも助手席から降りる。通りの向かい側の家の玄関が勢いよく開き、アンソンが出てきた。二人に近づいてきた彼はシャーロットに丁重に頭を下げた。

「ようこそ、マーム」アンソンが言った。

マックスも行儀よくしなければと思った。

「こちらはシャーロット・ソーヤー。シャーロット、こちらはアンソン・サリナス、父さんだ」

「お目にかかれて光栄だよ、ミズ・ソーヤー」アンソンが言った。

シャーロットは昔ながらの礼儀正しさに感激したらしく、笑顔を見せた。

「こちらこそ、お目にかかれて光栄ですわ、サー」シャーロットが挨拶を返す。「どうぞシャーロットとお呼びください」

アンソンがくっくと笑った。「そちらがサーと呼ぶのをやめてくれたら、そうしましょう」

「では、そういうことで」シャーロットが言った。

アンソンがマックスのほうを向いた。「車は見つかったのか？」

「ああ。たぶんめちゃくちゃだろうけどね。ま、いずれなんとかするよ。今はまだ、車や保険会社にかまっている余裕がないんだ。事件の調査のほうが熱くなってきててさ」

「おれが代わりにローリングまで行って、ようすを見てきてやってもいいよ。どうするか考えておけ」

マックスはポーチの階段に向かって歩いていたが、足を止めて振り返った。「そいつはありがたい。もしよければ、ウォルシュ刑事に電話を入れておくから、シャーロットのハンドバッグも受け取ってきてもらえるかな。そうしてくれれば、彼がわざわざ宅配便で発送する手間が省ける」

「ああ、いいとも」アンソンが答えた。

マックスはアンソンをじっと見た。いやに熱意のこもった返事だったからだ。仕事、仕事ができたからか。誰でも仕事が必要なのだ。

「ありがとうございます」シャーロットが言った。「本当に助かりますわ、アンソン」

シャーロットの表情が輝いている、とマックスは思った。ついでに、アンソンのほうも頬が紅潮していた。

「ほかにすることがあるわけでもないからな」アンソンが言った。「二人とも、いいんだな、それで？」

「もちろん」マックスは玄関のドアの鍵を開けた。「ぼくたちを川に突き落としたその元刑事の死体が発見されたそうだ。逃走を前にドラッグの取引をしようとしたらしいが、トラブルが起きて殺された」

アンソンがわずかに目を細めて訝った。「ドラッグだと？」

「この事件では何度となく顔をのぞかせている」

マックスはドアを開け、警報システムを解除すると、脇へよけた。これまであれこれ計画していた改装箇所のリストを思い浮かべ、胃のあたりがぎゅっと引きつった。シャーロットの居心地のいい、こぢんまりしたアパートメントに比べると、ここはまるで事故を起こした列車だ。

「家を買ったはいいが」マックスはシャーロットに言った。必死の弁解のようにも恥ずかしがっているようにも聞こえないように意識した。「いろいろ手を加えなきゃならない。ところが、実際はまだ取りかかるチャンスすらないのが現状だ」

「このあたり、いい感じね」シャーロットが言った。「それがいちばん大事なことだと思うわ」

「たしかに」マックスは言った。

「このあたり、いい感じね」は「残念だけど、この家、この通りでいちばん汚いわね」の婉曲な言い回しではないだろうか。

シャーロットは彼の前を通って家に入った。アンソンがそのあとにつづき、マックスは最後に入ってドアを閉めた。マックスとアンソンはシャーロットが玄関ホールを横切ったところで立ち止まり、リビングルームを見まわすようすを眺めていた。

シャーロットはまもなく角を曲がってキッチンへと姿を消した。マックスは古めかしい器具やしみだらけの古ぼけた床板のことを考えた。その場を動きはしなかった。自分が何を待っているのかわからなかったが、そのときになればわかるさ、と思ってはいた。

アンソンが顔をしかめた。「おい、大丈夫か？」

「ああ、なんでもない」マックスは答えた。「今日からしばらくシャーロットのところに行く。事件が解決するまでだ」

アンソンが眉をきゅっと動かした。「彼女にボディーガードが必要ってことだな？」

「事態が込み入ってきて、彼女はそのど真ん中にいるんでね」

アンソンがこっくりとうなずいた。

マックスはドアの取っ手を離し、玄関ホールを抜けてリビングルームへと入っていった。

シャーロットがキッチンから出てきた。

「あなたが言っていたとおりだわ」彼女の目が熱っぽくきらきらしている。「お買い得だったわよ、この家。いわゆる骨組みがしっかりしているもの。これから手を加えなければならない箇所はいろいろあるけれど、それがすんだら絶対に素敵よ」

マックスは、アンソンが視野の隅っこで秘密めいた満足げな笑みをかすかに浮かべていることに気づいた。どうしてなのか確信はなかったが、ひとつだけたしかなことがあった――肩の荷が一気に下りた気がしたのだ。

「それじゃ、荷物をまとめてくるよ」

35

ロクサーヌ・ブリッグズはキッチンに行き、ハーブティーをいれた。

イーガン死亡の知らせはショックではなかったが、考えようによってはショックだ。けっして愛していたわけではないが、いくつかの秘密で結ばれていたがゆえに長年いっしょに暮らしてきた男。お互いの存在に慣れてはいた。

イーガンはトレイ・グリーンスレイドに会いにいったとウォルシュに話すこともできた。恐喝に対する最後の支払いを受け取るつもりだった、と。イーガンを殺したのは間違いなくトレイだ、とも。しかし、そんなことを話したところで誰が信じてくれただろう？　提出できる証拠があるわけではない。それに、相手はローリング＝グリーンスレイドの後継者、トレイ・グリーンスレイドだ。

警察にはイーガンはドラッグの取引がこじれて殺されたと思わせておくほうがどんなに簡単か。

ハーブティーが用意できると、テーブルを前にすわり、自分の気持ちを正確に理解しようとした。やがて、自分がいちばん感じているのは解放感だと気づいた。

ハーブティーを飲み終わるころには、もしかしたら恐怖を感じるべきなのかもしれないと思いはじめていた。彼女もイーガンの秘密を知っているはずだとの結論に、トレイ・グリーンスレイドが行き着くかもしれないからだ。だとすれば、彼女も始末しなければならないと考えるかもしれない。

逃げたほうがいい、と思った。

マグを置き、テーブルに手をついて立ちあがるや、寝室に向かった。荷造りをしなければ。炉棚の前に差しかかったとき、ふと足を止めてノーランの写真を手に取った。この家の中のもので、持っていく価値のあるものは唯一それだけだ。

まもなく、ロクサーヌはバッグを二個、ピックアップ・トラックの荷台に積んだ。フロントシートの下に拳銃を押しこみ、運転席にすわった。そして長い砂利道を下り、橋を渡ったあと、昔ながらの山のハイウェイへと車を走らせた。

そのあいだ、一度も振り返らなかった。

長い年月とはいえ、イーガンには何をしてもらったわけでもない。ほんのはじめだけ、好意と言えるものを抱いた気がする。彼女とのセックスをいいと言ってくれたときだ。だが、それも長くつづきはしなかった。彼に真のやさしさを感じたことはない。伴侶としての親しみも。だが、彼から与えられたものがないわけではない。イーガンのおかげでロクサーヌは、姿を消すために必要なサバイバル技術を習得していた。

36

ローリングまでの道のりは長く、アンソンには考える時間がたっぷりあった。そのうちの一部はシャーロット・ソーヤーについて考える時間となった。シャーロットについて考えていないとき、頭の中にはマックスとカボットとジャックがいた。

アンソンは自分が育てた三人の息子を大いに誇りに感じていた。それぞれ道こそ違え、彼の志を継いでくれた。そう、道は三者三様だ――マックスはプロファイラーになり、現在は専門を活かしてこのシアトルで独自の道を歩みはじめている。カボットはオレゴン州の小さな町の警察署長を務めている。ジャックは学問の道を進んだ。不明瞭かつ特殊な形態の犯罪行動に特化した高度に専門的な講義をおこない、専門分野に関する著書――『歪んだ幻影』――を上梓してもいる。

だが、アンソンは知っていた。息子たちは三人ともクィントンの施設で過ごした時間、さらには孤児になるきっかけとなった火事で深く傷ついた。彼らが犯罪者を追う仕事を選んだのはけっして偶然ではない。過去の出来事にまとわりつかれることにより、それがエネルギー源となって三人とも仕事に邁進し、成果を上げているのだ。

だが、過去の後遺症は、彼らにとっていちばん身近な人たちとの関係をぶち壊してもいた。

マックス、カボット、ジャックが過去にうまく対処するために必要な道具は、できるかぎりのことをして与えてきたつもりだが、彼らが喉から手が出るほど欲しがっている答えを与えてやることはできなかった。だから、じゅうぶん承知していた。クィントン・ゼインの亡霊と闘わざるをえなくなったとき、三人はそれぞれ独自の道を見つけることを運命づけられたのだ。

またシャーロットのことを考えた。彼女はマックスの、過去からの脱却ができずにいる部分を受け入れることができる女性かもしれない。なぜかアンソンはそんな気がした。

37

シャーロットは息苦しさで目が覚めた。急流に押し流されていくジョスリンに必死で手を伸ばそうとしている夢を見ていた。

大丈夫、どうしてそんな夢を見たのかは考えなくてもわかるわ。

とっさに上体を起こした。月明かりとシアトルの街がちりばめる光がカーテンを引いていない窓ごしにベッドルームを照らしている。

リビングルームに行こうと思い、上掛けをはいだ。少しでも歩けば、悪夢の黒いエネルギーを払い落とせる。だが、閉じたドアに向かって二歩進んだところで客がいることを思い出した。

立ち止まって、じっと耳をすました。リビングルームのほうから音はいっさい聞こえてこない。マックスはぐっすり眠っているのだろう。彼には睡眠が必要だ。彼を起こすのはまずい。

しかし、ベッドルームは狭すぎて目的にかなわない。動く必要があるのだ。間違いなく、このままではしばらくは眠れない。

ドアをじっと見つめるうちに恐怖感がつのった。薄暗いベッドルームでドアが堅固な壁――リビングルームの自由な空間への脱出を阻むもの――に形を変えたように思えた。

ばかげていることは承知しながらも、もしも今すぐベッドルームから脱出しなければ手に負えない不安に襲われる、とにわかに確信した。

この部屋をリビングルームやキッチンとつないでいる廊下を歩くという折衷案でい い、と考えた。細い廊下を行ったり来たりして、神経を静めることにしよう。

ドアを開け、裸足で廊下に出た。静かに立ったまま、耳をすました。リビングルームからはあいかわらず物音ひとつ聞こえてこない。

注意深く足音をひそめながら短い廊下を行ったり来たりしはじめた。瞑想のクラスで習ったように呼吸に意識を集中しながら。そうするうちに悪夢の名残がだんだんと薄らぎ、心臓の鼓動が静まってきた。

水が飲みたいと思ったとき、スプリングがきしる音が聞こえた。それにつづいて、布が擦れるかすかな音。リビングルームからだ。

あわててベッドルームに戻ろうかと思ったが、そんなことをしても無駄だと自分に言い聞かせた。マックスが目を覚ましたのだ。

リビングルームの入り口から出てくるマックスの影が見えた。

「怖い夢でも見た？　それともただ眠れないだけ？」

低い声は眠りから覚めたばかりでややざらついており、どことなく官能的な響きが感じられた。シャーロットははっと息をのんだ。全身がぞくぞくっとしたのだ。

彼が着ているのは黒っぽいTシャツで、見たところ、わざわざズボンをはいて出てきたようだ。つまり、それが布が擦れる音だったのだ。突然、シャーロットは自分がローブ姿で裸足だったことを意識した。

「ごめんなさいね」そう謝ってから、自分の声がいやにハスキーなことに驚いた。

「起こすつもりはなかったの」

「いや、かまわないさ。ぼくは眠りが浅いから」

シャーロットは咳払いをした。「そうだわね」

「きみはまだ質問に答えてないな。怖い夢か、それとも不眠症か？」

「その両方がちょっとずつかしら」

マックスが腕組みをして、ドア枠にもたれた。「説明なんかしなくていいよ。ぼくも似たようなものだから」

「お互い、睡眠を取らなくちゃね。昨日の夜はあまり寝ていないわけだし。そうだわ、ブランデーかホットココアを飲んでみたらどうかしら」

「どっちも効きそうだな」

「ブランデーのほうが効きが速いと思うわ。キッチンにあるから取ってくるわね」

「よろしく」

キッチンの入り口は、マックスが待っているリビングルームの入り口のすぐ向かい側にある。シャーロットは彼に向かって廊下を進んだ。彼は微動だにしなかったが、こちらをじっと見つめる姿がシャーロットの五感をざわつかせた。男性をこれほどまでに意識したことは記憶にない。どこかものすごく原始的な感覚だ。

懸命に自制をきかせ、二人が惹かれあっているとしたら――それが双方向だとしたら――それは凄絶な体験をいっしょに乗り切ってできあがった連帯感の上に築かれたものであることを思い出した。現実に戻れば、二人はお互いのことをほとんど知らない。安定した土台の上に築かれた関係ではないのだ。

関係。二人の間柄を表わすのに、これはたぶん的確な言葉ではない。パートナーというのがより正確だろう。しかも短期間のパートナーである。仕事上のパートナー。闇に包まれたアパートメントの中でわずか数フィートを隔てて立ちながら、まるで今夜のこの状況をもっとはっきり定義しようと考えをめぐらすうちに、冗談でなくパニック発作を引き起こしそうになってきた。

なんとかキッチンの入り口まで進み、そこで足を止めた。マックスはすぐそこに、手を伸ばせば届くほど近くにいる。思わずそうしたりしないように、シャーロットは両腕を胸の下でがっちりと組んだ。

「個人的な質問をしてもいいかしら？」

「個人的とは？」

「これまでに女性の依頼人と問題を起こしたりしたことがあるのかしら、と思ったものだから」

「こういう調査の仕事をはじめてから六カ月というもの、どの依頼人とのあいだにも問題はあったと思う。この仕事にはつきものさ。きみが考えているのはどういう問題かな？」

「あなたの仕事には、ある種の親密な間柄になりえる要素があるんじゃないかと思ったの」

「親密な間柄」マックスの口調から察するに、彼はそれがどういう意味なのか、ぴんときていないようだ。

「つまり、どういうことかと言うと、依頼人はたぶん、彼らの大事な秘密をあなたに打ち明けるわよね。みんな、あなたを信じて、疑問に対する答えを入手してもらおうとするんですもの。答えを知るのが怖いこともあるでしょうけど」

「きみがもしそう考えているとしたら、たしかに医者と患者や弁護士と依頼人の関係とは違うな」

「でしょうね」シャーロットが言った。「あなたに依頼してくる人の多くは、すごく感情を高ぶらせた状態にあるんじゃないかしら。怒っていたり、恐れていたり、絶望していたりって人たちの依頼を受けなければならなかった。向こうはあなたを、自分が抱える問題を解決できるかもしれないたったひとりの人だと考えている。だから、おそらく激しい感情をあなたにぶつけてくる」

「わかっているだろうが、ぼくはこの仕事をはじめてまだ間もない。もう話したが、独立してこの仕事をはじめた六カ月前まではコンサルティング会社で働いていた。そこではぼくたちの依頼人はふつう警察や政府機関で――民間の個人ではなかった」

「そうだったわね。ごめんなさい。ただちょっと気になっただけ」

「ときには人から——容疑者や被害者や目撃者から——話を聞くことがあった。うまくいかなかったこともある。どうにもならなくなってしまうんだ。だが、感情的に事件の後遺症を抱えることになるのはぼくじゃなかった。ぼくの仕事はパターンを突き止めて、その悪党がつぎにしでかしそうなことを予測する方法を見いだすことだったからね」

「ふうん」

「きみが何を話したかったのか、訊いてもいいかな?」

シャーロットは心臓が頬まで上がってくるのを感じた。「べつになんでもないの。ごめんなさいね」謝るなんてばかみたい。「なんだか不安だったみたい。怖い夢と不眠症のせいだわ。ブランデーを飲まなくちゃ」

そう言いながらキッチンに逃げこみ、食器棚を開けてブランデーの瓶を取り出す。マックスがキッチンの入り口まで来たのが、音でというより感覚的にわかった。

「ひょっとしてぼくが依頼人と寝たことがあるかどうかが気になったとか?」マックスが問いかけた。

「ううん、違うわ、まさか。そういうことじゃないの」ひどいショックを覚えながら、瓶のコルク栓を引き抜いた。「わたしに関係ないことですもの。そんな個人的な質問をするなんて思いもよらないわ」

「ないね」

シャーロットはぎょっとした。「ない?」

「ないね。依頼人と寝たことはない」

シャーロットは深く息を吸いこんだ。「もちろん、そうでしょうね。あるとは思わなかったわ。わたしはもっと一般的に、あなたが依頼人に感情的にどうかかわるのかって意味で言ったのよ。たとえば、そうねえ——あなたが発見した答えが依頼人が望んでいたものじゃなかったとき、その人があなたに怒りをぶつけてきたらどうするの——とか、そういうような」

「そういうことはある。だから必ず料金は前金で受け取っておく。でも、ぼくの仕事の大半は法人関係で、その場合、感情はあまり入りこんでこないんだよ。家賃を払うためにはそれで稼がないと」

「ふうん」われながらどうしてこんなばかげたやりとりをはじめてしまったんだろう? ブランデーを二個のグラスに注ごうとした手がかすかに震えた。「もういいわ。ただなんとなく訊いてみたかっただけ」

「たぶんそれだけじゃなく、リビングルームに知らない男が寝ているって現実のせいでパニック発作が起きたんじゃないか？」マックスが少々ぶっきらぼうに言った。

「だとしたら申し訳ない」

「違うの」シャーロットはカウンターにボトルを乱暴に置き、グラスのブランデーをぐっとあおった。ブランデーが喉から胃までかっと熱くし、シャーロットはしばし息ができなくなった。咳きこみながらも苦しそうに言った言葉は、「あなたは知らない人じゃないわ」

「ついでに言っておくと、きみは依頼人じゃない」マックスがキッチンの中へと二歩進み、立ち止まった。「きみは調査と引きかえにぼくの助手をしてくれている」

シャーロットは彼を見た。「だから？」

「きみはどうだか知らないが、ぼくに関するかぎり、いつものルールはここでは通用しない」

シャーロットはブランデーを注いだもう一個のグラスをマックスに差し出した。彼はそれを受け取り、ぐっと飲んだ。

「それで？」シャーロットが先を促す。

マックスがグラスを持つ手を下げた。暗がりの中、彼の目が熱っぽく光ったような気がした。

「これからもいっしょにやっていくに当たって、ルールを決めておかないと」彼が言った。

シャーロットは防備を固めるため、また少しブランデーを飲んでからゆっくりとグラスを下げ、自制が保てていることを誇らしく感じた。

「いいわよ」

マックスがさらに近づいてくると、二人の隔たりはわずか一フィート足らずになった。その目はずっとシャーロットの顔を見つめたままだ。

「何かある？」彼が訊いた。

「何かって？」

「ぼくが知っておくべきルール」

シャーロットはにわかに高い崖のへりに立っている気分になった。本当なら飛び降りる前に、ゆっくり真剣に考えなければならないところだ。考えたからどうだっていうのよ。ブライアン・コンロイとの結婚を決める前だって、さんざん考えたじゃないの。どう役に立ったっていうの？

「ないわ」シャーロットは答えた。「適用すべきルールなんて思いつかない。少なくとも今夜は」

マックスがカウンターにグラスを置いた。「ここで何が起きているのか、正確に把握したいんだが」

「どういうこと？　なんだかぜんぜんわからない」

「ぼくが欲しい？」

シャーロットがはっと息を吸いこんだ。「難解なアプローチはもうおしまいなのね」

マックスが手のへりでシャーロットの顎をとらえた。「難解なアプローチは得意じゃないんだ。はっきりさせたい。イエスか、ノーか」

シャーロットはあいかわらずフリーフォール状態にあり、翼を広げようとしながら、自分に翼がついているのかどうかわからずにいた。

「イエス」そうささやいてから付け加えた。「あなたもわたしを欲しいと思っているなら」

マックスがゆっくりと打ち解けた笑みを浮かべると、シャーロットは息ができなくなった。彼の目がさらにまた熱を帯びた気がした。

「それはきみにとって大事なこと？」

「そうじゃないと悲惨なことになるから」

「それを聞いて安心した」マックスはシャーロットの手からすんなりとグラスを取り、

カウンターに置いたあと、両手のひらで彼女の顔をそっとはさんだ。「念のために言っておくと、ぼくもきみが欲しい」

「それ、ほんと?」

「ああ、もちろん」

マックスが前かがみになり、ゆっくりと、だが有無を言わせず、シャーロットに体重をかけながらキッチン・カウンターに押しつけていく。キスのはじまり。その火は穏やかだった。シャーロットの唇の上で慎重に動く彼の唇は、彼女を招くかのようだ。あるいはまた探りを入れているのか、それとも誘惑しようとしているのか。

だが、誘惑の必要はなかった。向こう見ずな奔放さと強い確信を半々に混ぜあわせた熱いものに酔い痴れ、シャーロットはすでに期待に身を震わせていた。リスクは承知しつつも、同時になんとかなるとの結論に達してもいた。考えてもみて。誰かがわたしを殺そうとしたのよ。車に閉じこめられたまま、激流が渦巻く冷たい川に車を突き落とされたの。無慈悲な山奥で低体温症にかかって死んでいたかもしれない。何にもまして、わたしは今、失踪した妹を探すプロの私立探偵——なんと元プロファイラー——の助手をしているところなの。

そうしたもろもろに比べたら、危険を共有している男性とのセックスがいけないことだとしても、それほどの不安は感じない。今夜は心のままにしたいことをしよう。明日は明日の風が吹く。

いったん決断を下すと自由――輝かしいほど自由――になれた。想像もできなかった自由な感覚。このときばかりは理屈抜きでかまわないと思えた。危なっかしくてもかまわない。リスクなどどうでもいいと思えた。

手を伸ばしてマックスの肩をつかんだ。彼のあらゆるところが硬く、熱く、高ぶっている。そのとき、気づいた。わたしは自分だけじゃなく、彼をも自由にしてあげたのね。

稲妻が走った。穏やかに燃えていたキスがとたんに激しく燃えさかった。マックスはシャーロットのウエストをぎゅっとつかみ、カウンターの上にのせた。着ていたローブの前がはらりと開く。マックスが彼女の膝を左右に押し開く。シャーロットは両脚を彼のウエストに回し、両腕を彼の首にからめた。

マックスがうめきをもらし、シャーロットをカウンターからさっと抱きあげて、ベッドルームに向かって歩きだした。シャーロットは左右の太腿で彼をはさんでしがみついていた。野生の牡馬を乗りこなしているかのように。

廊下を移動する彼からはただならぬ集中が伝わってきた。めざす場所まで彼女を連れていくためなら、地獄だってくぐり抜けみせるとでもいうような。それを知ってうれしくなった。気分は最高だった。

マックスがちらかったベッドの上に倒れこみ、シャーロットは彼の上に乗った。彼がシャーロットの肩からローブをはずし、袖を腕に沿ってぐいと引いて脱がせると、脇へ放り投げた。つぎに寝間着を頭から脱がせて、それもどこかへ投げ出した。

マックスの両手がシャーロットの胸をやさしくおおった。

「シャーロット」

かすれたささやきが暗がりに響いた。

シャーロットは夢中で彼のTシャツを脱がせようとした。つづいてズボンのファスナーに手を伸ばす。彼のそこはすでに完全に勃起し、硬直したものがズボンの生地を突きあげている。

ファスナーが思うように下がってくれない。シャーロットはファスナーをぎゅっとつかんで、力いっぱい下ろそうとする。

マックスがはっと息を止め、片手で彼女を制した。

「自分でやる」彼は言った。

シャーロットは横へ転がって彼の上から下り、ズボンは彼に任せた。彼は立ちあがってズボンを脱ぎ、ブリーフから足を抜いた。そして再びシャーロットの隣に横たわり、彼女をぐっと抱き寄せた。片方の手が彼女をまさぐりながら太腿のほうへと滑るように下りていく。シャーロットも手を伸ばして彼に触れると、その背中は汗で濡れていた。

彼の指先が熱く濡れた核を探り当てた瞬間、シャーロットはその感触に早くも狂おしく抑えがたい興奮を覚えた。性急な激しい感覚が下半身を締めつけてくる。今にも絶頂を迎えようとしている自分に気づき、あぜんとなった。まだバイブレーターのスイッチすら入れていないのに。

「ねえ」シャーロットは彼の髪に指を通した。「早くして」

マックスが両脚のあいだに移動した。シャーロットは膝を上げ、彼を待ち受けた。マックスがゆっくりと深く押し入ってきた。シャーロットはこれほどまでに締めつけられ、これほどまでに引き伸ばされる感覚を味わったことがなかった。繰り返し中に入ってくる彼が徐々に速度を増していく。

絶頂の瞬間が訪れ、シャーロットの全身を波となって駆け抜けた。歓喜の叫びを上げたかったが、息つく間すらなく、ただマックスの肩に爪を食いこませて必死でこらえた。

シャーロットの絶頂感がもたらすむきだしのエネルギーがマックスをも渦の中に引きずりこんだ。彼の背中と肩の筋肉が鋼鉄の帯さながらにぴんと張りつめている。皮膚は汗でつるつるだ。

嵐が来た。

それが去ると、マックスはシャーロットの隣にゆっくりとくずおれ、彼女をぎゅっと抱きしめた。シャーロットは彼にぴたりとくっつきながら彼の呼吸が落ち着くのを耳をすまして待った。

やがて彼がからめていた手足を離し、シャーロットの隣で伸びをした。

「シャーロット」彼がまた名前を呼んだ。

「しいっ」シャーロットは肘をついて上体を起こし、彼の唇に指を当てた。「この瞬間を台なしにするようなことは言わないで」

「世界の終わりを告げられても、ぼくにとってこの瞬間が台なしになることなんかないと思う」マックスは半ば閉じた目でシャーロットを見つめている。「きみも気持ちがよかったんだね?」

シャーロットが静かに微笑んだ。「よかったわ。すごおく、すごおく、よかった。小さな道具を使わないでいくことができたのははじめて」

「ほう。いつもバイブレーターを使ってるの？」

「ベッドの横の引き出しに入っているわ。どうして？」

「いや、べつに。ただちょっと興味がわいたから」

彼にこのまま世間知らずなふりをさせておこうかどうしようか、シャーロットは迷った。

「どうしてわたしのバイブレーターに興味がわいたのかしら、マックス・カトラー？」

「男にとってそれがどういうものか知っているだろ。男はそういう道具をいじりまわすのが好きなんだよ」

シャーロットは彼の胸に指をゆっくりと這わせ、また微笑を浮かべた。「あなたは道具を使う必要なんかないわ」

「だからといって、ぼくが道具のおもしろい使い方を思いつかないともかぎらないさ」

「そうね。考えておくわ」

38

マックスが、窓を静かに打つ雨の音といれたてのコーヒーの魅力的な香りに目を覚ますと、空はどんよりしていた。こんなにいい気分ははじめてだ。この気分をどう言葉にしたらいいのかわからない。生き返ったようだ、がぴったりかもしれない。肩の力が抜けた。気分爽快。いい、いい感じ。うん、これだな。すごくいい感じだ。早くもこういう感じに慣れていた。あっと言う間に慣れることができた。

その夜の記憶が頭をよぎった。バイブレーターのことを考えて苦笑を浮かべた。残念ながら、彼はベッドにひとりだった。だが、いい面に目を向ければ、さほど遠くないところにシャーロットがいてコーヒーがある。

上掛けを横へ押しやってベッドのへりに腰かけ、ズボンに手を伸ばした。前夜、シャーロットと彼の関係は大いに進展したが、かといってまだ裸でキッチンに入っていくほどではないとわかっていた。

立ちあがって用心深くファスナーを上げた。半ば勃起している。明くる朝の装いとしては最低限の要求は満たしていることを確認すると、髪に指を通してととのえ、廊下を進んだ。

シャーロットはキッチンにいた。すでにシャワーを浴びて、すっきりした顔をしている。髪は無造作にひねって後ろで結わえ、黒のジーンズと青のTシャツを着た姿は、セクシーと無邪気のはざまにあるスウィートスポットといった感じだ。

演技じゃないな、とマックスは思った。これが素のシャーロットなのだ。生来の健全さは、ともすれば世間知らずや無防備と誤解されやすい。

妹のジョスリンが彼女を守らなければと感じても不思議はない。おそらくジョスリン・プルエットはわかっていないのだ。悪がはびこる世間に向かって楽観主義や思いやり、そしてそう、健全さといった資質を堅持するには、性格的にある種の強さがなければできることではないことを。

シャーロットが彼に笑いかけた。「起きたのね。朝食の前にシャワーを浴びたいんじゃなあい?」

マックスは顔をこすり、頬から顎のひげのざらつきに気づいて顔をしかめた。「そうしたほうがよさそうだな」冷蔵庫のドアを開けているシャーロットを見つめる。

「きみは早起きなんだね」

「ええ、間違いなく朝型人間ね」冷蔵庫から卵のパックを取り出してカウンターに置いた。「あなたは？」

「ぼくもそうだと思う」

「そうだと思う？　よくわからないってこと？」

マックスはキッチンの入り口にもたれ、キッチン内をあわただしく動きまわるシャーロットを楽しく眺めていた。「そのときの仕事しだいなんだよ。早起きが必要なときもあれば、深夜まで起きていたり徹夜しなければならないときもある」

シャーロットがうなずいた。「順応性が要求される専門職なのね」

マックスがにやりとした。

シャーロットが疑わしげな眼で彼を見た。「わたし、何か変なこと言った？」

「ぼくは自分の仕事を専門職だとは思っていないよ。ただ、これをやってるってだけで」

「やらずにはいられないんでしょ」

マックスはちょっと考えた。「そうだね、やらずにはいられない」

「ということは専門職」そこでいったん言葉を切った。「ううん、前言撤回。そういうのを天職って言うんだわ」

マックスがくすくす笑った。「ぼくの仕事を天職なんて言われたのははじめてだよ」

シャーロットが肩をすくめた。「天職は天職。さあ、シャワーに行ってらっしゃい」

「ああ、そうする」

マックスはリビングルームに行ってダッフルバッグを持ち、廊下を引き返してバスルームに向かった。

キッチンの前を通り過ぎたとき、シャーロットが話しかけてきた。

「ジョスリン探しだけど、つぎはどうしたらいいのか、何か考えてる？」

「シャワーから出るまでに何か考えておく」

「あら、シャワーのときにいい考えが浮かぶ人なのね」

「いや、そうじゃない。極上のセックスのあとにいい考えが浮かぶ人間だってことがわかったんだ」

シャーロットが彼を怖い顔でにらみつけてから、卵をボウルの横にしたたかにぶつけて割った。

マックスはひとりでにやにやしながら廊下を進んだ。シャーロットをついからかってしまったが、ごく軽くである。じつのところ、彼女といっしょにいると――彼女と話せる状況にあると――明快な考えを引き出しやすいことに気づきはじめていた。

しばしののち、マックスはダイニング・カウンターに腰を下ろした。シャーロットが彼の前に置いてくれた皿には、クリーミーなスクランブルエッグ、ソーセージのパテ、バターを塗ったトーストが盛りつけられている。マックスはソーセージをじっと見た。

「これは何？」

「テンペ・ソーセージ。わたしの手づくり」

「テンペからつくったのか」

「そのとおり」

「テンペって、たしか肉じゃないよね」

「発酵させた大豆をベースにした食品よ」

「ほう」

「でも考えてみれば、本物の探偵はたぶんトーフやテンペを食べないわね」

「本物の探偵が何を食べてるのかなんて知らないよ。ぼくはまだ新参者だからね。でも、このソーセージもどきは試食させてもらうことにする」

「わたしのキッチンにはほかに何もないことを思えば、英断だわ」シャーロットはフォークで卵をひと口すくった。「シャワーを浴びながらの行動計画セッションはどうだった？」

「きみもいっしょだったら、もっとずっといい成果が得られたと思うよ」

「それはどうかしらね」

マックスはおそるおそるソーセージもどきを口に運び、悪くはないと思った。本物の肉ではないが、食べられなくはない。幸運なことに、卵はたっぷりだしトーストもある。飢えることはなさそうだ。

「結論としては、ジョスリンと親しかった友だちから話を聞くのがいいんじゃないかと思った。投資クラブのメンバーから」

シャーロットはそれについてしばし考えた。「いいわね、それ。とりあえず、ボスに連絡して休暇を取るわ。そうすれば、わたしもいっしょに行けるから。彼女たちから役に立つことが聞けるかどうかはわからないけどね。だって、ルイーズが過剰摂取で死んで、ジョスリンはカリブ海のどこかに身をひそめてるわけでしょう」

「いろいろ起きたことで、彼女たちが自分の置かれた立場について考え方を変えたのかどうか、興味深いじゃないか」

シャーロットは口に運ぼうとしていたフォークを宙で止めた。「だとしたら、マディソン・ベンソンからはじめるのがいいと思うわ。クラブの発起人だから」

「彼女についてはどんなことを知ってる？」

「あまりよくは知らないけど、資産運用会社を経営していて、成功しているみたい。彼女が定期的に寄付していたのが、ルイーズが基金調達担当の仕事でかかわりながらボランティア活動もしていた、女性のためのシェルターだったの。ジョスリンを含むクラブのメンバーを、定期的に寄付をおこなっている人の中から勧誘したのは彼女」

「要するに、全員がそのシェルターに関係があったんだな」

「ええ、そう。でも、ルイーズとジョスリンが特別に仲がよかったのは、二人がシェルターのための基金調達に熱心だったからだけじゃなく、二人とも暴行の被害を受けた体験を持っていたからなの。お互い、ほかの人とは比べものにならないくらい理解しあっていたわ。自分たちのことをちょっとした生存者クラブだと考えていたのね」

「投資クラブのその他のメンバーについて知っていることは？」

「ヴィクトリア・マシスは地元のスポーツウェア会社でマーケティングの仕事をしているわ。いい子って印象だけど、彼女のことをよく知っているわけじゃない。エミリー・ケリーは地元のＩＴ企業の人事部で働いているの。この子についてもあまりよく知らないわ」

マックスはテンペ・ソーセージを少しずつ食べながら考えをめぐらした。

「なぜ投資クラブなんだろう？」彼が疑問を口にした。

シャーロットはコーヒーを飲もうとしていたが、手を止めてけげんそうに彼を見た。

「なぜ投資クラブがいけないの？　みんなをまとめていたのはマディソン・ベンソンで、マディソンの専門は資産運用と投資なのよ」

「しかし、きみは言っていたよね、クラブはさほど金儲けをしてはいないって」

「たなぼた式の大儲けはなかったってことね。ジョスリンとほかのメンバーが、集まって飲んだりおしゃべりしたりする口実としてはじめたことなんじゃないかとわたしは思ってるの。でも数週間前、ジョスリンがこんなことを言ってたわ。彼女たちが投資した新設企業のひとつが、条件のいい買収の候補に挙がっているみたいだと。もしその話がうまく進めば、クラブのメンバーみんなに莫大な、すごく莫大な利益が入ってくるとも言っていた」

「ルイーズ以外のメンバーってことか」

シャーロットがため息をついた。「そう、ルイーズ以外」

「彼女の取り分はクラブ内でどうなるんだろう？」

「うーん」シャーロットは考えた。「わたしが聞いたかぎりでは、もしメンバーが辞めたときは、その取り分はクラブの共同資金に戻されて、ほかのメンバーで分ける」

「もしメンバーが死んだときは？」

マックスに向けたシャーロットの目に困惑の色がにじんだ。「同じじゃないかしら、たぶん。取り分は残ったメンバーで分配する。ジョスリンが何か言っていたのよね、相続人と渡りあったりしたくないって。だって、相続人が利益の取り分なり株式の持ち分を要求してくるかもしれないでしょ。そもそもは、あくまでメンバー限定の、秘密の投資クラブを意図していたみたい」

「つまり、今は新設企業の買収による利益を等分する人間がひとり減った状況にあるわけか」

「やめて」シャーロットがフォークを置いた。「これがもしお金がらみだとしたら、ルイーズ・フリントはローリングへ何をしにいったの？」

「それに対する論理的な答えはたったひとつしかないってことはわかっているね。ルイーズがあそこに行ったのは、十年以上前にジョスリンの身に起きたことのためだ」

「ということは、ルイーズの死は過去の事件につながっているのね。新設企業へのクラブの投資から得られるかもしれない利益ではなく」シャーロットが言った。

「ぼくの経験によれば、お金の流れを無視するのは利口なやり方とは言えない」

「なるほどね。あなたはこういうことの専門家よ、つぎは何をしたらいいの？」

「集団力学を調べようとするときは、トップからはじめないほうがいい結果が得られるんだ。失うものがいちばん多いのはふつうはリーダーで、彼ないしは彼女はほかのメンバーになんらかの支配をおよぼす可能性がある。だから、まずヴィクトリア・マシスとエミリー・ケリーからはじめて、そのあとマディソン・ベンソンの話を聞くことにしよう」

「ヴィクトリアとエミリーに、厳密には何を訊くの？」

「話をはじめてみるまでわからないよ」

シャーロットが問いかけるように眉を吊りあげた。「それ、あなたのやり方？」

「なんと言ったらいいんだろうな。石をつぎつぎひっくり返していくと、何かしらおもしろいものが見つかるんだよ」

シャーロットがそれに対して何か言いかけたとき、電話が鳴り、彼女は見るからにぎくりとしたようだ。ぱっと立ちあがり、カウンターに置いてあった電話をつかむ。

「ドアマンからだわ」

がっかりした表情が多くを語っていた。ジョスリンからの電話を待っていたのだろう。

「おはよう、フィル」シャーロットが言った。「お客さま？　誰も訪ねてくる予定はないけど。宅配便の間違いじゃない？」そこで間。「まあ、そうなの。ふうん。それじゃまあ、そこにいるなら通してやって。お世話さま」

電話を切り、またカウンターに置いた。

「申し訳ないけど、元婚約者が来たの。ドアマンのフィルにすごく大事な用事があるって言ったみたい」

「おもしろいじゃないか」

シャーロットが不思議そうにマックスを見た。「なぜ？」

「ちょうどこういうときに彼がきみの人生に戻ってきたのは偶然の一致かな？」

「わお。あなた、ほんとは疑り深いタイプでしょう？　ええ、たんなる偶然の一致だと思うわ。このあいだ彼から電話があって、わたしと別れた原因だった女性がだんなとの離婚について心変わりしたって言っていたの。彼女、ブライアンを捨てたのよ。だから彼、誰かに慰めてもらいたいのね、きっと」

「そんなとき、真っ先にきみが思い浮かんだ」

「そういうこと」シャーロットが天使のような微笑みを浮かべた。「ブライアンが階下《した》に来ているってフィルから聞いた瞬間、わたし、これは絶好の機会だと思ったの。

わたしはもう前に進んでいるってことをはっきり伝える絶好の機会。申し訳ないけど、あなたを利用させてもらうわね」

マックスは卵をまた少し食べた。「喜んで」

呼び鈴が鳴った。シャーロットはせわしくキッチンをあとにし、小さな玄関ホールへと姿を消した。

「いらっしゃい、ブライアン。さ、入って」

明るく生き生きした声にマックスは苦笑した。

「また会えてよかったよ、スウィーティー。すごく会いたかったんだ」

ブライアン・コンロイの声はあたたかく魅力的で誠意が感じられた。謙虚ささえ感じられる。自分がひどいことをしたことをわかっている男の口調、女の慈悲にすがって、あわよくばよりを戻したいと願っている男の口調だ。

「わたしたち、ちょうど朝食を終えたところなの」シャーロットが言った。「コーヒーはいかが？」

シャーロットの声に一秒ごとに明るさと熱意が増していく。これ以上陽気になったら、歌でもうたいだしそうだ。ささやかな復讐の味を待ちかねているレディー。

「誰かいるの？」ブライアンの声が不安そうになった。「ジョスリン？」

明らかに、彼はジョスリンとは会いたくないようだ。

「ううん、ジョスリンは今、旅行中」シャーロットが答えた。

「よかった。いや、つまり、そうじゃないかと思ったものだから」

「さあ、入って。マックスに紹介するわ」シャーロットの口調はさりげない。

「マックスって？」ブライアンが訊いた。「ひょっとして犬を飼ったの？」

マックスは顔をしかめた。

「ううん」シャーロットが答えた。

シャーロットがブライアンを引っ張って素早く廊下の角を曲がり、キッチンに入ってきた。

男の見た目は声と一致していた。感じのいい、きちんとした、誠実そうな男。

「マックス・カトラー、ブライアン・コンロイを紹介させてね」シャーロットが言った。「たしか一回か二回、話したことがあったと思うけど」

「ああ、結婚式の五日前になって怖気づいた男か」マックスが言った。「思い出した」

マックスはカウンターから立ちあがったが、握手をしようとはしなかった。その代わり、コーヒーポットを取ってもうひとつのカップに注いだ。

ブライアンはヘッドライトに照らし出された鹿みたいな顔をし、シャーロットのほうを向いた。見るからにショックを受けている。

「いったいどういうこと？　この男は誰なんだ？」

「犬じゃないんだよ」マックスは助け船を出すつもりで言った。

ブライアンは彼を無視した。

「マックスはお友だち」シャーロットが言った。「すごく気の合う友だちなの。昨日から泊まりにきてて、今、朝食を食べていたところ。見てのとおり。コーヒーはどう？」

「いや、けっこう」ブライアンが声を落とし、真顔になった。「ねえ、シャーロット、きみにどうしても話さなきゃならないことがあるんだ」

「どうぞ、遠慮なく話して。マックスには秘密にしたくないから」

「ああ、そうするよ。それはそうと、彼とはどこで知りあったの？　バーで出会ったかなんか？　それとも、オンラインの出会い系かなんか？」

「どっちもはずれ」マックスが言った。「最初は仕事上の付き合いでね。そこからこういうことになった」

ブライアンがはっと息をのみ、肩をいからせた。「信じられないな」

「信じてくれとは言ってない」マックスが言った。「ただ事実を伝えただけさ」

「きみはいったい自分をなんだと思ってる？」ブライアンが小声で訊いた。「もしシャーロットをだませるとでも思っているんだとしたら——」

シャーロットはこのときはじめて、自分が火遊びをしていることに気がついたようだ。警戒心をのぞかせながらブライアンの腕に手をおいた。

「もうそれくらいにして、ブライアン」きっぱりと言う。「こんなに朝早く、わざわざわたしに会いにきてまで話したかった大事なことってなんだったの？」

「見知らぬ他人がいるところで個人的な話はしたくない」

「それじゃ、お引き取り願うしかないわ」シャーロットが言った。「マックスとわたし、今日はしなければならないことが山ほどあるの。行かなければならないところがいくつもあるし、会わなければならない人もたくさん」

ブライアンの顔が鈍く赤らんだ。「くそっ、シャーロット——」

シャーロットが冷たいまなざしを彼に向けた。「よく聞いて、ブライアン。いくらあなたが不倫をしていた女性に捨てられたとしても、わたしにはお茶と同情を差し出してる暇はないの」

ブライアンはとっさに作戦を変更した。

「スウィーティー、きみを傷つけたことはわかっている。だけど、ぼくはきみを失ってはじめて、二人で過ごした時間の素晴らしさに気づいたんだ」

「わたしを捨てたあげく、結婚式の請求書を全部払わせてはじめて、だわね」

「埋め合わせはさせてもらう。小切手も切らせてもらうよ、もしそれできみの気分がよくなるなら」

「どうぞご遠慮なく。経費の明細を送るわ。でも、それで状況が変わることはないってことは今はっきり言っておくわ。さ、言いにきたことを言って、それがすんだら出ていって」

「シャーロット、きみらしくないな」ブライアンが敵意をむきだしにしてマックスをにらみつけた。「きみがこの男とそうしていることをなんだと思っているのか知らないが、どのみちそれはただの反動だ。そういう状況ではごく自然ななりゆきだが、この男といつまでもつづくはずがない。終わりが来たとき、きみはきっと気づくよ。きみとぼくはもっとはるかに深くて大切な時間を共有していたことに」

「その言葉、そっくりそのままお返しするわ」シャーロットが言った。「あなたこそ反動でここへ来たんでしょ。彼女に捨てられたんで、つぎの彼女が見つかるまでわたしでつなげば惨めにならずにすむと思ってのことよね」

「違う。そんなんじゃない」

「わたし、よく言われるの、人を信用しすぎるって。たぶん、そのとおりなの。でも、だからってばかじゃないわ。誰かさんが信じてはいけない人間だってことを証明してくれたら、ちゃんと学習するの。二度と同じ間違いは繰り返すまいと。結論を言うと、わたし、二度とあなたを信じることはできないわ、ブライアン。わたしたちの関係を壊したのはあなた。修復はもう絶対に無理」

「きみは大きな間違いを犯しているよ」ブライアンが警告を発した。

「もういいわ、出ていって」シャーロットが言った。

シャーロットはくるりと廊下のほうを向き、角を曲がって玄関へと歩きだした。

マックスを見たブライアンの青い目が怒りで燃えていた。

「きみが誰だかは知らないが」ブライアンは言った。「ちくしょう、きみは彼女の弱みにつけこんでいる」

「シャーロットはきみに出ていってほしがっている」マックスが言った。「そうするのがベストなんじゃないかな」

「大きなお世話だ」ブライアンが歯嚙みしながら小声で言った。

ゆっくりと大股でキッチンを出ていく。そして数秒後、彼の背中で玄関のドアが閉まる音がした。長い静寂のあと、シャーロットが戻ってきた。がっちりと腕組みをし、心配そうな表情をのぞかせている。

「こんなばかなことをしたの、生まれてはじめてだわ。彼を通していいなんてドアマンに言うんじゃなかった」

「ま、ひと息ついて。これでたぶん何もかも終わるよ」

「たぶん？」

「ぼくはコンロイをきみほどにはよく知らないから。きみはどう思う？」

「うーん……どうかしら。彼は醜態をさらしたりするタイプじゃないと今朝までは言えたけど」

「彼がかっときたのは、すんなり受け入れてくれるものと思っていた女性がすでに前に一歩踏み出していたからなんだよ。頭を冷やす時間が必要なんだ」

「あなたの言うとおりだといいけど」シャーロットは深く息を吸いこみ、ゆっくりと吐いた。「それでも、今朝彼をここに通してしまったのは本当に大ばかとしか言いようがないわ」

「そうだな。復讐はなぜか裏目に出ることがある」

シャーロットが情けなさそうな顔をした。「あなた、復讐について知っていることがあるみたいね」

「まあね——理由は二つある。ひとつは、私立探偵を雇う人の多くは答えが欲しいと言いながら、じつは復讐のための弾薬を欲しがっているってことをこの六カ月間で学んだからだ。そういう仕事は避けるようにしている。いい形で終わらないからだ」

シャーロットは真剣な面持ちで彼を見ていた。「あなたが復讐について知っていることがあると思う、もうひとつの理由は？」

「クィントン・ゼインが施設に火を放って母が死んだ夜からずっと、ぼくはあれやこれやと復讐の方法を探ってきた。その結果、ぼくがどうなったかを見てくれ——離婚して、一文無しになって、少なくともひとりの精神科医によれば、燃え尽きている。プロファイラーとしてのキャリアは頓挫をきたし、今また私立探偵としても頓挫するだろうと予想している人がたくさんいる。ぼくはクィントン・ゼインがまだ生きているという考えに取り憑かれていると言われている——何もかもぼくが復讐を望んでいるからだ」

「ううん、ゼインが死んだことを確認したいからよ。それなら理解できる。あなたは正義を望んでいるの」

「診断を下したセラピストにそう言ってやってくれよ」

シャーロットが束の間浮かべた笑みがマックスを驚かせた。「ええ、そうするわ。

チャンスさえあれば」

心地よい不思議なぬくもりがいつの間にか彼を包んだ。彼女はぼくを信じてくれている。ぼくが取り憑かれているとか被害妄想だとか思ってはいない。ぼくを信用していて、ぼくの直感を信用している。彼女は彼の過去を知っている人間の中で、里親と兄弟を除けばたったひとり、彼という人間と一風変わった世界観を信じてくれている。

「ありがとう」マックスにはそれ以外の言葉を思いつかなかった。

「さて、復讐の楽しみはここまでにして、と」シャーロットはそう言いながらキッチンに入ってきて、コーヒーポットを取った。「仕事に戻りましょ。投資クラブのメンバーから話を聞くに当たっては、彼女たちにどこまで話すつもり？」

「まず本当のこと——ジョスリンが失踪したこと、ぼくがルイーズ・フリント死亡の真相を調べていること——を話そう。それに対する相手の反応を見て、そこからはその反応しだいだ」

39

「ジョスリンのこと、心配でしょう。ようくわかります」エミリー・ケリーが言った。

「でも、お役に立ちそうなこと、わたしは何も知らないんです。今の今まで彼女はカリブ海の連絡がいっさい取れない修道院へ行っているものとばかり思っていたので」

マックスはコーヒーを飲みながら、エミリー・ケリーの反応を観察した。この時点ではっきり読みとれるのは彼女の緊張と不安だ。

エミリーは最初、彼らに会いたくないと言った。シャーロットが三十分前に電話したとき、エミリーはすぐさま、これからヨガ講座に行くところだと告げた。自宅で二人に会うことに同意したのは、シャーロットが妹の身が心配だと伝えたあとのことだ。

彼女が玄関ドアを開けてくれたとき、ヨガに行く予定などなかったことが見てとれた。玄関に二個のスーツケースが置かれていたのだ。エミリーはシアトルを離れる準備のさなかだった。

彼女の家は明るい雰囲気の住宅地にあるかなり古い一軒家だ。内装と家具調度はごく平均的な今風のもので、当たり障りがない。鋭さもなければ、大胆な色彩もない。庭園で名高い街にあって、エミリーの家の前庭は真の平凡さゆえに際立っていた。

エミリー自身も家に似合っている、とマックスは思った。魅力的で、こぎれいで、手入れが行き届いている。だが、エミリーにも家にも、しきたりにとらわれないところや一風変わったところ、やりすぎなところがいっさいなかった。どちらもまるで背景に溶けこまなければならないかのようだ。人目につかないよう努力を払っているかに見える。

「ジョスリンがどこへ行ったのか、思い当たるようなところはないかしら?」シャーロットが訊いた。

「ありません」エミリーがかぶりを振った。「でも、それがジョスリンだと思うんです。あなたの考えは知りませんけど、ただ隠れ家がいやになって、ビーチに面した高級ホテルに向かったんじゃないですか。驚くことでもなんでもないような気がします」

「それじゃ、あなたたちにも連絡はないのね?」シャーロットが訊いた。

エミリーが唇をきつく引き結んでうなずいた。

嘘をついているな、とマックスは思った。

「きみは不安なんだね？」マックスは言った。

エミリーは困惑の表情で彼を見た。そしてそこで心が折れたようになった。

「みんなそうです」小声でつぶやいた。「ルイーズのことがあったから。わたし、逃げたりしないって自分に言い聞かせてきました。銃もあるし、いいセキュリティー・システムもつけたし、何より大好きな仕事があるんです。逃げたりしたら、たぶん仕事を失うことになる。でも、ずっと眠れなくって。いつまでもこんなことをつづけてはいられません。神経をやられてしまいそう。それで、ええ、今朝、荷物をまとめたんです。そしてスーツケースを車に積もうとしたとき、あなたから電話をもらったんです」

「待っててくれてありがとう」シャーロットが言った。

エミリーはかぶりを振った。「ぐずぐずしていたのはただ、もしかしたらあなたが、いったい何が起きているのかを知っているか、少なくともそれに関する情報が得られるかもしれないと思ったからなんです」

「せめてなぜそんなに不安なのか話してもらえる？」シャーロットが訊いた。「ジョスリンはわたしの妹なの。なんであれ、あなたが知っていることを聞く権利があると思うわ」

エミリーがためらった。

「ヴィクトリアやマディソンとはもう話しました？」長い間のあと、ようやく訊いた。

「ううん、まだよ。あなたに電話したすぐあと、ヴィクトリアにも電話をしたの。会う約束を取りつけたかったから。でも彼女、電話に出なかった。メッセージは残しておいたけれど、またあとで電話してみるわ」

「彼女たちから話を聞いたほうがいいんじゃないかしら」エミリーが言った。「わたしはいちばん最後に入ったメンバーだから」

「いったいどういうことなんだ？」マックスがわざと鋭い口調で質問した。

エミリーがたじろいだ。殴られでもしたかのように、おずおずとシャーロットのほうを向いた。

「いったい何が起きているの？」シャーロットが訊いた。

「わからないんです」エミリーの目から涙がこぼれた。「さっきからそれを言おうとしてるんですよ。何が起きているのかわからないんです。わたしたち、みんなそうなんです」

「でも、怖がっている」シャーロットが言った。「ルイーズが死んで、ジョスリンが行方不明だから」

「ええ」エミリーはティッシュで目を押さえた。「わたしが知っていることは話します。それがすんだら出発しなければならないもので」

「さあ、聞かせてもらおう」マックスが言った。

エミリーがシャーロットに向かって話しはじめた。「クラブを立ちあげたのはマディソンです」

「ええ、そうよね」シャーロットが相槌を打つ。

エミリーは膝の上で両手をぎゅっと組みあわせた。全身をこわばらせ、軽く触れただけでこなごなに砕けてしまいそうだ。

「合法的な投資クラブで」あいかわらず声は小さいが、先をつづけた。「みんなで投資をしているんです。実際、そのうちの一件がすごく大きな利益をもたらすかもしれないところなんですよ。でも、クラブ発足当時、投資は口実でした」

シャーロットは言葉を失い、エミリーをじっと見た。

「なんの口実？」マックスが訊いた。

「マディソンの発案なんです」エミリーがとっさに返した。「彼女が言いだしたんですけど、わたしたち——五人のメンバーのことです——ルイーズが働いているシェルターのために、寄付以外にもいろいろできるんじゃないかって。妻子を虐待しても、まんまと逃げおおせている男たちを罰することができるって」

シャーロットは椅子に腰かけたまま、その場に凍りついた。「罰するって、どうやって？」

「マディソンが〝屈辱を与える〟って形で罰することができるって言いました。標的はシェルターに身を寄せた女性たちのファイルから選んだんです」

「ルイーズはそういうファイルを見ることができる立場にいた？」マックスが訊いた。

エミリーがうなずいた。「ルイーズはよく女性たちから聞き取りをしていたんです。逃げおおせた男たち──司直の手によって罰せられることのなかった男たち──を追跡するのに必要な詳細情報を入手できる立場にいました。わたしたちはただ、被害者のために正義をおこなおうとしていただけなんです」

「きみたちの言う正義とはどういう正義なんだ？」マックスが訊いた。

「全部オンラインでやってました。匿名のまま、相手に大きなダメージを与えることができますから。標的の男たちがカモを見つけるときに使っていたチャットルームに入って、いろいろやってそいつの正体を暴くんです。そいつの信用格付けを落とすんですよ。標的のうちの二人は実際、仕事をクビになりました」

「彼らを追跡したのね」シャーロットが言った。

「ええ」エミリーが顎をぐいと上げた。「わたしたちの目標は、虐待男たちに一瞬たりとも心穏やかな時間を過ごさせないこと。つねに恐怖を抱かずにはいられない状況に置きたかったんです。つぎの被害者に接近することがない状況をつくろうとしていました」

「ジョスリンからそんな話はいっさい聞いてないわ」シャーロットが言った。

息が詰まったかのような声だ、とマックスは思った。

「そりゃそうですよ」エミリーが言った。「ジョスリンは自分をあなたのお姉さんだと思っていますから。あなたを守らなくてはいけないと。それに、いくら慎重にやってはいても、自分たちのしていることが危険をはらんでいることは全員承知のうえでした」

「ジョスリンはなぜ行方をくらました？」マックスが訊いた。

「彼女が行方をくらましたとは、誰も思っていませんでした」エミリーが言った。

「はじめのうちは。みんな、彼女はカリブ海のリゾートに出かけたとばっかり。でも、ルイーズが死んだあと、ヴィクトリアとわたしはジョスリンの身にも何かが起きたんじゃないかと思いはじめたんです。そんなときです、誰かが警戒信号を送信してきました。たぶんジョスリンからでしょう。ジョスリンしか考えられません。そうでなければ意味が通りませんから」

「警戒信号ってなんなの?」シャーロットが訊いた。

「わたしたちがいちばん心配していたのは、いつか標的のひとりがオンラインで屈辱を与えているのが誰なのかを突き止めるかもしれないってことでした。そんな状況になったときのために、暗号を決めておいたんです。先週の金曜日、わたしたち三人――マディソン、ヴィクトリア、そしてわたし――は誰のものだかわからないアドレスからのEメールを受け取りました。ジョスリンからにちがいありません。件名としてたった一語が書かれているだけです。それが暗号と決めた言葉でした」

「きみたちが罰した男の中の誰かが形勢を逆転したと考えているのか」マックスが言った。「その男がきみや投資クラブのメンバーを狙っていると考えている」

エミリーがうつろな目でマックスを見た。「ヴィクトリアとわたしはそう信じてます。マディソンは……違う仮説を唱えていますけど」

「マディソンの仮説とは?」マックスが訊く。

「本人に訊いてください」エミリーがつぶやいた。

「あなたはどこへ行くつもり?」シャーロットが訊いた。

エミリーが唇を噛んだ。「気を悪くしないでくださいね。でも、あなたにも、ほかの誰にも教えるつもりはありません」

「わかった」マックスはポケットに手を入れ、名刺を取り出した。「でも、もし助けが必要になったら、ぼくのこの番号に連絡を。昼でも夜でもかまわない。いいね？」

エミリーがうなずいた。名刺をつかんで立ちあがる。

「それじゃ、もう行かないと」

40

マックスの車に乗りこんでエミリーの家をあとにするまで、二人はひとこともしゃべらなかった。シャーロットは考えを整理しようとするものの、どっちへ進んでも心の中の石壁にぶち当たってばかりだった。マックスにちらっと目をやると、彼は彼で考えをめぐらしているようだ。

「信じられないわ」沈黙を破るのはものすごく勇気が要った。

「ジョスリンとその投資クラブ仲間が女の復讐物語を実現させていたってことが信じられないってこと？」

「うーん、正直なところ、ジョスリンがそういうことをしていたというのはわからないでもないの」シャーロットが認めた。「信じがたいのはね、彼女が秘密の生活を送っていたことにまったく気づかなかったってことだと思うわ」

「振り返ってみて、それらしきヒントはいっさいなかったんだね？」

「そうなの。まあ、今になってみれば、ジョスリンは断固としてわたしをクラブに勧誘しようとしなかった、その事実がヒントだったのね。でも、わたしはそれに気づかなかった。やっぱりわたし、とんでもない世間知らずだと思われてもしかたがないわ」

「いや、きみにはジョスリンがどでかいリスクを冒していると疑う理由がなかったからだと思うが」

「でも、そのことが十年以上も前にローリングで起きたこととどう関係があるのかしら?」

「ヴィクトリア・マシスからさらなる答えを引き出せるかもしれない」マックスが言った。

シャーロットは電話を取り出し、ヴィクトリアの番号をまた押した。すぐさま留守番電話の応答が聞こえてきた。

「まだつながらないわ」

「エミリー・ケリーと同じようにどこかへ逃げたか、あるいは――」

マックスがそこで言葉を切った。口もとが引きつる。シャーロットは胃のあたりがよじれるのを感じた。

「あるいは、ルイーズを殺した何者かがすでに彼女を殺したか。ひょっとして、そう言おうとしたの？」シャーロットが訊いた。

「可能性はあるが、今の時点ではそうは考えたくない」

「なぜ？」

「前にも言ったように、死体は明るみに出ることがあるからだ」

「だけど、死体が永久に見つからないこともあるわ」

「ときにはね。しかし、この犯人にかぎっては、死体を隠すことには心を砕いていないようだ。もしもぼくたちの考えが間違っていなければ、彼の狙いは死因をドラッグの過剰摂取に見せかけることにある」

「つまり、彼は死体が発見されてもされなくても気にかけてはいない」シャーロットが言った。「よほど自信があるのね」

「ああ」マックスがこのときは慎重に答えた。「ああ、すごく自信があるんだ。そこが興味深い」

「なぜ？」

「突きつめれば、それが犯人の行動を予測可能なものにするはずだ」

「それはさておき、ヴィクトリアは生きているのか死んでいるのか、どっちにしても電話に出ないわ」

「となると、残るはマディソン・ベンソンだな。もしまだ逃げる決心を固めていなければ、だが」マックスが言った。

41

マディソン・ベンソンに逃げる気はなかった。今のところはまったく。だが、シャーロットにはわかった。アルマーニの鎧に身を固め、冷静かつ自制のきいたいかにもエグゼクティヴといった物腰の裏で、彼女が神経をぴりぴりさせていることが。

「あなたとお話ししてもいいと言ったのは」マディソンは言った。「あなたがジョスリンのお姉さまだからです。でも、数分前にお電話をくださったとき、調査員を同行なさるとはひとこともおっしゃいませんでしたよね」

マディソンは険しい視線をマックスに向けた。

「言ったでしょう、マックスにはジョスリン探しを手伝ってもらっているけれど」シャーロットが言った。「彼はそれだけじゃなく、ルイーズ死亡の真相を探ってもいるの。もしエミリーが話してくれたことが一部でも本当だとしたら、あなたもほかのメンバーもあらゆる助けが必要なんじゃないかと思うわ」

シャーロットとマックスはマディソンが暮らす優雅な自宅のリビングルームに立っていた。豪邸は大金持ちが住むクィーン・アン地区の斜面に建ち、緑豊かな庭園に囲まれていた。窓からはエリオット湾を広角に眺めることができる。マディソンは二人に、おかけください、とも、コーヒーはいかが、とも言わなかった。

最初は二人と話すことすら拒んだのだが、エミリーからいろいろ聞いてきたことを知ったとたん、気持ちが変わったようだ。マディソンはマックスがいっしょにいることが気にくわないようだが、それは明らかに情報を得たいからだ。それならそれでいいわ、とシャーロットは思った。二人も彼女から情報を得たいのだ。

「それで、エミリーは正確には何を話したの？」マディソンが訊いた。

「あなたがつくったクラブは、虐待をする男をオンライン上で標的にする作戦の隠れ蓑だと言っていたわ」シャーロットが言った。「あなたたち五人が法による罰を逃れたと判断した男たちを」

「彼女、ルイーズは標的のひとりに殺されたと思いこんでいるみたいだ」マックスが言った。「誰かが自分の日々を生き地獄にしているのはきみのクラブだってことを突き止めたんだろうと。最初に逃げたのはジョスリンで、つい最近、彼女からメンバー全員に警告のメッセージが送信されてきたということも言っていた」

それを聞いた瞬間、マディソンがはじめて警戒を解いたかに見えた。

「エミリーがそう言ったのね？」マディソンが言った。

「ええ」シャーロットが言った。「あなたはそうは思っていないの？」

マディソンはすぐには答えなかった。天井から床まで全面ガラスの壁際に行き、臨界地区とエリオット湾を見わたしている。

「ヴィクトリアとエミリーが事態をそういうふうにとらえていることは知っているわ」まもなくマディソンが答えた。いやに慎重に言葉を選んでいるように聞こえる。「クラブのそもそもの目的についてはエミリーが話したとおりよ。最低一回は殺人を犯しながら、文字どおり逃げおおせている男の中から標的を選んだの。妻を殴って殺したくせに、誰か別人の仕業だと陪審員を巧妙に納得させた男とか。だから、ええ、そう、標的のひとりが自分の経済状態や仕事や社会生活を破滅に追いやったのが誰かを突き止める可能性があることは、つねづね頭にあったわ。でも、わたしはルイーズが殺された理由がそれかどうか確信はないの——それって、もし殺人だとしたらの話だから、それはまだわたしの頭の中では答えが出ていないわけ」

「それじゃ、あなたは今の状況をどう考えているの？」シャーロットが訊いた。

振り返ったマディソンの目は冷ややかだった。「本当に知りたい？」

「ええ」シャーロットは答えた。

「いいわ、話すわ。でも、あなたは気に入らないと思うし、信じてくれるかどうかもわからない。いちおう聞いて。このクラブをつくった目的は、まんまと罪を逃れた虐待男を罰するためだった。でも、周囲の目を考えて隠れ蓑が欲しかった。そこで、合法的な投資をすることにしたの。小規模な新設企業何社かを対象にしたところ、その中の一社が大手IT企業に買収されそうになっているの。そのキーワース社の買収話がうまくいけば、クラブのメンバーが得る利益は莫大な金額なのよ」

マックスは思案顔でマディソンをじっくり観察していたが、やがて一度だけうなずいた。

「つまりきみは、ジョスリンがクラブのメンバーがひとり減ることを狙って、ルイーズを殺したと思っているんだね」マックスが言った。「利益を山分けする人間がひとり減る。だから今、きみは彼女が残りのメンバーも消そうとしているんじゃないかと考えている。そうなれば彼女は、膨大な利益が転がりこむ精算日が来たとき、残るひとりになるわけだからね」

「やめて」シャーロットが全身で怒りをあらわにした。「そんなこと、あるはずないわ。まさかそんなこと思っていないわよね、マディソン」

「そうは言ってないわ」マディソンが冷静に言った。目は鋭い。「そういうこともありえると思うってだけ。正直なところ、わたしはエミリーがルイーズを殺したのかもしれないとも考えたわ。でもヴィクトリアは、心配しなければならないのはジョスリンだと確信してる。大金がからんでいるのよ。わたしの世界ではそれが動機になるわ」

「ぼくの世界でも大きな動機だよ」マックスが言った。

「ジョスリンは人を殺したりしないわ」シャーロットは両手でぎゅっとこぶしを握った。「冗談じゃないわ、マディソン。あなた、ジョスリンを知っているでしょ。あなた、あの子の友だちよね。それに、ルイーズはあの子の親友だったのよ。あなたどうして、あの子がいちばんの仲良しにそんな恐ろしいことをするなんて考えられるの、たった一瞬だとしても？」

「彼女がやったなんて言ってないでしょう」マディソンの顎にやや力が入った。「わたしはただ、莫大なお金がからんでくれば、人間は……予期せぬ行動に出ることもあるって言っているだけ」

「ジョスリンにかぎってそれはないわ」シャーロットが言った。

シャーロットの怒りはまだおさまっていないが、声は落ち着いてきた。自分の立場を冷静に考えられるようになったようだ。

「もしジョスリンが自分の利益を最大にするため、クラブのメンバーの一部ないしは全部を排除する決心をしたなら、なぜきみたちに暗号を使って警報を送信してきたんだろう？」マックスが訊いた。

彼の物言いにはやんわりとした好奇心がうかがえた。証人に答弁を強要するような気配はない、とシャーロットは思った。

「一目瞭然じゃない？」マディソンは見るからにじりじりしている。「危険はべつの方向――わたしたちに逆襲しようとしている未知の標的――から近づいているとわたしたちに思わせたいのよ」

「きみたちがみんな身を隠してしまったら、彼女にとっては状況はかえって厄介になるだけのような気がするが」マックスが指摘した。「彼女はきみたちのシアトルの家がどこかは知っているが、もしそれぞれどこかに散ってしまったら探しようがないんじゃないかな？」

「あなたはジョスリンって子をよく知らないでしょう？」マディソンがユーモアのか

けらも感じさせない薄ら笑いを浮かべた。「教えてあげる。彼女は一年以上をかけてクラブのメンバーと親しくなっているの。そんな過程でたぶん、もし逃げなければならなくなった場合、わたしたちの行き先くらいもうわかっていたんだと思うわ」

「しかし、きみは逃げるつもりはない？」マックスが訊いた。

「ええ。この状況は十日以内に終わるはずよ。キーワースの買収の結論が出るときにね。それまでわたしはずっと情報をチェックしている必要があるの。買収話ってもろいものなの。たったひとりでも躊躇する人間がいれば、この話もおじゃんになるかもしれないのよ」

「言い換えれば、もしジョスリンがほかのメンバーを片付けようとしているとしたら、あまり時間がないってことか」マックスが言った。

シャーロットがマックスをにらみつけたが、彼は気づかないようだ。

「そうなの」マディソンが言った。

「しかし、ジョスリンもエミリーも人殺しじゃないとしたらどうなる？」マックスが静かに言った。「もしきみたちの言う標的のひとりが本当にクラブのメンバーに襲いかかっているとしたら？」

「わたし、銃を持っているわ」マディソンが言った。「使い方も知っている」

「きみだけじゃなく、クラブのメンバーはみんなそうみたいだね」マックスが言う。

マディソンが肩をすくめた。「みんな、ある程度の危険は覚悟していたのよ。ただ、それが仲間内から自分に向けられるとは思いもよらなかっただけ」

42

ヒルディー伯母さんはよく、この古いトレーラーはクラシックカーだと力説していた。ヴィクトリアもそれを疑ったことはなかった。遠い昔、アルミニウムのボディーは陽光を浴びて眩いばかりの輝きを放っていたが、時の流れは金属を酸化させ、今は鈍い灰色に変色していた。丸みを帯びた先端部分は当時は最先端技術を用いて設計されたとかで、空気力学的に引っ張りやすいトレーラーなのだという。

しかし、そのトレーラーはもう何十年も動いてはいなかった。ヴィクトリアが物心ついたときにはもう、それはヒルディー伯母さんの家として使われていた。ヴィクトリアの母親の悪夢にも似た再婚がようやく終止符を打ったのちは、ヴィクトリアと母親にとっての隠れ家となった。

トレーラーはぎざぎざした海岸線を見わたすちっぽけな土地に据えられていた。ヴィクトリアが高校を卒業した小さな町から一マイルほど引っこんだところに位置している。夏の何カ月か、そのあたりには観光客や週末来訪者、そのほかにもドラマチックな吹きさらしの浜辺を楽しむ人びとが数多くやってくるが、観光シーズンが終わりを告げると、よそ者はほとんどいなくなる。週末に秋の浜辺を訪れる人びとが目につく程度だ。

ヒルディーの死後、ヴィクトリアはこれを売らなくちゃと自分に言い聞かせてきたが、思い出がありすぎた。それだけではない。土地もトレーラーも二束三文といった値しかつかなかったからでもある。

最終的にヴィクトリアはトレーラーを週末用の別荘として維持することにした。少なくとも土地の値段が上がるまでは。トレーラーとそれを据えてある土地が、ヴィクトリアと母親を守ってくれた強い女性が遺した全財産だった。

コンパクトな内部をぐるりと見わたしながら、母親といっしょにヒルディーのところに身を寄せたあと、どんなにほっとしたかを思い出した。狭い空間に三人となるとぎゅう詰めだったけれど、ヴィクトリアはまったく気にならなかった。ヒルディーが、あたしが面倒を見る、と言ってくれて、ヴィクトリアは伯母がそうしてくれることを信じて疑わなかったからだ。

母親の再婚相手だったろくでなし野郎がそこへやってきたのはたった一回だけだっ

た。そのとき、ヒルディーは銃を手にトレーラーの戸口であいつと対峙した。すると、あいつは二度とやってこなかった。だが、ヴィクトリアは知っていた。あのくそ野郎が自動車事故で死んだという噂を聞くまで、ヒルディーは毎晩、ベッドの横の引き出しに銃を入れて寝ていたのだ。

その夏が終わる前、ヒルディーはヴィクトリアに銃の撃ち方と手入れの方法を教えてくれた。そして高校卒業時に贈り物としてその銃をヴィクトリアにくれた。以来、ヴィクトリアは毎晩、それをベッド脇の引き出しに入れて寝ている。

トレーラーが置かれている場所は比較的孤立した地区だから、こんな状況下では不安だろうと考える人もいるかもしれない。だがヴィクトリアは、誰もが自分を知っているそこのほうが、ほとんど匿名で暮らしているシアトルより安全だと感じていた。

よそ者が地元の住人の家への道順を尋ねたりすれば、疑いの目で見られるような小さな町なのだ。トレーラーの安全を保証してくれる要素はほかにもある。周囲の土地が風雨にさらされた灌木や草でおおわれていて、姿を見られずに接近したくとも身を隠す背の高い木など一本もないのだ。砂利敷きの私道は、車がトレーラーに近づこうとすれば、いやでも大きな音を立てる。

だから、ここはほかのどこより安全だとヴィクトリアは思っている。そして、もし拳銃を使うほかなくなったときは、コンドミニアム・タワーで発砲を余儀なくされたときに比べて、事後の説明がはるかに簡単なはずだ。ワシントン州のこのあたりでは、ひとり暮らしの女性には自分の身を守る権利があるという暗黙の了解がある。

43

マックスとシャーロットは、マックスがはじめて彼女のアパートメントを訪れた夜と同じ近所のレストランに行った。彼がクラブケーキを注文すると、シャーロットがおもしろがった。

「またそれ?」

「ぼくはけっして習慣を崩さない人間でね」マックスが答えた。「きみに警告しなくちゃと思っていたんだ。石橋を叩いて渡るタイプなんだよ、忘れた?」

「そうだったわ。わたしは、そうねえ、今日は少々無謀な渡り方をするわね。おなかがぺこぺこなの」シャーロットがウエイターを見あげた。「わたしもクラブケーキを」

二人の注文を聞いたウエイターがテーブルを離れた。シャーロットがまたマックスを見た。

「わたし、アンソンに夕食をごちそうしなくちゃと思ってるの。一回だけじゃなく一週間ずっと。だって、財布やクレジットカードが入ったバッグが戻ってくるのよ。どれだけほっとしたかわかるでしょ。しかも携帯電話が壊れていなかったなんて信じがたいわ。買い替えるしかないと思っていたんですもの」

「運がよかったとはいえ、それはきみがしっかりしたケースに電話を入れていたからだし、バッグが防水性のナイロンだったからさ」

「いつもの外出に使っているバッグなのよ。だって、ここは雨ばっかりのシアトルですもの」シャーロットが注釈を加えた。「防水は当然でしょう。さて、つぎは何を？」

「まだ連絡の取れないメンバー――ヴィクトリア・マシス――を探そう」

「どうやって探すつもり？」

マックスがビールをひと口飲んだ。「彼女の経済状態はどんなものだと思う？」

「前にも言ったとおり、ジョスリンの友だちのこと、わたしはよく知らないのよ。わたしが知っていることは全部、ジョスリンからの受け売り。ジョスリンとルイーズとマディソンはそろって高収入だった。それだけはたしか。エミリーとヴィクトリアもきちんと働いてはいたけど、とくに裕福ってことはないんじゃないかしら。どうして？」

「身を隠すっていうのはお金がかかるからさ。誰もが即座にカリブ海の名前も知らない島の隠れ家を確保できるわけじゃない」

「たしかにそうね。あなたの考えていることはわかった。うーん、こんなこと言ってはなんだけど、ヴィクトリアはたぶん、メンバーの中でいちばんお金のない子だと思うわ」

「だとすれば、たぶん見つかるはずだ」

「もうマディソンとエミリーからは話を聞いたわけだけど、ヴィクトリアがこれ以上のことを話してくれるってことがあるかしら？」

「わからない」マックスが答えた。

マックスの電話が着信音を発した。彼が上着のポケットから電話を取り出すと、シャーロットはEメールを読む彼の表情を見つめた。目尻のあたりにかすかな緊張がうかがえる。彼は無言で読み終えた。

「何かニュース？」シャーロットは好奇心を抑えこむことができず、すぐさま訊いた。

「ああ。だが、きみの妹さんやこの一件とは関係がない」

「べつの調査も進行中なの？」

「以前に調査した別件だ」マックスはまたビールを飲んだ。「ぼくはもう降りている」

シャーロットはもっと詳細を話してもらえるのかどうか、しばらく待ったが、そこまでだった。彼の目とこわばった顎のあたりから察するに、再び異次元に引きこもってしまったようだ。

彼の変化にぎくりとした。山でさんざんな目にあって戻ってきてからというもの、二人のあいだには親密感がただよっていたのだ。

それとも自分だけのたんなる思い込みだったのか。

そのとき突然、シャーロットはなんとしてでも彼を日の当たる場所に引きもどしたい衝動に駆られた。

「その調査、なぜ降りたの？　請求書を送ったのに依頼人が料金を払ってくれなかったとか？」

その瞬間、答えは返ってこないだろうと思ったが、しばらくすると彼がグラスのへりごしに彼女を見た。

「ぼくは請求書を送ったことなどないし、送ろうと思ったことすらない」彼が言った。

「ふうん。プロボノ活動なのね」シャーロットがにこりとした。「弁護士がよくやっているみたいに、あなたも無報酬で公益のために仕事をしたりするわけね。慈善活動の私立探偵版ってところかしら。すごくいいことだわ」

「はっきりさせておくが、ぼくは慈善活動などしないよ」

「えっ」

マックスがしばし躊躇した。「これは……私的なことなんだよ」

「どういうこと？　もし私的なことなら、なぜ途中で降りたりしたの？」

このときもまた、シャーロットは彼が答えるのを拒むだろうと確信していた。

「でも、あなたはわたしの私生活についてあんまりよくは知らないってわけじゃないわよね、パ、ー、ト、ナ、ーさん」シャーロットが言った。

意外なことに作戦が功を奏した。マックスがグラスを置いて前かがみになり、テーブルの上で腕組みをしたのだ。目は暗く翳っている。シャーロットは不安になった。

「本当にぼくの私生活についてもっと聞きたい？」マックスが尋ねた。

シャーロットは怖気づくまいと心の準備をした。「ええ、すごく聞きたいわ」

「警告しておくが、退屈だぞ」

シャーロットはにこりとしてみせた。「このチームのもうひとりのメンバーは、頼りないけどこのわたしなの。忘れてないわよね？」

マックスは長いあいだじっとシャーロットを見ていた。

「わかった。かいつまんで話すことにする。ぼくの母がシングルマザーだって話はもうしたよね」

「ええ」

「母はみずから好んでそういう道を選んだ人なんだ。子どもを産もうと決めたとき、精子バンクのシステムを利用した。ぼくはその結果ってことだ」

シャーロットはワイングラスの脚をぎゅっとつかんだ。「なるほどね」

「父親は病院のデータベースにある匿名のファイルだってことを、ぼくは子どものころから知っていた」

「でも、大人になって父親を探しはじめたんでしょう?」

「そう思う?」

「あなたならそうするだろうなってわかる程度にはあなたって人をわかってるし、きっとその人を探し当てたと思うわ。なぜなら、あなたはそういうことがすごく得意だから」

「みんなが言ってることは本当だ。最近じゃ、誰だろうとオンラインで見つけることができる。そうなんだよ、ぼくは父親を見つけた」

「それはいつのこと?」

「数年前。プロファイリング会社に就職した直後のことだ。ひょっとしたら向こうがぼくに会ってみようかって気になるかもしれないと漠然と考えたんだろうな。その人にEメールを送った」

「そしたら？」

「うまくはいかなかった。返信が来て、ぼくをストーカーだと非難した。ぼくに対してなんの義務もないことを明記した法的文書を持っている。もしまた自分や家族に接触してきたら弁護士と相談する、と」

物語がなんらかの形で不幸な結末を迎えることは覚悟していたつもりだったが、愕然となった結果、言葉を失った。

「まさか——」なんと言ったらいいのかわからない。「ひどいわ」

「いや。かえってすっきりしたよ。ぼくも答えが得られた。だから、二度と接触はしないと自分に誓ったんだ」

「その人、ほかに子どもはいるの？」

「息子と娘がひとりずついる。その二人ももう子どもじゃない。大人だ」

「ということは、あなたには腹違いの弟と妹がいるということね」

「生物学的にはそういうことだね。もうひとりの息子は家業であるポートランドの不動産開発会社の役員に名を連ねていて、娘はインテリア・デザイナーとして大成功している。ついでに教えておくと」

「換言すれば、あなたのきょうだいはそろって起業精神に満ちているのね」

「まあ、そういうことかな」

シャーロットが微笑んだ。「遺伝子のなせる業だわね。そう思わない？」

マックスが組んでいた腕をほどき、グラスを取った。「それ、どういうこと？」

「つまり、あなたと腹違いのきょうだいには共通点がたくさんあるってこと」

「それはないだろう」マックスがいやに丁寧にグラスを置いた。「共通点なんかひとつもないよ。二人とも私立学校に行って、名門大学を卒業している。二人とも仕事で成功している。息子は結婚して子どももいるし、娘は最近婚約した。かたやぼくは、無法地帯にある学校で教育を受けて、そのあとコミュニティー・カレッジに通って、そのあとの数年間は人間の姿をした怪物を追跡することに費やし、そのあと結婚したけれど失敗した。その結果、今こうして私立探偵として出直そうとしているが、やっと家のローンを返済できる収入がある程度だ。しかもその家ときたら、あちこち金がかかる改修をしなければならない代物だ」

「わたしの意見を言わせて」シャーロットが言った。「あなたは独立して自分の会社を立ちあげた。そしてそのうち必ず成功する。なぜなら、あなたは頭がよくて、今の仕事は得意分野だから。つまり、あなたもきょうだいと同じ起業精神を発揮しているのよ」

マックスは彼女に憐みのまなざしを向けた。「ぼくがちょうど、きみはみんなが思っているほど世間知らずじゃないって結論を出したというのに、きみはすぐさまその結論が間違っていたことを証明してくれた」

「それは侮辱だと思うけれど、聞かなかったふりをするわ。あなたが降りたという調査に話を戻しましょうよ。それがあなたの家族の歴史とどう関係があるの？」

「もし説明したら、そのままやり過ごしてくれるかな？」

「内容によるわね」シャーロットはきっぱりと言った。「だから約束はできないわ」

マックスが答えないうちにウエイターがクラブケーキを運んできた。料理が置かれ、また二人きりになると、シャーロットはフォークを手に取った。

「聞かせて、マックス。いっしょに乗り越えてきたことを振り返れば、聞かせてもらってもいいような気がするけど」

「大したことじゃないが」

「うん、その調子」

マックスはそんな言葉には反応しなかった。「ディケーターから連絡してくるなってEメールを受け取ったあと、ぼくは彼のプライバシーを尊重した。それでもぼくは、遠くからときどきチェックを入れていた。彼の家族にストーキングしていたわけでもなんでもないが、ビジネスニュースは簡単に追うことができる」

「ディケーターの名前が報道されたとき、その記事を読んでいた。それならべつにストーキングじゃないわ。それはごく単純な、昔ながらの好奇心ね。生物学的に自分とつながっている家族ですもの、好奇心を抱いて当然だと思うわ」

「だが、デイヴィス・ディケーターはきみとは意見が違う。これは本当なんだよ」

「ディケーターねえ」シャーロットが顔をしかめた。「なんだか聞き覚えがあるような気がするのはなぜかしら？」

「言っただろう、ディケーターは不動産業者だ。開発業者なんだよ。会社は成功している——びっくりするほどの大成功さ。ポートランドもだが、このシアドルでも大規模プロジェクトを展開させている」

「それで納得がいったわ。わたしもその名前をメディアでたまに目にしていたのね」

「経済メディアにその名前が出てくるニュースの大半は月並みなものだった——大成功している会社にしては月並みだったね。ところが、三カ月ほど前、ディケーターの娘が——」

「あなたの腹違いの妹ね」

マックスがゆっくり、ふうっと息を吐いた。「彼女の名はブルック。彼女はガトリー——サイモン・ガトリー——って名のヘッジファンド・マネージャーと交際していたが、そいつと婚約したという。その名前にぴんときた。いい意味でじゃなく。そこでインターネットで調べてみた」

「うまくいかなそうってこと？」

「ああ。ガトリーはじつに狡猾な詐欺師なんだ。証拠もある。大学時代から人をだましつづけてきた男でね。目を瞠るほどいい腕をしてる。現在はねずみ講《ポンジ・スキーム》のようなものを運営しているが、これがはじめてじゃない。いずれ崩壊するときがくるわけだが、それまでにそいつは客から集めた資金を自分の海外口座にせっせと移しておくんだよ」

「あなたはお父さま——デイヴィス・ディケーター——に警告しようとしたんじゃなくて？」

「ばかなことをしちゃったよ」マックスが言った。「でも、ブルックには警告できない。ぼくの存在を知らないんだからね。そんなことをしたら、たぶんぼくのほうがとんでもない詐欺師だと思われそうだ。だから、そう、ディケーターにEメールして、財務や法務を専門とする部下にガトリーをしっかり調査させたほうがいいと提案した。

するとEメールが返ってきて、もしまたディケーター家の人間に接触を図ったら、そのときは悪意ある接触あるいはいやがらせということで告訴するからそのつもりで、と言われた」

「ブルックの新しい恋人についてディケーターに警告するため、あなたは自分にできることをした。ディケーターはあなたの警告を却下した。だからあなたはこの件からは降りる決心をした。そういうこと？」

「ぼくにできることはほかにないだろう」マックスがゆっくりと息を吐いた。「数分前に受信したEメールは、ガトリーが詐欺師だってことを再度確認する内容だった」

「ねえ」シャーロットが言った。「そのシナリオを業《カルマ》のいい例だと見なす人もいるかもしれないわね。生まれてから今日までずっとあなたを無視してきたディケーターが、その代償を払うときがこようとしているわけでしょ」

「そうだな」マックスがクラブケーキを食べた。あまり気乗りがしない表情だ。

「それでもあなたは、ガトリーが妹を利用してディケーター一族に近づき、その資産を手に入れようとしているのが気にくわない」

「まんまとうまいことやられたら、そりゃむかつくさ。理由は聞かないでくれ」

「むかついてる理由を説明してもらう必要なんかないわ」シャーロットが言った。

「一目瞭然ですもの。傷つくのがあなたの家族だから」

「ぼくの家族じゃないさ。生物学上のつながりはあるが、それだけのことだ」

「それでもいいわ。生物学上のつながりでも。だけど、悲惨な結末が一族に降りかかったあとを考えてみて。罪もない人間――あなたの生物学上の妹――が途方もない罪の意識を抱えこむことになるわ。彼女はたぶん、自分がこんな不幸を招いてしまったと思いこむはずよ。そんなずるい男を家族の中に引きこんだのは、ほかでもない彼女なんだから」

「不幸に襲われると仮定すれば、たしかに。だが、そんなことが起きる前にガトリーはとんでもないやつだってことを誰かが突き止めることは可能だ」

「あいつを思い出すわ。バーニー・マドフ（米の実業家。史上最大級の巨額詐欺事件の犯人）。あいつは数十年にわたって人を欺きつづけてきたのよ――中にはすごく利口な人たちもいたのに。あなたもわたしもあきらめるわけにはいかないわ。こっちも計画を練らなくちゃ」

マックスが眉をきゅっと吊りあげた。「こ、こ、こっちとは？」

「わたしたち、パートナーでしょう？　心配いらないわ。きっといい作戦を思いつくから」

「名案が浮かんだら、必ずぼくに知らせてくれ。それはそうと、そろそろ優先事項に戻らないと」

「ヴィクトリアね」

「ああ、そうだ」

「どこからはじめる？」

「食事がすんだら、友だちの留守宅の植物に水をやりにいくことにしようか」

44

一時間後、シャーロットはヴィクトリアのアパートメントの前の廊下に立ち、マックスが玄関ドアを開けるためにおこなう、間違いなく違法行為に類する作業を眺めていた。

目の前の男といっしょにここにいることが至極当然といったふうを懸命に装っているのだが、われながら女優の資質があまりなさそうではらはらだった。なんと言おうが、その男はちょっとした住居不法侵入を試みているのだから。

幸いなことにこれまでのところ、彼らに目を留めた住人はひとりもいない。この建物のセキュリティーは標準的なレベルだ。夜間、管理人やドアマンの姿はない。住人のひとりのあとについてロビーに入るのは驚くほど簡単だった。前を行くとんがった感じの若者は携帯電話から顔を上げようとすらしなかった。二人がついてきたことに気がついてもいなかった、とシャーロットには思えた。

「こういう大規模なアパートメント・ビルは住人の回転が速いんだよ」マックスが部屋に向かう途中で説明してくれたおかげで、シャーロットの不安はいくらか軽減した。
「だから、廊下で見たこともない人間に会うことに慣れている。それに今回の場合、きみは実際に住人のひとりの友だちだ。植物に水をやるというのは、万が一誰かにとがめられたときに備えての口実ってわけさ」

ここに来る前、二人はまず地下の駐車場に行ってきた。ヴィクトリアの車は彼女の部屋番号の区画になかった。彼女が逃げた証拠のひとつだと考えられる。そして今、二人はアパートメントに侵入しようとしていた。シャーロットは緊張のあまり、体が震えていた。マックスが気づかないといいけれど。

カチッとくぐもった小さな金属音が錠前から聞こえたあと、マックスがドアを開いた。シャーロットは急いで中に入った。マックスもあとにつづき、ドアを閉めた。用心のために彼が施錠したことにシャーロットは気づいた。そうしておけば、もし誰かがノックしたら、そのときは植物に水をやっているふりをするくらいの時間は稼げるというものだ。

マックスが明かりのスイッチを入れた。
「ぼくたちがここに入ったことが不法ではないように見せないとね。二人の人間が懐中電灯を手に暗がりでうろうろしていたら、怪しまれるかもしれない」

「ほんと」シャーロットは窓際のベンチに置かれた三個の鉢植えに目をやった。どれも葉がうなだれている。「植物の水やりはまさにどんぴしゃりの口実みたい。ここを出る前にかわいそうなこの子たちに水をやらないとね。ところで、ここで何を探すの？」

「ヴィクトリアの行き先を教えてくれそうなもの」

「彼女の電話やノートパソコンに残された旅関係の情報のたぐいね」シャーロットが言った。「どっちも見当たらないけど」

「ハードウエアは持っていったのかもしれないな。スイッチは切ってあるんだろうが。あるいは、もしかしたら電話もパソコンもいっさい置いていったって可能性もある」

シャーロットは室内を見まわした。「それじゃ、さっそくはじめる？」

「いや、ここをめちゃくちゃにするリスクは冒せない。よくわからないが、彼女はそういう機器をここ以外の場所に隠したんじゃないかな」

「どうやって彼女を探す？」

「彼女が車で目的地に向かった可能性は大いにあると思う」マックスが言った。

「空港まで車で行って、空港の駐車場に車を置いていったのかもしれないわ」シャーロットが言った。

「かもしれない。だが、空港の駐車場に長期間停めておくと法外な料金がかかる。だから、しばらくここを離れる人間はたいていタクシーを使う。それだけじゃない――ジョスリンを抜かせば、ヴィクトリアはメンバーの中でいちばん早くシアトルを離れた。しかし、きみが言っていたが、収入的には彼女がいちばん低い」

「わたしはそう思うの」

「彼女は脱出時の作戦をだいぶ前から考えていたような気がするな。もしお金のかかる逃走を図るほどの資金がないとしたら、たぶん友だちか親類のところへ行ったんだろう」

シャーロットは壁に掛かった写真を見た。ぶかぶかなジーンズと色褪せたシャツを着た白髪まじりの髪の女性が写っている。片手にガーデニング用の移植ごてを持ち、背景には古ぼけたトレーラーが置かれている。

そのとき、はたと思い出した。

「投資クラブのメンバー以外、ヴィクトリアの友だちは知らないけど、親類がいたわ――伯母さん。ヴィクトリアと伯母さんはすごく仲がよかったってジョスリンが言っていたのよ。数カ月前に亡くなったけれど」

「その伯母さんはどこに住んでた？」

「海岸沿いに家があったのよ。ジョスリンから聞いたところでは、ヴィクトリアは週末をよくそこで過ごしていたけど、伯母さんに深刻な健康問題が生じたとかだったわ。それでシアトルの介護付き高齢者施設に移ってきて、そこで最期の数カ月を送ったの」

マックスがファイルの引き出しから顔を上げた。「その伯母さん、ヴィクトリアに家を遺したんじゃないか？　だとすれば、ヴィクトリアの経済力でも姿を消すことができそうだ」

「伯母さんは全財産をヴィクトリアに遺したってジョスリンが言っていたけど、大したことない全財産だそうよ。最期が近づいたころ、介護の費用がかかって貯蓄を使い果たしたみたいね。それでも海岸沿いに家や土地があるんでしょう、とわたしは思ったんだけれど、それも大した額じゃないってジョスリンが言ってた。ヴィクトリアは、いつか市場価値が上がったときに売るつもりだったみたい」

マックスが引き出しからファイルをひとつ引き抜いた。「どうやらヴィクトリアは伯母さんのお金に関するファイルを箱に詰めてここに持ってきて取っておいたみたいだな。運のいいことに、伯母さんは守旧派だ。記録が紙のファイルになっている」

海岸沿いの家に関する納税記録を見つけるのにさほど時間はかからなかった。

「壁の写真はおそらくそこで撮られたもののようだ」マックスが言った。「ヴィクトリアがそこに身をひそめている可能性は相当高いと思うね」

「電話に出てくれないとなると、伯母さんの家にいるかどうかを突き止めるためには、海岸まで車で行くほかないわね。ここから百マイルだわ」

「今夜のうちにここへ向かう意味はないさ」マックスが言った。「真夜中に私道を近づいてくる見知らぬ車に気づいたら、おそらく死ぬほど怖い思いをするはずだ」

「あなたの言うとおりだわ。だめよ、今夜は。ヴィクトリアは高校を卒業したときから銃を持っているってジョスリンが言っていたわ」

マックスが小さく口笛を吹いた。「投資クラブのメンバーはしっかり武装しているってわけか」

「ルイーズの銃は役に立たなかったけど」シャーロットが言った。

「たしかにそうだ。それじゃ、朝一番で海岸をめざすとしよう」

45

間断のない雨音に目を覚ましたシャーロットだが、目が覚めたのはベッドに自分ひとりでないことを意識したせいでもあった。目を開けると、暗がりにマックスの輪郭が濡れた窓を背景にして浮かびあがっている。身に着けたブリーフとクルーネックの黒Tシャツは少し前、ベッドに入るときに着たものだ。ひと晩じゅう考えをめぐらしていたらしい。

彼は再び異次元に引きもどされてしまっていた。

シャーロットは猛烈に腹立たしかった。釣り糸の先の大きな魚を引きあげようとしている気分。ということは、もちろん、べつの疑問へとつながっていく――引っかかった魚をなんとしてでも引きあげようと躍起になっているのはなぜ？

「ねえ」シャーロットは小声で話しかけた。「あなた、大丈夫？」

マックスがシャーロットのほうに顔を向けた。「ああ。ごめん。きみを起こすつもりはなかったんだが」

「いいのよ。どうせよく眠れずにいたんだもの。うとうとしてはまた目が覚めて、と繰り返していただけだから」

「ぼくも同じだよ。この事件だが、ぼくは何か重要なことを見逃している気がしてならないんだ」

シャーロットは上体を起こし、両腕で膝を抱えた。「わたしに言わせれば、わたしたちは何か重要なことを見逃している、だわね。わたしたち、いっしょに調べているのよ、忘れた？」

「いや、わかってる。だが、これはぼくの仕事だ。パターンを見抜くのはぼくの役目だからね」

「とくに気にかかっている要素はなんなのかしら？」

「道路地図」

「ルイーズ・フリントの倉庫の中のスーツケースとジョスリンの貸金庫に入っていた地図ね？」

「ああ、あれだ。ルイーズとジョスリンが丸で囲んでいただろう、レイプ事件が起きた三カ所と過剰摂取が原因で女性が死亡した二つの町を。あの五件の事件は何がそんなに重要なんだろう？」

「ジョスリンとルイーズはたぶん、投資クラブの標的を追跡していたのよ」

「たぶん」マックスが言った。「しかし、標的はルイーズがボランティアをしていたシェルターのファイルから選んでいたと、マディソン・ベンソンもエミリー・ケリーもはっきり言っていた。三人のレイプ被害者と死亡した女性二人にはこのシェルターとの関係はいっさいない。しかも、ルイーズのジョスリンに宛てたメモには、五人のファイルは紙のコピーのものしか存在しないと書かれていた」

「ヴィクトリアがその答えを教えてくれるといいけど」シャーロットは時計にちらりと目をやった。「四時半だわ。今からもう一度寝ようとしても無駄だわね。いっそのこと、海岸に向けて出発する支度をしようかしら」

マックスが窓に背をむけた。「そうだな」

シャーロットは上掛けをはいでベッドを出た。「先にシャワーを浴びるわね。そのあと朝食をつくるから、あなたはそのあいだにシャワーと髭剃りね。あっ、そうだわ。ところで――」

「なんだい？」

シャーロットがドアのところで立ち止まり、振り返った。「あなたの家族の問題について考えてみたの」

「ぼくに家族の問題なんてものはないよ。生物学上の血縁者に関係があるビジネス上の問題ってことさ」

「なんと呼んでもいいけれど、提案があるわ」

マックスが乗り気の感じられない好奇心をのぞかせてシャーロットを見た。「どんな？」

「ディケーターはあなたからの接触をいっさい受けつけてくれないと言ったわね。となると、あなたの言うことは疑ってかかるはず。でも、彼は経営者として成功している、のよね？」

「だから？」

「おそらくお抱え弁護士がいるわ」

「おそらく法律事務所をまるごと。それが？」

「経営者ならお抱え弁護士の意見に耳をかたむけるはずよ。知り合いに弁護士はいる？」

「シアトルに来てからは、二人の弁護士から仕事を引き受けている。そのうちのひとりとは友だちになったが、どうして？」

「ガトリーに関するファイルをその人のところに持っていったらどうかしら？　ディケーターの弁護士に連絡してファイルを見せるようにたのむのよ。もし彼らもあなたと同じように危険信号に気づけば、当然のことながら依頼人に事態を伝えるわ」

「ほう」

「そういうふうにすれば、あなたは一歩さがっていられるじゃない」

「だが、もしそのファイルの出どころがぼくだとわかりでもしたら、ディケーターはおそらくぼくを詐欺師と考えて、情報は無視するだろうと思うよ」

「そうね。でも、少なくとも彼は間違いなくファイルに目を通すわ。それに、もしディケーターの弁護士たちがファイルの内容を深刻にとらえれば、ディケーターもそうする可能性が高いと思うの。目の前に置かれたデータを無視するとしたら、愚か者としか言いようがないわ。だって、検証可能な情報なんですもの。そうでしょ？」

「ああ」

シャーロットは彼がもっと何か言うかと思って待っていたが、それだけだった。彼女を見たまま、じっと立っている。

「べつにいいの。ただちょっとそんな考えが浮かんだだけ」シャーロットは言った。

「それじゃ、シャワーに行くわね」

彼に背を向けて歩きだそうとした。

「シャーロット」

シャーロットは足を止めて彼を見た。

「ありがとう。この問題に対する論理的なアプローチだ。わかりやすい。ちくしょう、どうして自分で思いつかなかったんだろう」

シャーロットは気がついた。彼はなぜか自分の仕事をしそこなったと思っているのだ、と。自分で定めた掟にしたがいそこねた、と。

シャーロットは笑みを浮かべた。「あなたがこれを思いつかなかった理由はたったひとつ。事態があまりに身近だから。感情的になっているんだわ。こういう状況ではごく自然なことよ」

「いや、そこじゃない。弁護士から弁護士にって手段を思いつくべきだった」

「自分に対してもう少し甘くならなくちゃ、マックス。家族のことであなたがすごく複雑な感情を抱くのは当たり前。こと家族となると、誰しも複雑な感情を抱いているものよ」

彼が部屋を横切ってドアのところまで来た。シャーロットが立っているところだ。そしてわずか数インチを隔てたところで足を止めた。両手を上げてドア枠の両側をつかみ、シャーロットにぐっと顔を近づけた。

「ディケーターに対するぼくの感情はなんとも複雑だが、きみに対する気持ちに複雑なところはまったくない」

シャーロットははっと息をのんだ。「それ、ほんと？」

「きみと話していると、自分の考えがはっきりと見えてくる」

いいわ。愛の告白ではなくても、マックスが発した言葉はなんだか重大な声明のように思えた。シャーロットにもう少し何か言ってほしいとせがむ間を与えず、マックスが前かがみになって唇を重ねた。

われを忘れて彼の肩にしがみつきたくなる、いつものようなゆっくりとしたキスではなかった。想いがしっかり伝わってくる、親密感あふれる短いキス。これって、とシャーロットは思った。男が相手の女性と緊密な関係にあると考えたときにするキスよね。

もしかしたら、キスひとつに考えすぎかもしれないけれど。

マックスがドア枠から手を離してあとずさった。

「シャーロット――」

それだけで口をつぐみ、ただじっとシャーロットを見つめる。シャーロットは彼の目に問いかけを見たような気がした。でも、もしかしたら夜明けの光のちょっとしたいたずらかもしれない。そう判断した。

「そろそろ海岸に向けて出発する準備にかかったほうがいい」マックスが言った。

「できるだけ早くヴィクトリアから話を聞いたほうがいいと思う」

シャーロットが眉を吊りあげた。「何かまずいことでも？」

「ただの勘だよ。ときどきこんなことがあるんだ」

シャーロットはそれ以上何も訊かなかった。

46

「よかった。ヴィクトリアはやっぱりここだったわ」シャーロットが言った。自分では気がつかなかったが、シアトルを出てからここまでの長いドライヴのあいだ、ものすごく緊張していたのだ。「トレーラーの前の私道に車がある。きっと彼女のだわ。あなたが考えたとおりだったわね。彼女が身をひそめるために向かったのはここだった」

「理屈から考えればそういうことになる」マックスが言った。「人間は恐怖を感じたとき、往々にして土地勘のある場所に逃げこむものなんだ。安心できる場所に」

「こんなこと言うのはおかしいかもしれないけど、ここに着いたときに何を目にするのか、ちょっと不安になっていたの」

ドライヴの終点でヴィクトリアを発見できないかもしれないという覚悟もしていたシャーロットだった。しかし今、少なくとももういくつかの疑問に対する答えが得られそうだ。

マックスは私道の半ばまで進んで車を停め、クラクションを二度鳴らした。

シャーロットが彼をちらっと見た。

「どうしたの？」

「きみは言っただろう、彼女は銃を持っていて、使い方も知っていると。もし彼女が怯えて逃げたのだとしたら、何があっても驚かしてはいけない。彼女はこの車が誰のものかわからないはずだ」

二人はグレーのセダンに乗っていた。

「たしかにそうだわ」

マックスはさらに二度、クラクションを鳴らした。友だちに到着を告げるための、親しみをこめた軽やかな短い鳴らし方。

シャーロットはじっとようすをうかがっていたが、トレーラーの中にはなんの動きもない。カーテンの陰からこちらをのぞく気配もなければ、ドアも開かない。

シャーロットはシートベルトをはずしてドアを開けた。「車を降りて、向こうから姿が見えるようにするわ。彼女、あなたのことは知らないけれど、わたしを怖がる理由はないから」

「きみがジョスリンと共謀して、キーワースの買収で得る利益から彼女の取り分を奪おうとしていると思っていなければ、そうだな」マックスが言った。

「ばかなこと言わないで。ジョスリンに殺されるかもしれないなんて、彼女が思うはずないわ。メンバーの誰もそんなこと信じるはずないわ。わたしが彼女に話してみる──ルイーズの死は過去に起きた事件とつながっているかもしれないと思うってことを伝えてくるわ」

「ま、いいだろう。だが、トレーラーときみのあいだをドアで遮るようにしろ。彼女に、ぼくが誰で、なぜここに来たかを伝えてくれ」

シャーロットは車を降りた。太平洋沖から近づいている嵐が巻き起こす鋭い風が髪を鞭打ち、ジャケットを切り裂かんばかりに吹きつけてくる。

「ヴィクトリア、わたしよ、シャーロット・ソーヤー」大きな声で呼びかけた。「あなたが怖がっていることは知っているけど、わたしも怖いの。ジョスリンが見つからないのよ。私立探偵を連れてきたわ。マックス・カトラー。彼に協力してもらってるの。お願いだから、話を聞かせて」

トレーラーからはなんの反応もない。シャーロットは顔に叩く髪を押さえながら、前かがみになってマックスを見た。

「ドアをノックしてみるわ。わたしを狙って撃ってくるような冷血なことはしないと思うの」

マックスはトレーラーから目をそらさない。

「車に戻って」

命令だった。

「このまま引き返すなんてできないわ。せっかくここまで来たのに」

「引き返すわけじゃない。さあ、乗って」

ぐっと力がこもる彼の顎のあたりからは反論を寄せつけない険しさが感じられた。

シャーロットは素直に助手席に戻り、ドアを閉めた。

「何かまずいことが起きたと思っているのね?」

「もし彼女が中にいて、もしなんでもない状態だったら、少なくとも私道を近づいてきたのが誰なのか、窓からのぞくくらいのことはするはずだ」

シャーロットは答えなかった。恐怖が骨の髄までしみこんできた。お願い、もうひとり死ぬなんてことはやめて。ルイーズみたいにならないで。死んだりしないで。

マックスはトレーラーに向かって車を走らせ、正面で停まった。

「ぼくが見てくる」

彼が車を降りて振り返ったちょうどそのとき、シャーロットは助手席側のドアを開けて彼のあとについていこうとしていた。車の中に戻れ、と彼に命令されることは承知のうえだった。彼を見て首を振る。彼は気に入らないようだが、何も言わなかった。

彼が三段の古ぼけた金属製のステップをのぼり、ドアを強く三度叩いた。応答がない。取っ手を回してみる。

「ロックされている」マックスは手を止め、ドアの脇のアルミ製のパネルをじっと見た。「くそっ」彼の声はすごく小さかったが、すごく冷たかった。

ステップの最上段から飛びおりると、パネルをこじ開けた。シャーロットはその構造にちらっと目をやったが、質問をする間もなく、またマックスから命令が飛んだ。

「後ろにさがって」

何がなんだかわからないまま、数歩あとずさった。マックスはこぶし大の石を拾い、すぐ近くの窓にぶつけた。ガラスが砕け散る。

シャーロットはトレーラーが苦しげに大きく息を吸いこむ音を聞いたような気がした。マックスはもうひとつ、窓を割ったあと、ドアを何度となく蹴った。古いロックはけたたましい音とともにはずれた。

「まだ近づくな」マックスが命じた。「九一一番に通報して」

マックスは大きく息を吸いこんでからトレーラーの中に駆けこんだ。そして何秒かすると、ぐったりとなったヴィクトリアを肩に背負って出てきた。ステップを下りて、地面にヴィクトリアを横たえる。

シャーロットは緊急通報のオペレーターの応答を待ちながら、ヴィクトリアのようすを素早くチェックした。外傷を負ってはいなそうだ。生きてはいるが、深く寝入っている。不自然な眠りだ。

シャーロットが恐怖に引きつった顔を上げた。「また過剰摂取?」

「いや、違う」マックスが言った。「オペレーターに言ってくれ。一酸化炭素中毒で意識不明の女性を発見した、と。救急救命士だけじゃなく警官もよこしてくれ、とも。自殺未遂だ」

47

「何者かがヴィクトリアを殺そうとしたのさ。トレーラーの旧式な暖房装置をいじって、排気が外に出ないようにしてね」マックスが言った。「一酸化炭素は無臭で、トレーラーには探知器がついていない。ヴィクトリアはベッドで寝ていた。時間とともに一酸化炭素が充満していく。古いトレーラーはそういう事故がよく起きるってことは広く知られている」

シャーロットは身震いを覚えた。「でも、これは事故じゃないのね？」

「ああ。何者かが故意に暖房装置に細工した。事故に見えるように」

二人は町はずれの小さなカフェにいた。ヴィクトリアは地域の病院の集中治療室にいる。いつになったら目が覚めるのかは――もし覚めるとしても――誰にもわからない。たとえ生き延びたとしても、何が起きたのかを訊いたところで記憶はおそらく曖昧だろう。

現地の警察はこれが殺人未遂だとは考えていないようだ。シャーロットは警察官のひとりが、古いトレーラーは一酸化炭素中毒が起きやすい、と言っていたのを耳にしていた。またべつの警官も、持ち主がシアトルに引っ越したあと、トレーラーは荒れ放題だったから、と言っていた。流れ者が一時的にトレーラーに住みつき、もっと暖房を効かせようとして装置をいじくった可能性がある、と言っていた警官もいた。

「もしわたしたちがあの時刻に到着していなかったら、彼女は死んで、警察はおそらく、原因は暖房装置の不具合ってことにしていたわね」

「おそらくそうだろう。彼女はまだ危険な状態にある。医者が言っていたのを聞いただろう。昏睡状態がいつまでつづくかはわからないって」

「でも、少なくとも可能性はあるのよね」シャーロットが言った。「朝早く出発することにしてよかったわ。もし彼女が生き延びたら、それはあなたのおかげだわ、マックス」

だが、彼は聞いてはいなかった。何かべつのことに全神経を振り向けているのがシャーロットには見てとれた。

「彼女がここに来て数日が経つ」マックスが言った。「だが、昨日の夜まで暖房が故障していなかったことは明らかだ」

シャーロットは彼をじっと見ていた。「何を考えているの？」

「犯人は昨日やってきたと考えている」

「彼女に気づかれずにどうやって暖房装置に細工ができたのかしら？」

マックスが人差し指でカップの脇をこつこついやにゆっくり叩いた。「ルイーズのときと同じ方法を使ったのかもしれない。ヴィクトリアはおそらく、まず致死量未満の薬物を与えられたんだろう。それが効いて意識不明になったところで、犯人は事故に見せかけるべく暖房装置に細工を加えた」

「投資クラブのメンバーが怯えているのも無理はないわね」シャーロットが言った。

「何者かが本当に彼女たちを殺そうとしている」

マックスが彼女を見た。「ジョスリンにトレーラーの暖房装置に細工を施せる程度の機械いじりの知識はあるかな？」

「そんなこと言わないで。ううん、考えるだけでもよしてほしいわ。ジョスリンは人殺しじゃない」

「きみが彼女が無実だと確信していることはわかっているが、ぼくとしてはあらゆる角度から事態を眺める必要がある。正直に話してくれ。彼女はああいう暖房装置をいじるくらいのことはできるのかな？」

シャーロットは質問について無理やり考えをめぐらした。「さあ、どうかしら。あの細工、どれくらいのむずかしさ？」

「ちょっとした知識があれば、ぜんぜんむずかしくない」

シャーロットがため息をついた。「わたしはどうしたらいいのかわからないけど、ジョスリンはわたしに比べればはるかに機械に強いわ。DIYみたいなことは全部得意なの。オートバイや車の手入れは自分でやっているし、モーターボートの免許も持っている。銃の使い方も知っている。そうね、ジョスリンならトレーラーの暖房装置に細工をする方法くらい知っていると思うわ。でも、わたしは妹を知っている。わたしを信じて。あの子は親友を殺したりしないし、ヴィクトリアを殺そうともしなかった」

マックスはコーヒーを飲んで、カップを持つ手を下げた。カフェの窓から外に目をやり、海岸線を激しく叩く嵐を見た。その目は非情なまでに冷たかった。

「ジョスリンはDIY的な作業が得意だと知っている何者かが仕組んだのかもしれないな。そうすれば、これが誰かが細工を加えた結果かもしれないと疑う人間がいたときは、ジョスリンがヴィクトリアを殺そうとしたという結論に行き着くはずだ。あるいは、犯人は暖房装置への細工ってことに誰も気づくはずがないと想定していた。いずれにしても、ヴィクトリアは犯人を知っていたような気がするな」

「マックス」シャーロットが言った。「もしジョスリンが完全にサイコパスと化してしまったと本気で思っているなら、そう言って」

マックスが目を合わせた。「ぼくが何を思っているかといえば、まずは一連の出来事のスタート地点に立ち返る必要があるってことだ」

「ルイーズが殺されたところね？」

「いや、そうじゃない。ジョスリンのレイプ事件のことだ。ひとつだけはっきりわかっていることがある。それは彼女が犯人はキャンパス内の人間だと確信している点だ。ローリング警察の歳のいった刑事、アトキンズもそう考えたと言っていた。彼によれば、初動段階で警察は大学内の男何名かから事情聴取をはじめたが、警察にこの事件の捜査を打ち切るよう圧力がかかったとブリッグズに言われたそうだ。証拠保管箱が消えたのはそのあとだ」

「それを機に捜査は打ち切りとなった。それが？」

「ジョスリンは当時から彼女を襲った男は学生だと確信している、ときみは言っていたね」

「ええ、そのとおりよ」

「なぜ彼女はキャンパス内のそれ以外の男を除外したんだろう？　建物の管理人は？　グランド整備の人間は？　警備員は？　教員は？」

「細かな理由がいろいろあるの。全部は思い出せないけど、憶えているのは、犯人は手袋をしていたと強調していたこと。柔らかい革のドライヴィンググローヴで、作業用の手袋ではなかったって。それから、あの子のバッグを頭を通してはずそうとする犯人に抵抗していたときに靴がちらっと見えたんですって。流行していた値の張るスニーカー。それに、犯人はほとんどしゃべらなかったけど、口をきいたとき、言葉の感じから年齢が近いと思ったそうよ」

「高校や大学に通う若者の傾向として、内輪のアクセントや特定のパターンの話し方を創りだすからね」

「まさにそれだわ」シャーロットがコーヒーを飲んだ。「ほかにも、犯人は細部まで周到に計画していた事実があるわ。コンドームを使ったの」

「証拠をいっさい残さないつもりだった」

「しかも、犯人が待ち伏せていた道というのが、ジョスリンがいた寮に入っていた学生だけが日常的に使っていた図書館への近道だった。彼がその道を知っていたことは明らかだわ。どれもささいなことではあるけれど、ひとつにまとまればレイプ犯はあの大学の学生にちがいないとジョスリンは考えたわけ」

「アトキンズもどうやら同じ考えだったようだ」マックスがコーヒー・マグをテーブルに置いた。「ジョスリンの貸金庫に入っていたあの名簿にあった名前をチェックする必要があるな」

「三百人近いのよ。ジョスリンが突き止められなかったというのに、あなたは何を探すつもり？」

「ぼくの世界へようこそ。捜査がつらい仕事になるのがこういう局面だ」

「なるほどね。着実に一歩ずつってことね？」

「そのとおり。あの名簿に並んでいる男のひとりひとりがどうしているかを突き止めようじゃないか」

「いったい何を探したらいいの？」

「男たちが今どこにいて何をしているのかを知りたい」

シャーロットがゆっくりと息を吐いた。「それはそうかもしれないけど、とんでもなく時間がかかるかもしれないわ」

「必ずしもそうではない。ぼくたちは世界でも指折りの優秀な捜査機関の人材を利用できる立場にいるからだ」

「あなた、ＦＢＩにコネがあるの？」

「あることはあるが、今回はそんなルートをわざわざ使うつもりはない。平均的な大学の同窓会が管理しているファイルに比べれば、ＦＢＩは厳密に見て控えレベルだ。ぼくの経験では、同窓会ほど卒業生を追跡しつづける仕事に長けた組織はない」

シャーロットがうなずいた。「たしかに。ネットワークって目的があるから」

「それもあるが、主としてカネの問題だ。なぜどの大学も同窓会を存続させるためにとてつもない額の基金をつくっていると思う？　卒業生は巨大な収入源だからだ。だから、そうなんだ、同窓会って組織は卒業生に関する詳細な記録を維持している」

「それはわかるけど、何百人かの男の居どころを調べようとしたら、やっぱり長い時間がかかることに違いはないわ」

「ぼくたちには助っ人がいる」

「だあれ？」

「ぼくのおやじだ」

「ミスター・サリナス？」

「アンソン・サリナスはかつてすごい警官だった。しかも現在、仕事を欲しがっている」

「なるほど。そういうことなのね。でも、まだよくわからないわ。わたしたち、いったい何を探そうとしてるの？」

「パターンだ」マックスが言った。「必ずパターンがあるはずだ」

48

「わたしの誕生パーティーのためになんとか都合をつけてくれたってわけね」マリアン・グリーンスレイドが言った。

トレイは満面に笑みをたたえ、祖母の頬にキスをした。

「言ったでしょう、何があろうと出席するって」

このパーティーは形式張ったものだ。会場はローリング大学の教職員クラブ。グリーンスレイド一族の行事のためなら、大学は喜んで便宜を図るのがつねである。つまるところ、教職員の人事や教室から図書館の特別な蔵書まで、あらゆるものを賄っているのがグリーンスレイドからの寄付金なのだ。

マリアン・グリーンスレイドは注目の的である。いつものことさ、とトレイは思った。マリアンが会場にいれば、誰もが敬意を表する。彼女が大学のみならず町の女王であることに異論を唱える者はいない。ローリング＝グリーンスレイド社の王座の裏で真の実権を握っているのは彼女だと誰もが知っていた。そして彼女もみずからに期待される役割を忠実に果たしている。

若いころは美人だった。その後、長い歳月をかけて魅力的な存在から畏怖の念を起こさせる存在へと優雅に変身を遂げた。今日はそのマリアンの八十回目の誕生日を祝うパーティーである。頭はいまだにきわめて明晰で、トレイにとってはその目もあいかわらず氷のごとく冷たかった。

「シャンパンを取ってきましょうか？」トレイが訊いた。

「ええ、お願い。ところで、アンジェラ・カーソンが来ているわよ」

「そりゃ、もちろんでしょう。アンジェラにとってもこのパーティーは大事でしょうからね」

アンジェラはマリアンが彼の結婚相手として厳選した女性だ。アンジェラはその美貌もさることながら、それ以上に野心的だ。それも高く評価される。彼女のほうも──彼ではなく、グリーンスレイドの財力に──関心があると明言している。トレイには、彼女となら協力してビジネスをやっていけるという確信があった。

トレイはさまざまなＶＩＰに挨拶をしながら人の波をぬって進んだ。父親が他界した今、彼はローリング＝グリーンスレイドの新しい顔なのだ。マリアン同様、彼にもコミュニティーでの役割があり、彼はそれを完璧に演じていくつもりだった。

セルフサービスのカウンターからマリアンのためのシャンパンを取り、自分用にウイスキーを注文した。これからはじまる長い午後を乗り切るには、何かの助けが必要だった。

飲み物を手に振り向くと、アンジェラがにっこりと笑いかけてきた。彼も微笑を返した。アンジェラは美人だが、今日のような改まった場で正装した姿からは、なおいっそうの華やかな魅力がオーラとなって放たれている。会場にいた男はひとり残らず視野の隅っこで彼女を見つめていた。一方で女性の多くはこっそりと二度見している。

「ようやくいらしたのね」アンジェラが言った。「あなたに代わって言い訳をしなければならないかもしれないと、ちょっと心配になっていたところよ。シアトルでの仕事はうまくいったの?」

「すべて順調だ」トレイは彼女を頭のてっぺんから爪先までまじまじと見てから、微笑に少し熱をこめた。「きみはきれいだ。この会場の女性の中でいちばん魅力的だ。そのうえ、いちばん知性的でもある」

アンジェラが明るく上品に笑った。「おばあさまのお耳に届かないように気をつけて。ご自分がこの中でいちばん頭のいい女性だと思ってらっしゃるわ」

トレイは苦笑した。「ぼくといっしょに祖母のところへ行って、ご機嫌取りに協力してくれないか。知っているだろうが、祖母はご機嫌を取られるのが大好きでね」

「ええ、もちろん」

二人は群衆のあいだをぬって進んだ。振り向く人間も少なくない。トレイは注目を浴びる感覚を楽しむことにした。

人目を引きつけているのはアンジェラだけではなかった。今日は彼が、父親が就いていた地位の法定推定相続人としてはじめて臨む大きな社交の場である。もうあのくそったれおやじの力の陰に隠れていなくてもいいのだ。太平洋岸北西部最大の製薬会社のひとつであるローリング゠グリーンスレイド社をまもなく指揮下に置こうとしている。王はみまかった。王さま、万歳。

「今、見たらだめよ。でも、あなたの従弟があなたをじっと見ているわ。まるであなたが崖から落ちるところが見たいとでもいうような顔で」アンジェラがささやいた。

トレイは部屋の反対側を一瞥した。本当だ、チャールズがこっちをにらみつけていた。トレイは眩いばかりの笑顔を彼に向けた。チャールズは目をそらし、顎ひげを生やした大学関係者との会話をつづけた。

「いつものことさ」トレイが言った。

「彼、あなたのお父さまの後釜にすわりたがっているのよ」アンジェラがさりげなく言った。

「可能性などないのにな」

アンジェラが満足げに微笑んだ。「そうでしょうね。そうよね」

トレイは決意した、ゆくゆくはローリング＝グリーンスレイドを売却しようと。父親の志を継ぎ、重役室で売り上げのグラフや表を前に熟考を重ねながら人生を浪費するつもりなどなかった。とはいえ今のところ、この会社はこの先の運命を制御するに当たっての申し分ない足がかりを与えてくれる。

それこそ彼が切望していたものだ。昔からずっと喉から手が出るほど欲しかったものだ——全面的な統制権とそれに伴う権力。そして今、とうとうそれに手が届くところまで来た。

だが、その前に証拠保管箱を見つけなければならないし、彼の人生を複雑にした女と取引をしなければならない。すべては戦略しだいだ。

トレイは内心ほくそ笑んだ。おまえに見込みはないと思え、チャールズ。ばあさんは昔からおれをいちばん気に入っていた。

49

マックスの電話が鳴り、シャーロットのリビングルームを包んでいた不思議なほど気まずさのない沈黙を破った。ソファーに浅く腰かけてメモをつくっていたシャーロットが顔を上げた。

マックスはパソコンに名簿の名前を打ちこんでいたが、手を止めて電話を取り、画面をちらっと見た。

「ローリング警察からだ」

電話を受ける。

「カトラーです」

それからしばらくのあいだ、彼はやや顔をしかめながら相手の声に真剣に聞き入っていたが、途中でポケットから小さなメモ帳を取り出すと、ペンを取って素早く何か書き留めた。

「そうですね。最新情報をありがとうございます、ウォルシュ刑事。いや、こちらはまだ具体的なことは何も。はい、引きつづき調査を進めているところです。そうします。ええ。どうもありがとう」

マックスが通話を終えてシャーロットを見た。

「ロクサーヌ・ブリッグズが姿を消した」マックスが言った。「ウォルシュが今日、彼女にもういくつか質問しようと山をのぼったところ、彼女はいなかった。事件の痕跡はいっさいなく、荷物をまとめて立ち去ったことは明白だそうだ」

「だんなが殺されたあと、不安になったんでしょうね。なんだかんだ言っても、あの男と結婚してから何十年か経つわけだから。きっと彼の秘密も知っているはずよ」

「ぼくが考えているのはタイミングなんだ。最近になってつぎつぎに起きた出来事を見ていると、全部が十年あまり前のジョスリンの事件につながっているような気がする。まるで過去をずっと抱えこんでいたダムが突然決壊したみたいだ」

「何かひとつの出来事が今のこの状況の引き金になったと思う?」

「ああ。それがなんであれ、この数カ月のあいだに起きている。それを見つけたら、完全にパターンが見えてくるはずだ」

シャーロットは手もとのリストに目を落とした。「同窓会の記録、あなたが言ったとおりだわ。ジョスリンのIDで問題なくログインできたもの。いちおう進展はしているけど、なかなか速やかにとはいかないわね」

「そろそろ援軍を呼ぼうか」マックスが言った。

シャーロットが顔を上げた。「誰のこと?」

「アンソンはこういうことが得意なんだよ」

「本当にこの件を私に処理してほしいんだな?」リード・スティーヴンズはマックスが彼のデスクに置いたファイルを閉じた。「きみはあの一族に借りがあるわけでもないのに」

朝刊に目を通して手持無沙汰をまぎらわせていたマックスが、新聞を投げ出して立ちあがった。

50

リードのオフィスはダウンタウンのオフィス・タワーの中にあった。企業法を専門とするリードだが、吸収合併に野心的な専門家のひとりではなく、地元の新設企業や中小企業の経営がうまく軌道に乗るよう力を貸してきた弁護士である。

さらに重要な点は、リードが法曹界において一目置かれている点である。マックスはそうした評判に期待してここへ来た。シャーロットが言ったとおりだった。しかるべき弁護士ならば、リードが黙ってはいられずに発言することに耳をかたむけようとする。

「そのファイルの情報をデイヴィス・ディケーターに届けたいんだが、ほかの方法を思いつかなかったものでね」マックスが言った。

リードはこくりとうなずき、立ちあがって窓際に行った。「サイモン・ガトリーに関する情報だが、よくこれだけ大量に掘り起こしたな。これをこのままＦＢＩに持ちこむこともできるよ。そこからはじめちゃどうだ？」

「ＦＢＩの仕事ぶりは知ってるだろう。もし実際に捜査を開始したとしても、一件落着までは二年ほどかかる——捜査すると仮定しての話だが。それだけじゃない。彼らは派手な見出しになる事件を好む。ガトリーは利口だから、レーダーの追跡に引っかからないように作戦を遂行してきた。だから、これまで財産を失った投資家が何人かいるし、近い将来、ポンジ・スキーム全体が間違いなく崩壊する。だが、現時点で彼を捕らえたところでＦＢＩ捜査官にとって出世の材料にはならない」

リードがまたうなずいた。「たしかにそうだな」

「そのファイルの内容はすべて、べつの調査員でも立証できるものだ。ぼくは自分でディケーターに届けることができない。そんなことをすれば、ディケーターはぼくが家族に近づくために新手を繰り出してきた、やっぱりディケーターの財産を狙っているのかと考えるはずだ」

リードがくるりと向きなおった。「デイヴィス・ディケーターだが、おそらくお抱え弁護士の言うことには耳を貸すだろう。ファイルの中身にも納得するかもしれない。しかし、娘はいっさい信じたがらないかもしれない。知ってのとおり、恋は盲目と言うからな」

「その場合、ぼくにはもう打つ手がない」

「わかった。ディケーター家の私的な法務を担当しているのが誰かを調べて、彼女だか彼女だかに電話を入れておく。だが、きみの望みどおりの結果が出るかどうかは保証のかぎりではないからな」

「心配するな。それは重々承知のうえだ。悪いな、リード」

マックスはドアに向かって歩きだした。

「ところで、たのみたい仕事があるんだ」リードが言った。「企業のセキュリティーなんだが、たのめるかな?」

「今はちょっと忙しいが」

「助言をしてくれるだけでいい。きみも会社の基盤を築こうとしているところだ、私が申し出るたぐいの仕事は断らないほうがいいと思うよ、きみにとって、企業のセキュリティーはこれから糊口の道となっていく」

「会社といっても、ぼくひとりだからね、リード。知っているだろう」

「そろそろ拡大を考えてもいいころじゃないか。ちょうどいい機会だから言っておくと、それについてはまずフルタイムの受付を置く必要もある。見込み客が事務所にやってきても、相手をする人間がいないと、しかるべき利益が出る前につぶれてしまうぞ」

「貴重な助言、ありがたく聞いておくよ、リード。ただ、今は会社経営のノウハウを研究している時間がないだけなんだ」

「時間をつくれ。大至急」

「そうするよ」

51

マディソン・ベンソンはマティーニのお代わりを注文したあと、携帯電話をもう一度チェックした。メールが入ったかもしれないが、着信音は聞いていない。混みあったホテルのバーの騒がしさを考えれば、着信音を聞き逃した可能性は高い。

新着メールはない。マディソンは画面をしばしじっと見つめながら、怒りと嫉妬が複雑に入りまじった感情を無視しようとした。そんな気持ちに押しつぶされそうで怖かった。それならそれでいいわ。マディソンは怒っていた。怒る権利はある。なんだかすっぽかされているみたいなのだ。だが、自分の嫉妬を認めるわけにはいかない。ほかの女たちはこういう危うい感情に負けてしまうのかもしれないが、わたしはそんなに弱くない。嫉妬なんかしていない。ただ怒っている。大違いだ。

二人はただの恋人同士ではなく、ビジネスパートナーのはずだ。いったいこの先いつまで彼に与えつづけなければならないのだろう？　我慢にも限度ってものがあるわ。

しかし、彼女の内なる情欲を彼ほどかきたてることができる男にまた出会えるとは思えない。彼のすべてが彼女を興奮させる。彼は強い——彼女と同じように強い。目的を果たすためなら進んでなんでもする。彼にはカリスマ性があり、無慈悲だ。彼女にとって真の仲間だ。二人は出自こそ違うが、お互いを心底理解している、と彼女には確信があった。二人のあいだには絆がある。

マディソンは貧しい育ちだ。シングルマザーのひとりっ子。その母親はドラッグと暴力をふるう男たちとの縁が切れなかった。そういうろくでもない男のひとりは、自分の女のブロンドの髪のかわいい娘を凌辱することにためらいすら感じていなかった。

それでも彼女は過去を克服した。自分の美貌と知性が力を与えてくれると早い時期に学んだ。与えられた力をどう使えばいいのかも思いついた。自分の欲しいものを知っていて、恐れることなくそれを追う、彼女は独立独行の女なのだ。

キャリアを積む過程では何度となく詐欺を働いてきたが、虐待男を標的にする作戦にはとくに満足を覚えていた。クラブのメンバーとともに標的を仕留めるたび、自分をレイプしたあのくそ野郎を思い出した。そいつが死んでもう数年経つ。ある夜、バーの駐車場でそいつと対決したときの大いなる快感は忘れられない。撃たれて死ぬ直前、そいつが誰に撃たれたのかに気づいたことは間違いなかった。

マティーニを飲みながら、これからどうするかじっくり考えた。恋人にはとりあえず二十分与えよう、との結論に至った。ちょうどこれを飲み終えるころになるはずだ。もしそれまでに現われなければ、そのときはここを出よう。選択の余地はない。彼女も彼と同様、強くて無慈悲だ。対等以下の扱いを受けるのなら彼を許すつもりはない。彼の母親ではないのだから。

三十分後、彼がバーに入ってきた。マディソンはまだひとりブースにすわっていた。二十分後に立ち去らなかった言い訳を頭につぎつぎに思い浮かべながら。

「ごめん、遅れちゃったよ」トレイ・グリーンスレイドが言った。「祖母の誕生パーティーが長引いて」

マディソンはあくまで冷ややかな笑みを崩さなかった。「ちょうど帰ろうと思ったところ」

トレイは彼女の隣に腰を下ろした。

「よかった、間に合って」トレイが言った。「ひどい一日だった。一杯やらずにはいられないよ。きみもいてくれないと。きみの助けが必要なんだ」

「わたしに何をさせたいの？」

「ルイーズ・フリントの死の真相を探っている、あの忌々しい探偵がこれ以上面倒を起こさないうちにこの事態をなんとかしないと。それにはまず、ジョスリン・プルエットを呼びもどす方法を見つけないとまずいが、きみはできるかもしれないと言っていたよね」

「まあね」交渉の余地もあるかもしれない。「ご褒美は何かしら?」

トレイが笑みを浮かべた。「ローリング＝グリーンスレイドの役員会の席はどう?」

マディソンはそれについて考えをめぐらした。キーワース買収は大金になるはず——これまでのものに比べて途方もなく大きな利益を生むはず——だが、その利益も製薬産業の周辺にあふれ出るお金と比較したら色褪せてきた。ローリング＝グリーンスレイド社は乗っ取りの標的として申し分ないではないか。

「役員会の席、いただくわ」マディソンは応じた。「ついでに会社の株も欲しいわね——もちろん、支配的持ち分」

トレイが眉を吊りあげた。「きみは容赦ないからな」にこりと笑いかける。「だが、きみのそういうところが好きさ」

「それじゃ、それで決まり?」

「ああ、約束する」

簡単すぎる。彼はわたしをばかだと思っているのかしら？　わたしをもてあそんでいると思っているんだわ。でもね、実際はわたしが彼をもてあそんでいるの。情欲と興奮が全身を震わせた。トレイにはこれまで会った男の中でいちばんわくわくさせられているが、信用してはいなかった。マディソンはそもそも男など信じられないのだ。

すごく短いスカートの下には最新式の小型デジタル・レコーダーを隠していた。今夜家に帰ったら、パソコン内にすでに作成してある〝トレイ・グリーンスレイド〟ファイルにこれをコピーしておこう。

運がよければ、自衛のためにそんなファイルを使う必要はないのだろうが、女はいくら用心しても用心しすぎるということはない。悪魔と寝るとき、なんらかの有利な手段を持つことは賢明な考えと言える。

52

「ああ、会えてよかった、ジョスリン」マディソンが言った。「死んだんじゃないかと思ってたのよ――ルイーズみたいに。知ってる？　エミリーが姿を消したの。どこにいるのかも、生きているのか死んだのかもわからないのよ」

「わたしが暗号を送信したから、たぶんどこかに隠れているのよ。そういう計画だったじゃない――あなたが立てた計画。ところで、いったいどういうことになってるの？」

「ヴィクトリアは計画どおりに行動したけど、うまくいかなかったわ。彼女、今、海岸沿いの病院の集中治療室よ」

「えっ、まさか。何が起きたの？　あいつ、どうやって彼女を見つけたの？」

「さあね。一酸化炭素事故ってことになってる――トレーラーの暖房装置ってそういうことがよく起きるらしいのよ。でも、この状況を考えると、そうは思えないわ」

「わたしがここに来たのは、あなたが使った暗号が姉のシャーロットの身に危険がおよんだときにだけ使うことになっているものだったからよ」ジョスリンが言った。「でも、シャーロットのアパートメント・ビルのフロントに匿名で電話して、シャーロットに花を届けたいって言ったの。そしたらドアマンは心配そうでもなんでもなかったわ。受け取るだろうって言ってた。シャーロットは大丈夫みたい。となると、いったいどうなってるの？」

ジョスリンは細心の注意を払って約束の時間より早く到着した。待ち合わせ場所である道路沿いのレストランを通過したあと、車を脇道に停めた。車は偽のＩＤで借りたレンタカーだ。そこで車を降りると、林の中を通って戻り、マディソンを待った。

その朝は図書館の開館を待つ列の先頭に並んだ。すると、Ｅメール受信箱で暗号メールが待っていた。前夜に送信されたものだった。ジョスリンはすぐさま行動を起こし、車を飛ばして待ち合わせ場所をめざした。昼まではまだだいぶあるため、狭い駐車場に車はちらほらとしかいなかった。だから、マディソンが到着したとき、彼女がひとりであることははっきりと見てとれた。彼女の車のあとから入ってくる車もなかった。ジョスリンが林をあとにマディソンに近づいたとき、マディソンの安堵が手に取るようにわかった。

そして今、二人は小さなテーブルをはさんですわり、安っぽい紙コップからまずいコーヒーを飲んでいた。ジョスリンは空腹を感じないではなかったが、キッチンからただよってくる饐えた脂のにおいは食欲をそそるものではなかった。レンタカーの中にチェダーチーズとパンとキュウリのピクルスがあるのを思い出し、あとであれを、と思った。

「問題が起きたの」マディソンが言った。「シャーロットに何が起きているのかは知らないんだけれど、すごく面倒なことに巻きこまれているんじゃないかしら。数日前、あやうく死にかけたのよ、彼女」

ジョスリンは胃をひねられたような感覚を覚えた。「それ、いったいなんのこと？」

「シャーロットが私立探偵といっしょに動いているのは知ってた？」

「なぜ？　姉はわたしがカリブ海にいると思っているのに」

「彼女、あなたがその修道院にいないことを知ってるのよ」

「うそっ。なんだかもう話が込み入ってきちゃったわ。姉にはこの一件から離れていてほしかったのに。どうしてまた、わたしが隠れ家にいないと思ったのかしら？」

「カトラーのせいだと思うわ。彼は私立探偵で、シャーロットをこの件に引きずりこんだのも彼なのよ。ルイーズの従弟が彼女の死亡の真相を調べてもらおうと雇ったのがカトラー。わたしはカトラーがどういうわけか、それとあなたの失踪を結びつけたんだと思うけど」

「どうして？　筋が通らないわ」

「とにかく彼はシャーロットを調査に引きずりこんだ、わたしに言えることはそれだけ」マディソンが言った。「状況はまずくなる一方よ。理由は知らないけど、二人はローリングまで出かけたの」

「ええっ？　なぜ？」

「イーガン・ブリッグズに話を聞きにいったことは間違いないわ。だからシャーロットは殺されそうになったの」

　ジョスリンは頭がくらくらした。最悪の悪夢だわ、と思った。どういうわけか彼女はシャーロットに主役を割り振ってしまったようだ。

　だが、懸命に意識を集中させた。

「なぜブリッグズに会いにいったりしたのかしら？」

「ルイーズについて何か聞きたかったんだと思うけど」

「ブリッグズがルイーズのことを知っているわけがないでしょ。ブリッグズとルイーズは会ったことすらないっていうのに」

「わたしだって知らないわよ。でも、カトラーとシャーロットが山を下りる途中で、ブリッグズがわざと自分の車をぶつけて、二人が乗っていた車を川に突き落としたの」

「まあ、なんてことを」ジョスリンが小声で言った。

なんてひどいことを。どうしたらいいのかわからない。わたしがシャーロットを含むみんなを危険な状況に陥れてしまったのだ。

災難が雪だるま式にふくらんでいくのは全部わたしのせいだ。過去を埋もれたままにできなかったのはこのわたし。

「わたし、空港へ行く途中なの」マディソンが言った。「メキシコへ行くつもり。できるだけ早い便に乗りたかったけど、その前にあなたに警告しておかなくちゃと思ったの」

「ありがとう。いい友だちだわ、あなたって」ジョスリンはこめかみをさすったが、頭がくらくらする感覚はいやますばかりだ。「少なくとも……少なくともシャーロットにはその探偵——カトラー——がいっしょにいてくれるのね。ひとりじゃないのね」

「ええ、そうよ。だけど、これだけは知っておいて。わたしたちを追っているそいつは——男か女か知らないけど——あなたが殺人犯に見えるようにいろいろと仕組んでいるの。カトラーはそう思いこんでいるわ、きっと」

「なんですって？」ジョスリンはとっさに顔を上げたが、その瞬間に意識が薄れそうになった。「なぜなの？　わたしがルイーズやあなたたちを殺す動機があるわけないでしょう」

「キーワースの買収」マディソンが言った。

ジョスリンは何かすごく重たいものに押しつぶされそうな気がした。「ええっ……どういうことか……わからない」

「最初は利益を五等分するところだった。現時点では四等分。もしヴィクトリアが生き延びられなければ三等分になるわ」

ジョスリンはショックのあまり、数秒間呼吸ができなかった。

「まさかあなたもわたしがルイーズを殺して、ヴィクトリアも殺そうとしただなんて思ってはいないでしょうね」やっとのことで小声で言った。

「もちろんよ。もしそう思っているなら、あなたにここで会いたいなんて言うはずないでしょ。でも、ルイーズに起きたことやヴィクトリアに起きたことを思うと、わたし、もうどうにかなりそうだったの。こんなことを言ったら、荒唐無稽な陰謀論に聞こえるのはわかっているけど、わたしね、メンバーの中に裏切り者がいるって結論に達したの。彼女はこれまでこのチャンスを虎視眈々と狙っていた。そして、キーワースの買収で大金を手に入れる決心をした——わたしたちメンバーを排除して」

ジョスリンが目を閉じた。「エミリー」

「考えてみて。もしルイーズとヴィクトリアとわたしが死んだら、残るはあなたとエミリーだけ。そうなったとき、もしみんなを殺したのがあなただとうまく見せかければ、エミリーはあなたを殺すこともできるようになるわ。正当防衛だったと主張すればいいんですもの」

「違うわ」ジョスリンが目を開けた。「黒幕はエミリーじゃない。それはあの男、わたしをレイプしたろくでなしよ。なんとしてでもあの男を探さなくちゃ。正体を暴いて、きっぱりけりをつけてやる」

「幸運を心から祈るけど、わたしは協力できないわ。さっき言ったように、こんなひどい状況からできるだけ遠くへ行くことにしたの。わたしの目から見るかぎり、買収が完了するまではわたしたち、誰ひとりとして安心できないわ」

ジョスリンは頭をはっきりさせようと、頭を振った。しかし、考えは堂々巡り、それもどんどん小さい輪になっていく。

「カトラーね」その名前に考えを集中させようとした。

　マディソンが顔をしかめた。「彼がどうかして？」

「彼はルイーズの死の真相を突き止めるために雇われて、今はわたしを探しているって言ったわよね」

「それはあなたがルイーズを殺したと思っているからよ」

　ジョスリンはコーヒーを飲んだ。カフェインに神経を静めてもらいたかった。「わたしが姿を現わすのがいちばんいいのかもしれないわ。シャーロットに連絡を取って、無事だってことを知らせるの。ついでにその探偵と話をして、知っていることを全部伝えたらどうかな。そうすれば情報を共有できるでしょ。協力すれば、あいつがまた誰かを殺す前に見つけることができるかもしれない」

　マディソンの顔が緊張で引きつった。「自分でいちばんいいと思うことをすればいいわ。でも、これだけは忠告しておくわ。いずれにしても、あなたが殺人罪で逮捕される可能性は大いにあるってこと。シャーロットはあなたの無実を信じるでしょうけど、カトラーはそうはいかないと思う。見たところ、かなり冷酷な感じだったわ」

「当たって砕けろ、だわね」ジョスリンが言った。再び頭がくらくらした。何か食べなくてはいけないのかもしれない。「すべてはわたしのせいですもの。身をひそめていたあの悪魔を呼び出しちゃったのはわたしだから」

「それ、どういう意味？」

「それが長い話なの。今ここで話してるわけにはいかないわ。シャーロットに連絡して、彼女を守る方法を探さなくちゃならないから」

「それじゃ、そうして」マディソンは腕時計をちらりと見、腰を滑らせてブースの外に出た。「もう行かなくちゃ。現金をよぶんに持ってきているの。あなたのお金がそろそろ底をつくころじゃないかと思ってね。クレジットカードは使いたくないでしょうし」

「どう感謝したらいいのかわからないわ、マディソン」ジョスリンが言った。

両手を使ってカップをテーブルに置き、両手のひらをテーブルに押しつけて腰を上げ、力を振りしぼってブースを出た。救いようのない疲労感に襲われていた。もう何日もまともに睡眠を取っていなかった結果がこれなのだ。マディソンからの暗号による警告を受け取ったのが最後の藁一本となったのだろう。

マディソンが彼女の肘をつかんで支えた。「大丈夫？」

「ええ」ジョスリンは深く息を吸いこんだ。「ただ疲れてるだけ」

「これまでのことを思えば無理もないわ。車はどこに？」

「ここからちょっと行ったところ。あなたが誰かにあとをつけられていないか、たしかめたかったから」

「誰にも尾行なんかされてないって。信じてよ。シアトルからずっと、バックミラーから目を離さなかったわ」

ジョスリンは痺れたような奇妙な感覚に気づいた。「立っていられない。すわりたいわ、マディソン」

「いいわよ、すわって」マディソンがセダンの後部ドアを開け、ジョスリンをシートにすわらせた。「車を停めたところまで連れていってあげる」

ジョスリンは必死で神経を集中しようとしたが、無駄だった。そのとき、はっと気づいた。そのショックで数秒間だけ頭がはっきりしたほどだ。

「あなたなのね」小声で言う。「あなたがドラッグを。コーヒーね」

「じたばたしないで眠ればいいのよ、ジョスリン」

「目が覚めることはあるの？」ジョスリンは訊いた。

「もちろんよ。いずれ目は覚めるわ。でも、今は眠ってもらいたいの。横になったらどう？」

マディソンはそう言いながらジョスリンを軽く押した。ジョスリンはへなへなと横になった。しばし困惑のうちにフロントシートの背もたれの後ろ側をじっと見つめ、どうしてこんなばかなことをしてしまったのか必死で考えようとした。

昔からずっと、人をすぐに信用してしまう世間知らずはシャーロットだとばかり思っていた。

とんでもない間違いだった。あとは会ったこともないマックス・カトラーがシャーロットを守ってくれることを願うほかない。

ごめんなさいね、妹みたいなお姉さん。わたし、大失敗しちゃったわ。

53

マックスは椅子の背にもたれ、したためたメモをじっくりと見た。彼とシャーロットとアンソンは、リストに残った名前を手分けしたあと、それぞれのノートパソコンを立ちあげ、男をひとり残らず追跡する作業に取りかかった。

三人がこの骨の折れる作業のために集まっているのはマックスのオフィスだが、満員御礼状態だ。何しろ狭いオフィスで、そもそも椅子は三脚――彼のデスク用チェアと依頼人のための二脚――しかないからだ。ドアはこれまた狭い受付用スペースに向かって開け放たれている。受付はいないから、そちらはがらんとしている。

二時間ほど前、彼がドアを開けてこのオフィスに招き入れたとき、シャーロットは何も言わなかった。だが、現在は一台しか残っていない車同様、けっして印象的なものではないことが気になってしかたがなかった。

隅に置かれた鉢植えは彼の前にここを借りていた人が置いていったものだが、余命いくばくもないといった感じがする。家具はレンタルで、見るからにそういうふうだ。壁はむきだしのままなうえ、小さな本棚も空である。

リード・スティーヴンズの言ったとおりだ、とマックスは思った。受付を雇う必要がある。よし、そうしよう。受付を置くにはそれに相応しいもっと広いオフィスが必要だ。そしてその二つをかなえるためにはカネが必要になる。もっと企業からの仕事を引き受けなければ。

だがその前にまず、乾草の山から一本の針——三百名の名が連なるリストの中から、三件のレイプと二件の殺人の容疑者とおぼしきひとりの男——を見つけなければならない。

時間の浪費にも見える作業だが、手際を要する——ひと昔前のジャーナリストや刑事がしていたような、昔ながらの捜査活動である。大学の学生年鑑はオンラインで閲覧でき、おかげで申し分のないスタートを切ることができた。学生のひとりひとりについて豊富なデータが載っている。そのほか同窓会報やローリング大学基金に寄付した者の名簿も刊行されており、貴重な追加データを提供してくれた。

三人は隙間の部分をソーシャルメディアと検索エンジンで埋めていった。ほぼ全員について現住所が判明し、グーグルのストリートビューで各人の家の外観までたしか

める ことができた。つまるところ、三百人のうちのひとりとして隠れようとしている者などいないかに見える。

しかし、シャーロットにも言ったように、厳しい目で見れば、誰であろうと絶対に見つけることができるのだ。

「この男たちにはいくつか共通点があるようだ」マックスが言った。「全員、ジョスリンの在籍当時にローリング大学にいた。そして現在も全員がワシントン州西部に住んでいる」

シャーロットが自分のメモから顔を上げた。「三件のレイプと二件の殺人が起きたのが全部カスケード山脈のこちら側だから、ジョスリンはたぶん、男が現在住んでいる場所が重要だと考えたんでしょうね」

「このリストの中の数人はシアトルとその周辺に現住所があるが」アンソンが言った。「大半はもっと東側だ。ベルビュー、レッドモンド、イサカ、カークランド。現在もローリングってやつも数人いるな」

「大半は結婚して家族がいるわ」シャーロットが付け加えた。ペンでこつこつとノートを叩く。「約二十パーセントが離婚していて、再婚している人も多い。職業に目をやると、およそさまざまな分野にちらばっているわね。たとえば、エンジニア、IT

系、セールスマン、カウンセラー、建築家などなど。自分のスタジオを持つフィットネス・トレーナーなんて人もひとりいるわね。ロースクール出身者も何人かいるし、医者も三人」

マックスは椅子から立ちあがって窓際に行った。窓からの眺めといえば、横丁をはさんだ向かい側のビルの煉瓦の外壁だ。冗談ではなくもう少し印象的なオフィスが必要だな、と思った。

「ルイーズ・フリントとジョスリンが地図にしるしをつけた、三件のレイプと二件の殺人の報告書には共通点がいくつかある」マックスは言った。「どの事件にもドラッグがからんでいる。そして被害者の特徴は十年あまり前のジョスリンの特徴と一致する。年代が同じ。ブロンドの髪も同じ。魅力的な若い女性ってところも同じだ」

「同じとは言えないところもある」アンソンが言った。目尻がきりりとしている。「大学生ではなかった」

マックスがくるりと向きなおった。「たしかにそうだ。学生じゃなかった。だが、みんな就職していた。ということは、一週間のほとんどは毎日決まった時間に決まった動きをしていた」

シャーロットが彼を見た。「行動が予測可能ってことね」

「どんな仕事だ?」アンソンが訊いた。

マックスはデスクに戻り、メモをチェックした。「三名のレイプ被害者だが、ひとりはホテルのフロントデスク、ひとりはカクテル・ウエイトレス、もうひとりが病院勤務だ。みんな夜のシフトで働いていた」

「それじゃ、どの子もみんな、夜は無防備だったってことか」アンソンが言った。

「過剰摂取が死因と考えられる二人はどうだ?」

「それならわかるわ」シャーロットが言った。「ひとりは緊急医療クリニックの受付で、もうひとりは司書よ」

「そっちも二人とも夜まで働いていた」マックスが付け加えた。「帰宅は九時前後」

「ということは、ジョスリンの容疑者リストにある男たちには共通点があまりなかったとしても、被害者には共通点がいくつかあるわけね」シャーロットが言った。

「被害者を知れば知るほど、ホシが見えてくるものなんだ」アンソンが言った。

「なるほどね」シャーロットが言った。「被害者について入手したここにある情報に基づけば、犯人についてわかることってどんなこと?」

「どの事件を見ても、犯人は土地勘がある」マックスが言った。「犯行の場所を慎重に選んだ。ところがだ、地図に目をやると、犯行地点は文字どおり、あっちこっちだ。

ひとりの悪党がこんなにたくさんの土地に精通しているというのはどういうことだろう？」

「そいつはそれぞれの土地でしかるべき時間を過ごしている」アンソンが考えを口にした。

「そのあいだに下見をして標的を選ぶ」マックスが言った。「けっして急ぎはしない。土地勘を養うだけの時間を過ごしながら、誰も彼に気づかない」

「狼の縄張りみたい」

マックスはぴんときた。

「セールスマンかな」小さな声で言う。

アンソンが小さく口笛を吹いた。「セールスマンだな。くそっ。マックス、正解はそれだ。セールスマンなら土地勘を養うに当たって、もっともな口実がある。同じホテルに泊まろうが、同じレストランで食事をしようが、同じ道を車で通ろうが、不自然じゃない。そのうえ、たいていのセールスマンの担当地域は、とりわけ西海岸のこのあたりじゃ、やたらと広い。狩り場は広大だ」

「ジョスリンのリストにセールスマンは数人だわね」シャーロットが言った。「業種はさまざま」

「彼らの大半は除外することができると思うね、すべての殺人と三件のレイプに共通するもうひとつの要素を考慮に入れれば」マックスが言った。「ドラッグだ」

「近ごろじゃ、ドラッグはおよそどこででも入手が可能だ」アンソンが不満げに言った。

「たしかにそうだが、一連の事件で使用されているドラッグはかなり変わっている——ストリートで売っているようなものじゃない。そういう種類のデザイナー・ドラッグに近づける人間がこのリストにいるかな？」

シャーロットはメモを引き寄せた。ひとつの名前が地獄の火で書かれているかのように飛び出してきた。

「トレイ・グリーンスレイド。この男がローリング大学を卒業したのは、ジョスリンがあそこを離れた一年後ね。大口寄付者のリストに基づけば、グリーンスレイド家は実質的にローリング大学を所有しているみたい。で、この男は卒業後、一族が経営する会社——ローリング＝グリーンスレイド・バイオテック社——で働きはじめ、今もずっとそのままだわ。実際、最近になって会社を受け継いでいるの。就職してから数年間はセールスマンをしていたけれど、その一年後には副社長になっているわね」

「こいつは生まれたときからずっとさまざまな薬になじんできた。そしてローリング＝グリーンスレイド社へのかかわりは完璧な隠れ蓑になる」マックスが言った。

「製薬会社のセールスマンとしては、医師を訪ねてワシントン州全域を旅する理由があるし、副社長としても、顧客の地元まで出かけて接待するという口実がある」

「こりゃあ、相当な可能性が感じられるな」アンソンが考えこんだ。

「ああ、たしかに」マックスが言った。

シャーロットが顔を上げた。「彼が殺人犯だという証拠は何ひとつないこともそれで合点がいくわね。付け加えさせてもらうと、グリーンスレイド家が支配している製薬会社は、とてつもないパーセンテージのローリング市民を雇っているの。一家はあの町のそれ以外のこともすべて支配しているみたい。少なくとも十年ほど前はそうだったわ。おそらく今も何も変わっていないんじゃないかしら」

「つまり、グリーンスレイド家は捜査を打ち切らせるだけの影響力とカネを間違いなく持っているってことか」マックスが言った。

「ジョスリンに知らせる必要があるわ。あの子、Eメールをチェックしているといいんだけれど」シャーロットが言った。「なんとしてでもあの子に警告しなくちゃ」

「そうだな」マックスが言った。「彼女だけでなく、あと二人のクラブのメンバー――エミリー・ケリーとマディソン・ベンソン――にもだ」

「マディソンはまだシアトルにいるが、エミリー・ケリーとジョスリン・プルエットは身をひそめているんだよな」アンソンが指摘した。「本当にメールをチェックするだろうか？」

「彼女たちは怯えながら逃げている」マックスが言った。「ベンソンもかりかりしている。大丈夫。インターネットは彼女たちにとって頼みの綱だ。三人とも、なんとしてでもそれにすがるはずだ」

54

「ジョスリン・プルエット。久しぶりにまた会えたな。ほら、目を覚ませ、このビッチ」

聞き覚えのある声だった。この十年あまり、頭から離れなかった声。地獄で火炎放射器を売ることもできそうな魅力的な声。その声がジョスリンの全身を恐怖とアドレナリンで揺さぶり、悪夢と怒りを呼び覚ました。

怒りと恐怖が放つエネルギーを利用し、のしかかってくる不自然な眠気の重苦しさを必死で押しのけようとする。やっとのことで目を開くことができたものの、あまりにまぶしい懐中電灯の光のぎらつきにすぐまた閉じた。

男がジョスリンの頬に強烈な平手打ちを見舞った。

「目を覚ませと言っただろう」

今度は用心しながら再び目を開け、ぎらつく明かりを避けようと視線を斜め下に向けた。冷たく硬いものの上に横たわっていることがわかる。コンクリートだ。反射的に立ちあがろうとして、両手首が前できつく縛られていることに気づいた。

必死でもがき、氷のように冷たい壁に背中を押しつけて上体を起こす。

「おまえのおかげで面倒なことになった」男が言った。「この落とし前はつけてもらうからな。しかし、こんなことをしたところで、おまえにチャンスなどまったくなかったんだ。主導権ははじめからおれの手にあった。たんなる時間の問題さ。いいか、おれはこの間ずっとおまえから目を離さずにいた。結局、おまえはおれの最初の餌食で、おそらく最後の餌食だ。おまえがあのあと警察に行き、警察から病院に連れていかせてレイプ検査をしたと聞いたあと、しばらくはたしかにはらはらした。ああいうことになった若い女――賢《かしこ》い女――はめったに騒ぎ立てないと聞いていたんだよ。だが、おまえは賢くなかった。ま、運よく証拠は消えてくれた」

「おかしな展開だったわよね？」

男がまたジョスリンに平手打ちを食わせた。さっきより強烈だ。「おまえにとっては運が悪いことに、あの証拠保管箱はいったん出てきたが、またどこかへ消えてしまったようだ。なんとしてでも見つけないとな。これからおまえに手伝ってもらう」

「いったい何を言ってるの？」

「何が起きているのか、おまえは本当にはわかっちゃいないんだ。ばかな女だ」

ジョスリンは懐中電灯の光の向こう側を見ようとしたが、男の顔はわからなかった。

「誰なの――？」なんとか声をしぼりだした。

「わからなかっただろう？　この十年あまり、おまえはずっと考えていた。あれ以来一日も欠かさず、おれのことを考えていたはずだ。そんな男はほかにいなかっただろう、どうだ？」

「いやなやつ」

男はもう一度、ジョスリンを平手で叩いた。ジョスリンは側頭部を壁でしたたかに打った。口の中に血の味が広がる。

「ちょっとした秘密を教えてやろうか？」男がささやくように言った。「最近までほかの誰をやってもおまえのときのようによくはなかった。やっぱり最初が忘れられないもんなんだろうな。だがついに、あのときの魔法をもう一度つかまえる方法が見つかった」

「レイプしたあとで殺した最後の二人のことね」

「ゲームが退屈になってきていた。やたらと簡単でさ。そこで、もう少し興奮の要素を注入することにしたんだ。だが、あの二人の売女が死んだんで、おまえの目を引いた。そうだろう？」

「ええ、そうよ」ジョスリンは言った。「エスカレートしていることは気づいていたわ。長いあいだ自制をきかせることができていたのに、数カ月前、本当に正気を失った。ついに一線を越えてしまった。これでもう、立派な狂気の殺人者だわ。つまり、あなたはミスを犯したの。あの二件の殺人と女性をつぎつぎに襲いつづけてきた連続レイプ犯のあいだには関係があると気づいたのよ。警察がそこに気づくのもたんなる時間の問題。だって、あなたはもう制御不能になっている」

男が今度はぎゅっと握ったこぶしでジョスリンを叩いた。ジョスリンは全身に力を入れて身構えたが、痛みはそこかしこで爆発し、頭がくらくらし胃がむかついた。

「制御はできてるさ」男が声にならない声で言った。「一瞬たりとも疑ってもらっちゃ困る。おれはいつだって制御できている」

「そりゃよかったわね。こっちにとってはちっともよくないけど。あっ、吐きそう」

男がはじかれたように立ちあがり、あわてて後ろにさがった。

「あらまあ。ゲロが怖いってわけね。いいことを知ったわ」

ジョスリンはなんとか吐き気を抑えこんだ。男の動揺を心に留め、いざとなったら最後の武器は嘔吐、これを使おうと決めた。

「証拠はどこにある？」男は怒りをあらわにした。

「あっ、そういうことだったの。あなたはまだあれに取り憑かれているわけね。あのときから今まで、いったいどこにあったの？」

「ブリッグズが隠していた。あれをネタにおれのおやじを脅迫していた」

「それじゃ、ブリッグズにお金を払って証拠を消させたのはあなたの父親ってことなのね」

「おれだってごく最近まで知らなかったことさ。ブリッグズとの取引について、おやじはおれにひとことも言わなかった。おそらく、おれが口封じのためにブリッグズを殺したりするのを恐れたからだろうな。わが愛するおやじは、おれを殺人罪で逮捕させたくなかったんだ。家名に傷がつく。ローリング＝グリーンスレイドの社名も傷つく。だが、それより何よりゴードン・グリーンスレイド個人の評判が大事だったんだろうな」

「なんてこと。あなた、トレイ・グリーンスレイドなのね」

「思いもよらなかっただろう」

「心配しないで。ちゃんとわたしのリストに名前が載ってるから。わたしが姿を消したら、そのリストが警察の手に渡ることになっているわ」

かまうことないわ。はったりをきかさなきゃ――そうよ、こいつの名前がほかの三百人の男といっしょにリストに載っていることは本当だもの。でも、あれが警察の手に渡ることはおそらくない。たとえ渡ったとしても、警察は何もしないだろう。だが、失うものは何もない。

「なんのリストだよ?」

ジョスリンは懸命に冷ややかな笑みを浮かべ、質問には答えなかった。

「嘘をつけ、このビッチ」

「そうね」

「嘘だろう。嘘だと言え」

「ええ、そう。嘘をついてるわ」

また平手打ちが来た。耳鳴りがする。

「おれを探そうとしたのが間違いなんだよ」トレイが耳障りな声で言った。「あのときの架空じゃないファンタジーの記憶に浸ってりゃよかったんだ」

「女の喉もとにナイフを突きつけなけりゃ興奮できない男なんて、忘れたくったってなかなか忘れられるもんじゃないわ。ところで、わたしがあなたを探してるってこと、どうやって知ったの?」

「知らなかったよ。はじめのうちは。おまえがおれに関する大量のファイルをつくってることがわかったのは、地球の裏側のハッカーにカネを払っておまえのパソコンと携帯電話に侵入し、調べてもらったからだ。それから二カ月くらいオンラインでおまえの一挙手一投足を監視しつづけたら、おまえと友だちが立ちあげたちっぽけな投資クラブってのの存在を知った」

「わたしが身を隠したとき、あなたはわたしがハッキングに気づいたとわかったのね。でも、ルイーズを殺したのはなぜ？」

「それは、あの女がローリングに行ったからさ。あの女がそんなところへ行く理由はひとつしかないだろう」

ジョスリンがはっと息をのんだ。「理由って？」

「あの女があそこへ行ったのは、ブリッグズから証拠を買うためだ」

「あなた、本当にどうかしてるわ」

「それをもう一回言ってみろ。喉を掻っ切ってやるからな。それで終わりだ。いいか、ルイーズ・フリントはあの忌々しい証拠を買ったんだ。だが、あの女はそれを隠しやがった。あの女のコンドミニアムに車、倉庫、およそ思いついたところは片っ端から探したが、見つからなかった。すると、ブリッグズから証拠保管箱を売ってやると電話がかかってきた。で、おれは思った。ルイーズ・フリントの件は勘違いだったのかもしれない、と。ブリッグズのことだ、たぶんあの女をだましたんだろう、と。だから、ブリッグズに会いにいった。あいつは古ぼけた証拠保管箱を持ってはきたが、中身はごみだった。あいつがだましたのは、なんとこのおれだったのさ」

「だまされたってわけね」

「ということは、やっぱり最初に思ったとおりだ——ルイーズ・フリントはローリングに行った日に証拠を受け取った。ブリッグズは中身をあの女に売ったあと、紙屑を詰めた箱をおれに売ろうとしやがった。ばかな男でへまな詐欺師さ。もちろん、その代償は払わせてやった」

「たぶん、ルイーズもだまされたのよ。そうは考えなかったの？　ともかく、あなたは証拠保管箱を手に入れられなかったってことなのね」

「ああ、そうさ」トレイが歯噛みした。「だから、おまえの力を借りてこれから証拠保管箱の中身を見つける。おまえが知っている誰かが持っているはずだ。そうとしか考えられない。ルイーズ・フリントは誰かに預け、隠してもらった。投資クラブのメンバーか、おまえの姉さんか。ま、誰でもいい。とにかくおまえとおれとで見つけるんだ」

「シャーロットには近づかないで。姉はこの件にいっさい関係ないわ」

「最初はそうだったかもしれないが、今はどっぷりつかってるんだよ」

「ううん、本当よ。シャーロットはあの箱の中身についてはなんにも知らないの」

「知っていることを願おうじゃないか――おまえのためとおれのためだ。それじゃ、いいか、取引だ――もしおれが箱の中身を手に入れて使いものにならなくできれば、おまえを解放してやってもいい。あれがなければ、おまえはおれにとってもはや脅威でもなんでもなくなる。これまで脅威じゃなかったのと同じように、だ。お抱えの弁護士たちがおまえの言うことなどひねりつぶしてくれるからな。だが、もし証拠を見つけることができなければ、おまえを片付けるほかなくなるし、いろいろと邪魔をする姉さんもそうするほかない。おれにとって都合の悪いあの証拠が使われないようにするためには、それが唯一の手なのさ」

　彼は嘘をついている。ジョスリンはそれを全身で察知していた。彼はわたしを殺すつもりだ。しかし当面は、彼の言うことをせめて信じたがっていると思わせておくほうが賢明だ。

「ルイーズ・フリントが箱の中身をどうしたのかを突き止める手伝いはできるかもしれないわ」ジョスリンは言った。

声をずっと震わせているのはむずかしくなかった。命の危険をこれほどまでに感じたことはなかったからだ。彼に襲われたあの夜を除けば。だが、今の状況はなおいっそう怖い。なぜなら、シャーロットの身にまで危険が迫っているからだ。

「それどころか、やってもらわなきゃ困るんだよ」トレイが言った。

彼の服の生地がすれる音が聞こえた。直後に閃光がきらめき、同時に間違いなく携帯電話のカメラのシャッター音と思われる音がした。

「なぜ？」ジョスリンは喘ぐように訊いた。

訊きながらも、答えはわかっていた。

「生きているって証拠だよ。要求されるに決まってるからな。おまえがここにいるってことをシャーロット・ソーヤーに納得させる必要がある」

「だめよ。待って。シャーロットを傷つけないで」

「姉さんが悪いんだよ。この一件に私立探偵をたのむなんてことはしちゃいけなかった」

トレイが木の階段をのぼっていくと、板がぎいぎいときしんだ。階段の上のドアが開いた。灰色がかった陽の光を背にひとりの男の影が見えた。

「箱のありかは聞き出せた？」男が訊いた。「聞き出せた？」

それが誰であれ、落ち着きのない声だ。神経をぴりぴりさせている。いやに気が立っているようだ。必死なのだろう。

「落ち着け」トレイが言った。「しなけりゃならないことがある」

「ヤク、やっていい？　もう我慢できないよ」

「しかたない。ほら」

トレイの声からはあえて隠そうともしない嫌悪感が伝わってきた。その場に立ったまま、階段の上の電灯のスイッチを入れる。頭上の電球に弱々しい明かりがともる。地下室を仄暗い明かりがぼんやりと照らし出す。

ドアが閉まった。錠をかけるくぐもった音がジョスリンの耳にも届いた。

パニックを鎮めようと懸命に呼吸をととのえる。考えなくては。作戦を練らなければ。

何度も叩かれたせいで頭が痛い。それでも頭痛は無理やり無視した。ふらふらと立ちあがり、室内のようすをじっくりと観察した。

おおかたの地下室同様、彼女が閉じこめられたこの部屋も、長いこと物置として使われていたことは明らかだ。薄暗い部屋をゆっくりと歩きまわりながら、頭の中に目録をつくっていく。一隅にはキャンプ用の旧式な折りたたみベッド、脚が一本折れた椅子。黴くさいロールアップ式寝袋がべつの隅に。大きな箱の中には黄ばんだ新聞紙が詰めこまれている。

トレイは銃を持っているはずだから、彼と戦うために武器として使えるものなど見つかるはずはないのだが、それでも何かないかと探しつづけた。シャーロットを守るためにできることが何ひとつない現実を突きつけられる恐怖から気をそらせたかったからだ。

55

携帯電話の着信音が鳴った瞬間、シャーロットはぎくりとした。電話をつかみ、画面を見た。

「マディソン・ベンソンからメールだわ。あなたの言ったとおり、彼女はメールをしっかりチェックしている」

「なんて書いてある？」マックスが訊いた。

シャーロットは声に出してメールを読みあげた。「至急、あなたとカトラーに会わなくちゃ」

マックスがデスクの上で両手を組みあわせる。「いつ、どこで、を訊いてくれ」

シャーロットはメッセージを入力し、送信ボタンを押した。

返信がすぐさま返ってきた。シャーロットは黙読してから顔を上げた。

「日が暮れてから自宅に来てほしいそうよ」

マックスはしばし考えた。「セキュリティー・システムがあるから安心なんだろうな」

「銃もね」シャーロットが念のために付け加えた。

「うん、銃もあった」マックスが同調した。

「ジョスリンは二つともそろっているのに、逃げるほうを選んだわ」

「そうだったな。マディソンが身を隠す必要を感じていないのが興味深い」

「マディソン・ベンソンはちょっとやそっとのことで怯んだりしないんだと思うわ。あなたも彼女に会ったでしょ。タフなのよ、とにかく」

アンソンが声を上げた。「それに、きみから聞いたところから判断すれば、彼女は問題の買収の動向を正確に把握していたいんだろう」

「たしかに」マックスも賛成だった。「それと、マディソン・ベンソンについてわかっていることがもうひとつある――彼女はぼくたちにジョスリンが投資クラブのメンバーをつぎつぎに殺そうとしているのかもしれないと思わせたがっている」

シャーロットが黙りこんだ。「ええ、そうよね」

マックスはデスクの引き出しからホルスターにおさめた銃を取り出した。「たぶん何か理由があって、ぼくたちの意識をその方向に向けさせたいってことだろう」

シャーロットが銃に目をやった。「どこへ行くの？」

「マディソン・ベンソンと話しにいく」

「でも、彼女は今夜会いたいと言ってきたのよ」

アンソンが愉快そうな表情をのぞかせた。「そんなやつと話をするのに時間と場所を指図されるいわれはないさ――とんでもない話だ」

「ほんとだわ」シャーロットはぱっと立ちあがった。「わたしもいっしょに行く」

56

シャーロットとマックス・カトラーは、ルイーズを殺したのはトレイだと確信している。

流れが大きく変わった。

マディソンは入手したこの情報をどうしたものか考えながら、だだっ広いリビングルーム内を行ったり来たりしていた。彼らが同じ警告をエミリーにも送ったことは疑いの余地もないが、それは大した問題ではない。エミリーは気の小さいウサギみたいな女だ。誰かが自分たちを本当に追っているなんてニュースを知れば、恐怖のどん底に突き落とされるに決まっている。身をひそめたまま出てこないはず。彼女をなんとかする時間はいずれつくれる。

当面の問題は、カトラーがこの仮説を警察に伝えるかどうかだ。ありえない気はしている。彼なら証拠を欲しがるはずだ。もしくは、少なくともたんなる疑念以上の何かを。

彼女としても、もっと情報が必要だ。シャーロットとカトラーとのミーティングを設定したのもそのためだ。

窓が並ぶ壁の際で足を止め、エリオット湾を見わたした。興奮で全身が熱くなった。アドレナリンが血管にあふれている。女はこういう高揚感が癖になるのかもしれない。こんな快感はほかでは得られないもの。

残念ながら、シャーロットとカトラーの到着まではまだ三時間近く待たなければならない。時間の流れがひどく遅く感じられた。準備にかかることにしよう。ヴィクトリアとジョスリンはコーヒーを飲むとき、いっさいためらわなかった。シャーロットとマックス・カトラーもすんなり飲むだろう。

問題は、もちろん、死体の始末だが、それもなんとかなるはずだ。

ドアをノックする音がした。全身を衝撃が走り抜ける。気持ちが動揺する。廊下をせわしく進みながら、心臓がまた早鐘を打つのがわかった。

トレイに出会うまでは、金融の世界で勝つことから高揚感を得てきた。昔から彼女には他人を巧みに操る才能がそなわっており、この部屋にいる人間の中でいちばん頭がいいのは自分だと知ることにえも言われぬ興奮を覚えてきた。

だが今、彼女は火遊びをしていた。ここでやめたくはない。

裏口のドアまで達するとのぞき穴から外を見た。内なる警告が静かに鳴りだしたとき、ドアの前に立っているのが誰だかわかった。

マディソンは警報装置を解除して、ドアを開けた。

「いったいどうしたの？　まだ早すぎる。暗くなってから、と言ったでしょう。あなたが死体を運び出すところを誰かに見られる危険は冒せないわ」

銃が目に入ったときはもう遅すぎた。

訪問者は二度発砲したが、二発目は実際には不要だった。

薄れゆく意識の中でマディソンは、この部屋にいる人間の中でいちばん頭がいいのは自分ではなかった、と最後に思った。

57

シャーロットは波のように押し寄せてくるめまいを必死に抑えこみ、床の上の死体に目を落とした。マディソン・ベンソンが、すでに乾きはじめた血の海に横たわっていた。死んだ姿は生前よりなぜか小さく見えた。

「彼がここに来たのね」シャーロットがつぶやいた。「トレイ・グリーンスレイドがマディソンを見つけて、殺しにきたんだわ」

マックスは死体のかたわらにしゃがみこんだ。「九一一に電話を」

それだけ言うと立ちあがり、廊下の先へと足早に進んだ。

「どこへ行くの？」

「警察がここに来る前に急いでようすを見ておきたいんだ」

マックスは豪邸の奥へと姿を消した。シャーロットは死体に背を向けて、携帯電話を操作した。緊急オペレーターは最初の呼び出し音で応答した。シャーロットは通報すべき事実を伝えた。

「はい、このまま切らずに待ちます」シャーロットは告げた。

まもなく遠くからサイレンの音が聞こえてきた。マックスは最初の緊急車両が長い私道に入ってきたとき、ようやく戻ってきた。シャーロットは何か見つけたかと訊きかけたが、オペレーターが電話の向こうで聞いていることを思い出し、すぐに口をつぐんだ。

「警察が到着しました」シャーロットは電話に向かって言った。「それじゃ、切りますね」

シャーロットはオペレーターが何か言う前に電話を切り、マックスを見た。

「どうだった?」

「パソコンや携帯電話がいっさいない。だが、ニュースが入った――アンソンがメールで知らせてくれた。それによれば、グリーンスレイドには鉄壁のアリバイがあるそうだ。彼は今日の午後はずっとローリングで会議に出席していた。管理スタッフによれば、今もまだ向こうにいるようだ」

「そんなこと、ありえない。だってわたしたち、あんなに確信があったのに」

「警察に本当のことを話そう――ぼくはルイーズ・フリント死亡の真相を調査してい

る、と。マディソン・ベンソンから、情報があるから、というメールが届いたんでここに来たけれど、到着したとき、彼女はもう死んでいた、と」

「これからどうするの？」

「また昔ながらの手法でいこう。カネの流れを追う」

58

「マディソンが押し込み強盗に殺されただなんて、警察は本当にそんなふうに考えているのかしら？」アパートメントに戻ったシャーロットはソファーにぐったりとすわりこみ、サフラン・ゴールドの壁に描かれた抽象柄を見つめた。「これまでのいきさつを洗いざらい話したっていうのに、そんなばかげた仮説を選ぶなんてあり？」

「概して警察がいちばん単純な答えをいちばん好むのは、ふつうはそれが正解だからさ」マックスが言った。「近ごろ、強盗が頻発しているそうだ。修理工の作業服を着て、家の裏口をノックする強盗だ」

シャーロットはため息をついた。「住宅の所有者は思わずドアを開けるでしょうね。作業服を着ている人が来たら、たいていの人は直感的に信じてしまうから」

「そうだな。これまでの被害者は誰ひとり殺されていないが、警察はこいつがエスカレートするのは時間の問題だろうと恐れていたようだ。だが、ぼくたちにはそうでないと証明する手立てはない。ベンソンの隣人たちは日中はみな出かけていたから、誰も不審な何かを見かけてはいない。銃声を聞いた者もいない。あの家から逃げ出す者を見た者もいない。あの家にはしかるべきセキュリティーが設置されていた。だが、興味深いことがある――ベンソンのパソコンと携帯電話がなくなっていた」

「グリーンスレイドが彼女の家に現われたのよ」シャーロットが言った。「それでしか説明がつかないでしょう」

「言っただろう、彼は殺人がおこなわれた時刻にはローリング＝グリーンスレイド本社にいた」

「だとしたら、いったい全体どうなってるの？　なぜジョスリンとエミリー・ケリーはまだ鳴りをひそめたままなの？　なぜマディソン・ベンソンはわたしたちと会う約束をしたの？」

　室内を行ったり来たりしていたマックスがぴたりと足を止めた。

「これまでぼくたちはジョスリンの貸金庫の中にあったリストに名を連ねた男たちに焦点を合わせてきた。だが、アンソンの言うとおりだ。被害者について知れば知るほど、殺人犯についていろいろわかってくる。となれば、マディソン・ベンソンについてもっとよく調べる必要がある」

「どうやって?」

「ぼくの経験によれば、ボスの私生活については配偶者や恋人より秘書のほうがよく知っているのがふつうだ」

「いや、まだショック状態なんだけど、いいですか？」ドルー・イルビーは手入れの行き届いた指でハイライトの入った髪をかきあげた。「ボスが殺されたってことは、ぼくは失職ですからね。あなたたち二人と話なんかしていないで、履歴書書いてなきゃいけないんです」

59

三人はマディソン・ベンソンのオフィスが入っているオフィス・タワーから一ブロックのところにあるコーヒーショップにすわっていた。シャーロットはデカフェ・ラテを注文した。神経が今、まったく必要としていないのがカフェインたっぷりの飲み物だ。ジョスリンに残された時間が今にも尽きようとしているのは間違いない。

昨日の夜はほとんど眠れなかったが、マックスはそれ以上に寝ていないはずだ。眠りを妨げる不安な夢から覚めるたび、気がつけばベッドには自分ひとりだったからだ。彼はほぼひと晩じゅうノートパソコンの前に、マディソン・ベンソンの経済状態に関してできるだけ多くの情報を集めていたのだ。

しかし、そうした状況から来るストレスに対する反応がマックスとシャーロットでは大きく異なっていた。マックスはエネルギーに満ちあふれ、集中している。厳密には、楽しんでいるというのではない――一般的な意味でのその言葉には該当しない――が、間違いなく高揚状態にある。シャーロットは思った。彼はこうした追跡のために生まれてきたのだ。どうしてもそうする必要がある人間なのだ。

マディソンの秘書を朝一番でつかまえようというのは彼の発案だった。二人がオフィス・タワーのロビーで待っていると、彼はデスクの整理をしにやってきた。ドルー・イルビーは最初のうちこそ用心深かったが、マックスが財布から札を数枚引き出すと、コーヒーを飲みながら話すことを承知した。

「そう固くならずに」マックスが言った。「ただちょっと、マディソン・ベンソンについていくつか質問したいだけなんだ」

シャーロットも彼を安心させるような作り笑いを浮かべた。「すごく重要なことなのよ、ドルー。わたしの妹が失踪して、マディソンがそれについての情報を持っていたかもしれないの。マディソンは殺される少し前に、マックスとわたしに話したいことがあるってメールを送ってきたの。でも、わたしたちが彼女の家に着いたら死んでいた」

ドルーが渋い表情を見せた。「それとこれとが関係あるって言うんですか？　ぼくが聞いたところじゃ、ミズ・ベンソンは押し込み強盗に殺されたそうですが」

「彼女は犯人が来たときにドアを開けている」マックスが言った。「しかし、今わかっていることはそれだけだ。投資クラブのメンバーが二人死に、ひとりは集中治療室で生死の境をさまよい、二人が失踪している事実を踏まえれば、押し込み強盗の犯行ではないとぼくたちは考えている。投資クラブに関係があるかもしれないと思っているんだ。そこできみにいくつか訊きたいことがある」

ドルーが顔をしかめた。「ぼくの知ってることが役に立つとは思えません。だって、ミズ・ベンソンはあのクラブについてはほとんど何も話してはくれませんでしたからね。たまに、これからメンバーと飲みにいくの、とかって言ってましたけど、そんな程度で」

シャーロットが身を乗り出した。「マディソンがクラブを設立したのよ。メンバーを集めたのも彼女。彼女が援助していたシェルターに関心があった女性の中から選んだとか。彼女がどういう基準でメンバーを選んだのか、あなた知ってる？」

ドルーが肩をすくめた。「クラブのメンバーは、それぞれスキルで選んだみたいなことを言ってました。ぼくはそれしか知らなくて」

「スキルのあるメンバーが集まっているというのに、クラブはこれまで大した利益を上げていないみたいだな」マックスが言った。「みんなときどきささやかな儲けを手にした程度で、大儲けしたことは一度もなかった――キーワースの買収話が突然もちあがるまでは」

ドルーは両手で持ったラテを置き、険しい表情でマックスを見た。「それはちょっとどうだろうな」

「買収話のこと？」マックスが訊いた。

「そうじゃなくて、ほかの投資が利益を生まなかったって話ですよ」

シャーロットははっと息をのんだ。「それ、どういう意味？」

ドルーはしばしためらいをのぞかせてから、ふうっと長くて深いため息をついた。

「ボスの秘密を守り通す義理があるわけでもないし、もういいや、話します。投資クラブについて詳しいことは知らないんですけど、これだけは言えます。ミズ・ベンソンはいつだって投資クラブのスプレッドシートは自分で処理すると言い張ったんです。ぼくがアップデートを手伝いましょうかと申し出たことが二度ほどあるんですが、二回とも断られました。投資クラブの記録は一般のクライアントのデータとは完全に切り離しておきたいと言ってました」

「それで？」マックスが先を促した。

ドルーの顎のあたりがこわばった。「投資クラブの記録について、いやに秘密主義だったんで、ちょっとした好奇心がわいてきまして。長いこといっしょに仕事をしていれば、相手の仕事の進め方はいやでもわかりますからね。彼女がオフィスを空けると、ときどきファイルをじっくり見たりしていたんです。ぼくに断言できるのは、彼女、投資クラブの仲介手数料口座からかなりな額のお金を無記名口座にたびたび移してたってことかな。最初のうちは税金逃れのためにクラブが得た利益を海外口座に移しているものと思ってました。クライアントがお金を海外口座に隠すのを手伝うなんて、みんなやってますよ。でも、ときどき……」

「ときどきどうしたの？」シャーロットが訊いた。

ドルーがシャーロットを見た。「クラブのほかのメンバーはあの無記名口座の存在を知っているんだろうかと、ときどき思うようになったんです。あの口座には大金が入ってます。間違いありません」

シャーロットはマックスを見て、かぶりを振った。

「訊かれる前に答えるわね。ジョスリンはクラブの利益が海外口座に蓄えられているなんて話はまったく知らなかった。確信があるわ」

「マディソン・ベンソンは日常的に投資クラブの利益の上前をはねてたってことか」マックスが言った。

ドルーが咳払いをした。「ついでに言わせてもらえば、彼女が海外口座に移していた利益はそれだけじゃないと思うんですよ。最近ではもう、彼女は一般のクライアントまでだましているんじゃないかと思いはじめました。だからすごく不安になって、たとえこれが今までで最高の給料を払ってくれる仕事であっても、辞表を出そうかどうしようか迷っていたくらいです」

「調べるべきところはわかったな。ベンソンが顧客をだましていたかどうかを突き止めるのは警察に任せればいい」マックスが言った。「しかし、いずれにしてもそれはぼくにとっては大して重要な問題じゃない。ぼくが本当に知りたいのは、ベンソンが誰かとつきあっていたかということなんだが？」

ドルーは驚きの表情を見せたあと、肩をすくめた。「ええ、恋人はいました。でも彼女、周囲に知られないようにしていたんで、相手の男はたぶん既婚者なんだろうと想像してました」

「本当か、それは？」マックスが訊いた。

ドルーが小さく鼻を鳴らした。「もちろん本当です。六週間前は数日間、マウイに行きましたよ」

「その男と？」シャーロットが訊いた。

「彼女ひとりで行きましたが、その男も同じときに行っていたんじゃないかな。ぼくはそう思ってます」

「どうしてそう思う？」マックスが尋ねた。

「ミズ・ベンソンって人を知らないでしょう？　休みを取ることなんかおよそない人で、誰もが認めるワーカホリックでした。仕事を愛してたんです。週末にスパへってことくらいはたまにありましたが、ハワイへ行くなんて、ぼくが彼女の下で働いているあいだにたったの一回きりでした。べつに一週間まるまる行っていたわけではないけど」

「それでも、きみはびっくりした？」

「ウソだろ、と思いましたよ。だって、ハワイに出発したのはちょうどキーワースの買収がまとまりかけたときでしたからね。信じられなかった。あんな微妙な状況のときに。それだけじゃなく、大口のクライアント二人に深刻な問題が生じてもいたんです。ミズ・ベンソンらしくないんですよ。火消しに専念しなきゃならないときに旅行に出るなんて。ぼくには彼女がその男によっぽど夢中だったとしか思えません」

60

「エセル、あなたが自分史をよりドラマチックに仕上げたい気持ちはわかるわ」シャーロットは言った。

「いわゆるハイコンセプトっていうのかしら。そのほうが読む人に広くアピールするでしょう」エセルが説明をくわえた。

「それはわかるの」シャーロットが先をつづける。「でもね、先回も話しあったように、あなたが書いているのは自分史——小説じゃないの。将来、あなたのお子さん、お孫さん、曾孫さんたちは先祖について本当のことを読みたがるはずよ」

昼まではまだ少し時間があった。エセル・ディーピングが廊下でシャーロットを呼び止めて、自分の結婚生活についての章をショッキングな形で終わらせたことについての意見を求めてきた。

「いいえ、心配いらないわ。あれを読んだ子どもたちはたくさんの真実を知ることになるのよ」エセルは譲らない。

「ええ。でも、もしあなたの自分史の中にひとつでも、事実ではないと知っているドラマチックな要素を見つけたら、お子さんたちは全部に疑いを抱いてしまうかもしれません――従軍看護婦としての活動といったとびきりわくわくさせられる部分も含めてね。あなたは戦場でたくさんの命を救ったの。真のヒロインだわ。子孫にそうした事実にまで疑念を抱かせるようなことはしたくないでしょう？」

「わたしが軍で働いていたことを証明する手段はいろいろあるわ」

「それはそうだけれど、もしお子さんたちがほかの細部に疑問を感じたら、あえてそこまで調べてくれるかしら？　あなたがご主人を殺したという箇所を読んだら、おそらくあなたの自分史は全部作り話なんだと考えそうな気がするわ」

エセルはもっと話したそうな顔をしていたが、シャーロットの電話で着信音が鳴った。画面に目をやる。未登録の番号からだが、写真と本文の一行目を見ただけで凍りついた。


生きているこの女を見たければ、表に出ろ。ひとりでだ。携帯電話は持ったままで来い。誰にも言うな。灰色の車が前の通りに停まっている。二分以内に出てこい。

「あなた、大丈夫?」とっさにエセルが心配顔で尋ねた。「まるで幽霊を見たみたいな顔よ」

シャーロットは電話から目をそらした。しばしエセルをじっと見つめ、しっかり考えようとした。そしてエセルの歩行器のバスケットに入っていたノートとペンをつかみ取り、ノートにマックスの電話番号を書く。

「すごく困ったことが起きたのよ、エセル。お願い、この番号に電話して、マックス・カトラーに伝えて。誰かがわたしを迎えにきた、と。その誰かはわたしを妹のところへ連れていってやると言っている、と。ジョスリンの写真が送信されてきたことも」

「了解。伝えるわ。でも、あなた、見たところ具合が悪そうよ」

「ええ、すごく気分が悪いの」シャーロットはドアの前で足を止め、状況をしっかり把握しようとした。「それじゃ、お願いね」

「任せてちょうだい」

「わたしを迎えにきた人が、この建物の前の通りに停めた灰色の車に乗っているの。

マックス・カトラーに電話をする前に、できればあなたの携帯電話のカメラで写真を撮ってもらえたらありがたいわ。わたしが車に乗りこむところをできるだけたくさん撮ってちょうだい。ナンバープレートが写るようにしてほしいの。でも、何をするときも外には出ないで。写真はロビーの中から窓ごしに撮って。わかった？　車の運転手からあなたが見えないようにして。約束よ」

エセルが疑り深く目を細めた。「あなたの身が危険にさらされている、そういうことなのね？」

「ええ。それにジョスリンも。何が起きても、運転手に写真を撮っているところを見られないようにしてね」

「あなた、誘拐されかかっているのね」

「ええ、そうなの」

エセルはそれ以上何も言わなかった。歩行器に付けたバッグの中を探り、震える手で携帯電話を取り出した。

「心配しなくていいわ。写真は任せて。平気よ。戦場で敵の攻撃を受けながら、血が噴き出している傷口を素手で押さえていたことだってあるの」

「知っているわ。写真を撮ったら、すぐその番号に電話してね」

シャーロットはドアを開け、足早にロビーを通り抜けた。エセルは歩行器の音を立てながら彼女の後ろを進んだ。歩行器にしては申し分のない速度が出ている。

二分だったわね、とシャーロットは思った。ほかの人の注意を喚起する余裕はない。残されたのは数秒程度だ。

せわしく外に出た。吹きつけてくる冷たい風すらほとんど意識に入ってこなかった。歩道の際に停まった灰色の車が見えた。アイドリングしている。身の毛がよだつと同時に、めまいを起こしそうな感覚に襲われた。頭のどこかは、現実に起きていることが信じられずにいた。

車の窓はスモークガラスだが、だいぶ近づいたところで運転席に乗っている男の姿がぼんやりと見えた。シャーロットは助手席側のドアを開けた。

どこか見覚えのある顔だという事実について考える間もなく、銃が目に入った。

「後ろに乗れ」男が命じた。

シャーロットはドアをバタンと閉め、後部のドアを開けた。そのときはじめて、車内にもうひとりの男がいることに気づいた。その男も銃を持っている。何かしら心ここにあらずといった感じがする。高ぶっているように見える。目が異様にぎらつき、顔が紅潮している。

「妹ほど美人じゃないな」男が言った。「電話をこっちへ」

ヤクが効いているようだ。その瞬間、その男もどこか見覚えがあることに気づいた。

携帯電話を彼に差し出した。

「これ、どうする?」男が運転席の男に訊いた。

「窓から捨てろ。カトラーが彼女を探すときに使うかもしれないから、持たせておくわけにはいかない」

神経をぴりぴりさせた男が銃を持ったまま窓を下げ、電話を通りに投げ捨てた。

「いきなり動いたりするな」運転手が言った。「そこにいるノーランはちょっとばかり精神が不安定だ。不安を感じたりすれば、引き金を引きかねない。そんなことになったら、ジョスリン・プルエットに会えずに死ぬことになるぞ」

「ああ、あのときの人ね」シャーロットが言った。「このあいだ、〈レイニー・クリーク・ガーデンズ〉に来た人ね。わたしが帰ろうとしたときに呼び止めて、この施設についていろいろ訊いたでしょう。誰なの、あなた?」

答えにはほぼ確信があったものの、こちらが彼の正体を突き止めたことをわざわざ教える理由はなかった。

「トレイ・グリーンスレイド」トレイがそう言いながら、ゆっくりと車を発進させた。

「この前会ったときのことを憶えていてくれたとは感動だね。あのときはあんたをよく見たかったんだ。身を隠したジョスリン・プルエットをなんとしてでもおびき出す必要があったんで、その際の餌になるかもしれないと思ってね。あんたがあのろくでもない探偵を引っ張りこんだりしなけりゃ、もっとずっと簡単にいくはずだった」

神経をぴりぴりさせた男が銃を手に、額の汗を拭った。

「もう一回やらないとどうかなりそうだよ、トレイ」

「やってもいいが、女から目をそらすな」トレイが命令口調で言う。

「わかってるよ、そんなこと」

トレイはバックミラーに映るシャーロットと一瞬目を合わせた。

「ついでに教えておこう。そいつはノーラン・ブリッグズ。すごくいい薬とひきかえにいろいろ手伝ってくれている」

「どうりで見覚えがあると思ったわ」シャーロットは静かに言った。「ブリッグズの山小屋の炉棚に写真が何枚も飾ってあったわ」ノーランを見る。「お父さんが亡くなったことは知っている?」

「ああ」ノーランは錠剤を二錠、口に放りこんでぐっと飲みこんだ。「どうでもいいさ」

61

マックスはオフィスのデスクに地図と時系列に出来事を整理したメモを広げ、考えこんでいた。そうやって混沌とした長い時間を経たのち、ついに全貌が見えかけていた。

ローリング＝グリーンスレイド社のセールスマンの集会が、マディソン・ベンソンがマウイへ行った同じ時期にマウイ島で開催されていた。もうひとつ、パズルのピースがぴたりとはまった。マディソンがハワイへ行ったのは恋人――トレイ・グリーンスレイド――に会うためだった。ただし、トレイ・グリーンスレイドはドルー・イルビーの憶測に反して結婚はしていないから、マディソンとの関係を周囲に知られてはならない重大な理由があったのだろう。

いちばんの問題は、マディソン・ベンソンは恋人が冷酷なレイプ犯であり殺人犯であることを知っていたのかどうかだ。

携帯電話を取り出し、シャーロットにメールを送った。新たな手がかりを発見したかもしれない。きっと喜ぶぞ、とマックスは思った。それを思うと気分が高揚した。

なかなか返信が返ってこない。昔からなじんだ苛立たしい感覚がこみあげてくる。何かきわめてまずいことが起きたときに感じるあの感覚。忙しいのかもしれない、と思いこもうとしたが、彼は自分にうまく嘘がつけたためしがなかった。

音声電話をかけてみる——留守番電話に切り換わった。

マックスはデスクの引き出しから銃とホルスターを取り出し、銃を隠すためにウインドブレーカーを着ると、ドアに向かって歩きだした。

ロビーのエレベーターから降りたとき、電話が鳴った。それから数秒間、大きな安堵感に圧倒されそうになったが、画面には未登録の番号が表示されていた。

「カトラーです」

「ミスター・カトラー、わたしエセル・ディーピングです。エセル・ディーピング中尉」

電話の向こうの声に老齢によるかすれはあるが、しっかりとして意志がはっきり伝わってくる。

「憶えていますよ、ミセス——いえ、ディーピング中尉。どうなさいましたか？」

「灰色の車に乗った二人の悪人がシャーロットを誘拐しました。わたしはシャーロットからあなたに電話するようにたのまれたの」

マックスの全身が凍りついた。

「すぐにそちらへ行きます」

「わたし、写真を撮ったの」

62

「あいつの挑発に乗ったりしたらだめよ」ジョスリンが言った。

だが、声から察するところ、ジョスリンは怒ってもいなければ怖がってもいない、とシャーロットは思った。ジョスリンの声から伝わってくるのは寒々とした絶望感だ──なぜかこれがこれまでに起きたどんなことにもまして心配になった。

シャーロットはさまざまな気分のときのジョスリンを見てきた。怒り、興奮、喜び、憤慨、爆笑──ジョスリンはどんな感情もはっきり表現する子だ。くたびれ果てた女みたいだったことはこれまで一度もなかった。

新たな警報がシャーロットの内で鳴り響いた。「あいつに薬を飲まされたか何かしたの？」

ジョスリンが顔をしかめた。「えっ？」

シャーロットは妹をしげしげと見た。低ワットの裸電球が頭上から投げかける明かりだけの薄暗さの中、ジョスリンは疲れ果てているように見えた。

「マディソン・ベンソンに薬をのまされて、気がつけば運ばれていたの。でも、それからあと、グリーンスレイドから薬を与えられてはいないけど」

「マディソン・ベンソンは死んだのよ。知ってる？」

「彼女もあいつに殺されたの？」

「それがね、グリーンスレイドには完璧なアリバイがあるの。彼はその時刻にローリングにいたのよ。だけど、さっきノーラン・ブリッグズに会って、グリーンスレイドがどうそれをやってのけたのかがわかったわ」

「ノーランを送りこんでマディソンを殺させた？」

「明白よ。彼女、二発撃ちこまれてた」

「彼女、グリーンスレイドとずっといっしょに仕事をしてきたはずなのに、なぜ今になって殺されたのかしら？」

「たぶん、もう彼女が必要なくなったからじゃないかな。むしろ足手まといになった。彼について知りすぎたんじゃないかしらね」

「ルイーズとマディソンは死んで、わたしはあなたと二人、この地下室にすわっている。ヴィクトリアとエミリーはどうしているのかしら？」

「ヴィクトリアはまだ病院だけど、最後に聞いたところでは回復に向かっているそうよ。エミリーについては、まったく何も。マックスは、それはいいことなんじゃないかって言っていたわ。彼女がまだ生きているってことだから」

「シャーロット、ほんとにごめんなさいね。こんな泥沼にあなたを引っ張りこんでしまうなんて、いちばん避けたかったことなのに」

「それはわかるけど、でも、きょうだいってなんのためにいるの？　そうでしょ？　でもね、いいニュースもあるわ。トレイ・グリーンスレイドはマックス・カトラーを片付ける方法を思いつくまでわたしたちを生かしておく必要がある。だけど、彼を片付けるって簡単じゃないわ」

「なぜカトラーを片付けなきゃならないの？」

シャーロットが突然感じた確信は氷でおおわれていた。「それはたぶん、マックスはわたしを見つけるまでけっして追跡をあきらめないとわかっているから」

ジョスリンの目が鋭くなった。「それ、ほんと？」

「間違いないわ」

「こんな状況だけど、そこに光明が見いだせそう。問題は、グリーンスレイドはおそらく正気じゃないうえに、相棒はジャンキーってことね。この組み合わせが最悪」

「ジョスリン、あなたなぜ姿を消したりしたの？　しかも、わたしにいっさい連絡が取れない場所にいるなんて思わせたのはなぜ？　何を恐れていたの？」

「ある日、わたしのパソコンとたぶん携帯電話もハッキングされていることに気づいてパニックに陥ったの。誰かがわたしを監視していたのよ――今になってみれば、グリーンスレイドだとわかったけど。でも、そのときはまだ、誰がわたしの行動を探っているのか、それがいつからだったのか、まったくわからなかったでしょう。なぜ自分が監視されているのかすらわからなかった。だけど、これはきっとあの昔の事件と関係があるって思えてきたの」

「ローリングで起きたあの事件ね」

「ええ、そう」

「どうしてそう思ったの？」

「当時、わたしが調べていた二件の殺人。二件ともごく最近起きた事件だったのに、その昔わたしが襲われた事件と同一犯の仕業だと確信がもてたの。不思議なのは、なぜこんなに長い年月が経ったあと、犯人が突然被害者を殺しはじめたのかってこと」

「エスカレートしているのよ」

「そうよね」

「そんなことをしていたなら、わたしにも話してくれたらよかったのに」

「心配させちゃいけないと思ったの」

「そんな」

「ごめんなさい」ジョスリンが言った。「わたし、あなたを守らなくちゃと思ったの。だから、たったひとり、ルイーズにだけ話したのよ」

「どうして彼女だけに？」

「クラブでいちばん仲がよかったのが彼女だったから。そしたら彼女、あの二件の殺人と直近のレイプ事件三件について調べていたわたしに協力してくれたの。二人で何かパターン――手口とか場所とか――があるんじゃないかと探ろうとしていたのよね。ほかの人に言わなかったのは、みんなを引きずりこみたくなかったから」

「わたしを巻きこみたくなかったようにね。ジョスリン、わたし、あなたを実の妹みたいに愛しているけど、言わせてもらえば、あなたってばかね」

「だって、あなたやクラブのほかのメンバーにできることなど何もないし、万が一誰かが口を滑らせでもして、それがたまたまわたしたちが追っていた人間を警戒させたらってことも考えた。パソコンや携帯電話のメールを打つときに不用心になることってよくあるでしょ」

「たしかそうね。あなたがわたしに秘密にしなくちゃと思っていたことは気に入らないけど、理解はできる」

「ごめん」

「もういいのよ」シャーロットは言った。「ところで、しばらく身をひそめることで何がどうなると思ったの？」

「わたしの居場所がわからなくなれば、そいつが自分から姿を現わしてくるんじゃないかと思ったの。どういう形でそうなるのかは考えなかったけど、インターネット上でわたしの動向を追うことができなくなれば、わたしを探すために姿を現わすんじゃないか——正体を見せるんじゃないかという気がしたのよ。でも、つぎに知ったのはルイーズが死んだってことだった」

「それで、クラブのメンバーに暗号メールを送信したのね」

「それしか方法がなかったの。わたしの勘違いかと思ったのよ。わたしのパソコンをハッキングしたのは、みんなで設定した標的のひとりだったと考えたわけ。ルイーズが殺されたとなれば、クラブのほかのメンバーにも危険がおよぶんじゃないかと思ったから」

「あなたが追っていた殺人犯がトレイ・グリーンスレイドだとわかったのはいつ？」

「この地下室で目が覚めてはじめてわかったの」ジョスリンがうめくように言った。

「あいつなら昔からずっとわたしの容疑者リストに載っていたのに、わたしの事件のあと何年にもわたって起きていたレイプ事件のどれにも彼を結びつけることができなかったのよ。あいつはすごく用心深かった。警察に行くには、その前に確たる証拠を手に入れなければならないわ。グリーンスレイド家はいまだにローリングで最大の権力を握る一族ですもの」

「ルイーズが殺された前日にローリングへ行ったことは知っていた？」

「さっきグリーンスレイドに聞くまで知らなかったの。あいつは彼女があの日に証拠保管箱を受け取ったと信じているみたい」

「マックスとわたしは、彼女がブリッグズの話を聞きにいったものと思ったんだけれど、ブリッグズは否定したわ」

「あんなやつが何を言おうと、いっさい信じちゃだめよ」ジョスリンが言った。

「ほんと。わたしたちもさすがに気づいたわ、あいつに殺されかけたあとにね」

「やめてよ、シャーロット。だからあなたを巻きこみたく――」

「わたしに秘密にするからいけないのよ――あのばかみたいな投資クラブのことも。あなたもあなたの友だちも、女の敵をやっつけるアベンジャー役をまんまと演じきれるとでも思ったの？　遅かれ早かれ、標的のひとりが何がどうなっているのか突き止めるとは思わなかったの？」

「思ったわ。だから脱出計画を立てていたのよ」

「なるほど。それが功を奏したってわけね」

「お説教はかんべんして」

ジョスリンの声から徐々に本物のエネルギーが感じられるようになってきた。もはや絶望してはいないようだ。

「あら、ごめんなさい」シャーロットはあたりを見まわした。「それじゃ、ここではあなたが先輩だから訊くわね。階上《うえ》にいる二人の悪党をてこずらせる方法が何かないかしら？」

ジョスリンが壁にぐいと背中を押しつけて立ちあがった。縛られた手首を高く上げ、つぎの瞬間、帽子から兎を取り出す手品師さながら、左右の手首をすっと離してみせた。ダクトテープが切れていた。薄暗さのせいでこれまで気づかなかった。

「すごいっ」シャーロットが言った。「あなたのことだもの、ただひたすら自分を憐れみながらここにすわりこんでいたとは思わなかったけど」

「その隅で釣り道具一式が入った箱を見つけたの」ジョスリンが言った。「中にナイフが入っていたわ」

「そのナイフ、どこにあるの？」

「ジーンズのウエストバンドにはさんであるわ。シャツで隠れてるでしょ。問題は相手が銃を持った男二人だってことよね」

「あなたはラッキーよ。わたし、これでもガールスカウトだったんだから」

63

「車の中に男が二人いる」マックスはエセル・ディーピングの携帯電話で撮った写真をじっくりと見た。

「ええ、そうよ」エセルは心配そうに彼を見ている。「シャーロットが後ろのドアを開けて乗りこむとき、もうひとりの男が見えたわ。運転席にひとり、後ろにひとり。しかも、後部座席の人でなしは銃を持っていたみたい。そのサイズではよくわからないけど、もっと大きくすれば手に何か持っているのがわかるはずよ」

「たしかに銃ですね」マックスが言った。「ナンバープレートもはっきり写っている。お手柄ですよ」

「必要かもしれないと思ったの。あなた、私立探偵なのよね。ナンバープレートで犯人を追跡できるんでしょ？」

マックスがエセルを見た。「テレビドラマで見たことをそのまま全部信じちゃいけませんよ」

「でも、車の持ち主はわかるわよね？」

「調べる方法には合法と非合法がありますが、手っとり早いのは合法手段でしょう」

マックスが電話を取り出した。

「誰に電話するの？」

「ローリング警察です。この事件に関心をもってくれている刑事がいるんですよ」

ウォルシュ刑事が出た。

「トレイ・グリーンスレイド？　くそっ。たしかなんですね？」

「ええ」

「誘拐ってことも間違いないんですね？」ウォルシュが言った。

「間違いありません」マックスが言った。「もし協力が無理でしたら、遠慮なくそう言ってください」

「そうしたら、カネを払えば自動車局のデータベースに侵入させてくれる違法オンライン集団かなんかを探すんでしょう？」

「そんな必要はありません」マックスが言った。「ほかにもいくつかコネがあるんで、あなたが無理なら、ほかを当たることにします」

「このまま待っててください」ウォルシュが言った。

しばし待っていると、ウォルシュが電話口に戻ってきた。

「どうも筋が通らないな」ウォルシュが言った。

「名前だけ聞かせてください」

「この車はノーラン・ブリッグズの名義になってるんです。彼のことは話しましたよね。イーガンとロクサーヌ・ブリッグズの困った息子です。なんでまた彼がこの一件にかかわっているんだろう?」

「ジャンキーがどういうやつらか知っているでしょう」マックスが言った。「つぎのヤクが買えるカネさえもらえればなんでもする」

マックスは電話を耳に当てたままエセルに感謝をこめて会釈をし、足早に表に出ると、歩道寄りに停まるアンソンのSUVをめざした。助手席でアンソンが待っている。

「しかし、ジャンキーは当てにならないからな」ウォルシュが言った。「グリーンスレイドがあなたの言うとおりなら、首謀者は彼でしょう。それにしてもなぜ、女性を誘拐するときにジャンキーを雇って手伝わせるなんて危険を冒すんだろう?」

「おそらく彼は自分にブリッグズを支配できるなんらかの力があると思っている。彼を——少なくとも当面は——信じられると思う根拠がおそらくあるんだろうな」

「根拠とはどんな？」

マックスはブリッグズの山小屋の炉棚に置かれた写真を思い浮かべた。つぎに、アトキンズ刑事がロクサーヌ・ブリッグズについて言っていたことを考えた。〝ロクサーヌ・ブリッグズは若いころ、とびきりの美人だったんだ。しかし、高校を卒業した翌年に妊娠してね。なんでまたブリッグズなんかと寝たのかはどうしてもわからなかった。あいつははるかに年上だ。あんないい女なら、もっとましな男を選び放題だっただろうに〟。

「細かいことはまたあとで話そう」マックスが言った。「今はシャーロットを探さないと。現時点では、グリーンスレイドはこっちが彼を突き止めたことはまだ知らない」

「シャーロット・ソーヤーが言わなければ、ですね」

「シャーロットはばかじゃない。絶対に言わないさ。だが、グリーンスレイドは予防策をいくつか講じている。ノーラン・ブリッグズの車を使った――これはたぶん、誰かにナンバープレートを見られたときに追っ手をまくことができると思ってのことだろう」

マックスはSUVのドアを開け、運転席にすわった。

「それじゃこれで。今からローリングに向かうので、到着は二時間後くらいになると思います」

「ちょっと待って。グリーンスレイドがシャーロットを連れていった可能性のある場所というのは？」

マックスはエンジンをかけ、車をゆっくりと発進させた。

「どこか彼が安心できる場所だと思います。状況だの環境だのを監督下に置けると彼が思う場所。彼は何年もセールスマンをやっていた。テリトリーにこだわりがあるはずです」

「ノーラン・ブリッグズが彼を手伝うのはなぜなんでしょうね？　グリーンスレイドが無制限に薬を供与してくれるからですかね？」

「それもひとつの要因だが、この場合、ほかにも理由があります」マックスが言った。

「ノーラン・ブリッグズはおそらく、トレイ・グリーンスレイドの腹違いの弟なんですよ」

64

「これ、一発勝負よね」ジョスリンが言った。「チャンスは一回きり」

「大丈夫。絶対成功するって」シャーロットが言った。

だが、シャーロットも内心ではジョスリンの言うとおりだとわかっていた。こういう作戦が効果を発揮するのはたしかに一回きりだ。

「知ってた？　わたし、昔からあなたのそういう楽観的なところに感心してたのよ」

ジョスリンが言った。

「ばか言わないで。あなた、いつだってわたしのことを世間知らずだと思っていたくせに」

今、二人は真っ暗闇の中に立っていた。というのは、少し前にジョスリンが天井の電球を割ることに成功したからだ。作業の過程で必要以上に音を立てないよう用心していたから、けっして簡単ではなかった。木の階段の中段あたりに立ち、モップの柄を使って電球を割った。ガラスが割れるとき、チリンとかすかな音がしたが、上の階の床板は厚く、男たちは気づかなかったようだ。

二人が立っているのは古い木の階段の両側、そこでじっと動かずにいる。男たちがいつドアを開けて入ってくるか予想もつかないからだ。その場にじっと立ち、身構えていなければならない。

「あなたのことを世間知らずだと思ったことなんか一度もなかったわ」ジョスリンが言った。「ただ、人のためばかり考える傾向があったような気がするわね」

「ふうん」

「それにしても、私立探偵を雇ったなんて信じられない」

「それについては、はっきり言っておかなきゃと思っていたの。わたしは依頼人じゃないのよ。マックスとわたしはこの一件に関してパートナーで、依頼人はルイーズの従弟」

「そうだとしても、あなたが私立探偵とかかわりをもつなんて信じられない」ジョスリンが言った。

「だって、選択肢がいくつもあったわけじゃないわ。あなたの親友が死んで、彼女の従弟とわたしはその状況に何かしら謎があると考えていたのに、警察はあまり関心を示してくれなかった。そのあと、あなたがカリブ海の修道院にいないことが判明した。ITから解放されて哲学的瞑想に励んでいるとばかり思っていたのに。そんな状況でわたしに何ができると思う?」

階段の反対側でしばしの沈黙があった。

「たしかにルイーズはすごくいい友だちだったけど、親友ってわけじゃなかったわ」

ジョスリンが言った。

「違うの?」

「わたしの親友はあなたよ」

「感激だわ。でも、本当はそうじゃないってお互いわかっているわよね」

「えっ、どういう意味?」ジョスリンはいささか傷ついたようだ。

「もしわたしが親友だとしたら、マディソン・ベンソンのいわゆる投資クラブで仲間といっしょに危険を冒してレディー・アベンジャーごっこをしているって打ち明けていてくれたはずだわ」

「クラブの活動についてあなたに話さなかったのは、あなたを危険な目にあわせたくなかったから。あなたを守ろうとしたのよ」

「それはわかるけど、そのせいでこんな目にあったのよ。親友同士はこんな秘密をつくらないものだわ」

「ここで友情の定義について話しあっているなんて信じられない」ジョスリンが言った。「いくらなんでも、今、ここでなんてありえないわ。ひょっとして気づいてないかもしれないけど、わたしたち、今、問題をいくつか抱えているのよ」

「問題ならマックスが解決してくれるわ」

「彼に全幅の信頼を置いているのね」

「信頼してるわ、もちろん」シャーロットが言った。「それだけじゃなく、彼ってほんとになんでもみごとにやってのける人なのよ」

またしても階段の反対側でしばしの沈黙があった。

「ちょっとちょっと。やだわ。あなた、彼に恋をしちゃったの？」やがてジョスリンが言った。

「だと思う」

「思う？」

「ブライアンで大失敗したあと、恋愛に関してはとにかく用心深くならなくちゃと思っているの」

「そうそう、それでこそわたしの妹だわ」ジョスリンが言った。「用心深い」

「みんながみんな、あなたみたいな冒険心をそなえているわけじゃないのよ」

「その冒険心のせいでどうなったか、見たでしょ？　ついでにあなたのいいところをもうひとつ。ブライアン・コンロイがあなたにぴったりの男性だってずっと言ってたわたしに、そのことを思い出させるようなことをひとことも言わなかったところ」

「そうだわね。その点を指摘しなかったのはわたしのいいところよね」

突然、頭上の床から重たい足音があわてふためく気配が伝わってきた。

「くそっ、あいつだ。カトラーだ」トレイのくぐもった声が聞こえた。怒りとパニックで引きつっている。「なんでここがわかったんだ？」

「そんなことどうでもいいさ。あいつの言ったこと聞いただろ、証拠を持ってるって」ノーランがわめいた。「取引の前に女たちを見せろと言ってる。連れてこいよ、ここに。二人が生きているところをあいつに見せてやれ」

「おまえが連れてこい」トレイが命じた。「おれはここからカトラーを撃てるかもしれない。さあ、ぐずぐずするんじゃない、この間抜けなジャンキーが」

再び頭上から床板をどしんどしんと打つ音がした。数秒後、階段上のドアの錠前をガチャガチャといじる音がし、ドアが勢いよく開いた。見おろした地下室が真っ暗なことに気づいたノーランはすぐにぴたりと足を止めた。

手探りで電燈のスイッチを探し、数回パチパチと上下して逆上する。

「あいつら、明かりを壊しやがった」振り返って叫んだ。

「電球が切れたのかもしれない」トレイが言った。「懐中電灯を使え」

シャーロットは階段下の暗闇にじっと立ったままだ。ジョスリンもそうしているのが伝わってくる。二人とも釣り糸の端をぎゅっと握っていた。釣りの道具箱の中から見つけたものだ。階段を半分下りたあたりの段を横切ってぴんと張られている。

まもなく懐中電灯の強烈な明かりが闇を照らした。

「いないぞ、あいつら」声から察するところ、ノーランは明らかにパニックを起こしかけている。

「プルエット、ソーヤー、出てこい」トレイがわめいた。「カトラーが取引したいとここに来ている。一度だけチャンスをやる。さっさと出てこい」

シャーロットは、ほら、息をするのよ、と自分に思い出させた。恐怖とアドレナリンが全身にわきあがってくる。ジョスリンも同じように緊張しているのがわかった。

二人ともトレイの命令にはいっさい反応せず、あいかわらず身じろぎひとつしなかった。

「いないよ、あいつら」ノーランの声が震えている。「逃げたんだよ」

「その階段以外に地下室から外に出る方法なんかあるわけないだろう」トレイが言った。「そこにいるはずだ。下りていって、ひとり連れてこい」

「ジョスリンもシャーロットも見えないぞ」マックスが外のどこかから呼びかけた。

「もしどちらかでも死んでいたら、取引は中止だ」

「いや、待ってろ」トレイがわめいた。「二人ともここにいる。二人とも生きている。今すぐ見せてやる」

シャーロットはトレイが部屋を横切って階段の上にやってくる足音を聞いた。

「そこをどけ」ノーランを怒鳴りつける。

ノーランが命令に従うと、頭上でせわしい足音がし、トレイが階段を下りてきた。手にした懐中電灯の光線が弧を描きながら地下室内を行ったり来たりするが、階段下の暗闇までは届かない。

釣り糸も陰の部分にあれば見えるはずがない。トレイには明らかに見えていない。

シャーロットは釣り糸を握る手にさらに力をこめた。階段をはさんだ反対側でジョスリンも同じようにする。二人ともシャツの裾を引き裂いて手に巻き、糸が手に食いこまないように防護していた。

トレイの靴の爪先が釣り糸を引っかけた瞬間、糸が強く引っ張られた。シャーロットは、むきだしのパニックゆえのざらついた喘ぎと喉を詰まらせた叫びを耳にした。一瞬、目の前がくらくらし、自分が恐怖ゆえの悲鳴を上げたのかと思った。

だが、地下室の深い闇を引き裂く悲鳴を上げたのはトレイだった。手に持っていた懐中電灯が宙に飛び、光線が乱れた螺旋を描いた。銃が床に落ちる音も聞こえた。

トレイは手足を大きくばたつかせて必死にバランスを取ろうとしながら、階段を転げ落ち、コンクリートの床に耳障りな鈍い音とともに着地した。これから先何年経とうが恐ろしい夢の中で聞こえてきそうな音。

手に巻いた釣り糸をほどくあいだも全身の震えは止まらなかった。

ジョスリンが懐中電灯に飛びついて握りしめると、腕を大きく回してあたりを照らした。トレイが落とした銃を探しているのだ。懐中電灯の明かりが、床にじっと横たわったままのトレイの上を通り過ぎる。頭の下に黒っぽく血がたまっていた。

「トレイ?」ノーランが階段の上から下を見た。「どうしたんだよ?」

ジョスリンは懐中電灯のスイッチを切った。

ノーランがパニックに陥った。地下室めがけてやみくもに銃を撃ちまくる。

「動くな」ノーランがわめいた。「動くんじゃない。階段を上がろうとするやつは誰だろうと撃つからな」

そう言うとあとずさり、ドアをバタンと閉めた。シャーロットの耳に頭上を走る足音が届いた。

ジョスリンが懐中電灯のスイッチを入れた。「あいつ、裏口から外に出るつもりね。林の中を通って逃げようとしているんだわ」

「シャ、ャ、ャ、ャーロット」マックスの叫びは、必死の祈りと命令のあいだのどこかに分類されるものだ。

「ここよ」シャーロットは閉じたドアごしに聞こえるよう、大きな声で答えた。「地下室。二人とも無事よ」

ジョスリンの懐中電灯の明かりがついに銃をとらえた。

「あったわ」

さっと拾いあげる。

シャーロットはそのとき、くぐもった叫びを聞いた。つづいて鈍い足音がした。階段上のドアが勢いよく開き、銃を手にしたマックスが立っていた。

「シャーロット」マックスがまた呼びかけた。

「ここよ」シャーロットが答える。「ジョスリンもいるわ。二人とも大丈夫。でも、トレイ・グリーンスレイドは死んだみたい」

シャーロットは階段を駆けあがり、マックスの腕の中に飛びこんだ。

「シャーロット」

マックスが激しい感情がにじむざらついた声でシャーロットの名を呼んだ。間一髪で地獄から生還した男を思わせるその声。両腕でシャーロットを包み、力いっぱい抱き寄せた。

「きっとあなたが見つけてくれると思ったわ」シャーロットは彼の胸に向かって言った。

「きみだけでもそう信じていたならよかった。かんべんしてくれよ。もう二度とぼくをこんな怖い目にあわせないでもらいたいね。心臓が耐えられないかもしれないと思った」

アンソンが近づいてきた。腕を体の脇にぴたりとそわせて銃を持っている。どこから見ても警察官そのものといった姿だ。

「レディーは二人とも大丈夫か?」

「ええ、大丈夫です」シャーロットが答えた。

頭上からはマックスとアンソン以外の声や人が動く気配も漠然と伝わってきた。誰かが指揮を執る声がする。シャーロットはそれがウォルシュ刑事の声だと気づいた。

アドレナリンのせいか、いささか上ずっている。

「救急車をここまで近づけろ」

ノーラン・ブリッグズがめそめそした声で警官に、自分もグリーンスレイドの人質のひとりだと大真面目に説明している声がどこかから聞こえてきた。

シャーロットはかっとなり、凄まじい形相でウォルシュを見た。「あんなやつの言うことなんか信じないで。グリーンスレイドとずっといっしょにいろいろやっていたんだから」

「ああ、それはもうわかっている」マックスが言った。

彼はシャーロットをドアの脇へそっとよけさせ、ウォルシュと制服警官が地下室へ下りられるようにした。

シャーロットが下を見ると、ジョスリンはまだトレイ・グリーンスレイドを見おろす位置にたたずんだまま、銃を手に握りしめていた。

ウォルシュが階段を下りていき、ジョスリンの手から静かに銃を取った。

「あなたがジョスリン・プルエット？」彼が訊いた。

「ええ」ジョスリンは微動だにしない。「彼、死んでる？　死んでることを心底願っているんだけれど」

ウォルシュがトレイのかたわらにひざまずき、脈をたしかめた。

「生きているな」

「がっかりだわ」

ジョスリンはそう言うと泣きだした。

シャーロットはマックスの腕をどかし、階段を下りた。ジョスリンの手を握る。

「大丈夫よ、ジョスリン。さあ、こっちへいらっしゃい。あとは警察の人たちに任せましょう」

「わたしたち、こいつをつかまえたのよね」ジョスリンが言った。

「ええ、つかまえたわ」シャーロットは言った。「これで終わったのよ。ようやく」

シャーロットはジョスリンの手を握った手にぎゅっと力をこめ、その手を引いて地下室から陽光が射しこむ部屋へと上がった。

65

キャンパス近くのファストフード店のドライヴスルー窓口でコーヒーとハンバーガーとフライドポテドを四つずつ買った。必要なのは基本的栄養素――カフェイン、炭水化物、蛋白質――だとマックスは考えた。ウォルシュ刑事の供述書作成に協力するため、腹ごしらえをしておかなければ。

つぎにすぐ近くの公園まで車を走らせた。だが、すでに日暮れ前、ピクニック・テーブルで食事をするには寒すぎたため、四人は車内で食事にした。シャーロットは助手席にすわっている。後部座席にジョスリンとアンソン、運転席にはマックスが。

「ここでわたしたち」シャーロットは言った。「警察に供述をする前に、みんなでその内容を再確認しておこうとしている、そうでしょ？」

マックスはハンバーガーにかぶりつきかけたところだったが、もう少しで彼女を失うところだったことを思い出したとたん、内臓がどこもかしこも引きつるような感覚に襲われ、ぴたりと動きを止めてシャーロットを見た。一、二秒間、食べるどころか口をきくことすらできなくなった。

そのとき、シャーロットが彼に微笑みかけてきて、また呼吸ができるようになった。

「まるでぼくたちが共謀集団みたいな言い方をする必要はないだろう」マックスが言った。

「あら、そうかしら」ジョスリンが言った。「わたしたちにはかなりそういう面もあると思うけど」

「ああ、そういう表現が今のこの状況を言い当てているな」アンソンが同調した。

「ああ、それはわかっているが」マックスが言った。「シャーロットがそういう言い方をすると、どういうわけか実際よりもはるかに悪いことみたいに聞こえる」

「それがシャーロットですもの」ジョスリンが言った。「わたしが投資クラブについて彼女にひとことも話さなかったのはなぜだと思う?」

シャーロットはすわったままくるりと後ろを向いた。「もしあなたが話してくれていたら、マディソン・ベンソンや彼女の得体が知れないオンライン自警団のメンバーみたいな連中にかかわるなって忠告していたはずだわ」

「わかったわかった。喧嘩はそこまでだ、レディーズ」マックスが言った。「時間があまりない。そこで知っておいてほしいのは、こういう状況で最優先されるルールは――」

「供述にルールなんてあるの？」シャーロットがしかめ面で尋ねた。

「ルールは」マックスが辛抱強く繰り返した。「嘘をついてはいけないが、必要以上の情報を自発的に提供しないことだ。そうだね、アンソン？」

「そういうことだ」アンソンがハンバーガーを頬張りながら答えた。

「いいルールだわ」ジョスリンがそう言ってから、マックスを見た。「ところで、どうしてトレイ・グリーンスレイドがわたしたちをあの古い山小屋に閉じこめているってわかったの？」

「グリーンスレイドの犯行にはパターンがあった」マックスが言った。「計画を立てるに当たって、自分が知り尽くしているテリトリーにこだわった。それだけじゃなく、自分が主導権を握っていると感じる必要があった。彼に関する調査をしていたとき、納税記録をチェックした。すると、彼はローリングで何カ所かの不動産を相続し、シアトルにもアパートメントをひとつ所有していたが、彼の名義になっている不動産の中では、父親が山中に所有していた狩猟用の山小屋だけが二人の人質を閉じこめておけそうな場所だった。不審に思う隣人もひとりもいない」

シャーロットはうなずきながらフライドポテトをむしゃむしゃと食べた。「大正解だったわね。おみごと」

「ああ、彼は優秀なんだよ」アンソンが言った。

マックスがジョスリンを見た。「当時の証拠保管箱の中身がどうなったか、きみは知ってる？」

「いいえ」ジョスリンが答えた。「それだけじゃなく、ルイーズが死んだ日にこのローリングまで来ていた理由もわからないの。もしかしたら、それがつぎの質問だったんじゃない？」

「彼女がここまで出かけてきて、どこかの時点で証拠保管箱を手に入れたとトレイ・グリーンスレイドは考えていたみたいだけれど、それにはきっとしかるべき根拠があったのよ」シャーロットが言った。「だって、その日のわずか数時間後に彼女を殺したのよ」

「しかし、彼女はドラッグの過剰摂取で死んだ」アンソンが指摘した。「となると、彼女にじゅうぶん近づいてドラッグを飲ませたんだろうが、どうやったんだろうな？」

「たぶん、わたしに近づいてドラッグを飲ませたときと同じ手を使ったんだと思うわ」ジョスリンが言った。「マディソン・ベンソンを使ったのよ」

「マディソン・ベンソンが彼を手伝ったのは、キーワース買収で得る利益の取り分を増やす千載一遇のチャンスだと思ったからじゃないかな」マックスが言った。「彼女のことだ、それ以上の野心もあったのかもしれない。うまくいけば、ローリング゠グリーンスレイド社の経営に一枚嚙めるとでも思ったんだろう」

「グリーンスレイドはなぜ彼女をあの段階で切ったんだろうな？」アンソンが疑問を口にした。

「彼はわたしがじわじわと迫ってきていることを知るなり、これは一大事と考えたんでしょうね」ジョスリンが言った。「そのときはまだ、投資クラブのほかのメンバーがわたしの調査についてどこまで知っているのか、彼は知るはずもなかった。まもなく彼は投資クラブの責任者がマディソン・ベンソンであることを突き止め。まず彼女を追うことにした」

「そしておそらく、彼女もサイコパスだと気づいた」シャーロットが言った。「自分がそうならわかるはずだわ」

「そのとおりだ」マックスが言った。「彼は彼女となら取引ができると踏んだ」

「そこで彼女を誘惑する」ジョスリンが言った。「でも、マディソンはああいう子だから、おそらく主導権を握っているのは自分だと思った」

アンソンが首を振った。「手に負えないサイコパスが二人、双方ともに自分がもうひとりを操ろうとした」

「証拠保管箱の中身に話を戻すと」ジョスリンが言った。「トレイ・グリーンスレイドはブリッグズにだまされたと思っている。ブリッグズがあの証拠をルイーズに売ったあと、今度は空箱を自分に売りつけようとしたと思っている」

「もしそれが本当なら――ついでにそれで理屈が通るなら――ルイーズがそれをどこに隠したのかを突き止めなければならないな」マックスが言った。

「ちょっと気にかかることがあるといえばあるわ」ジョスリンが言った。「もしブリッグズが証拠を売ろうと決めたとしたら、なぜルイーズに電話をしたのかしら？証拠が入った箱と引きかえにいくら要求しようが、払いそうなのはこのわたしでしょう」

シャーロットが彼女を見た。「あなたがシアトルを離れて、いっさい連絡が取れない状況にいたからなんじゃないかしら」

「しまった」ジョスリンの顔が引きつった。「あなたの言うとおりだわ。もし彼がわたしのオフィスに連絡を入れたとしたら、その電話をルイーズが取った可能性が高いわ。彼女はブリッグズの名前を聞いて、彼が誰なのかわかった。それだけじゃなく、彼がわたしに連絡を取りたくて必死なようすとか、すごく重大な用件があるらしいこと――それも昔のあの事件に関係のあること――とかを理解したはずだわ」

「きっと彼にあの事件のことを知っているって言ったのよ」シャーロットが言った。

「だから彼は証拠を売りたいと彼女に言い、彼女は取引に同意した。それで銀行口座から一万ドルを引き出して、証拠保管箱を受け取るためにローリングへ行った」

ジョスリンの目を苦悩がよぎった。「ルイーズはわたしのせいで死んだのね」

「それは違うわ」シャーロットはとっさに言った。

「ううん、そうよ」ジョスリンの口調は冷静だ。「ルイーズが死んだのはわたしのせいなんだわ」

シャーロットはマックスを見た。シャーロットの強い気持ちが読みとれた。友だちの死に関してジョスリンに責任はないと慰めてやってほしいのだ。こうしたことがこの新しい職業のきつい一面になりそうだ、と彼は思った。一件落着の際に適切な言葉を見つけるのは彼の得意とするところではない。

「ルイーズは危険を冒してしまった」マックスが言った。

「でも、彼女にはその危険の大きさを知る術がなかったのよ」ジョスリンが言った。

「おそらくそういうことだ」マックスが言った。「だが、彼女の動機が全面的に利他的だったとは言えないかもしれない」

「それ、いったいどういうこと?」ジョスリンが食ってかかる。

「彼女はきみがカリブ海の島にはいないことを知っていた唯一のメンバーだった。パソコンや携帯電話が何者かにハッキングされたと気づいたから、連絡がいっさい取れないところへ姿を隠したことも知っていた。だが、きみがEメールをチェックするだろうってことに気づくべきだったな」

シャーロットがマックスを見た。「あなたもジョスリンがメールをチェックするだろうと考えた。つまり、ああいうふうにってことね」

「ルイーズとわたしは暗号をつくっておいたの」ジョスリンが言った。「万が一緊急事態発生の場合、それを使うことになっていたのよ。でも、彼女からそれは送られてこなかった。たぶん時間がないと思ったんだわ。たぶんブリッグズが、至急お金を持ってこいと言ったのよ」

「あるいは、証拠に関して彼女には彼女の計画があったのかもしれない」マックスが言った。

ジョスリンがあぜんとなった。「えっ?」

「きみを襲った犯人にとっては、いくらでもカネを出す価値があるはずだと踏んだ。一万ドルをはるかに上まわる金額が支払われると考えた」

「やめて」ジョスリンが言った。「やめて。彼女はわたしの親友なのよ」

「ちょっと待てよ」アンソンが言った。「もしブリッグズが大儲けを企んでいたとしたら、なんでまず最初にトレイ・グリーンスレイドに連絡しなかったんだろうな？証拠と引きかえに大金を払うとしたらグリーンスレイドだろうが」

「たしかに」マックスがゆっくりと言った。「すごくいい疑問だよ。ブリッグズの取引相手になりえるのは、まず第一にグリーンスレイドのはずだ。ジョスリンではなく。ということは、証拠を手に入れ、誰かに売ろうとした者がほかにもうひとりいたってことになる。もしぼくの考えが正しければ、トレイ・グリーンスレイドは彼女がいちばん接触を図りたくない人間ってことだ」

シャーロットがわずかに驚いて目を細くした。

「ロクサーヌ・ブリッグズね？」

「証明はできないが、だと思う」マックスはそう言いながら考えをめぐらした。「それがいちばんぴたりとくる」

「でも、なぜ？」ジョスリンが訊いた。

「それはつまり、数カ月前にゴードン・グリーンスレイドが狩猟事故と思われる事故で死亡し、トレイ・グリーンスレイドが何もかも相続したからだ。ロクサーヌの息子、あのジャンキーは——ゴードンのもうひとりの息子だが——何ももらえなかった」

ジョスリンが眉をきゅっと吊りあげた。「あなた、そのとんでもない仮説をローリング警察で話すつもり？」

「いや」マックスが言った。「そのつもりはない」

アンソンがコーヒーカップの蓋をはずした。「ルールその一を思い出してごらん——本当のことは話すが、自発的によけいなことまで話さない」

シャーロットがアンソンを見た。「ちなみに、ルールその二は？」

「ルールその一を思い出せ」アンソンが答えた。

66

「やっぱりぼくが思ったとおりだったんですね。ルイーズは殺された。そうだと思ってました。彼女を殺したのはあいつ、トレイ・グリーンスレイドですか？」ダニエル・フリントが言った。

ダニエルの表情は険しく暗く、事件発生直後に比べてたいそう老けて見えた。それでも、この結果には心底満足しているようだ。男はときに答えが必要なことがある、とマックスは思った。その感覚はよくわかる。

四人はマックスのオフィスに集まっていた。マックスはデスクを前にすわり、ダニエルは依頼人用の二脚の椅子の一方に腰かけている。そのもう一方にはジョスリンがすわり、シャーロットは隅に置かれた枯れかけた植物に水をやっていた。アンソンは腕組みをして壁にもたれている。

ダニエルの質問を聞いたシャーロットは、じょうろを手に背筋を伸ばし、彼を見た。

「ええ」と答えた。「グリーンスレイドがマディソン・ベンソンに手伝わせて彼女を殺したの」

「グリーンスレイドはまだローリングの病院にいるが」マックスが言った。「ウォルシュによれば、今朝は口がきけるようになったらしい。取引をしようとしているそうだ。ノーラン・ブリッグズもだ。さらにいいことがある——マディソン・ベンソンも話している」

全員が一斉に彼を見た。

「どういうこと？」シャーロットがきつい口調で尋ねた。

「シアトルでこの事件を担当している殺人課の刑事から電話があったんだ。山小屋で警官がベンソンのパソコンと携帯電話を発見したんで、科学捜査班も今日から捜査に加わって、その両方の分析に取りかかったそうだ。すると、彼女がグリーンスレイドとのやりとりをデジタル録音していたことが判明した。その大量のデータがあれば、彼がまもなく落ちることは間違いない」

ダニエルが顔をしかめた。「それじゃ、マディソン・ベンソンは最初から共犯者だったってことですか？」

「そうなんだ」マックスが言った。「どういうわけか、彼らはルイーズがローリングで証拠保管箱を手に入れたことを知った。そしてシアトルに戻ってきた彼女がまだそれを持っているものと考えた。だからマディソンが彼女に会いにいって飲み物にこっそり薬を入れ、ルイーズの鍵を持ち帰ってグリーンスレイドに渡した。グリーンスレイドはルイーズのコンドミニアムに行き、さらに致死量の薬をルイーズに飲ませてから証拠保管箱を探した」

「それが見つからなかったときの彼の仰天ぶりを想像して」シャーロットが言った。

「そのあとのパニックぶりも。実際、ルイーズが彼に関するファイルのコピーをしまっていたキャリーバッグの中まで調べたくせに、中身を丹念に見なかったことは一目瞭然だったわ」

「証拠保管箱の中身を探し出すことだけに集中していたんだよ」マックスが言った。

「道路地図には興味がなかった。封筒を開くなんてことにも考えがおよばなかった。昔の事件の証拠が存在するかぎり、彼にとっては脅威でありつづける。そこで、マディソンの助けが必要になった」

「ルイーズが証拠をどうしたのかを知っているかもしれない人間はわたしひとりだと推測はしたけれど、わたしは連絡不能なところに行っていた」ジョスリンが言った。

「向こうはわたしの所在がつかめないから、つぎの動きを決められない。そうするうちに、わたしからの暗号メールが送信されて、ヴィクトリアとエミリーが身をひそめてしまった」

「マディソンはきっとすごくかりかりしたはずだわ」シャーロットが言った。「彼女は二人にも死んでほしかったんですもの。キーワース買収から得る利益は彼女たちの取り分もがっちりいただくつもりだったから。でも、きっと気づいたのよ。全員が不審な事故で死んだりしたら、警察が捜査を開始するはずだってことに。だから、せめてあなたとエミリーにそれなりに動機があるように見せかけようとした」

「ヴィクトリアの居どころはどうしてあんなにすぐわかったの？」ジョスリンが訊いた。

「ヴィクトリアは目を覚まして、もうぽつりぽつりと話しはじめてる」マックスが言った。「彼女によれば、マディソン・ベンソンにはどこに身を隠すつもりかをはっきり言ったそうだ――海岸沿いにある伯母さんの古いトレーラーに行く、と。たぶんマディソンはほかのメンバーを殺すのはもう少し時間を置いてからでいいと考えていたんだろうが、シャーロットとぼくが話を聞きにいったことで、すぐに行動に移さなければと思い立った。だからすぐさま車に乗りこみ、海岸めざして突っ走った」

「ヴィクトリアはベンソンを中に入れた。そりゃそうよね、彼女は友だちで、なんらかのニュースを伝えにきてくれたと思ったんですもの」シャーロットが言った。「コーヒーをいれたけれど、そのあとのことはまったく記憶にないそうだから、ベンソンがヴィクトリアのコーヒーに薬を入れたことは間違いないわ。そうしておいてから暖房装置に細工をして立ち去った」

「マディソンはトレーラーパークで育ったのよ」ジョスリンが言った。「暖房装置に細工する方法を知っていたとしてもおかしくないわ」

「いちかばちかの作戦だな」アンソンが言った。「暖房装置に細工を加えても奏功するかしないかはわからないが、もしうまくいけば、誰もその殺人を彼女とは結びつけないはずだ。ヴィクトリア・マシスは運がよかったと言えそうだな。もしマックスとシャーロットがつぎの日の朝一番で海岸に向かわなければ、死んでいたんだから」

ダニエルがマックスを見た。「ぼくにとってルイーズは姉のような存在でした。彼女が投資クラブに入ったのは、世の中を悪を正そうとしたからです。あの日ローリングに行ったのは、ロクサーヌ・ブリッグズの気が変わらないうちに証拠保管箱を手に入れたかったからだと思います。彼女はそれをミズ・プルエットに渡すつもりだったと、ぼくは確信しています」

「もちろん、その可能性もある」マックスが言った。

ダニエルが従姉に抱いているイメージをずたずたにするのは自分の仕事ではない、とマックスは思った。

ジョスリンとシャーロットはただ黙っていた。

「ありがとうございました、ミスター・カトラー」ダニエルが礼を言って立ちあがった。「おかげで納得のいく答えが得られました。欲しかったのはそれだけです。お約束したとおり、お金はルイーズのコンドミニアムを売ってから払います。でも、少し時間がかかるかもしれません。不動産屋によると、住人が死んだとわかっている物件は簡単には売れないとかで」

「そういう話は聞いたことがある」マックスが言った。「支払いはいつでもいい。待てます」

「では、これで失礼します」ダニエルが腕時計にちらと目をやった。「二十分後に仕事場に行かないとならないもので」

マックスも立ちあがり、部屋を横切ってドアを開けた。ダニエルと握手をして送り出すと、ドアを閉めてくるりと向きなおり、シャーロットとジョスリンを見た。

「依頼人は満足してくれたが、まだ答えが得られていない疑問が二つほどある」

「ああ、そういうことだ」アンソンが言った。「たとえば、ルイーズ・フリントはロクサーヌ・ブリッグズから買い取った証拠をどうしたのか？」

「ローリング警察の警官から聞いたところじゃ、グリーンスレイドは一命を取りとめるそうね」ジョスリンが言った。「そうしたら、ほかの何件もの犯罪やルイーズ・フリント殺害の罪で刑務所に送れるって請けあってくれた。でも本当のところ、わたしとしてはあの証拠を手に入れたいの。あの証拠はわたしを襲ったのが彼であることを証明してくれるから。さもなければ、ブリッグズがゴードン・グリーンスレイドを長いあいだずっと脅迫できたはずがないでしょう」

マックスはまた部屋を横切って戻り、デスクの後ろに立った。ルイーズがしるしをつけたワシントン州の地図を取り出して開く。

「わかっていることを整理しよう。ダニエル・フリントによれば、シアトルとローリングのあいだにルイーズ・フリントの友人や親類はひとりもいない。だが彼女は、ローリングないしはその付近でロクサーヌ・ブリッグズと会った時刻と、同じ日の夜、殺された時刻のあいだに、証拠が入ったかなりかさばる荷物をどこかに隠した」

シャーロットが地図に目を凝らしながら、かぶりを振った。「小さな町以外、およそ何もないわね、シアトルとローリングのあいだには。それに、GPSと走行距離計から考えると、彼女が大きく回り道した形跡はないとあなたは言ってたわよね」

「コンドミニアムの車庫に設置されたカメラによれば、ローリングから帰ってきた彼女は車から何も取り出さなかった」マックスが言った。「車のトランクは空っぽだったし、倉庫室のロッカーに隠してあったのは彼女とジョスリンがトレイ・グリーンスレイドについて積みあげてきたファイルのコピーだけ」

ジョスリンが顔を上げた。「何が言いたいの？」

「つまり、彼女は明らかに、ローリングとシアトルのあいだのどこかで車を停めたってことだ。もしかすると、ものすごく危険なことにかかわっていると直感して警戒したのかもしれないし、もしかすると、ロクサーヌ・ブリッグズが怖気づくか後悔するかして、誰かに自分のしたことを話すかもしれないと考えたのかもしれない」

「たとえば、だんなとかにね」シャーロットが付け加えた。

マックスがジョスリンを見た。「もしかすると、ただ念のために証拠を守りたかったのかもしれない。いずれにしても、それを隠すためにある程度長い時間車を停めた」

「でも、どこで？」ジョスリンが知りたがる。

マックスは地図をたたんだ。「財団のきみのオフィスの鍵は持ってる？」

「ええ。でも、なぜ？」

「そこを調べにいこう」

しばらくののち、彼らはジョスリンのデスクを囲んで立ち、そこに届いていた荷物の中身をたしかめていた。

「彼女はローリングとシアトルのあいだのどこかに証拠を隠しはしなかった」マックスが言った。「合衆国郵便公社に任せたわけだ」

「雪にも雨にも暑さにも闇夜にも負けず……（郵便公社のモットー）」シャーロットが静かに唱えた。

ジョスリンが顔を上げると、目が潤んでいた。「彼女、わたし宛に送ってくれたのよ。自分宛じゃなく、わたし宛に。万が一何かあったとき、確実にわたしの手に入るようにしたかったんだわ」

「発送の時点でもう、すごく危険な状況を察知していたってことね」シャーロットが言った。「彼女は、あなたの郵便物をわたしが取りにくることも知っていたし、何が起きようと、あなたがわたしを巻きこみたくないと思っていることも知っていた」

「出発前にまずコンドミニアムの鍵をわたしの自宅宛に送ったのは」ジョスリンが言った。「そのときは不安を感じてはいたけれど、心底怯えていたわけじゃなかった。

ただ用心のためにってことだった。でも、いざ証拠を収めた荷物を受け取ったら、それが冗談じゃなくヤバいもので、誰かが探しにくるかもしれないと気づいた。自分のコンドミニアムとわたしのところのセキュリティーは信用できなかった。要するに、コンドミニアム・タワーのセキュリティーの問題よね。どっちも正面入り口を通過するのはさほどむずかしくないもの。そこへいくと、わたしのオフィスなら、わたしが戻ってくるまで証拠は安全だと彼女は考えた」

シャーロットが笑みを浮かべた。「あなたが言ったとおりだわ。ルイーズはあなたを裏切って、証拠でひと儲けしようと企んだわけじゃなかった。いい友だちだった」

「ええ、そうよ」ジョスリンが涙で顔を濡らしながら笑った。「でも、あの地下室で言ったことは本当よ。わたしのいちばんの親友はあなた」

「もう秘密はなしにしてくれる？」シャーロットが言った。

「ええ、もう秘密はなし」

67

マックスはビールを二本開けてキッチン・テーブルに置き、アンソンの向かい側に腰を下ろした。

アンソンは片方の瓶をつかむと、おいしそうにひと口飲んでからマックスを見た。

「その後の状況を教えてくれると言っていたが？」

「エミリー・ケリーが今日姿を現わした。無事で元気だ」マックスが言った。「ワシントン州東部に身をひそめていたそうで、自分のパソコンや携帯電話にはいっさい触れなかったが、ジョスリン同様、近くの公立図書館でつねに情報をチェックしていた」

「これで全員の動きが出そろったわけだな」アンソンはどこかうれしそうだ。「ロクサーヌ・ブリッグズ以外は。彼女はまだ逃走中か。おそらく心底怯えているんだろう」

「トレイ・グリーンスレイドとノーラン・ブリッグズは回復に向かっている。二人とも弁護団はついているが、口は割りはじめている」

アンソンがうなずいた。「司法取引を狙っているんだろうさ」

「そのとおり。まだはっきりしていない部分がひとつ二つあることはあるが、すべて警察が把握している」

「おめでとう」アンソンがビール瓶をマックスの瓶と音を立てて合わせた。「昔から言っていただろう、きみには悪党を追いつめたり見つけられたくない人間を見つけたりする才能があると」

「そいつはどうも。残念なことに、今回の事件は報酬が支払われてめでたしめでたしってことにはならなかったが、あの依頼人に時間で計算した報酬と経費の合計を請求するわけにはいかないよ。彼に支払い能力が不足しているからってだけじゃなく、こっちも時間的にはかなりの部分を本筋からはずれたことに費やしてしまったからね」

「ジョスリン・プルエットを探してか？」

「うん。その結果がこれだ。もっと法人相手の仕事や専門的助言を与える仕事なんかを増やす必要がありそうだ」

アンソンがいささか訝しそうに、ビール瓶ごしにマックスを見た。「今みたいに安っぽいオフィスじゃ、そういう仕事は引き寄せられないだろう。考えてもみろ、電話を受ける人間すらいないんだから」

「もっとしゃれたオフィスが必要だってことはわかってるんだ。それだけじゃなくスタッフも必要だ。でも、まだ金銭的に両方ともってわけにはいかないんだよ」

「おれも少しは手伝えるぞ」

マックスがにやりとした。「ありがたいな。今ちょうどそう言おうと思ったところだ」

「ローンが必要だろう？　預金を解約しようか？　遠慮はいらない」

「ありがとう。だが、借金の必要はない。必要なのはすごく安い給料で働いてくれる受付係だ——電話を取って、依頼人の相手をして、ファイルの整理をしてくれるような」

アンソンがげじげじ眉を吊りあげた。「心当たりはあるのか？」

「父さんだよ」

アンソンはびっくりし、ビール瓶をゆっくりと置いた。「おれか？」

「父さんには仕事が必要で、ぼくにはオフィスでの仕事を処理してくれる人間が必要だ。それも、仕事を教えたり管理したりしなくていい人間でないとまずい。探偵の仕事を理解している人間で、何よりもぼくが信頼できる人間だ」

「おれか」アンソンがもう一度言った。

今度は考えをめぐらしているふうだ。

「しかも、仕事が順調に回るようになるまでは低賃金でかまわないと言ってくれる人間でないと」

「おれだな」アンソンが言った。

二人はそれからまたビールを飲んでいたが、しばらくするとアンソンがメモ帳とペンを取り出した。

「明日からもうちょっと広くてましなオフィスを探しはじめるとしよう」

マックスがにっこりした。「助かるよ。ぼくもいっしょに行くから」

「いや、きみは来なくていい。仕事を呼びこむほうに集中するんだ。プロファイリング会社で働いていたんだから、それなりの人脈やコネはあるだろう。そろそろネットワーキングってことを真剣に考えたほうがいい」

「ネットワーキング？」

「それに専念しながら、もうひとり調査員を雇うことを考えるんだ。ひとりっきりでやっている会社じゃ、カネのある依頼人や大会社は相手にしてくれないぞ」

「調査員をもうひとり？　誰がうちみたいな小さな会社で働きたがるんだよ？　そりゃあ、経営が上向きになったら――」

「言っておくが、すごい経営者に見えるまで経営が上向きになるなんてことはないんだよ」

「もうひとりの調査員に給料を払う余裕なんかないよ」

「だったら、あいつに働きかけてみろ。共同経営者にならないかって。そうすりゃ、あいつも責任をもって新規の顧客を連れてくるさ」

「あいつって？　誰か思い当たる人間がいるのか？」

「ああ、そういうことだ」

アンソンが言った。

「ほう」マックスはしばらく熟考した。「そいつはおもしろい考えだな。ぼくがもっと早く思いつくべきだったな、あいつを」

「そのための受付係だよ――そういうことを考える」

「そういうことを考えるという話題が出たところで、やってもらいたいことがある」

「何を？」

「クィントン・ゼインがあれからどうしたのかを突き止めたいというぼくの妄執はこの先も消えることはない、とシャーロットは言うんだ」

「おそらく彼女の言うとおりだろうな」アンソンが言った。「カボットとジャックもそれができるかどうかは怪しい。しかし、もしきみたち三人が本当にあれを吹っ切ることができたとしたら、誰も有能な探偵にはなれなかったはずだ」

「そいつはすごい。つまり、妄執にとらわれるってことが有能な探偵の要素のひとつだってわけ？　ということは、ぼくがこの仕事をしているのは人格障害のおかげなのか？」

「きみには――きみたち三人には――特定の疑問に対する答えを探す情熱がそなわっているんだよ。それを妄執と呼びたければ呼んでもいい。ただ、おれにわかっているのは、どんなことがあろうと、きみたちは答えを探しつづけるはずだということだけだ」

「シャーロットは、しばらく時間を取って、ゼインを探してみる必要があるんじゃないかと言うんだ」

「彼女の言うとおりだと思うね」アンソンが言った。「なぜなら、その疑問はこれからも消えないからだ」

68

月曜日の夕方、シャーロットが〈レイニー・クリーク・ガーデンズ〉を出ると、小雨が降っていた。アノラックのフードをかぶり、いつもの道を自宅に向かって足早に歩いた。

頭の中では今夜の夕食づくりに必要なものを考えていた。マックスのために料理らしい料理をつくるのはこれがはじめてだから、完璧なものをつくりたかった。メニューはロースト・ロマネスコとグリルド・サーモンなど。そこで、少々遠回りにはなるが、パイク・プレース・マーケットを通って野菜と魚を買っていくことにした。

秋の日はつるべ落としというとおり、自宅のアパートメント・タワーに帰り着いたときには早くも暗くなっていた。街灯の柔らかな明かりが雨に濡れた通りと歩道を照らし、通過する車のフロントガラスで雨粒がきらきら光っている。

わたしはシアトルの街を愛してる、とシャーロットは思った。マックスも愛してる。

シアトルの何もかもがわたしにとってホームって感じ。

もどかしい手つきで鍵を取り出し、扉を開けてロビーに入った。フロントデスクには誰もいない。コンシェルジュは一日の仕事を終えて帰ったあとだった。

エレベーターで十二階まで上がり、廊下を進んだ。自宅アパートメントのドアを開けて廊下の明かりをつけ、キッチンに入って食料品をカウンターに置いた。

冷蔵庫を開けようとしたそのとき、背後の空気がかすかに動くのを感じた。心臓の鼓動がいきなり速まり、呼吸が締めつけられるように苦しくなった。この何日か、過度の緊張がつづいたからだわ。神経がまいっているのね。瞑想をしなくちゃ。

だが、自分をなだめようとした独り言は本能に抑えこまれた。とっさに振り返り、朝食用カウンターごしに薄暗いリビングルームに目をやった。暗がりで人影が動いた。

「待ってたわ」ロクサーヌ・ブリッグズの声だ。

キッチンの明かりを受けて、手にした拳銃がきらりと光る。

シャーロットはパニックを懸命に抑えこんで呼吸をした。

「どうやってここに入ったの？」なんとか声になった。

「むずかしくはなかったわ。ここに着いたのは二時間くらい前かしら。あなたが何時に帰ってくるのか知らなかったけど、とにかく先にここにいたかったのよ。ロビーのフロントデスクにすわっていた素敵なおじさまに、今日からあなたのところに来ることになった掃除婦なので鍵を貸してくださいって言ったの」

ロクサーヌは拳銃を軽やかに揺らし、リビングルームの床に置かれた掃除用バケツを示した。バケツからはブラシ何個かとモップの柄が突き出ている。

「彼、あなたの言うことを信じたの?」

「今日から新しい掃除婦が来るってことをあなたから聞いてないわけだから、すぐには納得しなかったけど、こういうきつい仕事をしている労働者はみんなが信じてくれるのね。それだけじゃないわ。そのときロビーはすごくせわしかったの。宅配便が届くわ、建設業者が鍵をくれと言うわ、かなりざわついていてね。だから、コンシェルジュも早いとこあたしを追っ払いたかったみたい」

「でも、ロクサーヌ、どうしてあなたがここへ?」

「あれからずっと考えていたんだけど」ロクサーヌが言った。「何もかもめちゃくちゃになってしまったのはあなたのせいなんだとついにわかったのよ。あのむかつく私立探偵を引っ張りこんだのはあなただし、今、あたしの息子が刑務所に入れられようとしているのもあなたのせい」

「自分も手を貸して引き起こした災難を、マックスやわたしのせいにしないでほしいわ」シャーロットは言った。「あなたでしょう、ゴードン・グリーンスレイドを殺したのは？」

「だって、あたしに嘘をついたのよ」銃を握ったロクサーヌの手がかすかに震えた。「あたしがこんなに長いあいだ秘密を守ってきたでしょ。だからそのお返しに、彼はあたしたちの息子の面倒を見ると約束してくれたの」

「ゴードン・グリーンスレイドとは恋人同士だったのね」

「最初はね。最初だけはあたしを愛してるって言ってくれた。奥さんと別れて、あたしと結婚するって言ってたわ。何年か経つうちにそんな嘘を信じるのはやめたけどね」

「でも、そんなに長い年月が経ったこの夏に彼を殺すことにしたのはなぜなの？」

「息子がまたリハビリ施設に入らなくちゃならなくなったのに、ゴードンは費用の支払いを拒んだのよ。何千ドルもかかるのよ。これまでの二回はゴードンが払ってくれたけど、三回目は断られたわ。もう本当のことを世間に知られてもかまわないって言ってた。夢に見ていた女性についに出会えたんですって——インターネットの出会い系サイトでね。信じられる？」

「そういうことをする人がいるって話はときどき耳にするわ」

「どう見ても、遅れてきた中年の危機とかってやつに陥ってたのね。そのとき、はたと気づいたの。もし彼が責任も何もかも放り出してローリングを出ていくつもりだとすれば、たぶん遺言書も書き換えるんじゃないかと。そんなこと、させるわけにはいかないわ」

「それで、そんなことをする間を彼に与えずに殺したわけね。でも、そもそも彼は遺言書について嘘をついていたんじゃない？」

ロクサーヌの目に怒りの涙があふれた。「彼の遺言にノーランの名前はなかったわ。ゴードンの遺産はすべてもうひとりの息子が相続した」

「トレイね」

「ひどい話」ロクサーヌは再び自制心を取りもどしたようだ。「うちのノーランにだって、グリーンスレイドの財産を要求する権利は同じようにあったのよ。もしもあの子にトレイみたいな特権がそろっていたら、ドラッグ依存症になんかならなかったはずだわ」

「だとしたら、ゴードン・グリーンスレイドを撃ち殺したのは無駄だったってことね。ノーランには何も遺してくれなかったのなら」

「あいつ、あたしの――あたしたちの――息子にはびた一文遺さなかった。むろん、認知すらしなかったわ」

インターコムが鳴り、二人はそろってぎくりとした。

「なんなの？」ロクサーヌが声をひそめて訊いた。

「マックス・カトラーよ。階下《した》に来たの。わたしがここにいることは知っているから、来させたほうがいいと思うけど」

「だめよ」

「もし応答がなければ、彼、間違いなく怪しむわ。わたしを信じて。彼が警察に通報したら大ごとになるわよ」

ロクサーヌがたじろいだ。「しかたないわね。そうして」

シャーロットはインターコムの前に行った。「マックス？」

「ワインを持ってきた。ニュースもある」

「上がってきて」ボタンを押してロックを解除した。「お客さまがいるの」

「誰だい？」

「会ってのお楽しみ」

「すぐに行く」

シャーロットはロクサーヌを見た。「今の話のつづき、彼にも聞かせたいんじゃない？　あなたの側からのストーリーを彼にも聞いてほしいでしょう？」

ロクサーヌは確信がないようだが、数分後、ドアをノックする音がした。ロクサーヌがひるむ。

「開けて」命令口調で言う。手にした銃が小刻みに震えていた。「ほら、早く」

シャーロットは息を凝らして廊下を進んだ。ドアを開くと、マックスが立っていた。片手にワインのボトルを持っている。もう片方の手には銃を握り、脚の横にぴたりとつけて隠していた。その目は氷のように冷たかった。

「誰？」静かに尋ねた。

「ロクサーヌ・ブリッグズ」シャーロットは声が不自然にならないよう、用心深く答えた。

マックスが声は出さずに口だけを動かした。「銃は？」

シャーロットは無言でうなずき、くるりと方向転換して廊下を引き返した。マックスは銃をポケットに入れ、手はポケットの中で銃を握ったまま、いかにもさりげなく見えるように装った。

「やあ、ロクサーヌ」まるで彼女の手の中の銃には気づかないかのようだ。「元気だった？」

「動かないで」ロクサーヌが苛立ちをのぞかせた。「いい？　動いたら撃つからね」

「動かないよ」マックスが言った。

「ロクサーヌが今、話してくれたんだけど、彼女、息子さんにまたリハビリが必要になったんで、高額な治療費を捻出するのに必死だったんですって。あなたの言ったとおりだったわ――ノーランの父親はゴードン・グリーンスレイド」

「あの嘘つき野郎を撃ったのは、あいつがずっと前に、あたしの息子にもグリーンスレイド家の財産のしかるべき取り分を遺してくれると約束したからよ」ロクサーヌの声はかすれていた。

「ところが、真っ赤な嘘だった」マックスが言った。「だから、昔の証拠保管箱の中身を売ろうとしたわけか？　ノーランをまたリハビリ施設に入れるためのカネを手に入れるために？」

「そうするしかなかったのよ」ロクサーヌがつぶやいた。「イーガンは長年にわたってゴードンから搾り取ってきたのよ。証拠保管箱が突然見つかってもいいのか――警察の旧庁舎の戸棚にあったとかなんとか――と恐喝してね。でも本当は、彼がうちの地下室に隠していた」

「ゴードン・グリーンスレイドは息子のトレイを守るために、長いあいだずっと恐喝に応じてきたってこと？」シャーロットが訊いた。

「ううん」ロクサーヌが首を振った。「ゴードン・グリーンスレイドはあっちの息子のこともどうでもいいと思っていたわ。でも、ローリングでの一家の評判はすごく気にかけていた。というか、少なくともインターネットで出会ったその女に狂って、駆け落ちしようと決心するまではね」

「ご主人はあなたがゴードン・グリーンスレイドを殺したことを知っていたの？」シャーロットが訊いた。

「ううん、知らないわよ、もちろん。イーガンはあたしにそんなことができる度胸があるとは思っていなかったもの。それに、彼はあたしに動機があるとも思っていなかったし」

「つまり、イーガンはノーランの父親がゴードンだと疑ってはいなかった？」マックスが訊いた。

「ええ」ロクサーヌが冷たい薄笑いを浮かべた。「あたしは約束を守る女よ。ノーランの名前を遺言書に入れてくれるなら、誰にも言わないってゴードンに約束したの。ゴードンにお金を要求したのはノーランが治療を受けなければならなくなったときだけ。イーガンがリハビリ費用を出してくれなかったんで、ゴードンにたのみにいったの。あいつ、最初の二回は払ってくれたわ。イーガンもだけど、みんな、ゴードンの慈善行為だろうと思ったみたいね。町の人に立派だと思われそうなことになると、すごく寛大になる人だったから」

「父親が死んだあとは、トレイが恐喝に応じてきたのね？」シャーロットが訊いた。

「そうよ。イーガンが――名前は伏せて――トレイに連絡を入れたら、最初の二回は払ったわ。でも、あのトレイってやつは父親に比べてはるかに危険だった」

「イーガンはトレイがレイプから殺人にエスカレートしたことを知っていたのか？」マックスが訊いた。

「当然でしょう」ロクサーヌが答えた。「イーガンについてひとつだけいいことを言うとしたら――なかなか優秀な警官だったわ。長いあいだずっとトレイから目を離さずにいたの。ジョスリン・プルエットの事件に類似した要素があるレイプ事件が起きるたび、メモを取っていたものね。被害者に見られない方法をトレイが目隠しから薬に変えたときも、イーガンはすぐに気づいていたし、最近はレイプした女を殺すようになったと確信していたわ」

「トレイがエスカレートしたのは父親が死んでからだな」マックスが言った。

「そうね」ロクサーヌが顔をしかめた。「不気味だったけど、トレイは父親を恐れていたんじゃないかと、あたし、内心思ったわ。だからゴードンが死んだことで、まるで沸騰している鍋の蓋を取ったみたいになっちゃったのよ」

「イーガンは、自分がトレイに売ろうとした証拠保管箱には雑誌と本が詰まっていたってことを知っていたのかな?」

「ううん」ロクサーヌがうんざりといった顔をした。「あのばか、中身を調べもしなかったのね。ま、そりゃそうね。あの日はやたらに急いでいたから。地下室に下りていって、箱を取って、SUVに積みこんで。箱にはきっちり証拠が詰まっているものと信じこんでいたでしょうね。あたし、証拠を取り出したあと、雑誌や本を詰めこんでおいたのよ。イーガンが最後に開けたときとまったく同じように封もしておいた。イーガンはときどき、トレイの最新の犯行に関するデータを足していたのよ」

「証拠を売るとしたら、トレイ・グリーンスレイドがいちばんカネを払える人間だということはわかっていたが、あなたは彼が怖かった」マックスが言った。「そこで、ジョスリン・プルエットに連絡しようとしたが、電話を受けたのはルイーズ・フリントだった」

「買い手がそうたくさんいるわけじゃないわ」ロクサーヌが言った。「そうなの、電話を取ったのはルイーズ・フリントだったのよ。そうして、ジョスリンはひと月留守だって言うじゃない。自分はジョスリンの親友で、あなたが何を売りたいにしろ、ジョスリンはわたしに買っておいてほしいと思ってるはずだとも言ったわ。だからあたし、一万ドル欲しいって言ったの。そしたら彼女、そんな大金なのに、すぐに用意して数時間後に手わたすって」

「一万ドルはノーランのリハビリ費用に充てるはずだったんだな」マックスが言った。

「ええ、そうよ。そのあと、ローリングのはずれのファストフード・レストランでフリントに会ったの。彼女はあたしにお金を渡し、あたしは証拠保管箱の中身を入れた包みを渡した。それでおしまいのはずだったのよ。ところが、そうはいかなかった。なんだかひどいことになっちゃってね」

ロクサーヌがしくしく泣きだしたかと思うと、たちまち激しくしゃくりあげはじめた。マックスが部屋を横切って近づき、彼女の手からそっと銃を取ったことにさえ気づかなかったほどだ。

シャーロットも彼女に歩み寄り、肩に手をおいた。ロクサーヌが涙で濡れた目でシャーロットを見ると、シャーロットは両腕をやさしく彼女に回した。ロクサーヌがなおいっそう激しく泣いた。

マックスはしばらく無言で見守った。ロクサーヌが冷静さを取りもどすまで話しかけるのを待っているのだ。

「ひとつ、どうしてなのかわからないことがあるの」シャーロットが言った。「ルイーズ・フリントがローリングへ行って証拠保管箱を受け取ったことを、トレイ・グリーンスレイドはどうしてそんなにすぐ知ったのかしら？　その日のうちにそのことを知って、マディソン・ベンソンに手伝わせて、その日の夜にルイーズを殺してるの」

ロクサーヌがシャーロットの肩から顔を上げた。「あの証拠の箱の買い手はそうたくさんいるわけじゃないって言ったでしょう」

「ええ、たしかにそうよね。実際、二人しかいないわよね――トレイ・グリーンスレイドとわたしの妹」シャーロットが言った。

「三人目もいたわ」ロクサーヌが言った。「最初にその人に電話したのよ」

「ひょっとして、トレイの祖母――マリアン・グリーンスレイド――に話をもちかけたとか？」マックスが静かに言った。

「ええ」ロクサーヌはフランネルのシャツの袖で涙を拭った。「彼女に会いにいったの。はじめは母親同士として話をしたわ。息子の名声――一族の名声――を守るためならお金を払ってくれると思ったから。とりわけ、トレイはこれからローリング＝グリーンスレイド社の全権を握ろうとしているところだし。トレイが彼女のいちばんのお気に入りの孫だってことはみんなが知っているわ」

「しかし、当てがはずれた」マックスが言った。

「マリアン・グリーンスレイドから、冗談じゃないって言われたわ。だから、あたし、もしお金を用意しないと、そのときは証拠を被害者であるジョスリン・プルエットのとこに持っていくわよって警告したの」

「マリアン・グリーンスレイドはあなたの言うことがはったりかどうか試したのね」

シャーロットが言った。

　それに答えたのはマックスだった。

「そういうことだな。ぼくがさっきニュースがあると言ったのはそのことだ。トレイ・グリーンスレイドの取り調べの進捗状況についてウォルシュが電話をくれたんだ。これでわかったよ。マリアン・グリーンスレイドは、ロクサーヌが立ち去るのを待って孫に電話をした。そしてトレイに告げた。彼と父親がしでかした不祥事をまとめて始末しないかぎり、ローリング＝グリーンスレイド社のトップの座には就けないと思え、と」

69

警察がロクサーヌ・ブリッグズを連行していったあと、シャーロットは緑鮮やかなロマネスコと新鮮なサーモンをじっと見つめた。もはや料理に取りかかる気分ではなかった。ワインの栓を抜き、ピザの出前を注文した。

ピザが到着すると、マックスと二人、ダイニング・カウンターにすわった。

「彼女、どうなると思う？」シャーロットが問いかけた。

「ローリング警察に引き渡すまでは、ここの警察に留置されることになるが」マックスはピザをひと口頬張った。「まずは自殺しないように監視がつくはずだ。さっきウォルシュにちょっと電話したが、明日、彼と警官一名が移送のため、シアトルに来るそうだ」

「最初にあなたが言ったとおりだったわね。引き金になった出来事を突き止めれば、何もかも納得がいくものだって言ったでしょう」

マックスがうなずき、ワインを飲んだ。「ふつうはそういうものなんだよ」

「ねえ、結婚生活が恋しいと思う？」

ピザを嚙んでいたマックスが質問に驚いて動きを止めた。無理もない。もっと落ち着いてからもちだすべき話題だったが、さりげなくとは程遠い流れで切り出してしまった。

「恋しいと思うのは、結婚前に思い描いていた結婚生活だな」マックスが答えた。

慎重だわね、とシャーロットは思った。それを言うなら、自分もそうだが。

そこで、にこりと微笑んだ。「つまり、あなたってロマンチックなのね」

マックスが噴き出し、おかげで会話から唐突さが払拭できた。

「ごめん。でも、きみがあんまり思いがけないことを言うからさ。ぼくが結婚前に思い描いていた結婚生活って言ったのは、これはわかってほしいんだが、退屈な部分のことをさしているんだ。ぼくは外で食事をするよりツナ・サンドイッチとビールを家でってほうが好きなんだよ。カクテル・パーティーなんかは苦手でさ。感情が交錯するドラマはかんべんしてほしいんだ」

「よくわかるわ」

マックスはまたピザを頰張りかけていたが、手を止めた。「わかる？」

「ええ。あなたは仕事を通じてたくさんのドラマを見ているけれど、楽しいドラマなんてごくわずかだと思うの。だとすれば、自分のしていることに相当な挫折感を感じることになるわ」

「それもある」マックスが認めた。「依頼人は答えを見つけてほしいとぼくを雇い、見つけた答えに動揺する」

「それでもあなたは答えを探しつづける」

「ああ。なんだか狂気についての古典的な定義みたいだな。違う結果を探して何度も何度も同じことを繰り返すなんて」

シャーロットは前かがみになってピザをひと切れ取った。「だったら、そもそもプロファイラーになったのはなぜ？　今、そうやって独立して探偵業をはじめたのはなぜ？」

「たぶん、これが得意なことだからだろうな。ほかに得意なことなんかないような気がする」

シャーロットがピザをもぐもぐしながら言った。「それにたぶん、あなたはこれ以外のことをすることに興味がない」

「たしかにそうだ」マックスが答え、何を考えているのか読みとれない表情でシャーロットを見た。「ぼくの零細企業の話が出たところで、興味があるかもしれないから話しておくと、受付係を雇ったんだよ」

「かわいい子？　ブロンド？　赤毛？　嫉妬するほかないような子？」

「たぶん、それはないな。新入りの受付係はアンソンだから」

「ええっ」シャーロットはそれについてちょっと考えてみた。「名案だわね」

「彼には仕事が必要で、ぼくにはオフィスを空けるときに雑用をさばいてくれる人間が必要だ。ウィンウィンだろう」

シャーロットがにっこりとした。「文句なしに」

「ついでに、新しいオフィスも探すつもりだ。パートナーができるかもしれないんだ」

「ほんと？　それ、だあれ？」

「兄弟のひとり――カボット・サター。今日、彼に電話したんだ。しばらく前からオレゴン州で警察署長をしているが、いろいろあって転職を考えているところでね。シアトルで探偵業を試してみようかと思っている」

シャーロットが笑いかけた。「換言すれば、あなたは今、事業の規模を二倍――受付係も加えれば三倍――に拡大しようとしているわけね」

「だからといって、依頼人の数が二倍、三倍になる保証はないけどね」マックスは用心深い。

「大丈夫よ」シャーロットが確信をこめて静かに言った。「そうか、そんなふうに事業の拡張を計画していれば、たぶん結婚生活を恋しく思う――というか、結婚前に思い描いていた結婚生活を恋しく思う――なんて余裕はなさそうね」

マックスは皿を横にどかし、テーブルの上で腕組みをした。「もし間違っていたらそう言ってくれ。だが、とびきり有能な探偵であるぼくなのに、なんだかこの会話の流れがうまくつかめていない気がしてる」

シャーロットはワインを大きくひと口飲むとグラスを持つ手を下げ、テーブルごしにマックスと目を合わせた。「わたしね、ちょっと考えていたのよ、あなたは将来的にはまた結婚を考えたりすることがあるんだろうかって」

「それなら、ルイーズ・フリントのコンドミニアム・タワーのエレベーターを降りて、きみと会ったあの日からずっと考えてたよ」

シャーロットはもう少しで息が止まりそうだった。「ほんと？」

「ああ、ほんとだ。きみこそどうなの？　また結婚を考える気はある？」

シャーロットは胸がいっぱいになり、泣いてしまうかもしれないと思った。「ええ、もちろんよ。あなたとの結婚なら一も二もなく考えるわ。つまり、お互いにまだ断言するには早すぎるでしょ」

「そうだね」

「わたしたち、すでにたくさんのドラマをいっしょにくぐり抜けてきたわ。でも、思いきった決断を下す前に、もっと時間をかけて本当の意味でお互いをよく知る必要があると思うの」

「つまり、ぼくがきみを泣きたいほど退屈させるかどうかを見きわめる時間が必要ってことか」

「違うわ。そういう意味じゃないの。ぜんぜん違う」

マックスが立ちあがり、シャーロットに手を伸ばすと、そっと椅子から立ちあがらせた。「ぼくたちは傷ついたことがある。だから、こういうことをゆっくり考える理由がある。だが、とりあえず最初の質問に戻ってみないか？　ぼくの答えはイエスだ。ぼくはきみとの結婚を本気で考える」

「わたしもあなたとの結婚を真剣に考えるわ」

「それじゃ、今夜はここまでにしておこう」

シャーロットは両腕をマックスの首に回した。「そうね。今夜はここまで」

「ぼくは絶対心変わりなんかしない」マックスが言った。
シャーロットが微笑んだ。「わたしも」

70

マックスは窓ごしの静かな雨音で目を覚ました。まだ外は暗いが、夜明けまではもう少しだ。寝返りを打ち、シャーロットをぎゅっと抱き寄せた。

シャーロットがもぞもぞと動いてから伸びをした。「もう朝？」

「もうすぐ」マックスは肘をついて顔を上げ、シャーロットの乱れた髪にキスをした。「考えてたんだが」

「事業拡大計画のこと？」

「いや、ぼくたちのことだ。結婚してくれないか？」

シャーロットがわずかに振り向き、目を開けた。「時間をかけて考えるものと思っていたけど。お互いをよく知るために」

「きみについて知りたいことはもう全部知ってる」

シャーロットは笑みを浮かべ、彼の頬に指先を触れた。「ほんとに？」

「言っただろう、仕事に関するぼくの信条のひとつは、人は変わらないって事実だってこと。表面的にはともかく芯の部分は。きみはぼくが今すぐ結婚したい女性で、これからもずっとそれが変わることはないんだ」

「それ、わたしが意外性に欠けてるっていうこと?」

「そうじゃない。きみを愛してるってことさ」

「だったらいいわ。わたしもあなたを愛してるから。だけど、ちょっと待って。あなたもうわかってたのね? わたしってどうしてこうも意外性に欠ける、というか予測可能な人間なのかしら?」

マックスが苦笑を浮かべた。「愛してるって言葉を聞くって、ときにはすごく大事なんだよ」

「たしかにそうね」

シャーロットは彼をぐっと引き寄せて唇を重ねた。

71

マックスがレストランの前の歩道で足を止めた。

シャーロットが彼を見た。「無理はしなくていいのよ」

「いや」マックスが言った。「ぼくは何がなんでも行かないと。しかし、きみたち二人はいっしょに入ってこなくてもいい」

「おれは行く」アンソンが言った。「家族だからな」

「彼の言うとおりよ」シャーロットは自分の手にちらっと目を落とした。マックスの手が彼女の手をがっちりとつかんでいるので婚約指輪は見えない。つぎに視線を上げて彼と目を合わせた。「家族にこういうことをひとりでさせるのは本当の家族じゃないわ」

「ああ、そうだ」アンソンが言った。

「ほかにも考えなくちゃならないことがあるわ。これまで存在すら知らなかった腹違いの兄への好奇心もだけれど、弟や妹はとってもとっても気まずいかもしれないのよ。後ろめたい思いすら抱いているかもしれないわ」

マックスが顔をしかめた。「彼らが後ろめたいって、なぜ?」

「彼らはあなたにはいなかった父親の庇護の下で育った。それについてあなたが彼らを恨んでいると思っているかもしれないわ」シャーロットが言った。

「そりゃあ勘違いだろう」マックスがアンソンを見た。「ぼくには父親がいた」

シャーロットが笑みを浮かべた。「でしょ。だから、彼らに今日、それを見せてあげるのよ」

アンソンが小さくうなったが、シャーロットの目には彼が静かに喜びを嚙みしめているように映った。

「意を決して入っていくか、さもなければ、また雨が降ってくるまでこの歩道に立っているか?　どうする?」アンソンが言った。

「ここはさっさとすませよう」マックスが言った。

ドアを開けて、レストランの込みあった店内に入っていく。シャーロットとつないだ手は放さなかった。お守りでもあるかのように握りしめている。

シャーロットは会いにきた二人をすぐさま見つけた。奥のブースだけがほかとは異

なる緊張のオーラを放っていた。二十代後半の身なりのいい焦げ茶色の髪の男性が、
二、三歳年下の魅力的な女性と向かいあって座っている。テーブルの上にはコーヒーカップが二個だけで、料理は何も置かれていない。
マックスもほぼ同時に彼らに気づいたようだ。静けさとでも呼ぶべき空気が彼を包んだ。

アンソンはその二人がすわるブースをいかにも警官といった目で見据えた。

「あそこの二人のようだな」アンソンが言った。

マックスは何も言わずに歩きはじめた。

ブースでは焦げ茶色の髪の男性が入り口のほうを向いてすわっていた。彼がまず三人が自分たちのほうに近づいてくるのに気づき、女性に何か言うと、彼女が振り返った。緊張している、とシャーロットは思った。不安に神経をぴりぴりさせている。

男性が立ちあがった。マックスとよく似た体格で、目の色も同じ金茶だ。用心深さをのぞかせながらも決然とした態度を見せている。

「マックス・カトラー?」彼から声をかけてきた。

「そうです」マックスが答えた。

「ライアン・ディケーターです。こちらが妹のブルック。今日は会ってくださってあ

りがとうございます」

「こちらこそ、ポートランドからのドライヴ、わざわざありがとう」マックスが言った。

そして手を差し出すと、ライアンの目が安堵感でやわらいだ。マックスの手を取って握手する。

「ぼくの家族のうちの二人を紹介します」マックスが言った。「シャーロット・ソーヤー、ぼくの婚約者とアンソン・サリナス、父です」

「はじめまして」ブルックがすぐに反応した。「よろしければランチをごいっしょしませんか？　それともコーヒーだけになさいます？　どちらでも……」

断られたときのことも覚悟しているようだった。

「ランチか。そうしようかな」マックスが答えた。

「ええ、それがいいわ」シャーロットもすぐに付け加えた。

「誰かが食事のことを切り出してくれるのを待ってたよ」アンソンが言った。「ここはレストランなんだからね」

誰がどこにすわるかがなかなか決まらず、しばらくみんなで立ったりすわったりしたあと、最終的にはライアンとブルックが並んですわり、シャーロットとマックスがテーブルをはさんだ側にならんですわった。ウエイターがアンソンの椅子を運んできて、テーブルの脇に置いた。レストランに入ってきた人が見たら、アンソンを一族の長老だと推測するはずだ。シャーロットはそんなふうに考えて愉快な気分になった。

料理を注文したあとは堰を切ったようなおしゃべりがはじまった。話題は多岐――州間高速道路の混みぐあい、天候、最近のシアトルの景気のよさ、などなど――におよんだが、過去のことには誰ひとり触れなかった。ライアンとブルックはマックスを質問攻めにし、彼はそれに辛抱強く答えた。

「犯罪プロファイラーだったって本当ですか？」ブルックが訊いた。

「調査業はビジネスとしてどうですか？」ライアンが知りたがった。

そしてついにブルックがマックスを見て切り出した。「このたびは言葉にはできないほどお世話になりました。あの詐欺師サイモン・ガトリーを家族に入りこませてしまったら、わたし、自分を許すことができなくなるところでした」

「もういいよ」マックスが言った。「ぼくがあんなことをしなくても、早晩あなたかディケーター家の人が気づいたはずだ」

「それでは絶対に間に合わなかった」ライアンが言った。「どうにも遅すぎたはずです。ガトリーは腕がいい。それについては脱帽です。父でさえだまされた」

「父は最初のうち、弁護士がガトリーについて言っていることを信じたくないようでした」ブルックが言った。「その情報源があなただと知っていたからです。だから信じるわけにはいかないとわたしたちに言いました。おそらくあなたには何か計画があるのだろうと」

「でも、父はそれなりにしっかりした経営者ですから、たしかなデータを無視することはできなかった」ライアンが先をつづけた。「お抱えの警備会社がありますから、そこにガトリーを調べるよう依頼したんです。その結果、すべてあなたの報告書どおりだと確認できました。それにしても、よくもそんなに長期にわたって足がつかなかったものだと言ってましたよ」

「しかも、わたしたちの知るかぎり、まだつかまってはいないんです」ブルックが首を振った。「まだいろいろやっているようですが、警察があいつをなんとか押さえるまで、まだまだたくさんの人がだまされるのかと思うと考えたくないわ」

「ブルックはあなたが今日来てくれないんじゃないかと思っていたんです」ライアンが明かしてくれた。「ぼくはぼくで、もし来てくれたとしても、腹を立てているんじゃないかと思っていた」

「そんなことはないさ」マックスが言った。「好奇心はあったが、腹を立ててなんかいないよ」

「父がいっしょに来られなくてごめんなさい」ブルックが言った。「家族をガトリーから救ってくださったこと、父もすごく感謝しているのはたしかなんですが、じつは、この一連の出来事の処理に手間取っているんです。母のほうが割り切りがよくて、今日もわたしたちといっしょにあなたに会いにいってらっしゃいと勧めたくらいで」

「いや、このほうがよかったと思うな」マックスが言った。

「父の負けだわ」ブルックが言った。

「どうだろうな、それは」ライアンが小声で言った。

彼の視線がレストランの入り口のドアにじっと向けられている。シャーロットも一同も席にすわったまま彼の視線を追った。

険しい表情をした白髪まじりの男性がテーブルに向かって歩いてくる。その目から何かを読みとるのはむずかしい。ゆっくりとした歩調はいっこうに変わらない。自分がテーブルにたどり着いたとき、すべてが丸くおさまるとの確信はないようだ。同時にシャーロットには、彼は決意を固めてここに来たことがはっきりとわかった。石橋を叩いて渡るようなその足取り。シャーロットの気持ちがやわらいだ。

「まさか考えなおすとは思ってもいなかったわ」ブルックがつぶやいた。「わたしたちがポートランドを出発するのを待って、きっとすぐ車に乗りこんだのね」

アンソンが椅子から立って後ろにさがり、マックスが立ちあがる空間をつくった。

デイヴィス・ディケーターはマックスの正面で足を止め、彼を見た。

「きみに礼を言いにきた。よくやってくれた」ディケーターが言った。「私たちに……いや、私に……なんの借りがあるわけでもなかったのに」

そう言いながら手を差し出した。

マックスはその手を取った。「もういいですよ」

シャーロットが見るかぎり、いささかぎこちなくはあったが、二人はしっかりと握手をかわした。

「彼はただ、そういうのが生業だからそうしたわけです」アンソンが言った。

「わかっています」ディケーターが言い、アンソンを訝しげに見た。「失礼ですが、あなたは？」

「こちらはアンソン・サリナス」マックスの声が誇らしげに響いた。「ぼくの父です」

「そうでしたか」デイヴィスがアンソンに向かって手を伸ばした。「マックスが幼いころに母親を亡くしたことは知っていますが、あなたに巡りあえて幸運だった」

「それはこちらの台詞です」アンソンが言い、二人はがっちりと握手した。「幸運だったのは私のほうですよ。テーブルはまだ余裕たっぷりだ。おなか、すいてるでしょう?」

「もちろん」ディケーターはライアンとブルックに笑いかけてから、マックスをじっと見た。「腹が減っていて当然だな。長い旅路だった」

72

シャーロットがファイアーサイド・ラウンジで何人かの入居者とおしゃべりしていたとき、何かに気づいた人がにこにことささやきあっているのが目に入った。シャーロットが振り返ると、ドアのところにマックスが立っていた。

彼に向かってにっこりと微笑みかける。いつもは冷たく、何を考えているのか読みとれない彼の目が熱をおびているのは——シャーロットが思うに、情熱のせいもいくらかはあるだろうが、けっしてそれだけではなく——期待と愛のせいだ。

これからはきっといつもああなんだわ、と思った。二人のあいだの連帯感は正真正銘の本物、危険な状況をともに乗り越えたことの副産物というだけではなかった。今になってわかることがある。最初からそこにあったものが幾多の災難を経てなおいっそう強固になっただけなのだ。

入居者たちがマックスに熱狂的な挨拶を送った。みな、彼のことをよく知るようになっていた。マックスは挨拶を返してからシャーロットを見た。

「もう出られる？」マックスが訊いた。

シャーロットは腕時計をちらっと目をやった。「ええ、バッグを取ってくるわ」

元エンジニアのテッド・ハグストロムがウインクをした。「今夜は何か予定でも？」

ほかのみんなが訳知り顔でくすくす笑った。

「今夜は、じつはペンキの色見本カードとにらめっこで過ごすことになりそうです」

マックスが言った。「あちこち手を加えなけりゃならない家なので」

「それじゃ、ロビーで待ってて」シャーロットが言った。

「わかった」マックスが答えた。

彼はシャーロットがドアから外に出られるように少し脇へよけたあと、また入居者たちとの会話に戻った。誰もが突然、改装の秘訣やＤＩＹに失敗した話などをにぎやかに語りはじめた。

シャーロットは廊下をオフィスに向かって足早に進み、上着とバッグを持った。

ロビーに行くと、見知った顔――エセル・ディーピングの息子リチャード――が見えた。リチャードは笑いかけ、挨拶した。

「お元気ですか？」どこか心配そうな顔をのぞかせる。「新聞で誘拐の記事を読みましたよ。母から細かいことも聞かされました。それにしても、悪夢のような体験でしたねえ」

シャーロットが笑顔を返した。「ご存じだとは思うけど、お母さまの協力があったおかげで、わたしと妹が命拾いしたのよ」

「母から聞いたところでは、母が誘拐犯の車の写真を何枚も撮って、あなたの婚約者がそれを手がかりにして悪党の居場所を突き止めたとか」

「ええ、全部本当のことなの」シャーロットが言った。「言うまでもないけれど、妹もわたしもお母さまには本当に感謝しているの。エセルこそ真の英雄だわ」

リチャードがうれしそうに笑った。「母は一瞬一瞬を心の底から楽しんだようです。ところで、母があなたの新しい婚約者は認めると言っていました。この〈レイニー・クリーク・ガーデンズ〉で披露パーティーが開かれるってわくわくしてますよ」

「それはわたしもです」振り返ると、マックスがこちらに向かって歩いてくるのが見えた。「紹介しますね。こちらはマックス・カトラー。マックス、こちら、エセルの息子さんでリチャード・ディーピング」

二人が握手をした。

「どうぞよろしく」マックスが言った。「エセルは大活躍してくれました。証拠写真をたくさん撮ったあと、ぼくに誘拐事件発生を電話で知らせてくれたんです。どう感謝してもしきれませんよ。シャーロットとぼくはこのあいだ、エセルを誘っていっしょに外で食事をしたんです。今回の事件の話を最初から最後まで聞きたいとおっしゃるので」

リチャードがくっくと笑った。「だとしたら、あなたたちと食事をした話とその冒険で母が果たした役割の話は、これから先何度となく聞かされそうだな。母があなたたちの役に立てたなら、ちょうどそのときそこにいてよかったですよ」

「まさにそういうことだったの」シャーロットが真顔で言った。

「きっとこれで母の自分史に血沸き肉躍る一章が加わるはずです」リチャードが言った。

シャーロットが大きくひとつ息を吸いこんだ。エセルの家族がまもなく読むことになる彼女の自分史について、やんわりと警告を発しておく絶好の機会は今しかないと思ったからだ。ロビーの中を素早く見まわし、声の届く範囲に誰もいないことを確認した。

そしてリチャードのほうを向いた。「今ちょっとエセルの自分史についてお話ししてもいいかしら?」

「ええ、もちろん。母はあの講座が大好きでね。いいことをはじめていただきました。過去の出来事はまだ詳しく思い出せるうちに書いておかないと。そうですよね？　上の世代がいなくなると、たくさんの歴史も消えてなくなってしまう。幸いなことに、母の記憶はまだしっかりしているので」

「ええ、本当にそう」シャーロットがそう言ったあと、声をひそめた。「エセルの記憶は本当にしっかりしているわ。ついでに想像力もね」

マックスがシャーロットを見た。「そういう話はやめておこう。あくまでディーピング家の歴史であって、それはぼくたちが考えている以上に複雑なのかもしれないじゃないか」

リチャードが眉をきゅっと吊りあげた。「複雑とは？」

マックスはたじろいだが、シャーロットは彼を無視した。

「お母さまは執筆の際にフィクションをちりばめることになさったようで」シャーロットが言った。「つまり、自分史の中に。ですから、ご家族の方々が一部の……想像力の産物とでも言うべき部分にびっくりなさるんじゃないかと思うんです」

「母はどんなことを脚色したんでしょうか？」リチャードが訊いた。

マックスがかぶりを振ったが、介入するにはもう遅すぎると明らかに気づいたようだ。そのまま口をつぐむ。

「なんていうかちょっと……人騒がせな感じがする箇所が、ご自分の結婚生活に関する章にありまして」シャーロットが説明をはじめた。「もちろん、お父さまのことは賞賛の気持ちをこめて書いてらっしゃるの。たとえば、どれほど立派な実業家でいらしたかとか。地域社会への貢献についてもね。多くの人に尊敬されて、一家の大黒柱でいらしたことも明確になさってるの。ゴルフの腕前も素晴らしかったとも」

　リチャードがうなずいた。「ぼくの知るかぎり、すべて本当のことです。でも、父が死んだとき、ぼくはまだ子どもだったんですよ。九歳ですから、父のことはあまり記憶にありません。妹はもう少しで七歳というときでしたから、母の自分史はすごくおもしろそうだと思っているんですよ」

　シャーロットが咳払いをした。「おもしろそうだけではすまないかもしれないと思います。ちょっと問題がありましてね――お父さまの業績や地域社会から広く尊敬されていたことについて書いたあと、あろうことか、お父さまを、殺した、と書いてらして」

　リチャードが無表情な顔をシャーロットに向けた。「母が自分史にそう書いたんですか？」

「そうなの。そのほうがドラマチックな終わり方になると思ってらしてね」

「う一ん、またなんだってそんな」リチャードが苦笑を浮かべた。「ひょっとして、どういうふうにと書いてはありましたか？」

「お父さまがゴルフコースで倒れた日の朝、オートミールに薬か何かを入れたようなことを簡単に書いてらしたと思うけれど」

「ああ、そういうことだったのか」リチャードがうなずいた。これで納得がいったとでも言いたげに。「昔からいったいどうやってのけたのか不思議だったんですよ。心臓発作を疑う人は誰ひとりいなかったけれど、考えてみれば、母は看護師だった。どうしたら疑われないかを知っていたってことか」

今度はシャーロットが呆気にとられる番だった。「えっ？」

「どうやら母は父について本当のことを書いたようですね」リチャードが言った。「地域社会という視点から見れば、父は完璧な夫であり父親でした。しかし現実は、家庭での父は虐待を繰り返す怪物でした」

「そうだったのね」シャーロットが言った。ほかになんと言ったらいいのか思いつかなかった。マックスの助言どおり、口をつぐんだほうがよさそうだ。

「母はぼくと妹を連れて家を出たかったのですが、そんなことをしたら、三人とも殺してやるとあいつに脅されていたんです。あいつなら本当にやったでしょうね。そんなある日、あいつはゴルフコースで急死した。願ったりかなったりでしたよ。当時、妹とぼくはよくわからなかったんです。母はなんにも言いませんでしたからね。でも、妹とぼくは大人になってから、いろいろなことをつなぎあわせて想像はついていました」

「お母さまは本当にお父さまを殺したのね？」シャーロットはしぼり出すように言った。

「たぶん」リチャードが答えた。「ほかにぼくたちを守れる人はいませんでした――ちくしょう、うちに問題があることすら誰にも信じてもらえなかったんですから。裁判所の禁止命令なんかも効果があるとは思えなかった。そこで母は、妹とぼくと自分自身を守るためにしなければならないことをしたんです」

「まあ」シャーロットが声をひそめて驚いた。

マックスが、だから言っただろう、とでも言いたげに愉快そうな顔をしているのが見えたが、シャーロットは気づかなかったふりをした。

リチャードがシャーロットを見た。「家族の秘密です。何か問題ありますか？」

「いいえ、ぜんぜん」シャーロットが答え、マックスを見た。「あなたは？」

「もちろん、ぜんぜん。そもそも誰の自分史も部分的にはフィクションさ」マックスが言った。

「たしかにそう」シャーロットが言った。「回想録ってジャンルにはフィクションがいっぱい紛れこんでるものだわ。誰でも知ってることよ」

「それはぼくも聞いたことがあります」リチャードがにこりと笑って、ロビーの反対側に目をやった。「あっ、母が来た。それじゃ、失礼していいですか?」

「ええ、もちろん」シャーロットは自分の声がどこかしらうつろになっていることに気づいた。「お母さまと楽しい夜を」

「ええ、そうします」リチャードが陽気に答えた。「今日は孫の誕生パーティーなんです。母はパーティーが大好きでね」

リチャードはエセルを迎えにいった。

シャーロットは目を細めてマックスを見た。

「エセルの物語が本当だって知ってたの?」

「ただの勘さ。エセル・ディーピングはすごくタフなレディーだからね」

「これって、きっとそのうちすごく愉快に思える日が来るわね」シャーロットが言った。

「たぶんね。それじゃ、家に帰ってペンキの色見本カードを見るか？」

シャーロットは彼の手を取った。「楽しみだわ。わたし、大好きなのよ、そういうこと」

訳者あとがき

ミスター・パーフェクトだと信じていた婚約者に結婚式の五日前、それも披露パーティーを心待ちにしてくれていた人たちの前でふられ、恋愛に対して極度に用心深くなってしまったヒロイン、シャーロットでしたが、これまでを振り返れば、恋愛のみならずあらゆることに関して、よく言えば慎重、妹に言わせれば臆病な生き方をしてきたことは認めざるをえません。そこで、なんとかして変わらなければと、セラピストに通ったり、さまざまな自己啓発を試したりした結果、最終的には瞑想に落ち着き、毎晩の日課にしてなんとか心穏やかに暮らしています。

仕事はシアトルにある〈レイニー・クリーク・ガーデンズ・リタイアメント・ヴィレッジ〉という高齢者向け住宅の入居者のための文化交流活動の責任者。まだシアトルに移り住んで一年ですが、仕事も街も大いに気に入っています。シアトルに来たのは妹ジョスリンに勧められたからです。妹といっても、血はつながっていません。シャーロットの母親とジョスリンの父親が再婚したことでたまたま姉妹《ステップシスターズ》になったのは、二人がともにティーンエージャーのときでした。複雑な年頃ですから、当然のことながらお互いをすんなりと受け入れることなどできませんでしたが、時とともに理解が深まり、やがて両親が不慮の事故で他界すると、二人は世界にたった二人きりの家族になりました。性格も行動もほぼ正反対と言っていい二人ですが、いまやお互いにとっていちばんの理解者にもなっています。

妹のジョスリンは慈善財団で基金調達をしています。シャーロットの地味な仕事とは異なり、いわゆるセレブや大金持ちと接する派手な仕事です。いつもはハイテク機器を駆使して仕事をするジョスリンが何を思ったのか、一週間ほど前からカリブ海の島の修道院へ静養に出かけ、一カ月間は外界との連絡をいっさい絶った日々を過ごしています。

そんなとき、シャーロットはジョスリンの親友ルイーズが不審な死を遂げたことを知りました。ジョスリンの自宅に死んだルイーズから届いていた奇妙な郵便が持つ意味は？　つねに石橋を叩いて渡るシャーロットですが、妹のために臆病風を払いのけて行動を起こします。

物語はまさに本書の原題である“*When All the Girls Have Gone*”のとおり、若い女性がつぎつぎに姿を消していく展開を見せます。シャーロットは妹が投資クラブと称するものに参加していることは知っていましたが、その活動については何も知りません。ジョスリンがシャーロットを仲間に近づけようとはしなかったからです。

ジョスリン・プルエット　財団で基金調達担当
ルイーズ・フリント　ジョスリンの同僚
マディソン・ベンソン　資産運用会社を経営
ヴィクトリア・マシス　スポーツウェア会社でマーケティング担当
エミリー・ケリー　ＩＴ企業の人事部に勤務

いずれも自立心旺盛な若い独身女性五人がわいわいがやがやと楽しんでいるかに見えた投資クラブでしたが……

思いきって行動を起こしたシャーロットが遭遇するヒーローが私立探偵のマックスです。彼もシアトルに来て日は浅く、この仕事もはじめたばかり。以前の職業はプロファイラー。幼少時のトラウマを抱え、それに悩まされながらも、それをドライヴにして仕事にのめりこんできたものの、そののめりこみが周囲の人間をことごとく不安にさせ、ついに限界を超えたところで、新天地で新たな仕事をはじめる決心をしたわけです。

私立探偵というと何やら颯爽とした職業のようですが、駆け出しの今はまだ保険会社の依頼で顧客からの保険金申請の裏を取るのが主たる仕事……プロファイリングの専門家としては忸怩《じくじ》たるものを抱えながら日々を送っていました。

同じ目的——ルイーズ死亡の真相を突き止める——に向かう二人が情報の共有を余儀なくされるうち、連帯感からいつしか信頼感が生まれ……著者ジェイン・アン・クレンツはいつもながらの滑らかな筆致でテンポよく、この物語を極上のロマンチック・サスペンスに仕立てあげています。ヒストリカル・ロマンス執筆時はアマンダ・クイック名義で、読む者をわくわくさせる時代背景——十八世紀から十九世紀あたり——とともにロマンチックなストーリーを届けてくれるこの作家、どの作品も大いなる予定調和をかもしていることは否めませんが、そこはストーリーテラーの達人、絶妙な説得力をもって完結へと導きます。ジェイン・アン・クレンツ／アマンダ・クイックのそうしたおもしろさをじゅうぶんに知り尽くした読者の皆さまに本作をご堪能いただけたなら、訳者冥利に尽きるというものです。
猛暑がつづくこの夏、雨ばかりのシアトルの街やカスケード山脈、はたまたカリブ海の島のテク・フリーの修道院を思い描きながら、涼しい読書のひとときをお過ごしくださいませ。

二〇一七年七月
去る二月に逝った母を偲びつつ……

安藤由紀子

23 ザ・ミステリ・コレクション

ときめきは永遠《えいえん》の謎《なぞ》

著者 ジェイン・アン・クレンツ
訳者 安藤由紀子《あんどうゆきこ》

発行所 株式会社 二見書房
東京都千代田区三崎町2-18-11
電話 03(3515)2311 [営業]
03(3515)2313 [編集]
振替 00170-4-2639

印刷 株式会社 堀内印刷所
製本 株式会社 村上製本所

ISBN978-4-576-17121-0
http://www.futami.co.jp/

二見文庫 ロマンス・コレクション

霧に包まれた街
ジェイン・アン・クレンツ
中西和美〔訳〕

西岸部の田舎町にたどり着いたイザベラは調査会社のアシスタントになる。経営者のファアロンとともに調査の仕事を続けるうちに彼に強く惹かれるようになるが…

その言葉に愛をのせて
アマンダ・クイック
安藤由紀子〔訳〕

ある殺人事件が、「二人」を結びつける——過去を封印して生きる秘書アーシュラと孤島から帰還した貴公子スレイター。その先に待つ、意外な犯人の正体は⁉

恋の始まりは謎に満ちて
アマンダ・クイック
安藤由紀子〔訳〕

ヴィクトリア朝時代。出会いサロンの女性経営者カリスタになぜか不吉なプレゼントが続き、人気ミステリー作家トレントとタッグを組んで調査に乗り出すことに…

そっと愛をささやく夜は
アマンダ・クイック
安藤由紀子〔訳〕

摂政時代のロンドン。模造アンティークを扱っていたラヴィニアの前に突然現れた一人の探偵・トビアス。彼に連れられてロンドンに向かうが、惹かれ合うふたりの前に……

危険な夜の果てに
リサ・マリー・ライス
鈴木美朋〔訳〕
〔ゴースト・オプス・シリーズ〕

医師のキャサリンは、治療の鍵を握るのがマックという国からも追われる危険な男だと知る。ついに彼を見つけ、会ったとたん……。新シリーズ一作目!

夢見る夜の危険な香り
リサ・マリー・ライス
鈴木美朋〔訳〕
〔ゴースト・オプス・シリーズ〕

久々に再会したニックとエル。エルの参加しているプロジェクトのメンバーが次々と誘拐され、ニックは〈ゴースト・オプス〉のメンバーとともに救おうとするが——

明けない夜の危険な抱擁
リサ・マリー・ライス
鈴木美朋〔訳〕
〔ゴースト・オプス・シリーズ〕

ソフィは研究所からあるウィルスのサンプルとワクチンを持ち出し、親友のエルに助けを求めた。〈ゴースト・オプス〉からジョンが助けに駆けつけるが…シリーズ完結!

失われた愛の記憶を
クリスティーナ・ドット
出雲さち［訳］

四歳のエリザベスの目の前で父が母を殺し、彼女はショックで記憶をなくす。二十数年後、母への愛を語る父を見て疑念を持ち始め、FBI捜査官の元夫と調査を……

始まりはあの夜
リサ・レネー・ジョーンズ
石原まどか［訳］

2015年ロマンティックサスペンス大賞受賞作。過去の事件から身を隠し、正体不明の味方が書いたらしきメモの指図通り行動するエイミーを待ち受けるのは――

あの愛は幻でも
ブレンダ・ノヴァク
阿尾正子［訳］

サイコキラーに殺されかけた過去を持つエヴリン。同僚の女性が2人も殺害され、その手口はエヴリン自身の事件と酷似していて…愛と憎しみと情熱が交錯するサスペンス！

いつわりは華やかに
J・T・エリソン
水川玲［訳］

失踪した夫そっくりの男性と出会ったオーブリー。いったい彼は何者なのか？ RITA賞ノミネート作家が描くハラハラドキドキのジェットコースター・サスペンス！

略奪
キャサリン・コールター＆J・T・エリソン
水川玲［訳］

元スパイのロンドン警視庁警部とFBIの女性捜査官。謎の殺人事件と〝呪われた宝石〟がふたりの運命を結びつけて――夫婦捜査官S＆Sも活躍する新シリーズ第一弾！

激情
キャサリン・コールター＆J・T・エリソン
水川玲［訳］

平凡な古書店店主が殺害され、彼がある秘密結社のメンバーだと発覚する。その陰にうごめく世にも恐ろしい企みに英国貴族の捜査官が挑む新FBIシリーズ第二弾！

迷走
キャサリン・コールター＆J・T・エリソン
水川玲［訳］

テロ組織による爆破事件が起こり、大統領も命を狙われる。人を殺さないのがモットーの組織に何が？英国貴族のFBI捜査官が伝説の暗殺者に挑む！シリーズ第三弾

二見文庫 ロマンス・コレクション

奪われたキスのつづきを
リンゼイ・サンズ
田辺千幸［訳］

両親の土地を相続するには、結婚し子供を作らなければならないと知ったヴァロリー。男の格好で海賊船に乗る彼女は男性を全く知らず……ホットでキュートなヒストリカル

ウエディングの夜は永遠に
キャンディス・キャンプ
山田香里［訳］
〔永遠の花嫁・シリーズ〕

女主人として広大な土地と屋敷を守ってきたイソベルは、弟の放蕩が原因で全財産を失った。小作人を守るため、ある紳士と契約結婚をするが…。新シリーズ第一弾！

恋の魔法は永遠に
キャンディス・キャンプ
山田香里［訳］
〔永遠の花嫁・シリーズ〕

習わしに従って結婚せず、自立した生活を送っていた治療師のメグが恋したのは〝悪魔〟と呼ばれる美貌の伯爵。身分も価値観も違う彼らの恋はすれ違うばかりで……

夜明けの口づけは永遠に
キャンディス・キャンプ
山田香里［訳］
〔永遠の花嫁・シリーズ〕

ヴァイオレットは一人旅の途中盗賊に襲われ、助けてくれた男に突然キスをされる。彼が滞在先の土地の管理人だと知り、次第にふたりの距離は縮まるが…シリーズ完結作！

愛の目覚めは突然に
セシリア・グラント
高里ひろ［訳］

夫の急死でマーサは窮地に立たされた。領地は夫の弟が相続され、子供のいない彼女は追いだされる。そこで身ごもるために准男爵の息子に〝契約〟を持ちかけるが…

この恋がおわるまでは
ジョアンナ・リンジー
小林さゆり［訳］

勘当されたセバスチャンは、偽名で故国に帰り、マーガレットと偽装結婚することになる。いつかは終わる関係と知りながら求め合うが、やがて本当の愛がめばえ……

月夜は伯爵とキスをして
ジョアンナ・リンジー
小林さゆり［訳］

ブルックの兄に決闘を挑んで三度失敗したドミニク。両家の和解のため、皇太子にブルックとの結婚を命じられる。ブルックはドミニクを自分に夢中にさせようと努力し……